剑宗作品集

柒

剑分天下

剑宗 著

21 二十一世纪出版社集团
21st Century Publishing Group
全国百佳出版社

图书在版编目（CIP）数据

剑宗作品集 / 剑宗著 . -- 南昌：二十一世纪出版

社集团 , 2017.12

ISBN 978-7-5568-3252-1

Ⅰ . ①剑… Ⅱ . ①剑… Ⅲ . ①侠义小说—作品集—中

国—当代 Ⅳ . ① I247.5

中国版本图书馆 CIP 数据核字 (2017) 第 294460 号

剑宗作品集   剑 宗 著

责任编辑 敖登格日乐

出版发行 二十一世纪出版社集团

（江西省南昌市子安路75号   330025 ）

www.21cccc.com   cc21@163.net

出 版 人 张秋林

经 销 新华书店

印 刷 北京柯蓝博泰印务有限公司

版 次 2018年8月第1版   2018年8月第1次印刷

开 本 710mm×1000mm   1/16

印 张 200

字 数 3000千

书 号 ISBN 978-7-5568-3252-1

定 价 800.00元

赣版权登字—04—2017—905

如发现印装质量问题，请寄本社图书发行公司调换 0791-86524997

目　录

第一章

冷风，恰似鬼魅在夜间游荡时所发出的。哨，在荒山野泽中四处吹过。风速是轻疾不缓的，但所过之处，那枯黄的树叶，那衰败的野草，却只是随风飘落……

不错，这是深秋的季节，不可抗拒的寒冬即将莅临，天地间一切都因此而无可奈何地蒙上了一层黯淡的色彩。只是，这片幽静的密林似乎来得特别早，寒风已将枯叶剥落了大半，剩下光秃秃的树丫在暗夜里抖索着，仿佛是在鬼魅魔掌下呻吟的老者，显得寒瑟极了，萧索极了。

蓦然，一阵如雷般急剧的马蹄声传来，霍地只见密林之外的旷野上，追风逐月般地涌现出一彪人马。

人影翩飞，疾如狂风，展开轻功或策骑飞驰的三十余名黑衣人怒嚷着，喧吵着，挥舞着各式各样的兵刃，对一名衣白如雪之人狂追不舍！

片刻间，那白衣人在寒风中已掠近了这片密林，看其来势之疾，轻功竟似极为不弱，他身后紧紧追赶的为首黑衣人身速亦不遑多让，你逃我赶，边作激烈的空中恶斗！

幽静的山林立即被这些呼喊、吆喝、兵刃猛烈的撞击声所充斥，人掠马驰，蹄扬草飞，震动着的那些枯枝抖索得更加厉害！

待到那众人马近前，这才清楚看见，前面的白衣人年数约在三十出头，瘦削脸型，面色枯黄，狮口鹞目，眸子中隐隐射出一种怨恨至极的凶光，似是要喷出火来，可想而知，他内心恨愤之程度。这也难怪，因为他浑身已被人砍有不下十处之多的伤口，鲜血淋漓，惨不忍睹，以寡敌众，岌岌可危！

虽处在不利之势，但他却毫不退缩，悍不畏死，手中一条丈二流星锤旋舞暴砸，幻起漫天锤影，强劲的气流冲激得他身边两丈范围内之衰草纷纷飞扬，整个儿看去，他就像一头发狂嗜血的凶豹，彪悍、暴戾，凶猛无比！

紧追而来的，边与他作忘我恶战的为首黑衣大汉，一脸二寸来长、黑浓且粗硬如针的短须，豹眼环睁，粗眉如刀，神情狠厉，手握一柄五尺来长的九环厚背刀，抢得啸如狮吼，强烈的刀气狂飙，将地上的草皮卷扬而起，铺天盖地地袭砸向稍前的白衣人！

"田再鸣，用不着困兽犹斗了，识相的，交出那半张羊皮，万事皆休，否则，嘿嘿……今日定要你死无葬身之地！"

寒夜密林之外，传出浓须大汉阴恻恻的如夜鹰般狠笑，让人闻而发怵、心悸，遍体生起疙瘩。

他虽然说着话，但这丝毫影响不了他的出招之速，攻势反而愈见狠厉凶猛，直有撼山栗岳之威！

一轮疯狂的快攻，逼得白衣汉子疾快掠进密林里时又暴退数丈，刀光如潮，血光乍现，同时传出一声闷哼，一蓬血雨漫洒而下，两名黑衣大汉同时摔出丈外！

为首的黑衣人"哼"了一声，怒气冲天地道：

"妈的，姓田的，以你一人之力，自忖还能逃出我'侠义五行门'的掌心么？今日总算让我寻到了你，交出那半张羊皮，或可饶你不死，若再负隅顽抗，王三爷的刀可就要将你一刀刀活剐了，快快弃锤束手就擒吧！"

余下的众黑衣人亦气焰嚣狂，纷纷帮腔道：

"弟兄们，圈紧点，姓田的跑不了，半张羊皮卷到他手上就当是这小子接到了阎王贴……"

"小六子，可别让他奶奶的往林子里窜！……"

那为首黑衣大汉正是在"侠义五行门"中位居第三把交椅的"行天豹"王仆泰，在众属下说话的片刻工夫中已与对方激斗着飞掠到一棵高达十数尺的落叶松上，动作捷如狸鹊，疾如电掣，"锵铿"，王仆泰一阵横劈斜斩的抢攻，逼得对方疾退数步，才插言道：

"白衣教的邪魔歪道也想窥得这份武林至宝？简直是他娘的白日做梦，且不说咱们北六省的白道朋友放你不过，就是落在你们南面黑道老大洗老爷子手里，也得他娘的扒了你一层狗皮！"

九环厚背刀交叉连劈三式，"行天豹"王仆泰接着阴森森地笑道：

"洗老爷子的'洗家堡'就在山下，姓田的，你要是有种的就跳下去，看看姓洗的老王八羔子会否放你一条生路？哈哈哈……"

原来，这白衣汉子正是南七省中"白衣教"左护卫田再鸣！

如今江湖，南北两道各自分立，南面由黑道把持，势力最大的莫过于"洗家堡"之主"神鬼同愁"洗管非，但同时并立的"两镇三教"，其势头亦相当不弱。"两镇"便是"龙门镇"、"平板镇"；"三教"自是"白衣教"、"苟合教"与"开花教"。而北面六省则是白道天下，其中"侠义五行门"、侠义八卦门与神义无相门齐头并进，各领一方，势力亦各不相让！

往日"一堡两镇三门三教"各自掣肘，倒是天下太平，相安无事，但蓦然在一夜之间，传闻武林至宝林海秘语竟重现江湖，各派才尽选好手誓死争夺，南七北六混战一团！

三日前，"白衣教"终于从"龙门镇"高手中拼死抢出了那半张羊皮——传闻就是林海秘语，此刻又被"侠义五行门"兜头截住！

这时，"白衣教"随行好手早已伤亡殆尽，唯剩左护卫田再鸣，亦因流血过多而一口真气难以提聚，他自空中踉跄着地，强自稳住颤晃欲倒的身形，咬着牙吼道：

"狗娘养的'侠义五行门'，有种的就一刀宰了老子，老子人头落地，你他娘的也别想得到……"

不待田再鸣说完，随身而落的王仆泰怒哼一声，阴狠地道："姓田的，你当我王三爷杀你不得吗？杀了你，老子照样能取得那半张羊皮，就算你把它吞到肚子里，爷们也会剖腹取物！"

额上立冒青筋，田再鸣勃然怒喝道："姓王的，你头上枉自顶着'侠义'二字，全他娘的是挂羊头卖狗肉的武林杂碎！那半张羊皮老子早嚼烂了，吞到肚子里，如今恐怕早化成了粪便一堆，你他娘的就来剖腹取屎吧！"

目中凶光陡然大盛，狰狞可怖至极，王仆泰狠一挫牙，厉声挥手喝道："好！剖他的腹……"

"腹"字还在他的舌尖上打转尚未完全吐出，一声惊呼已清楚地抢先散播在众人耳际，惊呼声中，他的身子如螺旋般地疾旋掠闪，田再鸣趁他说话之际，竟骤然袭至。

流星锤闪幻起一溜耀月虹芒，带着一道道，一层层的弧纹，厉啸着狠砸向王仆泰的胸膛、腹中二路，势如奔雷，迅不可挡！

似是没料到对方重伤之下还有这般悍勇，王仆泰不由大吃一惊，饶是他闪避迅捷，但随着"砰"的一声，只觉一阵难忍的巨痛痛彻心脾，右腰髋骨传出清脆的碎裂之声，敢情已被流星锤击个正着。

闷哼声中，王仆泰条件反射般地急忙后掠丈外，田再鸣也不再攻击，而是折向左边那座高耸入云的山峰狂掠逃逸。

"追！追！给我追！姓田的就是跑到天涯海角，也决不让他好活！"

见对方疾逃而去，王仆泰忍痛急喝，自己也顾不得伤势，右手倒转刀尖往地上一点，身子借势如矢般电射而起，追了上去！

"侠义五行门"众人领命，皆将轻功提至极限，呼喊着狂追而上！

由于体力伤疲过度，田再鸣只感一阵头昏眼花，勉力蹿逃，已渐觉力不从心，掠至那座山头，就不得不停下喘息几口。

未待他身形立定，王仆泰与众属下已如影随形地紧追而至！

"锵锵，当当！"

二话不说，"侠义五行门"众人如潮水般由四面一齐向田再鸣展开狂风骤雨般猛烈攻击，刀光剑影，穿插交织，漫空泻洒，形成了一道道难以逾越的天罗地网！

瞬即，惨呼连连，几乎同一时间发出，"咕咚"声中，相继有六名黑衣人就像劈柴般那么直挺挺地栽倒地上，殷红血液立时染红了一片。

田再鸣却好似喝醉了酒，身子踉跄，他虽然拼力击毙了六人，但身上又挨了数刀，伤口皮肉翻绽，白骨清晰可睹，鲜血泉涌，好似风中残烛，危险可鉴。

突然，看着周围涌来的众人，看着他们手中明晃晃的，沾着耀眼鲜血的兵刃，本该退后的田再鸣却顿住了身形，不敢再退。有什么比敌人的刀尖更令人可惧的事？——那赫然是一道没有后路的悬崖！

由崖下飘上来的呼呼寒风，他已能清楚地感觉到，所以他审度出眼前自己所处的困境。

"姓田的，有种的你就跳下去，那下面把你摔得粉身碎骨，也省得爷们再费心思找那半张羊皮！"

一名獐头鼠目的黑衣人狐假虎威地与两名同伴挺刃向前逼近，就在这时，田再鸣身形蓦然极快左移五尺，手中的流星锤恍如有了灵性似的，并不见它甩旋运作，却笔直如戟，如虹般贯至，飙射向那位说话的仁兄！

"小六子小心！"

王仆泰识得厉害，面色大变，忙出言示警，但为时已晚，但闻"噗"的一声，那唤作"小六子"的黑衣人大好头颅已被砸成了开花的茄子，脑浆迸裂，未及哼出一声，已死于非命。

只一瞬之间，一道白光电射而出，紧接着"哇"的一声惨号，田再鸣的胸膛已被王仆泰凌空掷出的大刀透背穿过。

"噗——"的一声异响，田再鸣口唇大张，但见一道血箭电掣而出，直直地飙射到尚在半空中的王仆泰脸上！

王仆泰大叫一声，跌落下来，脚未站稳，田再鸣凌厉至极地惨嚎道：

"姓王的，咱们就同在生死道上走一遭吧！"

这电光石火的瞬间，竟令人意想不到地发生了如此巨变，余下的"侠义五行门"众属下不禁怔立当地，呆若木鸡，犹如一尊尊石塑般，忘了再向敌人进攻。

就在他们惊愕间，只见田再鸣伸手将王仆泰猛地一拉，王仆泰双眼已被"凝血成剑"射瞎，身不由己，两人顿时向那深崖直坠而下……

红彤彤的一轮烈阳明悬高空，万道金芒洒射在平坦的旷野上，映耀出眩目的光彩，天气虽然仍很冷，但处身于烈阳底下，总会给人一阵莫名之温暖的感觉。

阳光下，一阵低促的马蹄声由远而近传来，并伴随着人的高声吆喝，马儿的悦耳长嘶。

很快，便见一班不下二十人之众齐策坐骑驰向这片浓密非常的山麓林间，他们个个身携弓箭、刀、剑，除为首一名年约双十的少年身穿一袭鹅黄色的劲装外，其余人等，一律是身着黑色短打密扣衣，看上去，俱是威猛彪悍不凡，尤其是那黄装少年，左腰佩着一柄嵌镶有一颗大约蚕豆大小的钻石长剑，装饰极为华丽，明眼人一见，便知绝非寻常之剑，与他一身华衣相衬相映，使原本长得眉清目秀的他，愈发显得英姿飒爽，威武慑人！

除了腰间那把华丽的长剑外，他的手里还紧握着一张铁胎钢背的硬弓，一边双腿用力紧夹马肚疾驰，一边拉弓抬箭，目标却是前面不远正仓惶而逃的梅花鹿。

那梅花鹿后面臀部已然中了一支利矢，现在明显减慢了奔速，不过，破船也能拆下三斤钉，那黄装少年座下的黄骠马虽然疾驰如风，但却与此鹿相隔有八九丈之遥，要想立即追上，也绝非易事！

其余众人成半圆状围追着这只肥鹿，吆喝着，纷纷搭箭攒射，但无一命中，梅花鹿仓惶狂奔，没命地惊逃。生命受到严重威胁。逃！是它唯一的存活希望。

"哈哈哈……看你还能逃出多远？注定的，你这畜牲要成为本公子的餐中美食！"

掩饰不住地，黄装少年露出了在阳光下幻射出瓷光的洁白牙齿，那神情，好像前面的肥鹿真的已注定成为他的狩猎成果。

稍后的众人亦欣悦万分，喜形于色，似是这鹿甫一出现，就已无可避免地成为他们的手中之物！

"嗖！"

利箭去势极快，挟着锐风，拖着成形的曳尾，集中了劲、疾、准，直向目标射去！

在空中的劲矢所行曳尾尚未形成或映入众人眸中，但闻一声哀鸣，一支羽矢已准确无误地射中了前面正急逃的梅花鹿下腹。

"好，公子好箭法！"

众人见状，不由齐声为之喝彩起来。

黄装少年露齿一笑，自己也颇为快悦，精神一张，口中大喝一声，紧擢坐骑急追而去，一面又自箭囊里取出一支长矢，正待再射，哪知，那吃了两支利矢的梅花鹿受伤负痛之下，只是去势稍缓了一下，陡然便如疯了般蹦弹着向那浓密的林中窜去！

"咦？"黄装少年禁不住惊异出声，他行猎多次，像今天这样的事情倒是少有，一向喜胜好强的他被激起了满腔不屈之火，心中暗道：

"这头畜牲连中本公子两箭，竟然还不倒下，看来是肉多皮厚，非要再给你一箭才行，你不甘就擒，要知道，我也是倔强之人呀，这回咱们'倔'到一块了，我倒要看看谁倔得赢谁？"

暗下决心要将此鹿捕获，黄装少年随即一掌击在马股上，健马更是扬起四蹄疾追而去，后面的随从正要跟上，飞骑中的少年却掷出一句话：

"你们先回去禀告老爷子，就说孩儿今日要为他老人家献上一对鹿角作补！"

后面一名满脸虬须的大汉急叫道："公子小心……"就待跟去。

近旁一名倒吊着三角眼的仁兄却蓦然将手一伸，拦住他策骑跟去，嘿嘿笑道："廖兄怎的毫不识趣？公子既要独自一人猎获肥鹿，那我们这班下人跟去岂不有碍手碍脚之嫌？"

虬须大汉脸色一沉，不悦地道："鼓老弟千万不可大意，如今江湖不宁，公子只身入林，万一出了什么纰漏，洗老爷子怪罪下来，你我恐怕都吃罪不起！"

三角眼汉子嘻嘻一笑，眯着眼道："公子在落霞山宁水庵修习了十七年把式，艺业之精强恐怕你我加起来，再搭上刘教头都未必是他之敌，今日独自追猎一只四脚畜牲，又有何纰漏可出？"

虬须大汉一滞，那位三角眼仁兄微昂起头，傲然地接着道：

"再说，这乃是洗家堡的地头上，还有谁敢在太岁爷头上动土？廖老哥要去就只管跟去，兄弟们可要到后面歇歇脚，掷上两把骰子乐乐也好。"

旁边众人一听"掷上两把骰子"，立即轰然叫好，于是纷纷拔刀向后策去。那满脸虬须大汉愣了片刻，也禁不住煎熬，转身前去了。

黄装少年只身驱骑入林，心中也难免有些忧急，因为树木稠茂，策骑入内行速大减，而且行动多有不便，但那梅花鹿却擅于在林木中疾奔，优劣立判，到手的猎物若让它就此溜掉，那岂不是白白忙活了半天，太委屈自己么？

人急马也急，行速虽然不慢，但无奈这林中恁也太过蜿蜒崎岖，若不是黄装少年自幼精熟骑术，在这般密林中，只怕下马行走已是不便，还谈什么如飞疾驰？

饶是黄装少年骑术娴熟，但追了片刻约摸驰出五六里光景，前面地势越发凸凹不平，前进甚艰，有几次还险些陷入马坑之中，他暗自惊异，只得减缓速度。

那梅花鹿负痛之下，性急奔命，却越跑越快，若不是身负箭伤，只怕它早将黄装少年甩在老远了。

眼见双方距离越拉越远，看在眼里，急在心头，黄装少年直急得想从鞍上跃起，无奈力不从心，只有干着急道：

"别跑，别跑！"

照此下去，捕获无望了，黄装少年心中大急，不由得想到了弓箭，虽然他不想用弓箭，但现在情形迫急，出乎他的意料之外，不得不要改变初衷了。

一声锐响，射中了！可是，鹿仍在狂奔，所中的却是一棵碗口粗的松树，树枝上的残叶簌簌而落，显示出黄装少年矢力之强劲！

他一向对自己的箭法很自信，但现在却失去了它往日的准头，这也难怪，林密难定目标，而且，这鹿也的确狡猾，它左穿右蹿，让人纵然瞄准半天也难射中，更何况是在疾行之时？

一发未中，黄装少年不禁心头冒火，口中低声恨道："好畜牲，今日若不将你吃到口中，本公子以后行猎，再也不伤你的同类了！"

话甫出口，第二支、第二支箭矢接连发出，只有一支射中肥鹿的后腿，他不由一喜，不顾一切地狂追，边作狠射！

那鹿又吃了一箭，似是感到厄运难逃，口中哀鸣不已，似乎在向对方告饶，一瘸一拐的，但还是拼命前逃。只要还没有倒下，它一定不会停下！

好不容易，这片树林总算出了尽头，那只鹿儿浑身已中了六支长箭，但均未伤中要害，是故，它才能不止前逃，这其实也不能全然说是林密而目标难中，凭借黄装少年那十中七八的不俗箭术，有好几次他都能将之射毙，但他有心要活捕到手，故而才手下留情。

见出树林，前面就是一片豁然宽阔的平地，黄装少年虽然追得气喘吁吁，但心中仍欢悦不已，因为"打猎"对他来说是件最最开心之事，何况一到平地，他就可大施身手将之捕获了。

那鹿大概也是被追得昏头转向，不辨东南西北了，明明前面是一片平地无以藏身，但它还是向前急逃，这岂不是自寻死路么？

黄装少年喜上眉梢，盘算着再给它一箭，然后用绳索将它缚住活捉，于是，他抽出一支羽箭，待到鹿儿奔至一处山头时，双臂稍稍使劲，大弓便开如满月，"嗖！"利矢疾如流星，直射向它的目标！

这次决意要射中此鹿的前腿膝弯，黄装少年目注箭势，心中暗道："哼！这次看你还怎么逃？和本公子斗劲，你输定了，因为人定胜兽！"

哪知，他脸上的喜容蓦然不见了，转而换之的是无比惊骇之色——脸色变得煞白如纸，瞳孔放大至极，嘴巴大张，禁不住"啊"地惊呼出声，那神态活像见到了地府的阎王。

鹿儿并没有如他所想的那般中箭倒下，而是去速不减地翻过山头往山下奔逃，然而，那支羽箭却实实在在地没有射空，它准确地射在了一个能发出痛哼声音的"动物"身上，那霍然是——人，射在一个刚刚凑巧爬上山头之人的胸口上！

箭竟射中了人，人命关天，难怪黄装少年会惊骇如此。

"希聿聿……"黄骠马一声仰天长嘶，被鞍上的主人使劲提缰止住冲势，事出突然，黄装少年一颗心直惊得快要由胸腔跳出来，顾不得再追那鹿儿，忙甩镫离鞍，颤抖的双手也急忙松开缰绳，弓、箭齐落在地上，他身形已向那中箭者疾掠而去！

真邪门，谁会这么倒霉，往箭尖上撞，岂不是"老寿星吃砒霜——嫌命长了？"

中箭者，是个浑身浴血的白衣人，他呻吟着大口地吐着鲜血趴伏在地，由于脸伏在地上，现在还看不清他的面貌。

忙蹲下身，黄装少年哆嗦着将中箭之人抱起，惶急地道："兄台，这位兄台，感觉如何？在下一时失手，还望见谅……"

那人努力抬起头来，透过满脸血污，便可看清此人竟是"白衣教"左护卫田再鸣！

原来，田再鸣在坠崖中身子碰撞上半崖一棵翘出的松枝，下落之势大减，最后落到地上时，身体又完全压在王仆泰身上，才得以保住一口气。

此人如此命硬，几番遭险都能安全度过，原以为自己定是"大难不死，必有后福"，哪料自己千辛万苦地爬到山坡时，竟又被流矢射中，不禁又气又恨，一口真气顷刻泄尽！

口中淌着殷红的血沫，田再鸣那已散乱的目光注视着黄装少年，艰辛地翕动着嘴角道："你……你是谁？……"

黄装少年见射鹿未成，却无巧不巧地射在人身上，而且眼看就要闹出人命，直吓得他魂魄齐动欲出，连忙惶然道："这位兄台，小弟洗龙安，家居就在此地不远的洗家堡……"

"哇！"地一口鲜血吐出，田再鸣蓦然性急地道："洗家堡？……'神鬼同愁'洗老爷子是你什么人？……"

一提及"洗老爷子"，黄装少年洗龙安顿时满脸通红，他低头不安地道："正是……正是家父，家父平时严于律己，在下又是刚刚从祖母居处归来，想不到就闯下如此大祸，还望兄台千万……"

嘴中嗫嚅着,他正还想说"包涵"、"见谅"之言,却又转念一想,此乃人命关天之事,岂可能如此简单了事?不由得,他斜着眼,瞟了瞟田再鸣。

剧烈地连咳两声,田再鸣已是气若游丝,他望着洗龙安,喘息着道:"好,好……想不到你是洗老爷子的公子……"

洗龙安眼见对方生命垂危,心中焦虑已如百爪齐抓一般,连忙急声道:"兄台不用着急,在下立即就带你回去见爹,他老人家的'回龙续命丹'颇有奇效!"

摇摇头,田再鸣蓄足最后一丝气力,道:

"小子,你听着:在下是'白衣教'左护卫田再鸣,与令尊洗老爷子颇有旧情……此次田某从'龙门镇'内夺得林海秘语,本想献给洗老爷子,但不想半途之中却被'侠义五行门'众多高手围攻,田某力战重伤垂死,与……与洗少侠并无关连,只要洗少侠将……将这半张羊皮……转交给……洗老爷……就说……"

这时,田再鸣从怀内摸出一张尺许见宽的破旧羊皮,颤巍巍地递到洗龙安面前,洗龙安正想伸手接过,田再鸣身体蓦然一挺,两腿痉挛了几下,便只见双眼翻白,寂然不动了。

洗龙安一怔,愣了半晌,才伸手探探他的鼻息,方知早已气绝毙命。一时间,洗龙安不禁心乱如麻,虽说自己自三岁之日起,便随祖母上了落霞山宁水庵习艺,至今已有七十个寒暑春秋,但幼时父亲的严厉还历历在目。此次刚刚下山归家不久,就闯下如此大祸,父亲知晓必然更是大为责怪,到时……

洗龙安想到此处,张皇四顾,竟有点不敢回家,他愁眉苦脸地看了看那半张破旧羊皮,眼前又霍然一亮,此人不是说自己是被"侠义五行门"的人围攻而致重伤垂死的么?与我洗龙安并无关连,何况,传闻林海秘语内记载着历代武林前辈的防身秘技,只要学得其中的一招半式,便可独步武林,雄视海内,到时将此书交与爹爹,爹爹必然十分高兴,爹爹一高兴起来,必然不会责怪……

如此转念一想,洗龙安连忙又察看了一下田再鸣的伤口,只见那支羽箭果然只是射中了他的左肋之处,并非是致命伤口,洗龙安这才心中稍定,遂将那半张羊皮小心藏好,又拔出宝剑在旁边掘起了一个小坑,慢慢地将田再鸣之尸体移入坑内,草草安葬完毕,心中又想:

"田兄生前与爹爹乃旧识,此次又冒死抢夺林海秘语欲献给爹爹,此情此义转告爹爹之后,爹爹必然会再来拜祭一番,我自当好好记下这处所在……"

洗龙安便又寻来一截枯木，笔直地插立在土堆之中，以作标记。其实，田再鸣说起抢夺林海秘语，是为献给"神鬼同愁"洗管非之言，只不过是他临死之前使出的"移祸江东"之计罢了，他明知自己再难活命，也势难保住林海秘语，于是干脆就做个顺手人情，送予洗管非，洗管非得到林海秘语后，心中若存感激之情，不仅对"白衣教"大有好处，而且必然会与"侠义五行门"反目成仇。到时若大动干戈，便更是替自己解了心中之恨，此一石二鸟之计，田再鸣竟在临死之前想出，可见此人心计之狡诈，已至极点！

　　洗龙安少不更事，自然不明其中内幕，当下，他朝着那截枯木深深地叩了三叩，才长长吁了一口气，昂首看了看日当正空，知道时候已不早了。想起随从与自己分开，他们许久没见自己归去，定然心中十分着急，于是，再无心思去找那已跑得不见踪影的梅花鹿，只见坐骑尚在，便快步上前，轻跃上鞍，正欲抖缰猛驰，忽然，身后又传来一阵密如雷鼓的"嗒嗒"马蹄声，他不禁好奇地转首循声望去——

　　不远处，只见约有五六骑人马一字排开，风驰电掣般地奔了过来，马上的骑士衣饰鲜明，俱是身披大氅、头戴狐帽，个个跑得气喘吁吁，看样子，他们一定是连续兼程了许多。

　　只在喘上几口气的当儿，他们已然驰近，仔细一看，为首者，是个黑脸膛，双目炯亮如炬，健壮如山的中年汉子，左手握缰，右手执鞭，虽然有锦氅外罩，但北风吹来，掀起锦氅时便见他腰间时隐时现地挂着一只乌紫色的古形剑柄，其他人等亦佩有兵刃，看上去，同属一类！

　　眼下，南方虽已届深秋，但天气并不太冷，这群人却如此装束而来，洗龙安一看便知对方定是来自北方。瞬间，这群人驰近他身旁，皆用异样的目光看着他，那黑脸膛的中年汉子更是勒住坐骑，在洗龙安身旁兜了一圈，将他上上下下打量了一番，似要将他看个透彻，洗龙安不禁好生纳闷：

　　"这人怎么啦？干吗用这样的眼神看着我？让人好不自在……我身上又没贴金画符，有什么好看的？"

　　正在这时，对方亮起了那破锣般嗓门叫道："喂！小子，你有没有看到一个身穿黑衣，有着黑浓短须，年龄……嗯……和我相差无几之人从此经过？"

　　洗龙安本是性情随和之人，故而才主动让道。哪知，对方竟出言强横，一副大刺刺的模样，根本没将自己放在眼里，心中不由有气，暗恨道："早知这帮家伙如此无理，小爷就懒得给你们让道！"

心中有气，洗龙安咂了咂嘴，也没好脸色地瞥了对方一眼，故意提高音量道："你所说的那个黑衣人呀？我见过……"

甫闻此言，黑脸膛的汉子立时喜形于色，想也没想便抢着插言道："他在何处？说，本大爷重重有赏！"

暗自一笑，洗龙安脸上却木生生地道："他就在眼前！"

说着，便向这黑脸大汉一瞬不瞬地注视着。

黑脸人一怔，继而由对方那带着戏弄的目光中领悟到了什么，可不？他自己就是一身黑衣，而且也留着一些短须，他乃老于世故之人，虽然对方没有直言说出，但他察言观色已能找出答案。

两道扫帚眉一挑，目中似要喷出火来，他气得快要从鞍上跳将起来，大怒道："小子，你这样贼兮兮地看我，可说的是你罗四爷我？"

洗龙安对他这一问也不惊讶，侧脸一瞥，嘴角现出一丝戏谑的冷笑，道："我可没这样说，这是你自己说的！"

"你……"黑脸汉子气得语不成句，目中凶光泛闪，威吓道："小子，你想向罗四爷我寻乐子么？也不打听打听老子是谁，乳臭未干的黄毛小子，你是哪家生出来没长眼睛的王八羔子？"

对方口没遮掩地骂将开来，横眉竖目，那副凶样，若是胆小之人，见了还真能将你唬得六神无主，胆颤心惊。但洗龙安心中有气，此时见对方愈发蛮横无礼地骂起自己来，不由无名怒火腾腾直起，但他自小便受到祖母极严的礼数教导，虽在气忿难忍之时，仍有些温和地道：

"这位兄台，念你比我辈长，不便还以污言秽语，但如果尔等再口出不逊，本公子就不客气了！"

黑脸汉子闻言，"呸"的一声，厉声道："小子，你这是教训老子吗？告诉你，老子是神义无相门中的'屠手老四'罗大佑，江湖上似你这般不识进退的后生小辈，罗四爷不说识得，就是宰也宰了不少，今日你他奶奶识相的话就乖乖听话，罗四爷问一句，你这小子就答一句，否则，就在此地，爷们开剥了你。也他奶奶的不会有人替你喊冤！……"

神义无相门的名头，洗龙安还是初次听到，他心中略一盘算，脸上便故作缓和了起来，淡淡一笑道："原来是江湖上赫赫有名的'屠手老四'罗四爷，在下失敬，失敬了！"

他双手团团一揖，"屠手老四"罗大佑气也消了不少，嘴中哼道："妈的，算你小子见机得快……"

他胸膛一挺，接着又提起音量道：

"喂，臭小子，罗四爷不再和你哆嗦了，实话告诉你，昨日爷们听得这边有人追杀恶斗，根据见过的村民提供的相貌特征判定，必是'白衣教'的田再鸣被'侠义五行门'的王老三追杀，罗四爷我自然不甘让他捷足先登，于是，便急急赶来追寻他们，你若是看见，就老老实实地说出来，到时有了好处，大家都他奶奶的有份……"

不待他说完，洗龙安便摇摇头，道：

"在下出来打猎，一门心思地想猎获一只梅花鹿，其他的连只山鸡也没看见，'白衣教'的田再鸣更是不见其踪影！"

他口中说着，那边，一名左脸长满麻子的四旬汉子悄悄地向三丈外的草地看了看，然后凑近罗大佑身旁，神秘兮兮地细语了一番，却不知说了些什么。

洗龙安见他们贼模贼样地，料想不会说些什么好话，目光瞥到对方那贼溜溜转动的眼珠时，心中不禁"怦怦"直跳，唯恐他们发觉自己说谎，忙思量着对策脱身。

谁知，这时候，罗大佑与那左脸麻子的人已围拢上来，洗龙安欲避不及，暗中惶急，连忙惊问：

"喂？你们要干什么？"

"嘿嘿……"冷笑数声，罗大佑皮笑肉不笑地道："臭小子，如果不想死的话，就老实告诉四爷所问之人在哪里，否则，今日有你好看！"

心中一沉，洗龙安暗惊不已，但脸上却镇定如恒，淡淡地道："我说过没有看到你们要找的人，你要我怎么告诉你？"

"别装蒜了，小子，惹恼了四爷，先将你大卸八块再说，姓田的与你又非亲非故，你也他奶奶的犯得着为他们辩护守密么？"

"别吓我，我根本没见过你所说的人，你要我说几遍才肯相信？"

洗龙安口中虽说得很硬，但心中却忐忑不安，怎么他们一口咬定我见过了田再鸣？难道他们发现了什么蛛丝马迹？

暗中忧虑，洗龙安不禁向方才田再鸣出现和掩埋的地方看去，这么一看，才不由大惊而悟：原来田再鸣由于身受重伤，兼且在坠崖中被松树刮破了皮肤引起多处创伤，血迹斑驳，在这草地上，他所经之处都滴落有殷红的鲜血，这无疑是给对方指明到过此处，似乎"屠手老四"罗大佑也就因此才循迹找到此地！

　　他这一看，罗大佑恰也向那尚未冻结的血迹望去，他那两道诡异的目光就如两把犀利之剑，刺得洗龙安不敢正视，忙移开目光，暗怪自己粗心未曾注意此点。其实这也怪不得他，谁会想到他们是来找田再鸣的呢？

　　狠狠地逼视了洗龙安半晌，罗大佑阴恻恻地冷问道：

　　"小子，你还想否认吗？没见过他们，这血迹又作何解释？罗大佑与王仆泰至少有一人活着，这血迹就是他到过此地的铁证！"

　　一颗心都快要跳出胸膛了，但洗龙安仍不肯就此认栽，聪明的他快速反应道："这……这血迹是我射中一只梅花鹿，它负伤逃跑时流下的，若不信？你自己来看，那地上还有它的脚印呢！"

　　众人注目看去，可不？那独特而清晰的脚印正是梅花鹿所有，罗大佑起疑的心也不由放下了一截，哪知，方才那半边脸都是麻子的汉子却在旁边提醒道：

　　"罗四爷，我看这小子言语吞吞吐吐，神情有异，恐怕其中有诈，我们还是细心些好，不要被他骗了，你看这血迹下的脚印还有人所踩出的，哦？扁平脚印，是……是田再鸣的！"

　　罗大佑眉头微微一皱，道："嗯？李荣，你敢肯定这是田再鸣的脚印？"

　　这名叫"李荣"的麻子立时跃下马背，俯到地上仔细看了几遍，才点头肯定地道："不错，属下有十二成的把握敢肯定，因为属下跟随田再鸣十几年，他是一对形如鸭子般扁平脚，错不了，这小子说他没来过？我敢担保，如果他没来过这里，小的人头任四爷摘下当球踢，只是……看不出他的人在哪里，八成是被这小子藏起来了！"

　　原来这麻本是"白衣教"中的一名教徒，跟随左护卫田再鸣约有十余年的光景，这次随同田再鸣远去"龙门镇"夺取林海秘语，却在回教途中腿上中了一刀，当时情形紧急，田再鸣无奈之下便将之弃下不顾，于是这麻子怀恨在心，又恰好遇到罗大佑追杀田再鸣，这麻子便变节投向了神义无相门。"屠手老四"罗大佑本是粗鄙之人，见这麻子苦苦哀求，也就勉强将他收录门下，并派人仔细替他医治了脚伤，只是想不到此人今日倒派上了用场。

这时，罗大佑听他如此一说，立时将手一挥，吩咐众人道："既然可疑，就先将这小子拿下，待四爷好好问他，不怕他不说实话！"

他又伸手一指其中几人，道："你们几个循着这脚印找一找，看看有何发现没有？"

众黑衣大汉齐齐应了一声，十余人策骑慢慢地向洗龙安包抄而上，另外两人依言下马循迹探索，罗大佑与麻子李荣却在一旁勒骑观战。

洗龙安目光一凛，威仪堂堂地道："大路朝天，各走一边，我又没招惹尔等，你们为何以多欺少，以长欺幼？难道不怕天下英雄耻笑么？"

罗大佑"嘿嘿"阴笑道：

"小子，你少将那套侠义之道对四爷讲，什么以长欺幼，什么以多欺少，四爷可不理这一套，先将你擒下，四爷再告诉你被擒之由！"

话刚说完，竟不容洗龙安说出一字，已有四人分由四面拍马执刃攻到，势若大浪拍岸，悍勇异常！

洗龙安见迫在眉梢不得不发，遂然"锵"的一声龙吟，三尺青锋脱鞘而出，寒光暴闪，分击四面！

寒芒如潮，一波波，一叠叠地汹涌而出，洗龙安拔剑在手，施展的正是"流光璀璨七藏十六式"，此剑法他在宁水庵内修习了十七年之久，早已达到了炉火纯青之境，这时只见剑身幻作万道银虹分攻四面，"锵锵"兵刃激撞之声不绝于耳，金星迸溅，眩目流彩，不谙武学之道的人看来，只怕还以为是正月十五那爆发的爆竹，悦耳至极！

"用不着要那小子的狗命，四爷要活的！"

罗大佑漫不经心地淡淡吩咐，表面上看来似乎对此战胜券在握，但心里却着实暗惊于对方年纪轻轻，却能使出这般精妙剑法，实是出乎他的意料之外。

在密如炒豆的激鸣中，洗龙安将"流光璀璨七藏十六式"中的"分光捕影"、"闻风而动"、"灿光泻曳"三式连环化作一式使出，一击分震面前二敌砍至胸腹三寸处的厚背砍山刀，只听"当"的一声剧鸣震耳欲聋，两名大汉禁不住晃了几晃，险些从马鞍上摔了下来，虎口剧痛。血，已然在不知不觉中流了出来，他们慌忙运力稳住身形，相顾一望，俱是流露出满面诧异之色，他们怎么也没有想到眼前这位看起来并不多么健壮的弱冠少年会有如此惊人的力气，若不是他们把式勉强够得上强硬，只怕现在早落于马下摔个四脚朝天了。

低估了对方，险些吃亏，另两名大汉攻至中途，去势不由一缓，洗龙安抓住良机，剑尖左右如电般斜削二人手腕，剑矫如龙，诡异无比，同时，身子直往上窜，避过了两敌攻向中、下盘的狠狠一击！

禁不住"咦"地惊呼出声，同一时间内，两名大汉被迫由鞍上一跃而起，大刀双双劈空，只有急忙避剑，否则，那条手臂势必不保，因为对方这招"花表两枝"无甚精奇之处，实则暗含无限妙着，攻中含守，守中带攻，为剑法中的精奥之招——往往奇特之事就在不奇之中蕴含着。

饶是二人见机得早，闪避迅速，但闻两声痛呼同时发出，寒光过处，血光进溅，二条人影如蝶穿花丛，飞掠于须臾，在人们的瞳孔还未及映现出他们的身影时，二人复又落于马鞍之上，好像根本没有发生任何事，动作快捷如风，使常人无法捕捉其踪，由此显示了他们不同寻常的身手。

一招间，两名大汉俱已挂彩——腕部各被划下一道长约三四寸的血槽，然而，洗龙安也并非毫发无损，左肋被其中一人的锋利刀尖剐下一片连衣皮肉，鲜血洒滴，斑斑殷然，然而三人谁也无心理会这些，因为他们都知道在这种情况下丝毫分心不得，一个不留神，与身体分家的有可能就是胳膊、大腿，甚至脑袋。走上这条江湖路，过的就是刀尖上舐血的日子，谁也保证不了自己能安然无恙。

虽然只交手一瞬，但洗龙安已然探出了对方的虚实，对方这四人不但技艺不凡，而且经验丰富。须知，方才他可是使出了"流光璀璨七藏十六式"中的精妙招式，结果也只是逼退和略伤了对手而已。

同样的，对方四人心中也不平静，他们每人都是在江湖上打过几年滚的老江湖了，人家可还是未涉足江湖的一个雏儿，四人联手齐攻，没想到也未捞到丝毫便宜，更有二人受伤，这对他们来说，实是汗颜之事，心中哪还不大冒其火？但实际上，就艺业而言，这四人远远非洗龙安对手，洗龙安初次临敌，缺乏经验，要不三招之内，这四人必被斩于剑下！

其余众人见这四把硬手齐出也未将对方摆平，先前的轻视之心转而化为戒心，但眼见老大在旁，便倚恃人多，在洗龙安落坐马鞍尚未坐稳之际，即有数名大汉如出笼的悍豹齐齐狠攻而至！

敌人志在必得，洗龙安哪甘心就擒？身形"一鹤冲天"而起，却在空中一折，转向南边的树林欲逃。

"小子，想逃么？上天到凌霄殿，入海到水晶宫，也休想开溜！"

怒喝声中，众人各展轻功成圈状包围猛迫，洗龙安也不答言，手中长剑舞起一道如虹剑形，硬架住近前狠狠向他劈来的一人手中之大刀，"当！"地剧响过后，"啪——"的裂刃之声中，黑衣大汉手中的大刀竟由中而断，被洗龙安手中那柄削铁如泥的宝剑斩成两截！

催马正行的罗大佑见状，心中一动，贪念立起：

"咦？这小子手中所握的竟是一把宝剑，我可不能暴殄天物！"

歹心既起，便宏声笑道："你等小心那小子的宝剑，四爷我矢志要得到此剑！"

就在这时，那两名大汉已循迹找到了田再鸣的葬身之处，并且掘开了浮土，其中一人抑制不住惊喜之情，高声叫道：

"四爷，姓田的的狗贼尸首已经找到了……"

陡闻找到了田再鸣的尸首，罗大佑不禁欣喜若狂，不待那名属下说完，忙勒马回转，欲亲自一搜其身得到林海秘语，因为此事关系重大，他才不放心让属下沾手。

洗龙安见神义无相门的人已经找到了田再鸣的尸首，心中不由一急，万一他们发现尸首上还有箭伤，追查起来，自己必然难脱干系，到时纵然浑身长嘴也难以自辩，后果更是不堪设想。洗龙安暗暗着急，剑势不由一缓，一口真气也难以提聚，身子疾速下坠，而数名黑衣大汉立时乘虚而入，数件兵刃交织成网笼罩向他周身！

激战之时，分秒必争。胜负、生死，往往只在须臾之间发生或易转。

洗龙安骤觉腰腹一凉，且伴着一阵疼痛，与他同时落地数人的兵器已指在他的要害之处，洗龙安欲挡已迟，就是"避"的机会也已失去，只有身形一滞，凝住了攻势。

"嘿嘿，小子，这回看你怎么跑？罗四爷今日要活剥了你的狗皮！"

一名似是头目的络腮胡得意地道，说完，便与众人兵刃相加架在洗龙安的脖颈上，走到罗大佑面前，道：

"四爷，这小子已被咱们抓到了，请发落！"

将洗龙安交给另外几人挟制架住，络腮胡走到罗大佑身旁，恭敬而又谨慎地躬身禀道，一面还惊讶地向地下的田再鸣之尸首看了一眼，欲言又止。

罗大佑略一点头，阴恻恻地冷笑几声，缓缓地走到洗龙安面前，伸手拍了拍他的脸蛋，诡秘莫测地道："小子，那半张羊皮呢？交出来！四爷有好生之德，或可免你一死，不然……"看来他这次搜身，也是竹篮打水一场空！

罗大佑故意拖长语音，意含威胁，哪知，洗龙安根本不吃他这一套，只见咬着牙，恨不能上前狠狠揍罗大佑几拳，打他个脸如烂茄好先出出气，可是身边几名彪形大汉铁钳般大手，紧紧地扣在他的琵琶骨上，他哪还能动弹分毫？洗龙安钢牙暗挫，恨气冲天，却故作平静地道：

"什么半张羊皮？在下只是在打猎时见到此人奄奄一息，不及救治，才不忍心让其暴尸荒野，便将他就此草草掩埋，却哪里来的什么羊皮，牛皮？"

"嘿嘿……"罗大佑又是一阵仰天阴笑，声如枭鸣，使人倍觉这笑声外的诡谲，情不自禁地胆战心惊起来，虽然他脸上仍挂着笑意，但那细长双眼内隐射出的两道灼灼目光却能给人最冷、最狠、最毒的慑人感觉，仿佛就是两柄剑，犀利无比的剑，令人不敢正视！

笑声戛然而止，罗大佑瞪着洗龙安，低缓地道："小子，洗家堡堡主洗管非是你什么人？"

"哼"的一声，洗龙安道："说出来，只怕吓你一跳！"

满是不屑地一撇嘴，罗大佑大咧咧地道："笑话，就是'神鬼同愁'洗管非那老小子站在四爷面前，四爷又何足为惧？小子，你该不会是姓洗的宝贝儿子吧？"

洗龙安傲然一笑，道："家父正是洗管非！"

"啊？"身旁那位络腮胡果然吓了一大跳，连忙朝罗大佑哆嗦着道："四爷，这小子……这小子原来是洗家堡的人，这下咱们可捅娄子了！"

罗大佑倒是闻而不惊，蓦地，一掌将那络腮胡打了个趔趄，气吼吼地道："混蛋，这小子是姓洗的宝贝儿子又怎样？如今他在四爷手里，洗管非那老小子要是敢动分毫，老子就先扒了他儿子的皮！"

络腮胡爬起来，捂着肿起的半边脸，声气哀丧地道："是，是，活剥了这小子的皮……"

麻子李荣却笑嘻嘻地道："四爷英明，这就叫'投鼠忌器'，洗家堡的人还敢啃去我们半根鸟毛？"

罗大佑得意洋洋地一哼，喝叱道："我搜过了，姓田的身上没有那半张羊皮，你们给我搜，那羊皮一定在这小子身上，哼！只要拿到了林海秘语，老子还怕个鸟！"

洗龙安脸色大变，然而，还未容他作出任何动作，左右几名大汉便在他身上搜将起来。

"你们想干什么？我身上根本没有什么羊皮，狗皮的……"

"你小子鬼叫什么？有没有，等搜过了之后就知道，再叫，老子扒了你外面这层皮再搜！"

虽然一百个不甘，但现在被人所擒，也无可奈何，他们可决定你的生死，何况是搜身这区区小事？洗龙安暗骂在腹，暗恨在心，可身子却丝毫动弹不得，只得由他们所为。

哪知，盏茶工夫过去了，众人七手八脚地将他全身搜了个遍也未能找出半张羊皮，有的只是十几两碎银罢了。

"四爷，都搜遍了，可这小子身上连根羊毛也找不到！"

一名大汉纳闷而又疑惑地朝洗龙安看了几眼，然后才向罗大佑禀告道。

其实不用他说，罗大佑也清清楚楚地在旁看到了，他心里更是惊奇：怪了，怎的身上连根羊毛都找不到？能藏的地方也都找过了，莫非这小子真的没有拿到那半张羊皮？可这没有理由呀！

见他们皆愣在当地，洗龙安胆气一壮，又似恼恨十分地斥责道："我说没有什么羊皮、狗皮，你们偏偏不信，现在将本公子全身搜了一遍，有没有啊？"

一时语塞，众人皆无言以对，没找到藏宝图还有什么话好说？

面色猛地一沉，罗大佑却不甘心就此放弃，他一瞪眼，威吓道："臭小子，别跟四爷要花样，羊皮一定还在你身上，藏在什么地方？还是你自己老老实实地拿出来为妙。否则，四爷数三声，如你还不交出，老子便剁了你一根手指，一！"

洗龙安心中微微一紧，暗自焦灼万分，对方这一声数出，就犹如阎王殿里阎罗王的催命符，令人胆颤心惊不已。他暗地里替自己捏了一把汗，却并非惧怕对方断指之胁，而是他真的不甘让敌人如愿，眼下被人搜身，这对他来说，实是一件奇耻大辱之事，他清楚记得方才田再鸣死时将那半张羊皮交出时，是托付他转呈爹爹的，既是转呈给爹，他便宁死也不能让罗大佑得到，是以，他索性闭起双眼，浑然不理对方那三声数数。

咦，奇怪？那半张羊皮不是明明被洗龙安收入襟内的吗？怎么现在却未被人搜出呢？

罗大佑实质上只想威吓洗龙安一下，他以北六省的白道人士自居，还不敢任意胡为，心想如此一个未涉江湖的毛头小孩能有多大胆量？谁知，当数到"二"时，却见洗龙安依然无动于衷，双目阖闭，根本没有将"生死"放在心上，目睹此景，就连他这平日里双手沾满血腥的刽子手也不禁怦然心震，打心底钦佩此子之胆识。"三"字本已发至喉间，他却硬生生地止住了，因为他知道人家已视死如归，试问一个连"死"都不怕之人，言语恫吓又有何用？

洗龙安如老僧入定般一动不动地欲听对方那声"三"字出口，可等了半天也不闻其音，他忍不住睁开双眼向罗大佑窥去，却见其正用异样的目光看着自己，那目光，满含不解与由衷的佩服之意，洗龙安顿时只感到一股豪情由心底迅疾涌起，他这次再也不避开对方那犀利如剑的目光，反而勇敢地迎了上去，但隐含着一丝讥笑之意。

"怎么不数下去……去？"

洗龙安欲改被动为主动，遂出言相问，但抑制不住地，声音难免还带着一丝颤抖。

罗大佑似笑非笑地点了一下头，道："小子，看不出你还挺有种的，难道你真的不怕剁一根手指吗？要知道，罗四爷我说话，向来说一不二的！"

洗龙安尽量装作洒脱地一笑，道："谁都怕手指被剁掉，本公子也不例外，只不过，在你面前纵然是怕，我也不会让你看到我畏怯的模样，现在，我知道你一定不会数'三'，更不敢杀我，十有八九是想用软招术套问本公子，对不对？"

罗大佑愣了愣，狠狠地点点头，道：

"小子，你的口才很好，真看不出你他奶奶的年纪轻轻，就练出了一张利嘴，而且还很不笨，大有超过你老子之势。可惜，你愈是聪明出众，罗四爷我就愈发不能轻饶你。现在，四爷之所以不会杀你，是因为我料定那半张羊皮定在你身上，快点交出来，否则，就不是要剁掉你一根手指那么简单了。'三'字一出，若还不说，你小子那条手臂就要与你的身体分家了！"

说完，他就像狼一般眨着一双细小的眼睛，在洗龙安身上巡视着，目光凶险灼灼，看来这家伙这回是真的动了肝火，口中缓缓地念道：

"三——"

这时，冼龙安不期然地，唯恐被人发觉似地，双目瞥了瞥自己的左腰处，但殊不知就这一瞥已然坏事。罗大佑闯荡江湖多年，耳目何其敏锐，立时看出了端倪，他得意地冷笑一声，道："臭小子，原来你倒真的不笨，险些连四爷都被你蒙混过去了，嘿嘿……可惜狐狸再狡猾，也逃不过好猎手的眼睛！"

第二章

说着，他慢慢地走了过来，蓦然伸手疾抓冼龙安腰间所悬的剑鞘！

冼龙安立时如触电般剧烈一震，脸色大变，急叫道："不可！不准取我的剑鞘！"

此言一出，众人尽皆醒悟，异口同声地道："哇，原来这小子将那玩意藏在剑鞘里，难怪我们都找不着！"

不错，冼龙安的确是将那半张羊皮藏在了剑鞘之内，那是在方才被众人追杀之时，他预料到今日势难脱身，便暗中将之叠成细条塞到剑鞘中，如此隐秘之处，所以罗大佑属下众人谁也不曾找到，若不是冼龙安江湖经验不足，他们只怕最终也发现不了呢！

冼龙安眼看着献给父亲的林海秘语就要落入他人之手，心中大惊，但奈何被人紧紧制住，挣脱不开，急得他一颗心就要跳出胸膛似的，唯有大骂不已。

罗大佑耳闻骂语，若在平日里必是暴跳如雷，但现在找到了林海秘语，也就无心理会这些。他一把夺过剑鞘，将鞘口斜倒向下，里面叠成条形的羊皮便已滑出了一半。

这一下，罗大佑直乐得心花怒放，赶忙又将剑鞘朝上一举，露出一半的羊皮复又没入鞘内。

冼龙安见剑鞘被夺，对方已把羊皮找出，直气得五内欲焚，怒火攻心，这时也顾不得什么礼仪了，破口大骂不已。

"姓罗的，你这老乌龟，老王八，快将剑鞘还与本公子！神义无相门全是一群扛着'侠义'大旗，专干卑鄙之事的狗贼，混帐！……"

罗大佑在神义无相门内坐的是第四把交椅，号称"屠手老四"，几时被一个后生小辈如此骂过？顿时满脸通红，恼羞成怒地喝道：

"好个不知死活的小兔崽子，方才欺骗四爷之罪还未惩罚，如今反倒在四爷面前喊叫起来，看来不给你小子来点厉害看看，你他奶奶的还以为老子是纸糊的，来人！给老子割了他的舌头，带回去剁碎了喂狗！"

话音方落，左右两人立时应声动手，一人撬洗龙安的牙关，一人"铮"地拔出一柄雪亮的牛角匕首，直朝洗龙安逼来！

洗龙安又气又急，拼命挣脱，但奈何身后四名汉子将他手脚俱都死死扣住，无论如何都挣脱不开，洗龙安瞬即便满脸通红，双眼怒瞪着那柄雪亮的匕首步步逼来！

眼看着惨事就要酿成，突然，一阵微风掠过，"啪啪"两声随着一声"啊"地惊呼同时响起。而这时，场中情形已然大变，四名扣住洗龙安的汉子正捂着面孔痛哼着暴退，两名正待动手的仁兄已跌倒在一旁，罗大佑却目瞪口呆地怔立着，手中的剑鞘早已不翼而飞！

在洗龙安身边，却多了一位须发飘飘，白似雪霜的青袍老者，他右手正握着那柄剑鞘！

这一切事出突然，发生得太快太快了，以至于众人包括罗大佑、洗龙安在内，全都一时怔愣当场，不知所以。

"小子，跟我快走！"

随着话声，老者伸手抓住洗龙安的右臂，身子电射而起，两人便如两只翩翔的大鸟飞向北面的一片山林。

罗大佑猛然回过神来，挠挠头皮，喃喃自语道："这是他娘的怎么回事？……"

麻子李荣立时凑过脸来，低声道："四爷，要不要小的带人去把老家伙宰了？顺便把那小子带回来？"

罗大佑却蓦然又是一掌打得他一个趔趄，怒喝道："住口！你娘的眼睛瞎了，连他老人家也敢动，妈的！"

麻子李荣挣扎着爬起来，那络腮胡冷冷一笑，走过来低声在他耳边说了一句，麻子李荣听完，脸上立即大变，现出惊骇困惑之色！

这是一座称得上巍峨高大的山峦，山势起伏，延绵数里，然而，在这僻野清寂之处却有一个不为人知的所在——"尘环谷！"

此时，正有一老一少行色匆匆地进山往这"尘环谷"而来。

谷深而隐密，丛木为屏，绿草为毯，一个别有情致的洞府就在其中，难怪青石的府门上方刻着三个篆体大字：尘环谷！

"啊……老前辈，你把我带到这深山老林中来作甚？我们行了这些天的路，我……我现在累得都快走不动了。"

这位说话时气喘吁吁的少年正是洗龙安，那老者可不就是当日在危难关键之际救他脱离敌围之人？他见洗龙安如此一问，呵呵笑道：

"到了，到了，到了家我们就可以好好休息休息，这山上景色还不错吧，小子？"

洗龙安闻言，环顾四周，愈加疑惑且带着着急的语音道：

"前辈，这……这是何处所在？离洗家堡到底有多远？前几日一早，晚辈就辞别爹娘出来行猎，如今几日不见，他们定会心急担忧的。"

白须老者却脚下不停，一面笑着道：

"小子，此地已到了冀州府地界，其他的，你就不必多问，佛语云：既来之，则安之。再者，此地风景绝佳，你也算是不枉此行啊！"

洗龙安阔别父母有十余年之久，此次回来相聚，本待共享一段时日的天伦之乐，谁知前几日不仅险些丧了性命，如今还被带至离家数百里之遥的冀州府，心头顿时涌起一股无名怒火，脱口叫道：

"你……你何不早说？此地离洗家堡数百里之遥，我爹娘还有那日随我行猎的家人现在恐怕已等急了，他们多么担心我、挂念我，你知道吗？你带我来此地，我……我却没那份闲情雅致观赏景色……"

洗龙安心中恼怒，便直言不讳地说了出来，说至最后，竟然激动地语不成句。

白须老者却并不恼怒，反倒捋须一阵长笑，良久方含笑道：

"年轻人，这的脾气怎么恁般大？你不仅不感激老夫对你的救命之恩，反而用这种态度和语气对我老人家说话，我要听你在此发牢骚吗？带你来此实是为了救你，为了你好，真是狗咬吕洞宾——不识好人心！"

洗龙安被对方抢白骂了一通，脸上顿时一阵青一阵红，心中也暗怪自己方才太冲动，以致激动失态忘了对方乃自己的救命恩人，但听到对方说带自己来此是为了救他，为了他好，心中又不禁疑惑不解。待到情绪略平后，洗龙安忙问道：

"前辈，方才是晚辈失礼了，请多多海涵，但晚辈实在想不明白，前辈带我来此怎的又说是为了救在下？其中内情，尚请前辈不吝见告。"

白须老者微一颔首，不悦之色立时稍敛，平和地道：

"小子，你可别忘了罗大佑是在神义无相门中至第四把交椅的人物，当日老夫虽然救了你，但他定然不会善罢干休，何况这半张羊皮是在你手中，他如今对你只怕追查正紧，你有家也不能回了，不如暂时避避风头，老夫这儿可谓是世外桃源，他们就是千里眼也找不到你在此处。"

听对方这么一说，洗龙安也意识到事情的严重性，不无忧虑地道："听前辈这一分析，我爹娘不是也要受到他们的滋扰？"

白须老者点点头，道："只怕有此可能！"

洗龙安狠狠地一拍自己的额头，懊悔地道："这都怪我当日一时赌气，如果不穷追那只梅花鹿，就不会有把箭射到田再鸣胸膛之事，如果不遇上他，就不会牵涉到这什么武林秘笈之事，也就不会招致姓罗的狗贼追杀，这……这都怪我……"

听到洗龙安提及"武林秘笈"，白须老者便由身上解下那柄蟒皮剑鞘，递给洗龙安，道："小子，现在完璧归赵，该把这剑鞘还给你了，其实你也不要埋怨自己，也许这就是天意使然，你想躲也躲不开的。当务之急，便是如何对付眼前的危机！"

洗龙安此时怨恨正浓，心忧家人，见其递来剑鞘，不由怒火更炽，一把抢过剑鞘，道："都怪这什么武林秘笈，如果不是它，就绝无现在的危急，我要它又有何用？"

说完，振腕欲掷向山下，白须老者眼疾手快，立时将他的手臂按住，深沉地道：

"小子，还是那么冲动吗？事已发生，就不要一心再深究过去，而是要面对现实。要知道，纵然没有你这本武林秘笈，江湖也必会大乱，'分久必合，合久必分'乃大势所趋，虽然这份武林秘笈对你来说如眼前浮云，但你可知现在有多少人对它垂涎三尺，梦寐以求吗？好好保存，说不准将来你会派上用场！"

甫闻此言，洗龙安心中一动，不由转脸问他道："既然前辈说众多人都想得到这本秘笈，为何前辈却对之好似毫不在意？"

白须老者摇头一笑，伸手指向自己走近的谷门，道："喏，你看到了，老夫这谷门上面所刻之字？"

洗龙安睁目望去，喃喃地念道："尘、环、谷？"

却又不解其意，接着道："尘环谷？这三个字难道还有什么深奥之意吗？"

白须老者点头道："不错，这三个字里有一些常人所想象不到的意义，至少对老夫来说是这样的。"

"哦，晚辈愿闻其详，不知前辈可否见告？"

老者正欲答话，谷门后却突然传来了一片碎细的脚步声，老者脸上立时现出了从未有过的笑意，道："哈哈，小丫头出来迎接我们了！"

话音未落，果然谷门"吱"的一声开了，一声如莺歌燕语般甜甜语声飘出来道："爷爷，你可回来了，琳儿等了你好些日子。迟回的这几日，看我怎么罚你！"

人随声出，谷门后已然飘出一位青衣少女，亭亭玉立地站在洗龙按与白须老者面前！

洗龙安顿时只觉香风沁鼻，耳目一新，睁眼看去，只见眼前之人不仅声音甜，长得也甜极了，身材匀称，胖瘦适巧，一张脸白里透红，粉嫩娇艳至极，就如一朵盛放的百合，清丽脱俗，艳而不冶，尤其是两只水汪汪的大眼睛，就像两汪潭水，既深情，又幽邃。总之，看上去，你一时之间还真找不出她有什么缺陷。

洗龙安暗暗称奇，没想到在这荒山僻野中，还有如此一位可人佳丽，倒真是少有之事！

洗龙安一时看得有些着迷，那青衣少女——琳儿却被他看得有些不太自在，窘迫得脸上发红，遂轻声向那老者怯怯地问道：

"爷爷，他……他是谁呀？"

白须老者微微一笑，道："哦，爷爷倒险些忘了，我来给你们介绍介绍，这就是此次随我一起的……"

这时，洗龙安猛然回过神来，不待白须老者说下去，便拱手一揖道："在下洗龙安，见过姑娘。"

那青衣女子弯身施了一礼，轻声含羞道："小女子琳儿，欢迎洗公子大驾！"

白须老者见状，略一摆手，道："好了，好了，都别这样酸溜溜的，我老人家可看不惯这一套，琳儿，还不请客人入内歇息？让客人站在门口，这岂是我们尘环谷待客之道？"

那青衣女子扮了个鬼脸，连忙施礼道："公子，请入内歇息！"

洗龙安却又连忙还了一礼，才随着白须老者一齐走入门内。里面，洗龙安本以为是阴暗潮湿的极差环境，岂料眼前却豁然开朗，只见洞内壁滑如镜，虽凉不潮，洞内虽无豪华家具，但一般常需之物却充足不缺，摆设得井然有序，有条不紊，可见其主人是个做事一丝不苟的洁好之人。

分主宾落坐后，琳儿又献上香茗，冼龙安却还记挂着白须老者未告之事，遂问道："前辈，还未听你说出这'尘环谷'三字的涵义，尚请见告！"

白须老者呷了一口茶，神情转变为与他先前截然不同的肃沉来，声调低沉而悠悠地道：

"冼小友，你可知道这数日来你向老夫询问名讳，老夫只让你叫一声'前辈'而未告诉你真正姓名，究竟为何？"

冼龙安轻轻摇摇头，白须老者又喟叹一声，似有无限愁思地道："老夫现在给你讲一个故事。"

冼龙安忙一点头，彬彬有礼地道："晚辈洗耳恭听！"

他见白须老者神情肃穆，也不由得沉静聆听，就连那看起来天真活泼的琳儿，也被这种气氛染得缄默不语，柔荑支颐，凝神细听。

就在两人的沉静中，老人像说书先生那般讲开了：

"数十年前，有位高人，他武功超绝，名震四海，却膝下无子，只有一女，便另收了两名男徒，学艺时间一长，这对师兄弟便皆对小师妹情有独钟。论条件，两人不遑多让，但小师妹看上的却是二师兄，而他们的师父在临终前也将女儿的终身托付给二弟子，这么一来，心胸狭小的大师兄在心灵深处便对其师弟、师妹产生了刻骨铭心的恨意。本来，二师弟也有成全师兄之想，但小师妹却不欣赏大师兄自私、虚伪的为人，如果将他们硬扯到一起，他们一定相处很难……"

"最后，虽然大师兄从中百般阻挠，但二师兄与小师妹还是有情人终成眷属，然后，他们退隐山林，虽然日子过得清贫，但他们相敬如宾，恩爱十分，日子过得很幸福……哪知，他们还是未能白头偕老，不但如此，此后还发生了一连串意想不到的变故，唉——"

冼龙安见对方如此伤神，不禁心急插言道："前辈，既然那位二师兄与小师妹两情相悦，恩爱非常，为何不能白头偕老呢？莫非是嫉恨他们的大师兄从中加以破坏？"

老者微微颔首，道："你倒聪慧十分，所料不差。试想，他们的大师兄既生性自私，心胸狭窄，对他们嫉恨已深，哪会甘心从此罢休？不过，他做得太绝了，太绝了……"

说到此处，老人的脸上布满愤怒至极的神色，目中都快要喷出火来，额上青筋暴现，面色转青，嘴唇不由自主地翕动着，就连长须都根根竖立如戟！

见此情形，洗龙安已能体会得到对方激愤的心事，但又不好截言询问，倒是琳儿心直口快，见祖父如此神情，遂关切地问道：

"爷爷，你别激动，慢慢道来无妨，看你这样子，倒好像比故事中的'二师兄'还要憎恨他的大师兄，今日琳儿倒是头一次看见你讲故事会如此深有感触，全心投入！不知大师兄对其师弟、师妹做出怎样的坏事来？"

老人却不理会她说的这些，只顾自个儿叙道：

"二师兄与小师妹膝下一子、一女，就在他们的儿子的小女正值满月喜庆的那个晚上……不知怎的，大师兄竟然找到了他们的隐居之处……"

听到关键之时，琳儿忍不住急问道："爷爷，那大师兄找上门来绝不善罢，他可伤害了二师弟和小师妹？"

摇摇头，老人本来精光闪闪的眸子一下子变得黯然无光，很伤神，也很伤心，还带着些许的愧疚，沉沉地道：

"没有，没有……他带来了一对玉佩与六颗彩珠，说是作为给二师兄孙女的贺礼！"

琳儿听得十分惊奇，几乎不敢相信自己的耳朵，道："哦，他会有这么好心？"

"嘿嘿……"老人竟然笑了，笑声夹杂着一种混浊的哽咽，最后，从他的双眸中竟滚出几颗老泪。

"爷爷，你怎么哭了？"

琳儿惊讶地问了一句，边急忙上前用衣袖为爷爷轻轻拭泪。在她的记忆中，从未见过爷爷会如此伤神地流泪，纵然有泪，那也是充满欢乐的泪。因为他是一个终日笑口常开的乐观之人，今日为何如此？她很是不解。

琳儿拭泪，老人眼中的眼泪却愈流愈多，渐渐地，老者老泪纵横，咬牙切齿地道：

"都是我的错，都怪那一对玉佩与六颗彩珠，是这些身外之物害了我。原来，一对玉佩是当地知府送给爱女的礼物，那六颗彩珠也是知府的珍爱之物，大师兄盗出这些，然后布下了一个陷阱，是一个丧尽天良的阴谋。可是，当时我并不知道，我真的太愚蠢了，怎么肯相信他的话？我怎么又如此贪财会收下他的贺礼？他送了我那些贺礼后，再去投案报官，官府便派人将我缉捕，他再乘人之危淫辱了我妻子，连我已有三个月身孕的女儿也不放过，逼得她们蒙羞先后自尽，还有我儿、媳，得知那狗贼耍的阴谋后找他拼命，却反被其害……"

"都是那份贺礼害了我，不然，我怎么会落到现在家破人亡、一无所有的境地？所以，自此以后，我便讨厌看到钱，憎恶那些有钱之人，因为钱能通神，老夫又以'范'为姓，便自称'反通神'，此处称为'尘环谷'，这些，无非都是说明老夫对尘世已无留念之心，时刻警戒自己当年贪财之错！"

洗龙安闻毕，这才恍然大悟道：

"想不到'反通神'前辈所讲故事中的人物其实就是你本人，更让人想不到会因一些小小的贺礼而导致诸多不幸，晚辈这才明白方才前辈为何对人人唾涎欲得的武林秘笈会无动于衷。晚辈深表同情，那大师兄故施阴谋陷害前辈家破人亡，实在该千刀万剐，死有余辜！依前辈的超绝武功，难道这些年来还未手刃此贼吗？"

冷凄的一笑，"反通神"怒恨未消地道：

"老夫蹲进死牢数载，若不是有生死之交相助，只怕早已变成了刀下之鬼。出来后，方知人狱期间家里所遭的惨祸，遂遍寻那狗贼的下落，终于在十二年前找到了那狗贼，但事到如今，老夫还从没下手。"

洗龙安一怔，讶异地问道："前辈，这又是为何？"

"反通神"目光如钢刀般冷冰坚硬，口中缓缓地道："那狗贼害得老夫家破人亡，一无所有，试想，老夫仅杀他一人，岂不是太过于便宜了？江湖上讲究的是以牙还牙，以血还血，老夫也要那狗贼家破人亡，一无所有！"

洗龙安听完，浑身竟不自觉地冒起了一阵通髓彻骨的寒意。此时，范琳忍不住心中的疑问，急道："爷爷，这件事我怎的从未听你说起？每次琳儿问起爹娘之事，你都说他们在深山里采药失足坠崖而亡，原来你都是在骗我，你好坏！以后琳儿再也不听你的话了，我爹娘被那狗贼害死了，我要为他们报仇，爷爷，你快告诉我，那狗贼是谁？"

"反通神"愧疚地微垂下颔，自责道："琳儿，都怪爷爷不好，爷爷本不该瞒你的，但现在还没到报仇之时，况且，你又是个女孩子家，爷爷不能把当年自己所带来的仇冤让你来担负，这样对你是不公平的。每次在给你爹娘焚香时，爷爷都许诺过要好好照顾你，让你过得快乐、幸福。家遭不幸后，你被爷爷的一位老友带养四载，那时你还小，只怕记不得此事，当你每次向爷爷问起父母时，为了不让你幼小的心灵增添失去父母的创伤，爷爷只能谎称他们采药时失足坠崖而死，骗了你这么多年，爷爷也深感愧疚不安，希望你能原谅爷爷，爷爷不是有心的！"

听完事情缘由，范琳已深深领会到爷爷的难言苦衷，她不禁激动如潮，猛然扑入祖父的怀中，动情地道："琳儿怎么会怪爷爷呢？要怪也只能怪那狗贼！他害了奶奶、姑姑，还有我爹、娘，待到琳儿寻到他时，非亲手将他千刀万剐，为奶奶他们报仇血恨！"

最后一句话分量极重，"反通神"听到孙女有如此坚决的心志，不禁欣慰地点点头，洗龙安也暗地里感慨不已，他没想到这世上还有如此歹毒至极、丧尽天良之人，如果让他碰上这种事，纵然此人是天皇玉帝，也非要给那恶人应得的惩罚不可！嫉恶如仇的洗龙安，恨愤难当，遂愤愤不平地道：

"那狗贼既与前辈同出一门，虽然得不到别人的垂青，但也不能恁般歹辣，不顾道义，不顾同门之情，施以如此险恶的阴谋，害得闹出四条人命，致前辈家破人亡，按罪来论，就是将他挫骨扬灰也难赎其罪，像这种无情无义、心毒如蝎之人，人人可得而诛之！"

洗龙安这句话暗示"反通神"尽可将那狗贼随意处治，却不该累及对方家人之意，哪知激愤得血脉偾张之"反通神"却摇摇头，恨然道：

"不，不止四条人命，应该是五条才对，我那可怜无辜的女儿当是已有身孕，她前来为琳儿满月贺喜，没想到到却遭此厄运，被那恶贼凌辱后，心知肚内一子也不能幸免于难，小女在悲痛之下偷偷自尽，是五条人命啊！"

"反通神"悲恨交集，说至最后禁不住声泪俱下，如若亲眼看到，任你是铁打的铮铮汉子，只怕也要情不自禁地黯然泪下。

洗龙安见洞内气氛如此凄怆，想使他们从悲痛中回过神来，便错开话题道："前辈，死者已矣，请别太过伤心，现在晚辈也掂挂着家中父母，如果姓罗的狗贼上门向我父母索要这半张羊皮，双方定会难以避免发生一场激战，他们都是一帮扛着'侠义'大旗却无恶不作的强贼，在没有准备的情形下，只怕敝堡众人吃亏了，这都是在下引来的无妄之灾！"

"反通神"怒气渐消，擦了擦眼泪道："这个可能是免不了的，不过，你也不要太着急，只管先在老夫这儿住下避避风头，待事情有了结果后，再回去不迟，老夫可以私下为你打探打探消息，你就安心在此住下吧！"

洗龙安一听对方要留他住下，不由急道："前辈的好意，晚辈心领了，不过在这时候，晚辈真的没有心思住下去，请前辈指明去往我家中的详细路径，晚辈得赶快回去与爹娘并肩作战，共御强贼才是！"

"反通神"见对方一意孤行，竟有些恼怒地道：

"你小子回去想找死吗？脑袋瓜子不笨，却为何这般不开窍？姓罗的现在就是希望你快些露面，你这么一回去，岂不是正中了他们的下怀？你醒醒脑子，好好想想吧。老夫留你在这风景绝佳之处，你还不愿？若是换了别人，就是给老夫磕上三个响头，老夫也不愿让他留在这'世外桃源'中！而且，也不会让你闷得慌，我老人家可将这身自以为还过得去的功夫传授给你，闲时，琳儿还可给你解解闷，这等美事，可是打着灯笼也难找哦！"

范琳脸上立时掠现了一片红晕，嗔娇地朝她爷爷"反通神"瞪了一眼，然后偷偷地瞥了一眼旁边的洗龙安，她多么希望洗龙安能应允留下呀，在这"尘环谷"居住十数载，唯一能和她说话的人就是爷爷，今日见到了一个年纪和自己相仿的洗龙安，不知怎的，竟有那么一种似曾相识的感觉，一种说不清、道不明的微妙之感，她多想和他交换心声，说说心里话，了解一下这谷外大千世界的新奇。于是，她用那双会说话的眼睛偷窥着洗龙安，目光中包含了真诚的乞求。

洗龙安却不敢接触那目光，他怕与她接触后会使坚强的自己变得脆弱，不再受理智的调度。所以，他只有回避，违背自己意志的回避，同时，他也清楚能有机会得到眼前这位武功超绝的老者真传，对许多人来说，该是多么不容易，不可多得的事，但他却不敢在此耽搁，于是，他为难地道：

"前辈，承蒙你老人家抬举，看得起晚辈，晚辈本不应该拒绝的，但眼前情况危急，容不得晚辈在此逗留，所以只有辜负前辈一番好意，请告知晚辈回去的路径，晚辈这就要告辞了。"

"反通神"闻言，不由来了脾气，嘿嘿一笑，道：

"想不到你这小子还挺倔的，牛脾气比老夫还来得犟，老夫让你留下，实是你的福份和造化，而你却不知好歹，当日我真救错了你。好，要想离开也行，你那条命是我救回来的，现在就还给老夫才任你出谷，老夫决不阻拦！"

好心欲将一身武功传授给对方，没想到却招来对方的拒绝，这无疑使"反通神"感到难堪，但他只是在气头上，并非真心如此说法，哪知，生性倔强的洗龙安可受不了，立时只听"锵——"的一声龙吟，他已从襟内拔出一柄短剑，道：

"既然晚辈之命是前辈救回的，前辈要拿，也理所当然，我也不想欠你这个恩情！"

说完，便将剑尖倒换对着自己的胸口迅疾狠刺，神态毫不迟疑。

"反通神"祖孙见状大感意外，惊骇万分，不由异口同声地悚然大叫道："啊……不要，千万不可！"

紧接着，"嗤——"的一道劲风在喝声中悦耳传出，"当啷"一声，洗龙安刺至胸口只有二寸的手腕突感一麻，长剑应声落地，原来是"反通神"危急之下屈指弹出由极深内力逼使的"点金指"绝技。

这"点金指"可以与少林不传之秘以及华山派的"穿云指"、"弹指神通"一争长短，是"反通神"的得意之艺，厉害之处可洞石破铁，锐不可挡，实为一门极为精妙的内家秘术。

适才眼见惨事将生，"反通神"陡然记起此技，因手无寸铁，正好派上用场，但只使三成之力，洗龙安已感剧痛如同刀割，哪里还能把握住剑柄？

这一下，洗龙安顿感气恼难抑，也不念及当日对方对自己的救命之恩，愤然直言道："前辈为何出尔反尔，在下欲将性命还给你，你不该救我的。"

"反通神"一时语塞，干笑几声道："老夫还真没想到你竟然倔强至此，方才老夫说出那番话也是口不遮掩的，难道我愿意看着你血溅眼前，而使自己抱憾终生吗？我可不是救你，而是为我自己及时挽救。你回去的路径我是不会告诉你的，原因很简单，因为你现在根本不能回去！"

洗龙安气得怒"哼"一声，倔强地道："前辈不告诉我回去的路径，便以为在下回不去么？在下又不是哑巴，不会向人请教么？告辞了！"

说完，洗龙安向"反通神"祖孙俩一抱拳，便向门外走去，范琳眼见这虽只一面之缘却颇有好感的人就要离去，急切所至，忍不住脱口叫道：

"洗公子，请留步……"

就这六个字，范琳已是脸红如霞，因为她毕竟还是一个未出闺的黄花大闺女，如此着急地唤一个男子留步，那背后隐含着什么，谁都清楚。

"反通神"见洗龙安欲离，这回他并不相留，但见孙女那神情，岂有不明白其中微妙之理？这时，他脸上却浮现出一丝笑容，笑得很怪异，很诡秘。

洗龙安闻得范琳急切的唤声，心灵剧震，不由自主地刹住了脚步，他也多么希望能留下来陪她天南地北地交换心声，但眼前他却不能。于是，看了幽怨忧伤的范琳一眼，微顿一瞬，便头也不回地径向谷门大步走去。

"公子……"

身后又传来范琳那隐含忧伤的莺语，但刚吐出两字，"反通神"便截言道：

"琳儿，人家洗少侠去意已决，你又何必苦苦相留？爷爷可是说一不二之人，没想到今日却对一个黄毛后生奈何不得，若传出江湖，准让人嗤之以鼻，笑掉大牙，试问爷爷这张老脸以后再往哪里搁去？"

洗龙安知道对方是指桑骂槐故意说给自己听的，却也不理会，只管走去。但来到谷门二丈开外处却怎么也靠近不到门边，明明只是咫尺之距，可就是越不过去，纵然使出家传轻功的高妙步法，也还是停留于原地未动，如同前面有一道无形屏障似的！

洗龙安大吃一惊，而且倍感疑惑，但坚强不屈的他岂肯就此作罢？他运尽全身的力气，贯劲双掌遥遥劈向石门，但石门却仍然是纹丝不动，稳如千斤巨闸，盏茶工夫过去了，洗龙安已累得汗流浃背，气喘吁吁，手脚发软了。

"前辈，请你打开谷门让我走吧？在下真的不能再耽搁了，不然，晚辈也会抱憾终生的！"

虽然洗龙安不想软屈这么说，但他知道眼前这个"反通神"也如他一样是个犟性子，硬碰硬是绝无出去之望的，无可奈何之下，他也只有委曲求全了，因为他看出这谷门机关密布，解铃还须系铃人，否则，他这一辈子都别想离开这里。

"反通神"得意一笑，道：

"呵呵……你小子不是很倔么？现在怎么也会向老夫低声求救？老夫说过的话从不收回，要想出去，就必须学会我的武功，否则，你就一辈子留在这里陪伴我们，实话跟你说，谷门出口暗含五行八卦机关，若没有老夫亲自带你出去，你永远就只有留在这里的份儿，我老人家再问你一遍，你答不答应留下？愿不愿意学我的武功？"

洗龙安不谙奇门之术，若不允，看来此生真的要被困在洞中了。如果应他，又不知何时才能学会他的武功得以出谷，想到这些，心中好不烦恼，暗恨道：

"死老鬼，这个节骨眼上你要我留在这与世隔绝的洞中，岂不是成心要刁难于我？如果我家中出了什么不测，我第一个恨的人就是你！但如果不依这死老鬼，只怕他说得出做得到，不但赶不回去与家人并肩御敌，还要在这里过着牢狱般生活，好恼人也……"

"反通神"望着他又冷冷地道：

"怎么样？想好了没有？我老人家先前已跟你说过，你在这里住着，老夫会给你暗里打探消息，尽可能帮助你摆脱危机，如今纵然老夫让你回去，由此地到洗家堡，数百里之遥，没有十天半月休想赶到，如果罗大佑在这几日上门寻衅，你也来不及赶上，于事何补？"

是呀，那半张羊皮在自己身上，贼人一定以为自己已经回去，必然急急赶去抢夺，由此赶回，只怕已来不及了，这可怎么办呢？

洗龙安又转念一想："'反通神'当日在万分危急之时将自己救下，对我有泰山之恩，虽然他没经过我同意便将自己带到此处，但也确是为了我好，所言之处也甚是有理，既然又答应为我打探消息，唉……不如暂且应允吧……"

洗龙安这一盘算，才点点头，无奈地道："让晚辈留居贵府也可，不过，请前辈不要忘记方才所言，如果敝堡有何不测，就怪不得晚辈将这莫大之罪冠于前辈之身了。"

"反通神"听洗龙安应允了自己，忙一拍手，含笑道："好，老夫答应你，尽全力让你父母安然无恙，凭老夫这偌大一把年纪和先前在武林中的薄名，用不着立下字据吧？"

洗龙安摇摇头，低声道："这倒不必，只要前辈尽力，晚辈就已心领了！"

范琳在一旁不禁欣喜万分，不待"反通神"吩咐，便快步走到洗龙安身旁，道："洗公子，请随琳儿走出这阵地，以后你就可以和琳儿一起跟爷爷习武了，爷爷一身武功可高着哩！"

"反通神"哂然一笑，佯怒道："小丫头，吵在爷爷面前卖乖，还不去给洗公子准备宿处？"

范琳吓得一吐舌头，连忙一溜烟似的跑到后面去了，"反通神"眉目一转，面向洗龙安和蔼地道：

"连日来风风火火地赶路，身子也着实累，洗公子，可到后面的温泉里洗个澡，美美睡上一觉，明日一早老夫再授与你方才的'点金指'功夫！"

说着伸手作了一个"请"式，洗龙安欣然前往。

自此以后，洗龙安便留在"尘环谷"中，虽心忧家人，但眼下只有顺着"反通神"，随他学艺。

"反通神"自幼随师学艺，武功路子却极杂，尤其擅使的便是"点金指"与"无相反掌"，而洗龙安天生悟性奇高，兼且家传武学不差，是以功底深厚，学起来自是比寻常人省力得多，一月下来，"点金指"的造诣竟能初窥门径。

范琳为了能使他在此专心习武，每日练功时便在一旁相候，见洗龙安悟彻很快，脸上更是欢悦不已，洗龙安练功累乏时，她便刻意讲些笑话来缓解倦意，调节心情，可谓是费尽心思。

洗龙安能有机会学得"反通神"的一身超凡艺业，心中自是高兴，况且他本身就是一个武痴，在家时，每每练至兴起之时，便废寝忘食，通宵达旦，乐此不疲，如今学到了更精奥的武功，更是一心深醉其中了，练累了还有这美丽、温柔的琳儿软语消疲，日子过得也很是充实、惬意，真有着那种"今夕不知是何年"之感。

随着时间向后推移，大家相处熟了，洗龙安渐渐地似乎了解到"反通神"祖孙俩的脾性。"反通神"慈祥、和蔼可亲，但在教他习武时却又是那么严谨而让人不敢稍以拂逆，他善谈，也善解人意，还有些不拘小节。总之，在洗龙安心目中，他就像是自己的爷爷，那种令他尊敬若神的爷爷形象。琳儿，她温柔、娴淑、活泼、青春蓬勃，有活力、朝气，她的美不可抗拒，她的温柔和细致，让人惊觉而不敢消受。

同样地，洗龙安的个性也被这爷孙俩摸透了，他好强而不带强，不屈而不霸道，诚实、勤恳，唯一的缺点就是还稚气未脱，带着些许倔强后的调皮，而正是这一缺点，才是某个人对他已芳心暗许的基点。

彼此混熟了，相处得也就十分融洽了，时间就在默契中过得很快，不知不觉中，晃眼间，数月已逝。

"尘环谷"现在就只剩下范琳与洗龙安两人了，而"反通神"呢？

原来，"反通神"将自己所擅使的"点金指"入门心法及轻功等要领向洗龙安粗略地解说一遍后，便让他与孙女范琳一起慢慢研习，自己早已出谷了，是为洗龙安暗探洗家堡的消息。

洗龙安在谷中与范琳一边练功，一边静候音讯，这一日，两人正在练习"点金指"绝技，范琳平日所养的那只八哥突然叫了：

"老爷子回来了，老爷子回来了！"

这世上虽有"鹦鹉八哥学语"，但像它这般能做到发音如此之准，确属不易，更何况它在洞内，却能提早发觉门外的事物动静，这更是罕见稀奇。

两人陡闻此语，范琳赶忙收功，高兴地向谷门奔去，一边喜不自禁地欢声道："爷爷，你可回来了？"

听说"反通神"归来，天天想、日日盼的洗龙安急忙也跟在后面奔了过去，但不知范琳在那铺有种种怪形图案的大理石地面上怎么走的，那两扇石门不用手启却"轰轧轧——"地发出沉闷的声音，缓缓地向两边收缩，门开之处，门外站着一人，果然是"反通神"，洗龙安立时脱口而出道：

"前辈，不知我家中可有变故？"

他见到"反通神"并未想到请安，首先想到的是他惦记多日的爹娘，虽然他也同样关爱这位白须老者，但这是人的自然体现，不足为怪！

"反通神"这回脸上却无平日那种常见的笑容了，哪怕是一丝丝，也根本找不到，他的脸阴沉如铁，衣衫上还沾着许多尘埃，就连鼻子眉目、睫毛及耳朵上都有，那占绝大面积的头发就更不用提了，活脱脱的是那种风尘仆仆的模样，看来他赶路可真急呢！

洗龙安见此情景，兼且"反通神"对他的话并未即时回应，一种不祥的预感立时袭上他的心头，其实，在门开看到对方这特有表情第一眼时，洗龙安就应该感悟到了，可是一时性急，他竟未想到此点，于是，便火急急地问来了。

范琳见"反通神"并未吭声，怕洗龙安感到尴尬难堪，便也怯怯地低问道："爷爷，你怎么不说话？洗公子的家中应无变故吧？"

她很少看到爷爷这般阴沉的脸色，虽然爷爷很疼她，但每次看到这少有的"乌云"时，她就知道"天气转阴"了，她说话也就要变得十分谨慎了，因为一不小心就会触怒爷爷，让他生气的。所以这个时候她心里难免有些害怕，声音低得连她自己几乎都听不清了。

"反通神"却仍然没有说话，而是径自入内，甫一入洞，便一屁股坐在就近的石墩上，朝着急急紧随而来的洗龙安看了几眼，嘴唇抽动了几下，似要说话，但最终还是没有出口。

洗龙安心里"怦怦"直跳，忍不住颤声道："前辈，你老人家说吧，不论事情如何，晚辈都想知晓，哪怕是……"

他终于难以再说下去，因为"坏消息"三个字此时竟是重逾泰山，沉重得让他几乎为之滞息，他真不想听到不幸之事，更不愿意亲自说出口。

"反通神"脸色极为难看，阴郁中夹含着极度戚伤，似是鼓足了最大的勇气，他终于开口说道：

"龙安，老夫对不起你，未能如诺挽救此劫，老夫……太不中用了……"

话未说完，"反通神"已悲伤万分地用双手支额，捧面含泪，伤心莫名。

范琳闻言，惊异地睁大了瞳孔，道："爷爷，不会吧？以你老人家的神通广大，竟然阻止不了罗大佑那恶贼进犯洗家堡？难不成他长有三头六臂？"

这些日子来，洗龙安一直有种不祥的预感，没想到现在果然应验了，他星目含泪，气恨到极地叫道："晚辈想知道爹娘的生死情况。"

"反通神"却不愿与他面对，背过脸去，愧恨得无地自容，怵然道："姓罗的狗贼率三百余众疯狂侵犯洗家堡，令尊力尽战死，令堂下落不明，全堡上下二百余口尽皆殒命……"

这些话，不啻于晴天霹雳，震撼得洗龙安心中滴血，目瞪口呆，欲哭无泪，他最不想听到的结果却偏偏清楚而闻，这当头棒喝，令他怔惊懵然，恍似丢了魂魄，摇摇欲倒。

范琳也陪着伤心落泪，眼见洗龙安伤心至此，忙抢步上前将他扶住，急道："洗大哥，振作些——"

但一时之间，她又不知如何开口安慰洗龙安，她知道这噩梦对他来说是一个致命的打击！

"反通神"眼见其忧，伸舌舔了舔由于急急赶路而显得干燥裂开见血之嘴唇，愧责道："罗大佑那狗贼是在为师将你救下的次日大举进犯洗家堡的，老夫本想令尊功力非凡，他们纵然心急想夺取武林秘笈，也应当有所顾忌。唉，老夫当时一心只想将你救出，竟忘了'双拳难敌四手，好虎难抵群狼'这一江湖偈语，当时若带你赶回去通知令尊，让他们提前有所准备，说不准或可免去这场厄运，至少也可减少一些伤亡，不至于使全堡上下悉数遇害，都是老夫糊涂，顾此失彼，误了大局……老夫有负先诺，纵然一死，也难赎此罪！"

这时，洗龙安心中说不恨"反通神"是假，他想：当时若不是你将我带到这"尘环谷"，我还可及时赶回向家人通告防范，或许就不会有此惨事，现在爹爹已死，娘亲不知下落，还有堡中二百余口性命，这是一笔让人咋舌的血债，"反通神"你老人家当日承诺要尽全力阻止这场厄劫。可现在呢？你没做到，纵然我不加罪于你，你良心又何安呀？

心里想着，洗龙安虽然没有开口说话，但"反通神"设心处地地一想，怎会不知对方现在的心里之言呢？他也是道上之人，而且是位老江湖，深知"受人之托，忠人之事"的道理，但现在却未能实诺，心中的痛悔绝非笔墨所能形容的，洗龙安不将恨言说出，他愈发感到惭愧、羞疚、不安。

良久，"尘环谷"内可怕的沉静中终于有了洗龙安无比恨怒的悲泣语调：

"姓罗的狗贼，杀父之仇不共戴天，你我誓不两立！我定将你碎尸万段！！！"

他怒不可遏，双拳浑握，骨节"啪啪"密响如炒豆，一双眼睛变得血红，就好似一只凶性大发的猎豹。

"反通神"与范琳俱被他这种从没有过的发怒模样惊怔住了，顿了顿，"反通神"沉肃地道："龙安，据老夫估测，杀死令尊大人及全堡二百余口之众并非只罗大佑一干人马所能达到，想令尊之名足可傲视江湖，罗贼虽然功力不俗，但若与令尊相比，只怕还逊几筹，况且，他们来犯人数与贵堡堡众相若，不可能在正常对拼之下令洗家堡无一幸存，老夫看来，这背后只怕另有硬扎强手助拳，最明显的原因是：他极有可能想到我们会赶回通知令尊防范来侵，却犹敢上门挑衅，自然是有恃无恐，有备而战！"

洗龙安暗自一惊，道：

"罗贼会另请高手助战？……"

"反通神"皱着眉头，点点头道：

"罗贼在神义无相门中排坐第四把交椅，但神义无相门向来行侠仗义，门规森严，他此番深夜暗袭之举必不会得到'无相门'的支持，何况在惨案发生的当晚，洗家堡周围百十里内除了罗贼的一彪人马外，并无'无相门'的其他人马，倒是听说侠义八卦门门主'半手遮天'苏遮幕曾带着门下的百余之众及两大弟子在洗家堡外出现过……"

洗龙安微微一怔，吃惊地道："侠义八卦门门主苏遮幕？"

"反通神"吐了口气，缓缓地道：

"不错，此人说来，与令尊还有一段过节，当年，姓苏的派人押着奉天府一家巨富的暗镖，自令尊的洗家堡路过，却没给令尊大人下牌子打招呼，令尊一气之下，便将这批暗镖连皮带骨地劫了，'半手遮天'苏遮幕闻讯后亲自上门讨要，但令尊号称'神鬼同愁'，自然是半点面子也不给。于是，两人言语不和之下便动了手。相传此战两人搏杀了千招以上才分出胜负，令尊终究还是棋高一着，苏遮幕负伤后空手而回，自此侠义八卦门与令尊的'洗家堡'就算是成了冤家对头。后来，苏遮幕准备赔偿那巨富的镖银时，才知道令尊已替那巨富将镖银悉数押至了目的地，原来这批暗镖乃是奉天府知府的一批赃银，令尊对苏遮幕半点面子也不给，却跟奉天府知府套上了交情，此举气得苏遮幕暴跳如雷，曾当众赌咒：不铲除洗家堡，此生就决不续弦！"

洗龙安与范琳听完，异口同声道："续弦？"

"反通神"苦笑一声，解释道："苏遮幕早年丧偶，且膝下只有一女，侠义八卦门众多次恳求苏遮幕再娶一房，以传宗接代，但苏遮幕此人感念前妻恩德，竟一直未娶……"

洗龙安与范琳相互对望一眼，心中均感此人倒有些可敬可佩之处，"反通神"沉默了片刻，又道：

"在洗家堡的废墟中，每具烧成焦炭的尸首老夫都翻过，就是没找到令堂的尸体。洗公子，依老夫看来，令堂被他们掳去的可能性极大，据周围的乡邻们说，事发当晚，由于大黑风寒，他们虽未看到敌人的模样，但在他们离去之时，却分明听到有女子的哭吵之声，那声音就好像是令堂而发……而且根据现在的林海秘语就在你身上这一事实，他们未寻到东西定不甘休，必定想留个活口逼问或利用……"

话说到此，洗龙安心内刚刚稍平的怒火又复腾腾燃起，他恨恨地道："他们用我娘亲作为人质，便可向我索要那半张羊皮了……"

"反通神"点点头，似是对他的聪敏很是欣赏，阴沉多时的脸上竟舒缓了不少，道："其实，正因令堂有利用价值，所以现在他们那帮狗贼应当不会对她施下杀手！"

范琳却忧心忡忡地在旁插言道："爷爷，方才你说那姓苏的门主发誓说'不铲除洗家堡，就决不续弦'，那这次他会不会把洗大哥的娘亲抓来续弦呢？"

洗龙安经她这么一说，立时勃然大怒，但转念一想，此举也极有可能，一时之间，气得不知如何是好，"反通神"忙低声叱道："琳儿，不得胡说！还不快到山中采些菇子回来给洗公子作饭？"

范琳小嘴一噘，很不情愿地站起身来，走到谷门之后，也不见她有何动作，那谷门竟缓缓地"轧轧"开启。

这时，洗龙安突然掠身而起，疾如脱兔般穿过门隙，直向山下飞去！

"啊——"

"反通神"祖孙俩禁不住齐声惊呼，一瞬，"反通神"又急喝道："不好，他要下山寻那贼人！琳儿，快拦住他！"

但就在这一句话之间，洗龙安竟疾如星泻虹闪般地掠出了二十丈开外，身形飘飘，转眼即进入了密林之中。

范琳连忙急呼："洗大哥，快回来——"

她拔足飞掠而去，但哪里追掠得上？

林中，传出了洗龙安的声音道："此事由我而起，自当由我去解决，多谢前辈救命之恩，后会有期——"

声音渐远，余音绕林久久不散。"反通神"已掠至范琳身侧，范琳抽噎着，涩涩地道："爷爷，洗大哥已走远了……"

"反通神"望着那密林，神色却变得冰冷而平淡，蓦然道："他的'点金指'已有几成火候？"

范琳怔了怔，满脸不解地望着"反通神"，低声道："爷爷，你问这个作甚？洗大哥他……"

"反通神"深沉诡秘地一笑，平缓地道："琳儿，记着，他叫洗龙安！"

这眼前，是一片残垣断瓦，焦椽炎檩，不堪入目的废墟，破败满痍。

一人伫立当前，迎着呼呼的寒风，虽然他的衣衫单薄，但却昂然挺立，无惧如刃之风，就像一尊石像，纹丝不动，更不会倒！

他目光定定地看着这片废墟，心中充满了悲凉、伤痛，数日前这里还是一个美丽如画的庄园，到处热闹非凡，而如今却是千疮百孔，渺无一人，当真是世事难测，谁人能料？这里是他熟悉的地方，但现在却是那么陌生，陌生得令他简直不敢相信自己的眼睛，但事实如此，令他又不得不信。

洗龙安眸中蓄满了泪水，圆滚的泪水似乎就要夺眶而出，他想哭，又实在哭不出来，因为他已暗地里不知哭过多少次，泪水都快流干，如何还能滚出？哭，是发泄心中郁愤的一种有效方式，但也是一种畏缩懦弱的表现，坚强的人不应该哭，应想办法如何来解决问题，他是铁骨铮铮的好男儿，不是那种软骨头，所以他不想哭，也不能哭！

可是，他心中却充满了恨，像火山岩石那般沸沸扬扬的大恨！

罗大佑，小爷纵是找到天涯海角也要将你揪出！然后把你开膛取心，千刀万剐！为我爹他们报仇！还有……还有与你狼狈为奸的帮凶，血和仇！要用数倍血的代价来偿还，你们等着吧！

洗龙安看着眼前，联想到家人遭敌人杀戮时的凄惨情景，直恨得钢牙猛挫欲碎，恨不能立时将敌人寻获像捏豆腐般把他们捏为浆糜。

废墟前一片空地上，有一座偌大的新凸之丘，那并非什么丘地，而是一块坟冢，是一个合葬着二百余具尸体的墓地，在这坟冢的稍前方，也有一座新坟，那是江湖上号称"神鬼同愁"洗管非的坟墓，他们是附近好心的百姓不忍惨烈的死者落个死无葬身之地的悲遇，便将他们草草掩埋。

洗龙安是因为看到坟前那块已被强风吹得欲倒的墓碑，才知道那地下葬的就是一离竟成永别的父亲，父亲虽然苛厉、严酷，但他的音容笑貌犹如回绕在身边，浮在眼前，想到这些，洗龙安再也控制不住自己的悲痛情绪，向坟前走去，欲行祭拜。

第三章

哪知，他刚行两步，巨墓之后及残壁断墙暗处突然飞掠出数十名红衣大汉，尽皆手握兵刃，齐向洗龙安如饿虎攫羊般扑来！

洗龙安猝然一惊，大喝道："什么人？"

话刚出口，他立时醒悟，暗怪自己多此一问。

一名独目中年大汉歪嘴一笑，道："小子，当日你被人救走，让你他奶奶的多活了数月，咱们等了这些日子，现在你终于肯自投罗网，自寻死路了，现在就纳命来吧！"

暴喝声中，此人手上的厚背薄刃大刀已幻起一片雪浪，翻滚如潮地向洗龙安当头劈下，势若雷霆，力若千钧，同一时间，另有数名红衣大汉从旁猛斩而至！

洗龙安立时侧掠半步，右臂猝翻，"锵啷"一声，长剑已出鞘如电，龙吟声中，光华耀目，万朵金光洒射而出，笼罩撒开。洗龙安使出的正是"流光璀璨七藏十六式"中的一招"落花缤纷"，此招宜于群战，更宜以寡敌众，威力无俦！

顿时，"叮当当……"的兵刃碰击之声震耳揪心，金星迸溅，令人目不暇接。

独目大汉一愣，笑嘻嘻地道："咦？看不出你这小子还有点道行？"

他首次与洗龙安交锋，手中大刀立被对方削铁如泥的宝剑削断两截，只剩一柄不足二尺长的断刃。

洗龙安瞋目吼道：

"恶贼，小爷正差个人头祭拜，就挑你了！"他手中的宝剑再度抖起漫天钢网，铺击而去，那独目大汉与数人急忙纷纷后退掠开，他们想不到眼前这位少年剑术竟如此超绝，不由相顾愕然。

"数月不见，你小子好像比以前更厉害了几分，他妈的，老子倒看不出……"

"出"字尚未由独目大汉口中完全吐出，他已举着半截断刀与众红衣大汉再度疯狂攻扑，来势更疾、更猛、更有力！

洗龙安方才一招"落叶缤纷"抵挡了众敌一击，也出乎了自己意料之外，如今见他们如同发疯的恶魔般变本加厉地攻来，心中不由一凛，长剑斜掠，运剑如风，形成剑幕般四面击挡！

这一回，众红衣大汉有了戒备，无论是招式之精妙还是力道之强横，都比方才不知厉害多少，立时只见数柄钢刀交织成网，连成一片，又相辅相接，分攻洗龙安周身要害，配合得默契无间，无懈可击！

尽管洗龙安的"流光璀璨七藏十六式"厉害非常，内功不弱，但身陷众敌，如同笼中之鸟，况且对方有备而战，个个武功不凡，刀网下刀气如山，逼得人几乎血僵气滞，明明出剑迅疾如电，但现在也被逼迫出势较缓，似有无数看不见的无形魔爪抓戮，束缚着他，洗龙安这时有着那种施展不开的感觉。

从小到大，洗龙安从未经历过如此凶险的场面，但见四面八方的刀影皆攻向自己浑身要害，刀气森冷，彻骨泛寒，险至极点。刀剑甫交，撞击之声便不绝于耳，恍觉四周皆是铜墙铁壁，突破不出，强烈的气劲逼得他不得不腾身后掠，在极险的刀网中，寻找难得的空隙后掠，在飞掠中，无数次能一刀致命的兵刃在旋舞，在变幻，作无数次不同的演衍。

如飞絮般飘落在地上，洗龙安仍抑制不住"蹬蹬……"后退数步，一种火灼般疼痛却恰时袭上了心头，注目看时，身上衣衫竟有不下四处被削开的破口，左肋还被划了一道长约三寸的血口，虽不算多深，但却血流不止，整个儿看去，再也找不到那般潇洒飘逸的味儿，不但如此，可说得上是一种狼狈。

"哈哈，小子，再不过数招，爷们便可将你剁得如同你身上的衣衫一样，让你尝尝千刀万剐的痛苦滋味——"

独目汉子语音一顿，恶狠狠地接道：

"除非你交出那半张羊皮！"

洗龙安乘他说话的当口，纵身一闪，急掠至圈外，啐了一声，怒喝道：

"要那半张骚羊皮没有，要命本公子只有一条，有种的就来取吧！"

独目汉子双目一瞪，勃然怒道：

"你这条小命，本大爷取来易如反掌！"

洗龙安立时接道：

"取了本公子的命，就谁也得不到那张羊皮！"

这句话一出，那独目汉子连忙摆手止住手下正待攻扑的人，满脸凝重地注视了洗龙安片刻，蓦然又冷笑一声，道：

"小子，用不着嘴硬，交与不交也由不得你来说话，姓洗的泼娘子就在本大爷手里，你奶奶的敢再吐一个'不'字，老子就干脆一刀把她砍翻了！"

洗龙安一听娘亲果然在他们手里，禁不住浑身微颤，厉然声变道：

"你们是什么人？欲将我娘亲如何？"

独目汉子咧着嘴，森然笑道：

"小子，打听万儿，日后好报仇么？嘿嘿，告诉你也无妨，本大爷乃侠义八卦门第一门主座下二弟子'独眼二郎'廖超廖大爷，江湖上，提起这道万儿就如响起一声雷，怪只怪你小子招子欠亮，打得皮开肉绽还不知对头是谁！"

洗龙安双目怒瞪，咬牙切齿道：

"侠义八卦门'独眼二郎'廖超？"

独目大汉——"独眼二郎"廖超双手抱拳，冷冷地道：

"久仰了，洗公子，江湖上的恩恩怨怨就是这么回事，冤仇相接，冤冤相报，如今你若交不出那半张羊皮，廖某回去就只好向令堂多灌几碗铁烧饭了。"

洗龙安哼了哼，恨恨地道：

"廖二爷说的是不错，洗家堡上下拜谢侠义八卦门所赐了……"

廖超却将手一摆，道："免，废话少说，东西呢？"

洗龙安一笑，平淡地道："并不在我身上，廖二爷想要，只要在今晚三更，到城门外的东村坡上取便是。"

廖超"嘿嘿"一声狞笑，缓缓道："今夜三更东村坡？洗公子，你以为你是谁？廖某一招手便可将你剁成肉泥，你他奶奶的凭什么在廖二爷面前摆下这门道？"

这句话听来，洗龙安心中怒极，脸上却仍然是平淡如故道：

"那你说如何？廖二爷？"

廖超独目在眼眶内一转，一口定夺道："今夜三更四刻，城南三叉岗的城隍庙，廖二爷见了东西就放人，见不到东西就连你们娘俩儿一窝烩了！"

洗龙安见他的口气毫无回转余地，便也一口应道：

"好，一言为定，不见不散!"

廖超信心十足地一点头，略一挥手，便与众红衣大汉扬长而去，洗龙安本想暗里跟踪他们，以探得他们巢穴所在，但又想到这些贼人狡猾多端，必定防有此着，即使跟上，也会无功而返，弄个不巧，反倒会令其起疑，便只好作罢，思忖了一番，洗龙安只得向其父及众人合葬之地拜祭了一番，方才离去。

……

此夜，三更之时。

城南十里的三叉岗上，苍柏护荫中有座并不宏伟的城隍庙，庙门早已被密密麻麻的虫蛀将裂，窗、墙、檐上的朱漆亦由于年代久远而褪变得斑驳，辨不出原先的色彩了。

这庙，香火单零，在这荒山岗里看来是那么孤洞、冷清，就像是一位暮年无助的老翁，苍老无力，奄奄将息。

洗龙安借着月光，甫才推门而入，便不由怔住了，只见数十名红衣大汉早已卓立在庙门四周，当先一人正是"独眼二郎"廖超!

两只粗如儿臂的火把"滋滋"地燃烧着，廖超仰脸得意一笑，道:

"洗公子，你来早了，才是三更天的工夫，你就等之不及，可是想念令堂思得晕了!"

洗龙安暗自惊异，冷冷地道:

"廖二爷也一样，时辰未到人已先到，可是想提前预备一番?"

这句话说完，周围数十名大汉蓦然齐声爆出一阵哄然大笑，笑声粗犷而有力，直震得庙内瓦椽上的尘土簌簌而落，笑声中，廖超"呸"的一声，大声道:

"预备个鸟，姓洗的小子，你当咱们侠义八卦门的好汉像你这般吗? 告诉你，此地原就是廖二爷几日的宿处，爷们在此早恭候多时了!"

洗龙安顿时被他骂得满脸通红，心中却豁然恍悟，难怪姓廖的要将会面地点改约在此，原来此地就是他们的巢穴，"独眼二郎"廖超表面上看来粗鄙无知，不料此人心机却如此狡诈，洗龙安暗自一懔，红着脸厉叫道:

"废话少说，我娘亲呢?"

庙内笑声立时戛然而止，廖超大大咧咧地一伸手，道:

"东西呢?"

洗龙安伸手入怀，取出那半张羊皮，翻腕一抖，冷喝道：

"那半张骚羊皮在此，快带我娘亲出来一见，然后侠义八卦门就等着称霸江湖了！"

廖超独眼一瞥，借着火光只见那羊皮反面上红线交错殷然，赫然只是一张地形图，便点点头道：

"小子，算你识相，霍老四，把东西给廖二爷取来！"

左旁的一名红衣大汉正待跨出，洗龙安蓦然喝道："慢着，廖二爷，在下要一手交货，一手交人！"

廖超独眼一翻，漫不经心地道：

"小子，此时此地还由得你来选择吗？难不成你想横着走出这道大门？哼，为了让你放心，先让你见见令堂，来人！"

洗龙安气得心中怒骂不已，但眼前事实确是如此，母亲被挟制于对方手中，而且自己单刀赴约，若不交出东西，只怕难离此地，主动权全在敌人掌握之中，他没有选择的余地。

廖超话刚落音，庙门"吱"地开了，由门外走出两名持刀大汉，架持着一位青装中年女人，那妇人面容清丽，只是眉宇间明显有些憔悴，鬓发有些散乱，一眼看到洗公子，立时呼道：

"安儿，安儿——"

"娘——"洗龙安所见的是他最熟悉的面容，听到的是他最熟悉的声音，感情的闸门立即大开，感情的潮水一泄如洪，看到母亲这模样，便知道她一定受了不少委屈与虐待，洗龙安心中一酸，泪水再也控制不住，与声同出，呼唤着便欲上前来接过母亲！

两名大汉立时将钢刀交叉于前，齐声暴喝道：

"小子，再上前一步，老子就宰了她！"

独眼廖超咧嘴一笑，将手一伸道："拿来！"

青装妇人却急切地大叫道："安儿，别……别交给他们，你爹就是死在这帮贼人之手……"

独眼廖超暴叱一声，厉喝道："住口，泼贱人，你以为爷们钢刀不锋利么？"

青衣妇人胆怯地一滞，廖超又面向洗龙安，冷冷地道：

"小子，你该知道，用不着你主动拿出那张羊皮，廖二爷也照样拿得到手，如今以你令堂换取此物是苏门主他老人家慈悲，不欲斩草除根罢了，如果洗公子不识相，廖二爷也照样可以省下这份悲慈之心！"

洗龙安眼见娘亲陷入虎狼之手，恨不得立即冲上去将她救出，但洗龙安知道，廖超所说的不假，他们此时若想得自己手中的"林海秘语"，只管下毒手抢夺便是，而自己唯一能做的就是在临死前将"林海秘语"毁于一旦，另外，或许能够拉上几个敌人垫底。

于是，洗龙安当即毫不迟疑地将手中的半张羊皮用力一抛，廖超伸手一接，准确接住，洗龙安道：

"姓廖的，现在可以放人了！"

廖超将那半张羊皮纳入怀中，哼了一声，才朝着那两名红衣大汉略一摆头，那两名红衣大汉立即顺手将青装少妇向外一推，青衣少妇身形一个踉跄，险些摔倒，洗龙安慌忙疾掠上前，伸手将她扶住！

但就在这时，那青衣少妇忽然皓腕一翻，"铮"的一声，光华猝闪，自她宽袖中霍然弹出一柄寒光闪闪的尺许短剑，迅雷不及掩耳地狠狠直朝洗龙安当胸刺到！

洗龙安猝然遭险，身躯本能地稍一侧转，锋利的短剑立时擦着左胸边缘而过，顺势带下一片皮肉，连襟垂悬，鲜血淋漓，洗龙安大惊失色，脱口道：

"你……"

方才还看似慈祥和蔼的母亲，这会儿看去，眼中却射出了一种令他生畏的阴毒之色，如花的面容竟浮现诡谲狠辣的冷笑，蓦然叱喝道：

"你去死吧！"

与此同时，数名红衣大汉嘿嘿冷笑着亦挺刀疾扑攻至，全然是一副欲将他置于死地的狠劲。

刹那间，洗龙安才恍然大悟，原来这是侠义八卦门早已布下的陷阱，不论交与不交，他们都不会放过自己，方才演出的这场戏只不过是诱使自己交出"林海秘语"，以免动起手来，自己将图毁去，如此而论，眼前这位"娘亲"自然便是西贝货色了。

眼前，两柄鬼头刀分作上下疾扫而至，洗龙安连忙挥剑相迎，刀剑相击，洗龙安乘势身形一翻，纵掠到这两名执鬼头刀的红衣汉身后，两名红衣大汉急忙回身再击，洗龙安却早已与另三名红衣大汉战到一处，口中一面厉声叫道：

"姓廖的，侠义八卦门自称'侠义'二字，原来就是这般'行侠仗义'的么？"

独眼廖超站在圈外冷笑道："不是又如何？小子，你以为今夜你还能跨出这道门么？"

他语声倏扬，又叱喝道："门主有令，除恶务尽，斩草除根，侠义八卦门既然在此次铲除了'洗家堡'，就容不得这小子独生，弟兄们，下辣手干了！"

庙内的数十名红衣大汉轰嗒一声，又有几名加入战图，洗龙安顿时只感攻势加紧了数倍，忙展身几个纵掠，欲寻找出路，但四周窗楼已被十数名红衣大汉严密把守，已然已无路可逃，失望之下，洗龙安反起了绝死之心，长剑纵横劈迫，将"流光璀璨七藏十六式"源源不断使出，竟然立杀了两人。

独眼廖超见状，哼了一声，反喝起彩，道：

"好，宁水庵的水月师太倒还没亏待这小子！"

他一转脸，面对着那青装妇人阴狯一笑，道："冯姑娘，可否下场将这小子摆平？免得弟兄们多溅了几滴血，污了姑娘的一双慧眼！"

那青装妇人摇摇头，淡淡地道：

"本姑娘不想杀人，廖二爷自己下场摆平了就是，何况这小子如今招式见弱，三十招以后，就只有挨宰的份儿！"

洗龙安听这声音清悦动耳，心中不由一动，明白了这是一名女子所扮，但没想到这女子有如此眼力，竟能看出自己的剑势前景，而且似乎还相当准确。原来"流光璀璨七藏十六式"虽然精妙，但因洗龙安早已受伤，运力使臂间伤口便如油煎刀剐般，极不好受，是以久持下去，情景必然不妙，何况"流光璀璨七藏十六式"正好共计三十二式，一旦使完，洗龙安再次启用时，对方几名好手必能窥出破绽，那时乘隙而击，自己焉能抵挡？

想到此处，洗龙安性急之下更是悍勇搏命，剑如流星般左冲右突，倏让倏击，但众红衣大汉亦听到那青装女子之言，纷纷闪掠，避而不战，洗龙安一时剑势如虹，也奈何不得，转眼间，二十招已过。

那边，独眼廖超微笑着走到那青装女子面前，笑着道：

"冯姑娘之言差矣，既想吃鱼，又不想沾上鱼腥，莫不是以为侠义八卦门的银票好吃好赚么？"

那青装女子木然道:"这是你我之间事先约定之事,廖二爷莫非想要反悔?"

独眼廖超干笑一声,连忙摇头道:

"既是事先约定之事,廖某又岂敢反悔?余下的三千两银票,廖某这就奉上。"

说着,独眼廖超将手伸入怀内,恋恋不舍地取出三张花花绿绿的银票,递到青装女子面前。

青装女子哼了一声,伸手欲接,但指尖还没触及银票,独眼廖超蓦然手腕一翻,其快如电地反将她手腕紧紧扣住,青装女子连忙屈臂挣脱,却为时已晚,不由怒道:

"姓廖的,你这是干什么?"

独眼廖超独目中闪泛着喜光地望着青装女子,道:

"冯姑娘可是开花教主的人?"

青装女子一怔,立即大怒叫道:"是又如何?"

独眼廖超点点头,冷笑道:"是,冯姑娘这五千两银票就拿不得了!"

"了"字尾音尚未吐出,他另一只手及时一点,那青装女子就如遭定身法定住似的,半分也动弹不得,只在口中厉声道:

"姓廖的,你待如何?"

独眼廖超望着他,嘿声一笑道:

"不待如何,冯姑娘,你可曾听说开花教主已诏令江湖,只要能将你擒拿归教,便可得赏银一万两,所以嘛,冯姑娘这千金之躯自然用不着这两千两银票了。"

青衣女子眼中已露出恨恨之色,咬着牙道:

"姓廖的,如果你将本姑娘交给开花教,侠义八卦门的数十年英名就算是付诸东流了。"

独眼廖超却一摇头,叹息道:

"这廖某就无可奈何了,谁叫苏门主既想省下这五千两银子,又不想让今夜之事传于江湖呢,冯姑娘,那两千两银票你花了不曾?"

那青装女子"哑"的一声,愤愤地道:

"本姑娘早吃光喝光了,廖二爷想要,只管到茅房里捞上几斤便是!"

独眼廖超一笑,阴笑道:

"如此,廖某就不客气了!"

他这句话说出，那青装女子还不知何意，但只见廖超竟直接伸手过来，插入她衣襟之内，才不由颤声急道："喂，喂，你干什么？……"双眼紧张万分地盯着廖超的这只手，生恐他会乱抓乱摸。

独眼廖超脸上却毫无轻薄之色，径直从她怀内取出两张银票后便收手抽出，就如从毫不相干的人囊中取物一般，毫无越轨之处，青装女子如释重般松了口气，仍不禁恶狠狠地咒骂道："姓廖的，你，你无耻，你混蛋……"

独眼廖超转手将五千两银票纳入怀中，一面大大方方地道：

"得罪了，冯姑娘，此事廖某也是不得已而为之，越礼之处还望见谅。"

话到这里，场内蓦然"噗"的一声，却是洗龙安后背上又中一刀，敢情是他"流光璀璨七藏十六式"已然使尽，众红衣大汉开始合力反击！

独眼廖超转脸望去，独目中却露出忧虑难测的冷光，他注视了半晌，突然毫没来由地厉叫道：

"小心，这小子竟会使'点金指'！"

洗龙安这时浑身已是汗流浃背，伤有数处，正感到突围无望之时，陡闻这句话立即猛然醒悟。

"是了，这段日子来，'反通神'传我'点金指'功夫，虽然修习得仍不太纯熟，但也颇见几分火候，现在迫在眉睫，生死攸关，何不将所学一试，或可有逃生之望。"

想到此处，洗龙安遂暗运八成真力于左手食、中二指，幻起数百指影，隔空虚点已然攻至身边的四名红衣大汉，一面疾退两步，避开对面劈至咽喉的凌厉一刀！

这一连串的动作，只在电光石火的同一时间完成，快得令人眼花缭乱，难以清睹，然而，就在这电光石火间已发生了巨变——

但闻惨号四起，四条人影快似中矢之鸟般从空中跌落地上，摔得七荤八素，痛得鬼哭狼嚎，瞬间，当那变了腔的哀声尚未完全在空中飘传出去，个个便如冻僵的薯条，寂然不动了，敢情已魂游地狱，与地狱那里的牛头马面会面了。

独眼廖超诡秘莫测地一笑，大声道："这小子的'点金指'果然厉害，咱们走！"

八名红衣大汉正待抢上攻扑，闻声立时倒掠退后至廖超身侧，各使了一下眼色便纵身掠出了庙门，把守各大窗棂的汉子亦穿窗而出，转眼便不见了踪影，那青装女子愣了愣，急声叫道："喂，你们……那我呢……"却哪里还有回音？

洗龙安持着剑，茫然地看了看四周，他没想到"点金指"功力如此惊人，只要一出手便将独眼廖超惊骇得落荒而逃，而更为惊疑的是，地上躺着的四人，不，应该是四具已没有生命的尸体，只见他们的胸口各有一个拇指大的血洞，身体被洞穿，前后血喷如矢，那黏黏的、稠稠的冒着血泡的热血，就似是凿出的泉眼，那么不可抑制地向外喷涌，那鲜红的惊艳的"血"，像是盛大的玫瑰，绚烂夺目，让人心惊，让人惊颤……

半晌，洗龙安闭上眼，暗暗地吁了口气，这是他半年来第二次杀人，而且一出手就是四条人命，虽然他是被迫而为，但过往十七年来，他在落霞山宁水庵内蝼蚁尚没踩死过一只，相比之下，当真是一入江湖，便身不由己。

洗龙安感慨片刻，便睁开眼，慢慢蹁到那青装女子面前，望着她的脸道：

"你是谁？为何要易容改扮成在下娘亲欺瞒在下？"

洗龙安说时语气和缓，毫无相责之意，但那青装女子却紧闭着嘴，目光怨毒地盯着他，如果目光能杀人，相信洗龙安已死过几百次了。

洗龙安暗叹一声，骈指在那女子"软麻穴"上一点，那女子霍地浑身一颤，便恢复了知觉，洗龙安转过身去，低沉地道：

"你走吧，不管你是谁，洗某日后再也不愿相见。"

话刚说完，身后蓦觉异风袭来，洗龙安此时已经历了两场血战，临敌经验大胜从前，当即头也不回，只将身躯斜移半步，同时反臂一掌击出，"嘭"的一声，正好击实，扑来的人影紧张万分，立时倒掠而回，一跤坐倒！

洗龙安转身望去，果然正是那青装女子，却只见她一手抚着前胸，眼中露出羞愤痛苦之色，洗龙安愣了愣，略一回味，才想起那一掌打得不是地方，竟好像是那女子胸部，洗龙安当即满脸通红，上前略作一揖，怯怯道：

"姑娘莫怪，在下……在下一时失手……"

洗龙安正不知如何说起，那青装女子突然拾起身旁的一柄断剑向自己喉间割去，洗龙安大吃一惊，立时屈指一弹，一缕指风击去，那女子手腕一震，断剑应声而落，但那女子先后两次受辱，心中早萌死志，立即又猛地抓起地上的断剑，向自己胸口刺去。

洗龙安眼疾手快，赶忙上前一步，伸手擒住那女子的持剑手腕，断喝道：

"姑娘何须如此？纵是在下失礼，也是在下之罪，何况江湖儿女，何须拘此小节……"

那青装女子却哪里肯听，她猛力挣脱着，蓦然左手一扬，一记耳光已印在洗龙安脸上，洗龙安正大声呼喊不曾防备，随着"啪"的一声脆响，浑身不由己地一震，喊声也为之骤止，双目怔怔地望着对面的青装女子，那女子也是一时呆住了，她似乎万没料到自己会突然出手给对方一记耳光，一双凤目也一眨不眨地望着洗龙安，那神情，就像个被迅雷惊吓了的孩童！

这时，两人默默对峙着，目光都是那么震惊莫名地互视着对方，足足有一盏茶工夫后，洗龙安才缓缓地站起身，目注了那女子片刻便转身而去，但刚行几步，身后的一个轻柔的声音叫道：

"洗公子请留步……"

洗龙安回转身，朝那青装女子望去，不料只望了一眼，头脑中立时"嗡"的一下炸开了，只见眼见之人已露出了如花丽容，凤眼、琼鼻、冷面、樱口，简直就像丹青匠师笔下的尤物，美得惊心动魄，让人不敢相信天下竟有如此妙人，只恐是当日女娲造人时，一时偏心才将能体现的"美"全部融合她一人身上，而洗龙安不仅惊叹于她的天生丽质，更咋舌于她前后易容速度如此之快，方才还酷似自己的母亲，一转眼的时间她便御下一切，露出了本来面目。

洗龙安一时失神落魄地望着，那女子脸上微微一红，双手抱拳道："小女子冯心玉，拜见洗公子。"动作之间却无丝毫娇不胜羞的女儿之态。

洗龙安一怔，回过神来，尴尬地笑了笑，也略一作揖道：

"在下洗龙安，今日得见姑娘芳颜，实是三生有幸，但家父前些日被贼人所杀，在下今日又被独眼廖超骗至此处，其中缘由如若姑娘知晓，还请不吝赐教，洗某必没齿不忘。"

那女子——冯心玉听得眼前这位俊朗少年直言称赞自己的美貌，脸上不由更是红如枫叶，却摇摇头道：

"小女子本是开花教部属，与侠义八卦门毫无反葛，半月前，小女子因与教主不和，离开开花教总坛时，方与姓廖的碰上，当时因为囊中羞涩，才为姓廖的出力干下了这番无耻之事，其间之罪，还望洗公子恕过。"

洗龙安一听对面的美貌女子与侠义八卦门毫无牵连，脸上也丝毫不见意外之色，他想得出，如果冯心玉与独眼廖超是属同门之人，独眼廖超临走之时，也必会带走冯心玉，而独眼廖超临走时对冯心玉丝毫不顾，可见他们关系是敌对，也非朋友，正因如此，洗龙安才下手将之救下，否则，以杀父掳母之恨来说，洗龙安对她岂有这般客套？暗叹了口气，洗龙安只有无奈地道：

"既然如此，洗某就此告辞了，他日有缘，再请姑娘饮茶作谢，告辞！"

他一抬手就待转身欲走，冯心玉却脸色一急，蓦然叫道：

"洗公子！"

洗龙安一顿，道："冯姑娘，还有何事？"

冯心玉目光尽是恋恋难舍之色，道：

"洗公子，令尊洗家堡一事，我也曾听江湖中人传过，我相信以令尊之力，侠义八卦门的人必然轻易难犯，其中必有另道高手相助……"

洗龙安苦笑一声，对于这说了等于没说的话，他也照样深深一揖，谢道：

"多谢姑娘中肯之言，此事洗某必会亲手查明，若真有旁门左道之人暗助侠义八卦门，洗某也势必与之拼个鱼死网破……"

说到此处，洗龙安心中一动，朝冯心玉眨眨眼，低声道：

"冯姑娘可知侠义八卦门老巢所在？"

他为防隔墙有耳，是以把声音骤然压低，冯心玉听来却淡淡一笑，毫无顾忌地道：

"此事江湖上人人皆知，洗公子不知，敢情是在此之前从未涉足江湖！"

洗龙安此时还不便道出自己在落霞山宁水庵里入住了十几年，便只是含糊着点头称是，冯心玉便直言不讳地道：

"侠义八卦门总坛数十年前定在河北保定府境内，三年前却突然迁至冀州从云山上，为了此事，侠义五行门的尤老大还与之大干了一场，但一战之下，双方竟然都未折伤元气，可见侠义八卦门内高手众多，洗公子若要单枪匹马去找梁子，可要千万小心，如有需要，我可尽快找来几名好手助拳，一同前往。"

最后一句话，说得洗龙安心头一暖，连忙恭声笑道：

"多谢冯姑娘，但此乃洗某家事，洗某想独立与侠义八卦门结清，如有需要，再向冯姑娘请援不迟，到时姑娘若有推脱，洗某可就不依了。"

冯心玉亦嫣然一笑，道："一定！"

这一笑，却又让洗龙安不禁看呆了，但正在此时，不远处隐隐有铃声大作，冯心玉脸色随即一变，略一拱手，便急匆匆地道：

"洗公子，今日就到此为止了，小女子还有急事要办，后会有期！"

说完，不等洗龙安回话，身形倏地向后一转，眨眼间便穿窗而出，不见了踪影，洗龙安却仍怔忡当地，凝视着那道冯心玉逸去的窗口，心中有着一种莫名其妙的怅然若失的茫茫感觉……

山风透门而入，伤口的疼痛如渔盐浸渍一般，强烈的反应在他的神经细胞，同时，一股浓烈的血腥味也扑鼻而来，他猛然回过神，既然事情演变到现在这般情形，也只有先救出母亲，再图报仇大计，姓罗的与侠义八卦门，你我之间的仇怨于昨、今两日又要累加一层了，待到擒住你们这班狗贼之时，本公子定不忘算上，你们等着吧……闻得侠义八卦门总坛在冀州从云山，现在本公子就往冀州一行！

……

一路上，洗龙安行踪甚密，虽是初入江湖，但连日来的不测遭遇和死中求生，使他在恶境中渐渐认识到江湖之险恶，人性之诡谲，自然也就变得成熟起来，他知道对方敢两次暗算自己，但未能达到斩尽杀绝之愿，绝不会就此罢休，定无时无刻不想除去后患，是以此一行若不慎重，恐怕就会死于不明不白之中，于是，他将原先的自己装扮成一个毫不起眼的青年小厮，乍一看去，与先前判若两人，没想到，他的改扮易容手法竟也不差哩！

由洗家堡出发，往东南而行，方可到达冀州，这条路，洗龙安本是轻车熟路，但路程遥远，加上救母心切，若步行，不知何年何月才能赶到，最后决定还是乘骑作罢。

这一日，洗龙安正在宽坦的官道上放马疾行，随闻有金铁激撞，人喊马嘶的震天巨响，心中不由惊疑，遂勒缰减速，循音而视，发觉巨响来自前面五里外的一片岭岗之间，遥遥可见到有一大片人马在激烈拼斗。

他们是些什么人？看情形，战况激烈异常，既然路过，不妨上前一观究竟，好奇心怂恿着他，驱使着他，便一声清叱，策骑往那岭岗迅即驰去。

渐近，只见是顶盔贯甲的官军与另一方头扎英雄结的蓝衣众人作殊死恶斗，旁边则是数十辆箱笼一字排开，趟子手各立一旁，既无人参战，也无人上前与他们交战，好似场内如火如荼的战情与他们毫不相干似的，这情景，洗龙安一看就知道必是官兵押着镖银路经此地，被蓝衣群盗乘机劫杀，而蓝衣群盗虽对官兵大肆杀戮，却恪守江湖规矩，对各趟子手不动一分一毫。

洗龙安出自江湖黑道魁首的洗家堡，自小便对官兵无甚好感，这时见数十名官兵被人数略多的蓝衣群盗四面围住，左冲右突仍不能突围而出，心中反倒有些快慰，官兵之中，为首一人看来倒很是威猛，他持刀，年约在三旬四旬之间，与他对战的是个只有二十出头的粗壮少年，手中握着一杆熟铁棍，上下翻舞，形如蛟龙，变幻莫测，狂风骤雨般连连抢攻，直杀得那中年将官毫无还手之力，拼命招架躲避之余，边含怒喝道：

"姓沈的，平板镇如今胆上生毛，敢劫持皇家官银，就不怕……就不怕抄家灭族么？"

那粗壮少年哈哈一笑，扬起熟铁棍沿身一扫，道：

"怕，怕，怕，抄家灭族的大罪，我沈家怎的不怕？但平板镇的爷们儿早饿得前肚皮贴后背背了，此次若不铤而走险干下这桩大买卖，爷们就用不着你来抄家灭族，自个儿饿得挺尸了，哈哈……"

这人一阵豪笑，洗龙安隔着十余丈远，犹自听得平震如鼓，心中不禁暗惊这壮汉好深的功力，那中年将官更是面如土色，连退三尺，猛地将身边的一名官兵抓起抛出，那汉子一棍劈来，不偏不移正好击在这位官兵的肋骨上，顿时只听"啪啪"一连数响，那官兵惨叫如号般被摔到一边，敢情是肋骨已被击成数截！

洗龙安睹状，不由暗骂一声：好！

场内众蓝衣大汉亦狂呼乱叫大声喝彩，随即更是抖擞精神地对官兵大肆砍杀，下手之间毫不留情，一眼便知是惯于打家劫舍的悍匪。

另外两将官眼见抵挡不住，跌跌撞撞地闪到中年将官身前，气喘吁吁地道。

"大……大人，弟兄们挡不住了，还……还是撤吧……"

中年将官乘隙双目四下一扫，满是焦虑的脸色，立见悲愤之色，他勇猛上前攻击几招，却又被那汉子杀退了回来，无奈之下，只有狠一跺足，吼道："撤！快撤！"

中年将官随即将身一转，展足欲退，那汉子嘿嘿一笑道：

"将爷要走，弟兄们说不得就送你一程了。"

说话间，他已赶至那中年将官身后，另外两名副将挥刀欲截，俱被他熟铁棍轻轻一挑，摔飞出丈外，但就在这时，那中年将官身形不动，兵刃却由前至后蓦地迅猛扫来，势子怪异得无与伦比，兼且威猛无匹，就连旁观的洗龙安也始料不及，冲口而出道："小心！"

两个字出口，那汉子也好生了得，立时闪身疾退，岂料那中年将官亦跟着后移，大刀"唰唰唰"连出三式，那汉子无论如何再也避之不及，胸口立时被划出一道血口，鲜血如泉涌出，这还是他见机得快，换作他人，只怕早已被斩成两段！

原来，那中年将官这一招蜕变于"虎拳"中的"虎尾三鞭"，"虎拳"流传于宋代的江浙一带，其中最厉害，最出其不意的一式就是这招"虎尾三鞭"，俗称"老虎屁股摸不得"，摸着轻则重伤，重则丧命，那中年将官变拳为刀，将"虎拳"稍一改动，立使那汉子险遭不测。

这一来，形势倾刻逆转，那中年将官回身挥刀恶狠狠地朝那汉子直劈而来，那汉子一着失手，气吼连连地斜移八步，其时他一手抚着伤口，一手执着熟铁棍，眼见已无法抵挡对方的凌厉反击，旁边的众蓝衣大汉纵是驰援也来不及了，洗龙安遂一声清啸，自马背上纵身而起，形如一朵轻云般盘旋在那中年将官头顶上，长剑疾点连连，尽将此人的这轮攻势悉数挡击了回去。

那中年将官还以为此次得手，不仅可保住官银不劫，还可斩其贼首，莫大之功唾手可得，是以出手之间，丝毫不留余地，哪知半路上又杀出一名弱冠少年，不禁又惊又怒，喝道：

"小子，你是何人？敢协助强匪，反抗官府，不怕招致杀身之罪么？"

洗龙安疾点三式，已将他迫退了回去，当即冷哼一声，道：

"官爷，怕就不上这条道了，你老人家若识相，就此撤身而走，这批官银就当作你的买命钱！"

说话间，那汉子已疾点了周身几处大穴，鲜血立止，随即厉吼一声，反扑了过来，那中年将官几曾见过如此悍勇之人，慌忙虚掩一刀，转身就走，这次真正撤退时，竟连招呼也不打一声，其余幸存的兵勇见主将一走，立时如获大赦般纷纷逃命，刀枪弓箭随手弃了满地，众蓝衣群盗也不追赶，一拥而上围住那汉子，乱叫乱嚷道：

"威哥，怎么样？伤势如何？"

"威哥，那畜生一刀可砍得深？郝老二一看见你流血，就恨不得跟他们拼了……"

"威哥，属下把那姓曹的狗官擒来，剁了他的狗头，替你出了这口鸟气……"

沈威单手拄棍，脸如淡金，这时扬扬手，勉强笑道：

"穷寇莫追，方才有位兄弟也说过，留下这批官银，就当那姓曹的狗官的买命钱！"

说到这里，他朝洗龙安微一点头，将熟铁棍交给他人，合掌抱拳道：

"这位兄台，方才激战中，多蒙出手，平板镇沈威在此谢过了。"

洗龙安见对方礼数周全，连忙也微一欠身，抱拳回礼道：

"在下洗龙安，方才出手也只是一时之兴，沈兄何须多礼！"

沈威一怔，低头自语道："洗龙安……"

这时，他脸色一变，急声问道：

"敢问兄台与洗家堡上下如何称呼？"

洗龙安苦笑一声，涩涩地道："洗家堡堡主正是家父。"

这一句说出，沈威突然大叫一声"啊呀！"随即又语声一滞，怔怔地望了洗龙安片刻，吃惊道：

"兄台，兄台真是洗家堡少主？"

洗龙安不知其意，只得肃然道：

"洗家堡此次遭劫，满门遭戮，若还有人冒充洗家堡少主，麻烦随即上身，在下又何苦来哉！"

沈威又是一怔，连忙拍拍脑门道：

"是极，是极，沈某有眼不识泰山，得罪，得罪了。"

洗龙安摇摇头道：

"不敢，不敢，洗兄此言是抬举在下了，在下有何德何能敢与五岳泰山相提并论？"

沈威一仰脸，哈哈大笑道：

"洗公子此言差矣，洗老爷子生前是咱们南七省的龙头老大，如今虽故，其子自当继承衣钵，统率武林，是为新一代霸主，沈某将之与泰山相提并论，又有何误？"

洗龙安年纪轻轻，听得这奉承，脸上虽微有薄赤，心内却轻飘飘的，舒畅无比，忙笑着道：

"哪里，哪里，在下此次当务之急该是查明真相，治罪真凶，以慰家父在天之灵。"

沈威连忙挥手在胸膛上一拍，本欲承诺鼎力相助之事，哪知一掌拍下，正好拍在伤口上，痛得他全身一跳，脸色刹时惨白如纸。

两名副手立时伸手扶住他，急切道："威哥，威哥……"

冼龙安神情一紧，亦上前关心道：

"沈兄，你感觉如何？在下略通医道，是否需要施手救治一番？"

深吸了一口气，沈威抬起脸，咬着牙，恨恨道：

"算了，姓曹的这一刀真够狠毒，若非冼兄出言示警，老子这条命今日就要他奶奶的交于他手了！"

冼龙安脸色一变，歉然道：

"在下一念之差，放虎归山，还望沈兄海涵……"

沈威一手仍捂着伤口，另一只手摇了摇，艰涩地道：

"无妨，姓曹的丢了这笔官银，回到知府衙门里，不死也要脱层皮，此时送他上路，反倒是给他一个痛快！"

冼龙安点点头，心中赧然。沈威又道：

"冼公子，此次救命之恩，沈某无以为报，如若不弃，你我结成异姓兄弟如何？"

冼龙安心中一颤，不知是欢喜，还是吃惊，道：

"你我结成异姓兄弟？"

沈威脸色一沉，不悦地道：

"怎么？冼公子不允？"

冼龙安连忙摇摇手，道："在下……不，小弟正求之不得，能有沈兄你这样的大英雄、大豪杰作大哥，实是我今生今世修来的福气，高攀了！"

沈威闻言，这才放怀一笑，伸手拍拍冼龙安的肩膀道：

"既为兄弟，何须再作谦虚？没想到今日能在此地这种情况下，结识冼公子，真是有缘呀，我也别再酸溜溜的了，咱们性情相投，意气相合，相见恨晚，如果没有异议，我们不如即刻插土为香，宣誓结盟如何？"

甫闻此言，冼龙安暗暗一惊，虽说与沈威甚是投机，但毕竟刚刚认识，没想到他现在就提出义结金兰之事，虽难免感到有些意外，但同时也被他这快人快语，淳朴豪情所深深打动，暗忖：此时身负血海深仇，而又独木难支，如能得平板镇的臂助，岂不更好？我可不能错过这大好机会……

如此一想，遂抱拳作应道：

"小弟与沈兄心有同感，承蒙沈兄抬举，龙安受宠若惊……"

"这么说，你是答应了，贤弟？"

洗龙安微微一点头，沈威立时喜不自禁地喝道：

"好，来了，点香!"

当下，即上来两名蓝衣大汉，为他们培土插香，二人即携手跪地，面南背北，慎重地磕了三下。

沈威年长洗龙安五岁自是为兄，后者为弟，一番热切地称呼，二人抱臂相拥，那真切的场面，令众人感动不已。

此时，山野里方才惨凄的气氛已暂时消散，全被这激动人心的和祥欢悦之气所充斥，众蓝衣群盗在雀跃欢呼，马儿似乎也懂得这宝贵的友谊，弹腿仰脖，显得欢喜十分。

整个场面如锅中开水沸腾难平，感人至深……

沈威、洗龙安二人义结金兰，兴致所至，抱臂相拥，真情流露，激喜盈泪，感人至深，良久，才缓缓松开。

蓦地，沈威问道："安弟，方才不知你如何会赶到此地？贵处距离此地何止百里之遥，你一人出外，想必有事吧？"

洗龙安面色变得沉肃起来，道：

"我们既已结为兄弟，小弟不敢相瞒，此行路过于此，实有要事要办!"

"哦，你一人出门在外得处处小心，不知是何事，能否说出来，或许愚兄能略尽绵薄之力呢!"沈威热心地道，神情惊讶后转为诚挚。

一抱拳，洗龙安感慨地道：

"多谢大哥垂询，不过，此事非得由小弟自己解决不可，这血海深仇，必须让那班恶贼连本带利地加倍奉还!"

他说时神态激愤难仰，又明此言，沈威大惊，忙问道：

"贤弟说哪里话了，你我既为兄弟，你的事就是我的事，有难相帮更不在话下，听你的口气，莫非与人结下弥天大仇？说出来听听，让大哥为你出气，看我不将他们这些不长眼睛的家伙大卸八块才怪！"

微顿，洗龙安便一五一十地将自己家门惨遭危变之事以及在"尘环谷"和"反通神"学艺诸事向其细细道来。

沈威闻皆，惊异不已，半天说不出话来，好大一会，才感慨万千地道：

"数月来，愚兄一直忙于平板镇内部之事，惭愧得紧，竟然对贵庄遭厄之事尚无耳闻，若不是贤弟说出，愚兄现在还不知道呢……"

微顿，他面色陡地一沉，布满恨毒之色，几乎是咬牙切齿地续道：

"侠义八卦门与神义无相门向来以白道自居，却做定了狗屁倒灶之事，想不到此次贪念未遂，竟歹狠至此，好狗贼，可恨……贤弟忽忧，这回让愚兄率本部人马长驱直入冀州，救出令堂，活擒罗贼，为你惨死的家人报仇！"

洗龙安这几日来正亲身领受到单身一人长途跋涉之劳苦，此行凶险未卜，能得人相助，自是求之不得之事，正欲答应，忽而想到：沈大哥说他数月来忙着平板镇内部之事，想必现在也有要事须办，我如果要他随往冀州一行，那岂不是耽误了他的时间？罢了，此事还是由我自己解决好了……心中有虑，便委婉谢绝道：

"沈大哥，多谢你关心，不过，冀州甚远，如此劳烦大家，小弟实于心不忍，我想……我想先去摸清敌人的巢穴，摸得虚实，然后与你们再图剿敌大计如何？"

沈威闻言，沉吟道："如此，只怕姓苏的先走一步，先得了林海秘语……"

洗龙安一愣，还没听清他所言何事，遂问道："沈大哥，你说什么？"

沈威自知失言，忙掩饰道：

"哦，愚兄是问，'反通神'到底是何许人物？江湖上怎的从来没听说过此人字号？"

洗龙安一笑，道："小弟不是已经说过，'反通神'老前辈乃不世的隐居高人，大哥怎的忘了？"

沈威伴装一拍脑门，自我解嘲笑道：

"是极，是极，这位高人一身武功深不可测，无怪乎贤弟能有如此身手，不过，贤弟固然艺高，听说'半手遮天'苏遮幕一身武功亦十分厉害，兼且其阴险歹辣，党羽众多，贤弟一人前往，愚兄实在是不放心……"

洗龙安宽慰道：

"大哥请放心，小弟处处小心就是！"

言至此，见沈威的满面不舍之色，心里也暗暗庆幸在此结识了一位人生知音，为他的真诚所深深感动，崇敬之心陡然又增加几分，但想到自己现在救人如救火，还得急着兼程，便道：

"沈大哥，你我刚为兄弟，本应在一起促膝长谈，但眼下家母尚为侠义八卦门所劫，小弟不敢耽搁，有聚有散，只好要对你说后会有期啦……"

本语未毕，他已怆然万分，身边无亲人，有幸结识一位重情重义的兄长，可相暗不到一个时辰，就要分离，难免惆怅、心酸，这种说不清，理不明的感受，现在清清楚楚，实实在在地体会到了，刹那间，他明白了为何会有许多古时友人离别相送而作的千古精美诗句，只是一时之间在怆然中实在想不出什么辞句来表达，目光扫及地上横七竖八的尸体，他似是想起了什么，遂道：

"大哥无须挂怀，那半张羊皮实则现在还是在小弟手中，独眼廖超所取的不过是一张普通的羊皮而已。"

沈威闻言，双眼骤然一亮，瞬即又平淡如常，道："此话怎讲？"

洗龙安脸上调皮一笑，道：

"当时独眼廖超以家母为胁，索要那半张羊皮时，小弟便恐其有诈，所以事先便在市集上买了一张相同大小的羊皮，再在上面随意涂写一些线条，送与廖贼时，廖贼居然不察，好似小弟真是一个好骗的羊牯似的。"

这番话，沈威听得暗暗心惊，脸上却大笑如雷道：

"好，好，想不到贤弟粗中有细，竟然将那出了名的阴险狡诈的独眼廖超也骗了过去，如此说来，那半张骚羊皮还在贤弟手中吗？"

洗龙安拱拱手，得意道："大哥过奖了，不过那半张骚羊皮并不在小弟身上，要不，小弟赠与大哥也无妨，反正它只是一张指明林海秘语藏处的线路图，小弟得来，也不知要花费多大的力气去找寻哩。"

沈威听来就像泄了气的皮球似的，气得双眼一翻，嘴中仍然谈笑如昔道：

"贤弟何必多礼……"

他本想再问洗龙安那半张羊皮如今藏于何处，却又怕打草惊蛇，于是，语声在此一滞，一名獐目鼠眼的蓝衣汉子连忙凑上来，低声道：

"威哥，此地不宜久留，姓曹的那龟孙子虽逃了回去，但恐他会叫来后援，咱们还是先行离开为妙!"

沈威点点头,无奈地朝洗龙安拱拱手,道:

"贤弟,天下无不散之宴席,我们就在此一别吧,还望后会有期!"

洗龙安当然没忘现在他们所处情形,遂亦额首抱拳道:

"这位兄弟说的极是,大哥,你率众人快些离开此地才好,否则,再被官府赶来围困,只怕就难以走脱了,何况你还有诸多要事须办,我们就在此作别,后会有期!"

说完,就欲朝众人拱手而别,忽见沈威从衣襟内取出一个圆筒,约有尺长,交与其手,道:

"今日一别,我们下次见面均须安然无恙,这是信号筒,为我们之间传递信号之用,若有困难,就发信号,纵有万里,愚兄也会火急赶来相救,妥善收藏起来。"

接过信号筒,洗龙安鼻中一酸,语声微滞,道:"多谢大哥!"

沈威嘴角一歪,诡秘地笑道:

"贤弟何须多礼,只要愚兄日后有事,贤弟能如今日一般拔刀相助,愚兄就已心领了!"

洗龙安真诚地一点头,道:

"大哥放心,你我兄弟日后有难同当,有福同享,决不相负!"

沈威高兴得一拍手,大声道:

"好,有贤弟如此一言,愚兄便可以放心去了!"

身后众蓝衣大汉已将一干趟子手全部赶开,自己跳上车辕,准备启程,那獐目鼠眼的仁兄又上前恭声道:

"威哥,都准备好了,是否可以启程?"

沈威一点头,再与洗龙安拱手一揖,方才转身而去,洗龙安仍立原处,目送着这行车队渐渐远去,心中除了那份惆怅之情外,赫然还有一种焦躁不安之感,可却不知这份焦躁不安之感来于何处。

第四章

这一日，行至万兴县，已距冀州只有五百里之遥，正行间，忽见天色转阴，阴云密布，不一会，电闪雷鸣，便下起了滂沱大雨。

洗龙安见前面路旁有家酒肆，便挥鞭狠狠一击马背，加速赶向这边，欲先停下避雨，待雨停再行赶路。

驰近店前，甩蹬下鞍，洗龙安身上已被淋湿，活像一只落汤鸡，好不狼狈。

方踏进檐下，但见由店内一蹦一跳走出一名发须皆白的老态龙钟老者，之所以走路时一蹦一跳，竟是此老者只有一只独腿支撑身体，洗龙安瞪大着眼，吃惊地望着他，还未开口，那老者已先问讯道：

"公子爷，外面雨大，不如先进来避避吧！"

老者笑容可掬，和蔼可亲，正是那种会做生意的生意人，洗龙安一见，就从惊异中陡生出几分同情，遂感激地趋步上前，很有礼数地抱拳含笑道：

"那就多谢老丈了！"

老者伸手作了个请状，便率先一蹦一跳地走入店内，洗龙安跟随入内，在近窗一隅拣了个座儿坐下，这才略略看了看此店，只见店内虽小，但摆设得却是繁而不乱，井然有序，干净明洁，六张桌子及清一色的板凳一尘不染，都能映照出影子来，因为这些桌椅本来就是新的，不过，仍能看出店主的洁净之处，洗龙安不由笑道：

"老丈可是刚搬至此地不久？怎么这店里只有老丈一人打点？"

那老者一愣，随即慈蔼地笑道：

"公子爷有所不知，这儿在几年前便有此店，是由小老儿一位好友所开，现在他远游他方，便将此店盘给小老儿，其时，一些桌椅已坏，小老儿便买些新的添置起来，嘿嘿……别只顾着说，看公子衣衫尽湿，不如先脱下来，换上小老儿的孩儿衣服，这里还有现成的酒菜，少时待犬子买盐回来，让他陪公子喝上几杯暖暖身子，小老儿先取衣服给公子爷换上，以免着凉生病。”

说完，那老者便扶着桌子，径直挪到内室去取衣服了。

“老丈，不用……”洗龙安方吐出几字，却见老者已含笑入内，知道人家是出自诚心，暗里不由感激万分，这世上固然有坏人，但好人还是占多，虽然和这老丈是萍水相逢，但他却是一片挚诚，于是，天气虽冷，洗龙安内心却感到无比温暖，一股暖流在他全身每一条血脉上流淌着。

很快，独脚老者便从屋里取出了一件灰蓝色长袍，虽是粗布制就，却也整齐平展，没有一丝皱褶，可见其人一丝不苟，认真心细的生活习性。

眼见老者如此热心，洗龙安哪里还好推辞，只得道声谢，然后到里室去换衣衫，穿湿衣服，凉丝丝的贴体感觉也着实让人不敢领受。

穿衣出来，却见那独脚老者在这工夫里为他摆上了几样精致的小菜，还有一瓶“烧刀子”，见他出来，老者忙道：

“公子身材魁梧，人长得也蛮英俊，虽着粗布衣服，仍显得丰神俊朗，神采奕奕，一表人才，我那孩儿只怕不回来了，他在这时候还不见回来，大概又是去他那城里的狐朋狗友家里赌了，不用等他，公子想必腹中已饥，且先用膳吧！”

这独腿老者服务得可真周到热情，洗龙安感动得无以复加，竟显得有些不好意思起来。

“不如等令郎回来，一起进餐……”

“公子爷别太客气，小老儿那孩儿十成是不回来了，你也别等了，老朽刚用过膳，你请便吧，你不吃，可是浪费哟，因为小老儿是要收你银子的！”

想不到这独腿老者竟也会调侃，洗龙安不由笑了，但笑容刚起，忽又消失，现出了几分惊骇之色，他想起这老者既然是独脚，这许多的酒菜又是如何这般快地搬到桌子上来的呢？

心有所虑，洗龙安两眼立时冷冷望去，那独眼老者微微一愣，吃惊地道：

“公子爷，你，你怎么？”

“哼”了一声，洗龙安道：“老丈，这荒村野店里，酒菜是否干净，还请先尝试尝试！”

那独腿老者闻言，却是一声叹息，道：

"公子爷何须多虑，小老儿虽然手脚不便，酒菜却是绝对干净！"

说着，他从头上拔出一支银针，轻轻地在各种酒菜内沾拭了一下，银针却依然没有变色，独腿老者又接道：

"这枚银针是小老儿专门用来测试酒菜的，以前也有客官怀疑小老儿的酒菜中有问题，小老儿用此针一试，他们便疑虑尽去，如今公子爷也可放心用菜了。"

独腿老者如此一说，洗龙安方才疑虑尽去，客气了几句，便坐下用膳，天气还寒，"烧刀子"酒性极烈，正可喝些暖暖身子，而且还可祛寒活血，方才自己穿着湿衣，只怕雨水通过毛孔侵入体内，喝点烈酒正好可防风寒，于是，便揭开壶盖，为自己斟上一盅，喝了大大一口，果然是十足的劲道，且有满口的浓郁芳香，再吃些可口小菜，别有一番味道。

接连急急赶路，腹中确实已饥，这会儿心情畅悦，喝的香，吃的也香，虽不是狼吞虎咽，却也够得上"阵式"了，如果是哪家闺女看到了他这副吃相，纵使他生有潘安之貌，宋玉之貌，只怕也不敢嫁与他了。

正吃得兴起，忽闻老者在屋里道：

"公子爷，你慢慢吃，这儿有火，待老汉把你那件湿衣烤干，待雨停后好穿！"

洗龙安口中正嚼着一大块鸡腿肉，陡闻此言，如受针刺，条件反射般忙将手中的鸡腿放下，紧张地道："啊，不……不用麻烦老丈了！"

紧张不为别的，而是在那衣边隐藏着导致他几次险些身死和他全家惨死的根源，心中顾虑，乃是自然之事，何况他与这独腿老者素昧平生，如何不疑？不为别的，单是那衣内的二十余两纹银，也够诱惑人的。

他话刚出口，独腿老者也意识到了，他将已经抱出的湿衣有些窘迫地放下，然后道：

"老汉倒是忘了，公子爷这衣内还有银子，若有失，这可不大利落，都怪老夫做事鲁莽！"

见他这么自责，洗龙安反倒有些尴尬了，人家出于好意帮自己烤干衣服，而自己却这样对他起疑，顾虑，脸上一红，连忙给自己和对方同时好下的台阶，勉强一笑，道：

"不是……老丈请不要多虑，在下是见老丈如此殷切，只是觉得有些不好意思麻烦，别无他意……"

听他这么解释，独脚老者方松缓了那紧绷了的脸，宽心道：

"原来如此，公子爷何必客气，出门在外，大家互相帮助而已，反正闲着没事，老汉一边烤火取暖，一边顺便将衣烤干！"

说着，便将洗龙安的衣内纹银当面悉数于桌上放妥，好让其宽心，然后再展开湿衣，为他烤着。

眼见如此，洗龙安还能说些什么，只有向其道声"谢谢"，然后放心继续用膳，边吃边与那独腿老者攀谈起来。

通过谈话得知，这老丈姓高，与独子在此经营谋生，早膳后，儿子去城里购盐，只剩他一人照理小店，当独腿老者问及自己时，他胡诌乱编说是姓章，走远亲途经此处。

高老汉知道他是江湖中人，因为他进店时分明可见腰间悬着那柄朱色宝剑，尽管他外罩大氅，但寒风吹起之时，仍可清楚得睹，高老汉见多识广，当然晓得。

按说在这荒芜的道旁，像他这么一大把年纪之人，纵然见过的人很多，但像这样携有兵器的江湖人，虽不会像见官差那般惊诧，但也不会如此毫不起眼吧！这老者竟如司空见惯般，并未多瞧他几眼，除了对他比较热情外，多着的就是其所佩的那柄宝剑，莫非他也识得这把削铁如泥的利器？看来他是识货之人了。

外面的风雨不但未减，反而愈见强猛，洗龙安擎杯待饮，看着窗外的瓢泼大雨，他蓦然想到了就要见到的母亲，不知她老人家现在可好？现在家中只剩下她这么一个唯一的亲人，就是想尽一切办法，也要将其由敌巢安然救出，否则，他此生难以睡得安稳，吃得有味了。

"吱——"

洗龙安心中忧虑，遂仰脖将那杯满满的烈酒一口饮下，狠狠地饮下，他将满腹的忧郁尽然发泄其中，人常道"酒可消愁"，可现在，他却越喝越愁，不一会儿，一壶"烧刀子"竟被他喝了个底朝天，可是他却浑然未觉，只知向口中灌入，如果他要是注意，准会为自己大吃一惊，他从来都没喝过像今天这么多的酒，而且还是烈性十足的烧刀子。

苦恼难仰，洗龙安愤然使劲，"啪"，酒杯立即被他捏得粉碎，锋利的碎片割破了他的手指，但他仍然无动于衷。

高老汉在只隔着堵木板的隔壁探首看来，面上不由色变，惊道：

"章公子，你……你的手流血了，看你的样子，像是有满腹心事，你已饮了不少酒，放下心中的不快，不然，很难受的……"

高老汉说出这番话时，神色很怪异，但具体的又不好来形容，只是那双昏花黯然的眼睛，这时却陡然变得明亮起来，人也整个儿似是猛地有了精神，他那双眼睛似是充满了关切，但若是仔细来看，定可发现实地里隐含有另一种莫名的意味。

洗龙安没有立即回答，他感到酒在肚中渐渐发挥了作用，头辣辣的，有如万把刀子在绞动，口中似要喷出火来，炙得他喉咙干燥生烟，头也有些昏昏然了，双眼欲阖，卷着舌头道：

"这酒……可……可真他妈的够劲儿，好……好……好酒！"

此时，他腹内灼炙难受非常，却还一直夸道："好酒！"但是，渐渐地，他痛得有些忍不住，"啊"的一声，痛呼起来，手臂随即一挥，那壶已空的酒碗"啪"地落在地摔成粉碎。

独腿老者却嘻嘻一笑，道：

"啊呀，章公子，你怎的把小老儿的五龙大花碗摔破了，这东西可是先朝皇上的御用遗物，你老弟那二十几两银子全部赔上，怕也不够呢！"

说话时，声气稳健有力，已全然不是那副老朽之相，洗龙安却仍是摇头晃脑，昏天黑地般道：

"所需几何？老……老丈，你只管说，本公子，有的……有的是银子……"

独脚老者冷冷一笑，阴恻恻地道：

"银子再多也没用，洗公子，小老儿要的是你的命！"

"命"字一吐，洗龙安蓦然一怔，立时清醒了几分，瞪着那独脚老者道：

"老……老丈，你说什么？……"

独脚老者猛地单腕一翻，左右开弓，狠捆了洗龙安几个清脆耳光，手起手落间，竟是无比利落。

洗龙安甩甩头，抬手欲还一掌，才发觉全身上下竟无丝毫力道，抖抖嘴唇，他吃力地道：

"老丈，你……你在酒菜上动了手脚？"

独腿老者望着他，冷笑道：

"酒菜上倒没有，只是洗公子这身衣裳上，老夫早已种下了'衰衣草'，这东西沾身即溶，溶入体内后，中者在一个时辰内连蝼蚁都不能踩死一只。"

洗龙安呻吟似的喘息道："衰衣草？……老丈，你……你到底是……是……是谁？"

那独眼老者霍然伸手抓住洗龙安衣襟，一把提将过来，鼻对鼻，眼对眼地道：

"小子，少他妈的装蒜，交不出那半张羊皮，老子把你扔进锅里熬汤喝了！"

如此近的距离内，洗龙安透过朦胧的醉眼，才看清这老者的胡须原来竟是沾上的，额头上的皱纹也是用眉毛一条条地划上的，除去这一切掩饰，这独脚"老者"兴许只有三十左右年纪，可是如此简单的易容改扮，洗龙安却没看出来，心中不禁暗暗恼恨，口中冷冷地道：

"这位大哥耳目也太不灵聪了，林海秘语图早已被侠义八卦门的独眼廖二爷取走了，你老兄如今就算把在下熬汤喝了，也喝不出来什么味道。"

独脚"老者"嘿嘿一笑，伸臂将洗龙安推出丈外，随即单手轻轻地在脸上一抹，方才露出庐山真貌，只见果然是个三十上下的汉子，他金鸡独立般稳立不动，目光轻蔑地望着洗龙安，傲然道：

"小子，你这双招子熬到至今，还算没废，不过，在高爷面前，废不废都是一样。"

洗龙安被推倒在地，就如闷头撞上一根木柱，又被反弹回来似的，不仅浑身酸痛，而且可以深切地感到这根木柱稳如磐石，洗龙安不由暗自心惊，独脚汉子又以单脚为中心，轻轻一旋，便转过身去，背朝着洗龙安道：

"小子，你听着，侠义八卦门的独眼廖超劫了你的林海秘语到底是在何时何地？"

语声沉肃有力，洗龙安一时揣摸不透他的意图，思索了一会道：

"此事约摸已过了十余日，地点就在洗家堡东南三叉岗的城隍庙内，这位兄台问起，莫不是想……"

独腿汉子冷森森地打断道：

"你可曾亲眼看到是独眼廖二爷本人？"

洗龙安一滞，脱口而出道："不错！"

独脚汉子却蓦然一声暴叱，怒声道："放屁，我廖兄弟在十日之前还和老子一起跟开花教的老杂毛干了一场，如何又在短短几日内赶到你洗家堡去杀人越货？"

这句话，洗龙安听来有些不明所以，他吃惊地道：

"你廖兄弟？你跟姓廖的狗贼……"

独脚汉子已冷冷地接道：

"侠义八卦门的独脚高雄，独眼廖超，小子，你还漠然不识么？"

洗龙安恍然大悟，立时恨恨地道：

"独脚高雄，久仰了，原来侠义八卦门全是一路货色。"

独腿高雄听来却毫不生气，将身一转，面对着洗龙安笑道：

"小子，你这句话倒说得不错，侠义八卦门从上到下，从苏老门主到最下面的无名下属全部自始如一，别无二心，就是想着横扫武林，天下独尊，如今此时已是指日可待，嘿嘿……"

洗龙安有生之年还从没遇到如此怪人，真心实意地说话，他一副冷若冰铁的模样，讥诮讽骂他几句，他反倒眉开眼笑，心中不禁又好气又好笑，道：

"侠义八卦门铲除了洗家堡，也未必能够独霸江湖，唯你独尊。"

独脚高雄人正嘿然大笑，闻言脸色立时一变，森厉大叫道：

"谁说侠义八卦门铲除了'洗家堡'？洗家堡一夜而亡，跟侠义八卦门半点瓜葛也沾不上，苏老门主在此期间跟姓洗的老匹夫也从没交手过招，还有那半张骚羊皮，我廖兄弟根本没沾过手，小子，你他妈的眼瞎了，留着一对招子也没用，高大爷现在废了它！"

说着，左臂二指倏然骈竖，独脚高雄双眼亦形如噬人般望向洗龙安！

洗龙安一生之中，最为尊敬的莫过于其父洗管非，平日耳濡目染的亦是众人将其父尊为"洗老爷子"，今日陡然听到高雄肆无忌惮地改称为"洗老匹夫"，立时勃然大怒，大声叫道：

"姓高的，此事江湖之中人人传道，有目共睹，你剜了小爷的眼珠子也没用，姓苏的老匹夫要独霸江湖，天下独尊，还隔着'两门三教'好大的一截！"

这一句以牙还牙，独脚高雄果然大怒，目光一硬，恶狠狠地道：

"好，老子先剜了你的眼，再割了你的舌，然后洞穿你的耳，让你死在九幽地狱里都见不到你亲爹娘一面！"

话刚说完，两指如钩般戳来，其速之快，就如流星划空一般，洗龙安自忖就算在四肢能动的情形下也躲避不得，于是只有两眼一闭，索性等死。

突然间，一声破空锐响在耳边陡生，正是因为太静，所以这声音听来是那么清楚，绝不会听错，那是锐器破空之声，独腿高雄手臂一缩，反腕一抄，接在手中的霍然是一支蛇形镖。

镖一沾手，身后的窗蓦地"砰"然破开，带着飞溅四射的雨珠，一条人影随即窜入，脚未沾地，又是三枚蛇形镖扬手射出。

独腿高雄正面接镖，万没想到来袭者竟从身后攻入，立时大喝一声，道："好！"独脚便在一字之间跃闪了七步，行动之快，简直匪夷所思。

但他这一闪避却还未完全了事，只见蛇形镖势到尽头，竟没跌落，反倒锋头一转，倒射了回来，这一下，又是大出独脚高雄意料之外，他轻"噫"一声，独脚连点，又斜闪出三丈！

前后闪出十余丈，独脚高雄便再也不能伤及洗龙安，待到他立稳脚根时，来人已长臂一伸，尽将三枚蛇形镖收入袖内，同时娇躯一掠，挡在了洗龙安面前！

上面冰冷的雨点落在洗龙安头上，洗龙安抬头一望，只见挡在前面的人戴着宽边草笠，身上的衣服却早已被淋得全湿尽透，贴着身体，显得身材极为匀称娇巧，洗龙安不由脱口而出道：

"冯姑娘！"

其实来人是谁，他一时也看不出来，只是在这时他忽然有一种灵异的感觉，确认前面就是曾与他有过一面之缘的冯心玉。果然，他这三个字一吐，前面的人立时轻叱道：

"别动，此人相当扎手，难得从他手里救你出来！"正是冯心玉！

独脚高雄嘿嘿一笑，道："荡气回肠蛇形镖？嘿嘿，开花教里来的是哪位主使？怎的一根梁子架到了八卦门的高大爷头上了？"

冯心玉仍将头脸深埋在草笠之中，冷冷地道："废话少说，姓高的，这小子的头，刁教主已经用朱笔点过了，若卖个交情，你就抬手走路，否则，除了荡气回肠蛇形镖以外，本主使的其他法门，你都要一一领受了！"

独脚高雄知道对方口中所言"刁教主已经用朱笔点过了"的意思，就是开花教圈定了要这个人。侠义八卦门在江湖上交际不好，与各门各派都有介蒂，独与开花教算是还有点关系。三年前，侠义八卦门迁入冀州，与神义无相门发生大火拼时，开花教曾独树一帜地站在八卦门这一边，为此，苏遮幕特别感恩，曾一再吩咐下属少与开花教发生磨擦，即使磨擦在所难免，八卦门这边亦要退避三舍，再行交涉。如今，开花教的人突然出现，要抢洗龙安，一时倒令独脚高雄犯了难，但此人脑瓜相当灵活，闻言之下愣了愣，仍笑道：

"此人不光是刁教主想要，苏门主也向在下发了帖子，贵主使说要带走就带走，高某日后的买卖可就不好干了。"

冯心玉淡淡地道："那你说如何？"

独脚高雄两眼朝别处瞥了一下，好整以暇地道："只要高某问完这小子几个问题，贵主使想要带这小子去哪里，就去哪里，悉听尊便！"

冯心玉略一思忖，点点头，道："好，你问吧！"

说完，她斜让半步，低着头，护持在洗龙安身侧，手心内却仍紧紧扣着那三枚蛇形镖。独脚高雄狐疑地瞟了她一眼，又看了看洗龙安，洗龙安身中"衰衣草"，仍是手无缚鸡之力地瘫坐在地。

独脚高雄哼了一声，问道："小子，你敢确定，劫去你那半张羊皮的人就是本门的独眼廖超？"

洗龙安恼他出言不逊，当即怒声道："不错，那独眼恶贼就是化成灰，小爷也能从沙堆里把他拣出来，就像你一样。日后你若被火烧成灰撒得到处都是，你那苏老门主无法收验时，就只管找小爷去辨认即可！"

这句话骂得甚是刻薄，独脚高雄却毫不在意，轻蔑地一笑道："到那时，就只好拜托洗大公子了。不过在此之前，你可识得我独眼廖兄弟？"

洗龙安一怔，在此之前，他倒从来没见过独眼廖超，但他却不甘就此罢了，便低声咕哝道："此人一只独眼就像独门标志似的，天下还有谁人不识？"

独脚高雄冷冷地接道："就像高某只有一条腿一样，是么？"

洗龙安哑然一笑，想不到这人对于表面上的缺憾，倒毫不在意，遂也痛快地道："不错！"

独脚高雄点点头，声气也平缓了许多，道："那当时，你又如何脱身？我廖兄弟又如何肯放你走？你既得了林海秘语，该当杀人灭口才对呀？！"

洗龙安心中顿时升起一股傲然之情，道："不是姓廖的放了在下，而是在下施展手段，打得他狼狈而逃！"

这句话一出口，独脚高雄却不怒反笑，"咻"的一声，眯着眼笑道：

"你施展手段打得我廖兄弟狼狈而逃？好，嘿嘿……你倒说说看，你施展出何种手段来着？"

洗龙安心血来潮，正欲伸手比划几式"点金指"，却又感到全身乏力，不禁懊丧地道："我为何要施展给你看？这门功夫的精妙之处，又岂是你这等人所能看透的？……"

话没说完，独脚高雄竟已勃然变色，声厉言锐地叱道："放你妈的狗屁！小子，你有多少斤两，高某岂有不知之理？任是你用何种手段，在老子面前也绝走不过十招！廖兄弟的艺业论起精湛尚比高某还胜一筹，你又如何能使他狼狈而逃？简直是信口雌黄！高某现在就让你看看何谓手段！"

他单臂暴伸，五指力张，迎着洗龙安劈空一扬，五缕劲风顿时如箭般瞬即刺到，冯心玉见机得快，立时将洗龙安往旁一拖，堪堪避过，然而就在洗龙安方才坐身之地，"轰"的一声，尘土飞溅，竟显出了一个海碗深浅的大洞。这地面经过多年踩踏，已为硬土，寻常的铁锹在此挖上一盏茶的工夫，也只可能挖出如此成绩，但独脚高雄竟只要隔空一爪，便能如此，可见其功力之深已达到了超凡入境的地步。

洗龙安咋舌之余，心想"点金指"乃"反通神"前辈所授的武功，自己虽然学得不足两成，但比及这三十左右的独脚怪人所使的武功，只怕也毫不逊色。于是，红着脸强辩道：

"姓廖的功力深厚又如何？当时就是他大败而逃，不信你可问冯姑娘！"

冯心玉娇躯微微一颤，没有应声。

独脚高雄也一时气昏了头，并没想到"冯姑娘"到底是何许人，只管厉问道：

"冯主使，当时可有此事？"

话刚落音，冯心玉蓦然伸手一拂，桌上的油灯忽灭，店内只此一灯照明，立时变得漆黑一团！

几乎就在灯熄后的一刹那，一条人影猛扑而入！

狂风夹杂着暴雨同时卷扑了过来，独脚高雄单足一点，身形立身腾高三丈，自空中一爪劈去，口中一面喝道："什么人？"

黑暗中，只见那人影贴地一滚，避开独脚高雄的一击后，径自弹身向桌旁扑去。撞门、滚地、弹扑，几乎一气呵成，瞬间即到，但桌旁哪里还有冯心玉与洗龙安的人影？

独脚高雄身形落地，哼了哼道："好身手！"

他欲待再击，那人霍地将身一转，沉身道："高老大住手，在下乃开花教东路主使杨亭慧，奉刁教主之命追杀叛贼冯心玉至此，事先并无招呼，得罪了！"

说话间，这人眼波四处流转，冯心玉藏在店内，纵是想逃也毫无机会！

独脚高雄一怔，惊异地道："可是开花教'毒娘子'杨亭慧？"

杨亭慧低声道："正是！"

独脚高雄轻拍三掌，连声赞道："好，好，无怪乎方才那一招'狸猫翻身'使得这般精巧了……"

他说着话，拍着手，站在门口，迎着狂风暴雨的大肆卷进，身躯竟晃也不晃，形如落地生根一般，"毒娘子"杨亭慧瞥了一眼，心中暗自讶异，双眼更见闪亮地巡视着四周，肃然道：

"高老大过誉了，比之你的'上下一体，盘根错节'的独门外功，小妹还差之甚远！"

高雄独腿闪掠、挪移、立地不倒等诸般事宜，形如常人，依仗的就是自己的独门外功"上下一体，盘根错节"。杨亭慧这一赞正是赞到他引以为傲之处，独脚高雄心中一乐，正待谦逊几句，杨亭慧却又沉肃地道：

"高老大，这里方才可曾进来一个头戴宽檐草笠的女子？"

独脚高雄点点头，恨恨地道："此人就是贵教叛贼冯心玉？"

杨亭慧"嗯"了一声，道："勾结外帮，窃取本教重物，开花教上下皆不能饶过这泼贱女子。教内三月前也曾通报了贵处，怎的人到面前，高老大反倒不察？"

独脚高雄铁青着脸，咬着牙，恼怒地道："当时高某正在审讯洗家堡的孽子，那浪蹄子以'荡气回肠蛇形镖'突然闯入，高某一时不察，便疏忽了！"

杨亭慧一听"洗家堡的孽子"，立时惊道："洗家堡孽子可是洗龙安？"

独脚高雄吁了一口气，道："不错，这小子声称廖老二劫去他那半张林海秘语图，但据高某所知，此事绝非廖老二所为！"

杨亭慧皱了皱眉头，低沉地道："那洗家堡一夜倾亡之事，侠义八卦门的人可曾参与？"

独脚高雄摇摇头，叹声道："本门当夜在洗家堡百里之内绝没设一兵一卒，但江湖传言，本门与神义无相门中的'屠手老四'罗大佑血洗'洗家堡'，其中蹊跷，恐非一言所能说清的！"

洗龙安与冯心玉本在顷刻之间掠身上了瓦梁，是以"毒娘子"杨亭慧在店内遍寻不着。这时，洗龙安闻言之下，不禁"啊"的一声，还没出声，冯心玉纤手一伸，已将他的嘴堵住，但这一轻微的动响并没有瞒过杨亭慧的耳目，她脸色突然厉变，尖叫一声：

"出来！"

三枚细如牛毛的乌针随即射出，独脚高雄同时窜起如飞，一爪劈出。黑暗中，力道用得却十分准确，堪堪罩定了洗龙安两人的立身之处！

冯心玉大吃一惊，伸手一翻，打落下来的草笠刚好挡住了三枚乌针，左臂再乘势一掌击出，又恰好与独脚高雄的一爪遥遥相对，顿时"嘭"的一声，冯心玉的身躯就如离地而起的雏鹰，倒撞破屋顶，飞窜而出，就在她起身的一刹那，还带起了洗龙安！

当冯心玉两人穿洞而出之时，独脚高雄与杨亭慧已同时掠起，从两面攻扑而上，但狂风暴雨从破洞外劈头卷入，两人身形为之一滞，就在这一滞之间，两人再跃上屋顶时，哪里还有冯心玉与洗龙安的踪影？

"毒娘子"杨亭慧站在屋顶，四面一望，只见大雨卷天席地，茫茫一片，心下大怒，道："又让这臭妮子逃过一劫！"

独脚高雄一只单脚站在屋顶，就如独立金鸡一般，冷冷一哼道："放心，姓洗的小子中了我的'衰衣草'，那臭妮子带着他跑不了多远，杨主使可沿官道往前直追，在下则沿官道往后搜索，一炷香后定有所获，如有不获，再到此店相聚不迟！"

杨亭慧眉目一转，望着他道："高老大怎知他们只走官道，而不走小道？"

独脚高雄平淡自若，道："那臭妮子逃命之时必然慌不择路，小道泥泞难行，她岂会踏足？杨主使只管追去便是，再迟，一切就难定论了！"

于是，杨亭慧略一思忖，拱拱手道："就如此了，高老大，小妹先行一步！"

说完她身形一掠四丈，再掠八丈，三掠之时已然不见了踪影。独脚高雄望着她渐去渐远的身影微微一笑，笑毕，身形陡然疾起，势如强弓之矢，虽逆风逆雨亦丝毫不缓！

大雨磅礴直下，这座残破的荒山野店在或明或暗的雨幕中，竟显得分外萧沉，分外诡秘。屋檐下，冯心玉长长地吁了一口气，急速跳动的胸膛也渐渐平缓了下来。旁边，洗龙安低声道：

"冯姑娘，多谢援手，此生此世，在下没齿不忘！"

平淡地，冯心玉却道："不用了，上次洗公子救了小女子一命，两边扯平，互不相欠。"

洗龙安语声顿了顿，轻声"嗯"了一下，道："那现在我们该怎么办？"

冯心玉想也不想，便道："先躲到店里面再说，如今无论是大路小路，都是死路……"

洗龙安急道："那在下身中'衰衣草'之毒？……"

冯心玉立即道："此事颇费周折，本姑娘一时也想不出解救之法。洗公子，得罪了！"

说着，她已将洗龙安横抱了起来，折身掠入店内。此店一共分为两间，外间只摆着几张桌子，里面倒有一个长宽皆有三尺的橱柜，冯心玉将洗龙安放入其内，双眼左右环视了一圈，却又跺足急道："这里也不是最好的藏身之处，那死残废与杨主使一炷香工夫回来后，多半就会想到我们仍藏身店内！"

洗龙安愣了愣，望着她道："在下过来之时，还有一匹健马系在外面，此地若不是久留之所，不如我们一起策骑逃命如何？"

冯心玉摇摇头，黯然道："不成，那死残废的轻功比马还快，况且，马走官道，势必被他们兜头截住！"

洗龙安一听，顿时无话可说，冯心玉眨了眨眼，突然神色一紧，低声道："不好，那死残废这么快就回来了！"

话没说完，她已将身一缩，钻了柜内，随手一带，关上了柜门。洗龙安与之对面而坐，一阵温馨的处子之香夹杂着微湿的潮气立时袭入鼻内。这是他此生第一次与异性女子如此相隔咫尺，这种味道简直令他有点心旌摇动了。但这时，他强定心神，低声道：

"你如何得知……"

冯心玉却竖起食指，轻轻地贴住了他的双唇。瞬即，果然听到一阵马蹄急促传来，冯心玉拿开食指，轻叹道：

"原来不是那死残废，本姑娘倒成了惊弓之鸟！"

洗龙安悄悄地舔了舔唇，以便将唇上的芳泽全部吸入腹内，他笑了笑，道："那死残废来了，找的人是我，又不是你，你忌惮什么？"

冯心玉皱皱眉头，道："你有所不知，那姓高的功力极高，兼且冷酷无情，你我万一落入他的手中，只有死路一条，决无幸免之理，而杨主使乃开花教之人，面冰心热，万一不成，或许她还可顾念往日情义，网开一面！"

洗龙安听着，脸上渐渐升起了一种疑虑之色，他正待张口相问，风雨中的马蹄声已在店外停止了下来。

两人倾耳听去，外面嘈杂喧闹声已乱成一片，敢情来的不止一人，忽然有一个粗哑的声音高声道：

"喂，店家，你他奶奶的死了，贵客临门，怎的半个鸟人都不见？"

"霍老弟何必啰唆，只管进去便是，人马都淋了一天雨，再不成爷们儿待在外面，都成水耗子了！"

这人声音阴阳怪气的，听来有种心中发毛的感觉，洗龙安双眼朝冯心玉望去，冯心玉也不知此人来历，摇了摇头，却只听先前那粗哑的语声应道："是，帮主！"

接着，阵阵沉重的脚步声便涌了进来，一人像被踢了一脚似的大叫起来：

"咦，这他娘的怪了，怎的这店内屋顶被人捅了个大窟窿？"

这句话说完，一缕光亮从外面泄了进来，敢情他们亮起了火折子，瞬即又有人失声叫道："不好，这桌椅躺了一地，定是有人在这里打了架，帮主小心！"

阴阳怪气的声音"哼"了一声，锐声道："给我搜！"

洗龙安、冯心玉两人听着，心中立时一紧，他们这一搜必然会搜到这大橱柜，到时岂非无可遁形？

这时，一声清啸自远而近，虽是在狂风暴雨之时，但听来却像是在耳边一般，冯心玉脸色微变，低促地道："来了！"

洗龙安自然明白来者是谁，过不多久，又是一声尖啸遥遥传至，外面众人似乎愣了片刻，先前那粗哑的嗓音道：

"帮主，有贼人逼近，这他奶奶的八成是个贼窝。咱们上了那小子的鸟当了，干脆先撤出去再说。"

洗龙安一听此人想不战先撤，闻声丧胆，心中暗自一笑，猜忖可能是江湖上一个不起眼的帮派，误打误撞地来到了这里……只听那阴阳怪气之声却道：

"你慌什么？婉容曾说过'士可杀，不可辱'，我龙门镇的人又岂可不战而退，闻风而逃？……"

话到这里，高、杨两人已到了店门外，冷森森的，独脚高雄道："龙门镇谢婉容谢帮主可在此间？"

这阴阳怪气之人赫然竟是龙门镇镇主，洗龙安暗道此人名字怎的如此怪异？原来，龙门镇镇主谢婉容原名谢树春，自幼与其表妹田婉容青梅竹马，情义相悦，长大后，谢树春接任龙门镇镇主，也以重礼聘娶了田婉容。其时，龙门镇外扩内并，势力已非同小可，谢树春接掌后，得力于田婉容之贤助，更将龙门镇调理得井井有条，势如中天，自己也志得意满，春风得意。不料，"天有不测风云"，田婉容三年未孕，刚怀上一子，却在生产之时，暴毙。谢树春在一夜之间痛失爱妻爱子，就如胸膛上被人深扎了一刀似的，自此精神恍惚，难以自持，整日整夜头脑中都浮现出田婉容生前的音容相貌，口中也尽是引述田婉容生前的话语，最后竟连自己的声音都尽量效仿田婉容，于是便落得这副阴阳怪气之调，名字更是在田婉容死后不足一年，就更改而成"谢婉容!"

堂堂龙门镇，本来一个田婉容之死，对其并无大碍，但谢树春如此一来，而江湖之势又向来如逆水行舟，不进则退，于是便逐渐消沉，以致萎靡不振。数月前，龙门镇无意之中得到了一张林海秘语路线图，但却被白衣教的人硬生生抢夺而去，其中屈辱终于使谢树春略为醒悟，遂亲率精干人马重入江湖，欲夺那半张羊皮。几经周折，方才打听到那半张羊皮已落入"神鬼同愁"洗管非之子洗龙安的手中。而洗家堡一夜尽毁，洗管非突然惨毙，谢树春——即谢婉容才敢追到此处，却不料遇上了独脚高雄与开花教东路主使"毒娘子"杨亭慧。

开花教杨亭慧倒也罢了，侠义八卦门与龙门镇却向来势如水火，谢婉容一听独脚高雄的声音，立时一惊，强自镇定道：

"是八卦门独脚高老大吗？幸会，幸会!"

独脚高雄嘿嘿一笑，道："幸会？高某本在此专候谢帮主，自谈不上幸会了!"

谢婉容吃惊地道："专候谢某？高老大，你这是为何？"

虽然是在惊异之下，但他的声音仍然是那副阴阳怪气的腔调，听来极为刺耳。

冯心玉在洗龙安耳边悄声道："洗公子，此人乃龙门镇镇主谢婉容，如果连他也打败不了那死残废，你我那日碰到的独眼廖超恐怕便是西贝货色了！"

洗龙安微微一惊，低声道："姑娘以前也不曾见过那姓廖的恶贼？"

冯心玉摇摇头。外面，"毒娘子"杨亭慧道：

"高老大何必多言，找那臭妮子与那小子要紧！"

独脚高雄怒道："那臭妮子精灵古怪，方才必是躲在屋内，根本没有上路，如今的去向看来只有问问姓谢的公鸭子了！"

洗龙安听他称冯心玉精灵古怪，不禁也暗自称是。又听他叫谢婉容为"公鸭子"，更是忍俊不住，只得用手捂住自己的嘴巴，龙门镇的人亦勃然大怒，纷纷叫喝道：

"姓高的，你这是什么意思？龙门镇帮主岂容你如此辱骂？"

"妈的，一条腿的臭残废，敢情是他奶奶的活得不耐烦了！"

"帮主，相见不如偶遇，既然碰上了，咱们不如就此摆平姓高的，也好扬扬龙门镇的威风！"

"对，干倒这臭残废！"

独脚高雄森冷至极地笑了笑，道："好，好极了，龙门镇的人几日不见，倒长了几分志气。谢帮主，你先把人交出来，咱们再大干一场如何？"

这句话还没说完，冯心玉蓦然低叫道："不好，那死残废要偷袭！"

洗龙安一愣，惑然不解地问道："你如何知道？"

这时，谢婉容在外阴阳怪气地道："交什么人？姓高的，爷们在此……啊，小心！"

最后两个字尚未吐出，已听"嘭"的一声，紧接而至的便是一声惨叫，敢情是独脚高雄一招出手，便立杀一人！

冯心玉在洗龙安耳边叹息一声，道："那死残废借机说话，却已偷偷地掩至店外，此时雨声不大，龙门镇内却无从知晓，看来此战他们是输定了！"

洗龙安有些骇然失色道："那冯姑娘如何听得出来？"

冯心玉抿嘴一笑，得意地道："本姑娘是天生的顺风耳……咦，杨主使也趟入这滩浑水了……"

洗龙安倾耳听去，果然，气息流转的呼轰声中，谢婉容尖声道："开花教毒娘子？本镇与贵教向无过节……"

后面的话竟被"丝丝"的锐劲声逼了回去，瞬即又是两声惨嚎。突然间，火光一明，一个尖厉的嗓音大叫道：

"不好，起火了！"

"是臭残废想放火困死咱们，帮主，先冲出去再说！"

谢婉容大叫一声，道："婉容说过：识时务者为俊杰。撤！"

话刚落音，"砰"的一声，洗龙安两人立时只感到橱柜一震，独脚高雄冷哼道：

"想走？没那么容易！……"

杨亭慧的语声蓦然响起："高老大，穷寇勿追，姓谢的恐怕真不知那臭妮子的下落，我们还是沿小路搜索一遍，不能让他们从我们眼皮底下飞脱了！"

静滞了一会儿，独脚高雄道："好，你南我北，走！"

洗龙安心知最后一个字说出，独脚高雄必已起身掠走，但自己耳边竟听不到一丝衣袂带雨之声，他茫然地望向冯心玉，只见冯心玉凝神仔细倾听了片刻，才吁了一口气，道：

"好了，那死残废终是走了，洗公子可要出去？这橱柜里气闷得紧！"

洗龙安点点头，冯心玉打开柜门，抱出洗龙安，只见外间已是一片狼籍，横七竖八的残桌破椅中，赫然躺着三名黑衣大汉，两人胸口都被洞开了一个大洞，血肉暴绽，甚是惨厉，另一人却只被扫断了右腿，外加左肋被打塌了一片，正闭着眼，"丝丝"地抽气。火势却在大雨中早被浇熄，起火处正冒着缕缕黑烟。

冯心玉搀扶着洗龙安一到外间，那负伤的黑衣大汉便睁开眼来，吃惊地望着他们，道："你们……你们……"

冯心玉看了他一眼，点点头道："嗯，此人腿伤于杨主使的'扫堂腿'下，肋下一伤还是杨主使手下留情，要不再加两层力，这人必会肚破肠断！"

黑衣大汉咬咬牙，哼声道："此仇不报！誓不为人……"

冯心玉一笑，道："就是再过十年，你也报不了仇！"

黑衣大汉大怒，挺身欲动，道："你……"但肋下的一阵巨痛却又使他躺了下来，冯心玉径自扶着洗龙安往前走去，路过另两名死状惨厉的黑衣大汉身边时，洗龙安低声道：

"他们……"

冯心玉肃然地点点头，其意不言而喻，便是指独脚高雄下的辣手。外面仍下着雨，却已小了很多，冯心玉挑了一匹健马，将洗龙安扶上坐骑，自己亦掠上一匹，两人策骑而去。

约摸过了大半个时辰，大雨始止，雨后一轮上弦月高悬当空，更显得分外皎洁，洗龙安虽然浑身无力，但自幼骑马，是以伏在马鞍上，竟如生根扎营一般，没有摔下来。

这时，明空朗月之下，只见路旁露出一个玲珑亭子，洗龙安精神陡张，兴致勃勃地道："冯姑娘，此时已到了安全之地，不妨到前面休息片刻如何？"

冯心玉点点头，正待下马来扶洗龙安，洗龙安身形却倏然掠起，疾如大鸟般直掠过去。原来时间已过，"衰衣草"之毒自解。冯心玉轻吁了一口气，翻身下马，缓步走到亭内。

洗龙安身上的"衰衣草"初解，只觉得胸怀开阔无比，四肢充满力气，他笑盈盈地环视了一下四周，朗声道："冯姑娘，此地风景绝佳，正宜于促膝长谈！"

冯心玉却只是牵强地一笑，闷郁地道："洗公子，我……"

这四个字甫一说出，她整个娇躯蓦然瘫软地向洗龙安倒去，脸色亦一下子变成了一片青灰之色。

洗龙安正转过身来，万料不到事出如此猝然，慌忙伸手将冯心玉接抱入怀，今生今世中，洗龙安还从没如此亲密地接触过异性，于是，就在这一刹那间，他敏感的手掌立时感到对方的腰肢是那么柔，那么富有弹性，不禁有些心旌摇动了！

冯心玉小嘴微张，喘息道："洗公子，我……我中的是'纹心针'，针在……针在左肩……"

"纹心针？"洗龙安一怔，骤然想起方才在店内，"毒娘子"扬手射出的三枚细如牛毛的乌针。原来，那时冯心玉虽以草笠尽皆挡住，其中一枚还是透穿了草笠，射入了冯心玉的左肩，只是此针太过细小，射入之时，竟令人毫无知觉，直到一个时辰后发作之时，中者才会毒气攻心而恍然惊觉。"纹心针"与"荡气回肠蛇形镖"并列于开花教两大镇教暗器，江湖中人闻之色变，洗龙安虽然从未听说，但只看到冯心玉脸色变异之快，便已知其中厉害了。

冯心玉续道："解药……解药在我腰间锦……锦囊之内……"

洗龙安正不知如何是好，闻言之下立时伸手解下冯心玉腰间的锦囊，但见里面除了几两碎银之外，竟有两只食指大小的瓷瓶，一黄一白，殊不知如何启用。

一急之下，洗龙安将两只瓷瓶齐举到冯心玉眼前，焦急地道："冯姑娘，这两瓶解药如何使用？快请示意！"

冯心玉衰弱地翕动几下嘴唇，脸上的青灰之色已变成一片赤红。

"黄瓶外服……白瓶内服……一次取其……一粒……"

洗龙安火速拔开白瓶木塞，倒出一粒药丸纳入冯心玉口中，接着用口咬着黄瓶，双手抓住冯心玉左肩衣襟，猛力一分，"嘶"的一声，洗龙安却蓦然呆住了，只见冯心玉洁白无暇的丝质内衣已然被水浸湿，尖挺圆润的酥胸竟在此时一览无遗，只是其中一块乌黑色的斑点显得分外夺目……

冯心玉在迷蒙中感到衣襟被人撕开，已是又羞又急，见洗龙安迟迟没有动手，心中立有所知，她一咬牙，倏然抽手，"啪"的一记耳光掴在洗龙安脸上，气息断续地道：

"你……你……你竟敢轻薄……"

洗龙安懵然挨了一记耳光，立时恍然惊觉，他自小在水月师太的熏陶下，本是将男女关系看得极严，但没想到今日却如此出丑，一时之间，羞愧难当，立即将冯心玉轻轻放下，跨出两步，反手拔出宝剑，欲往脖颈上一抹便就此了帐，冯心玉却又痛苦地呻吟了一声，洗龙安一顿，心忖："此时一了百了，不仅冯姑娘性命难保，洗家堡上下血海深仇也无人能报了，冯姑娘对自己有救命之恩，洗家堡一夜倾亡更是沉冤未雪，自己若皆弃之不顾，那……那岂是男儿本色？……"

一想到此处，洗龙安又长叹了一声，宝剑"铛啷"落地，冯心玉这时虽已服下了解药，暂保剧毒不攻入心脉，但伤口处却因毒素积多而越发疼痛，于是禁不住哼声连连。洗龙安转身急掠过去，再将她抱入怀内，低急地道："冯姑娘，这瓶外药可是直接敷在伤口上即可？"

冯心玉嘴唇已开始发紫，她点了一下头，洗龙安立时将黄瓶中的药粉倾出大半，在其伤口上薄薄地敷了一层。

冯心玉曾属开花教的人，身上解药乃独门解药，一经敷上，黑斑立即开始消减，黑斑之中亦慢慢地露出了一根细如毛发般针尾，洗龙安小心翼翼地将之启出，冯心玉肩上的针孔内便汩汩流出了一缕黑血，其味腥臭无比。

这时，洗龙安将"纹心针"取到眼前，仔细看了一眼，果然是细如牛毛，防不胜防，还幸亏冯心玉用草笠挡去两只，否则三根针齐中，此时纵有解药，恐怕也难救冯心玉的性命了，而"毒娘子"杨亭慧单手速发如此纤细的"纹心针"，其功力之深已可见一斑，相比之下，独脚高雄似比杨亭慧还更高一筹，其功力便可称得上是高深莫测了。而自己与独眼廖超相搏，仅仅是"点金指"击杀一人，独眼廖超便不战而逃，其中之诈便昭然若揭了，要知道，以独脚高雄之言，独眼廖超的功力更比他高上一筹……

想到这里，洗龙安不禁深深地吸了一口凉气。身旁，冯心玉的伤口处仍缓缓地流着黑血，脸色不见有丝毫好转。"纹心针"之毒发作时快若星火，解除时却慢如滴水，洗龙安沉忖了一会儿，猛地低头在冯心玉伤口上深吮一口，再张口吐出，接着再吮……

如此一口口瘀血被洗龙安吸出，冯心玉脸色方才迅速好转，伤口处也渐渐地不再疼痛，有的只是那痒痒的、酥酥的感觉，就像是一块柔软的海绵在轻轻地揉拭，那种感觉舒泰至极，又似是暖风吹拂着的柳条儿，使她不由自主地一阵颤栗，连同心灵也一起强烈地被大大震颤了，这种感觉使人陶醉，使人忘情，不知是伤口还有点疼痛，还是别的缘故，她口中无法控制地发出那种或断或续的吟声。

洗龙安则心无旁骛，全力吸毒，冯心玉那细腻润滑的酥胸此时在他眼内，就如红粉骷髅一般，毫无诱惑。突然，冯心玉"嘤咛"一声，低声道："好了，洗公子，不用再……如此了……"

洗龙安正待低头再吮，闻言一怔，才发现吸出吐出的已全是鲜血，他松了口气，喘息道："好……好了，瘀血终于全部吸出了，冯姑娘……在下再为你包扎一下，待到前面镇上，请大夫给你敷些伤药……"

洗龙安在身上撕下一块布条，正待上前为冯心玉包扎，眼前却骤然一黑，接着"咕咚"一声，仰倒在地。

冯心玉见状悚然大惊，急呼道："洗公子——"呼声中，不顾左臂伤痛，张臂将他接住，见其嘴角流出瘀血，明白他方才为自己吸毒时难免有瘀血吮入他口中而感染上毒，心中焦急，忙将他轻轻地放于地上，然后盘膝坐于他身后，双掌运以内力抵在他背部"命门"穴上，为他逼出瘀毒。

一盏茶工夫过后，"哇"的一声，洗龙安吐出一口瘀血，慢慢苏醒了过来，却见身后的冯心玉已香汗淋漓，正自调节气息，洗龙安知道他为自己逼毒，想必已大耗内力，心中感动不已。

须臾间，冯心玉双目一睁，见洗龙安正一瞬不瞬地注视着自己，脸上不禁一红，羞怯地道："洗公子，你方才为小女子吸毒昏了过去，如今可好些了么？"

洗龙安双手一拱，正色道："多谢冯姑娘，在下方才无礼之举，还望不要见怪！"

这句话说出，冯心玉更是颊红似火，她情不自禁拉着左肩上的衣襟，声如蚊蚋般地道："方才之事，也怪小女子一时鲁莽，还望洗公子千万恕过才是。"

洗龙安听着心中一宽，淡笑道："无妨！"

冯心玉忙颔首低声道："多谢！"

洗龙安笑道："应该是在下多谢冯姑娘才是！"

冯心玉仍不敢抬头，道："无妨！"

绕来绕去又是这两个字，洗龙安哈哈一笑，道："冯姑娘，此次你我大难不死，皆是上天之意，用不着再谢来谢去了。"

冯心玉亦"扑哧"一笑，携洗龙安站起身来，道："大难不死，必有后福，不知小女子与洗公子日后还有何福缘？"

这时，冯心玉苍白的脸上竟浮起一丝红晕，就如梨花盛放一般，有着一种惹人怜爱的艳丽，洗龙安直看得入神，简直有些呆了。冯心玉一怔，微惊道："洗公子，你干吗这样看我？难道我脸上有花吗？"

说着，她伸手往自己脸上摸去，然后再看看手，并无一物。

洗龙安微微一笑，饶有兴趣地道："你脸上虽然无花，但本公子看到的是一种你摸不到，别人也看不到，只有我一人能见到的无形之物，通过它，能让我了解到你的整个心灵，也能看透你整个人！"

冯心玉知道他言语所指，而这种深切的含意也只有她一人才懂，但她却娇笑道："洗公子能看到我脸上显现不出的无形之物？那它是好的还是坏的？"

"这个……你说呢？在下想，你应该比我更清楚！说真心话，今日在下才算真正认识了冯姑娘！"

冯心玉嫣然一笑，娇羞地道："那日在贵堡的城隍庙内，我们不是已经认识了吗？'真正'二字所谓何意？难道我们两次相见竟有着什么区别吗？"

洗龙安一点头，肯定地道："当然有。今日，你给了我一个并不如你表面那般冷酷、无情、残忍的崭新面貌，不但如此，你让我感觉到你比许多热心的人更具有正义感和善良心！"

冯心玉听着心里甜滋滋的，口中却故意道："听你这么说，那本姑娘第一次给公子的感觉可是冷酷、无情、残忍？"

洗龙安笑道："嗯，这可是你自己说出来的！"

"你……你好可恶！"

冯心玉没想到反落于洗龙安所设的话中陷阱而自缚其身，娇嗔时，提起一双粉拳便向他胸膛捶来。

洗龙安竟不闪避，任她捶击。蓦然，他用颤抖的双手捉住了那对粉拳，捶打停止了，冯心玉双手被握，只是羞怯地看了一眼那双抓住自己双手的大手，并不挣脱，而是沉静地用那双贮藏有万千情意的明眸望着对方的双眼。

洗龙安却没有怯懦，也没有太多的惶恐，而是勇敢地迎上她的目光，四目相对，默默传情，一切尽在不言中。

第五章

彼此的浓情蜜意竟全在这一刹由毛孔传递到各自的体内，一阵反应，产生默默的共鸣，直至达到默契和祥宁。

相距不及数寸，气息清晰可闻，他双唇悠开，默契后的她，蝶首轻仰，娇口微启，二者终于吻合一处，同时将对方紧拥入怀，狂烈而激情的吻，全化作泊泊甘泉，往回畅流在两人的心田，刹那间，天地浑然，似是只有他俩人独处，几达忘我之境。

良久，两人缓缓分开，相对着，各自的脸上都绽开了共识、了解的微笑，他们并没有草率做出逾越之举，但有此就已经足够了。

忽然，洗龙安如记起了一事，道："冯姑娘，我们还是快些离开此地吧，此处已近冀州，实不相瞒，此番在下正是要入贼巢救出娘亲。冯姑娘相救之恩，不再言谢，但请你留下仙居之址，待我救出娘亲后，再登门造访！"

冯心玉却掩口一笑，深情地看着意中人，微嗔道："说话还要酸溜溜的么？什么'冯姑娘''在下'，不如叫我心玉好了，再不，算我占你便宜，称我'冯姐姐'也可，我呢……就叫你'龙安'或'小弟'，至于留下住址，登门造访，那就不必了！"

洗龙安可不想让她占这便宜，遂不依地道："本公子今年二十，叫你'心玉'可以，但'冯姐姐'就免了，你也不要叫我'小弟弟'，因为这样我听起来很不顺耳，你不留下地址也罢！"说完，装作一脸不悦之色，向前走去。

冯心玉也故作气哼哼地道："本姑娘刚好二十有一，谁让你比我小一岁呢？这个'姐姐'你是叫定了……喂！我叫你'安哥哥'还不行么？干吗丢下我走呢？"

冯心玉见洗龙安沉着脸拔腿就走，忙急着改变了称呼，实已妥协，边说边拾起地上的宝剑追了上去。

真奇怪，一个冷酷聪颖的少女，转眼就似变成了另外一个人，柔情似水，糊里糊涂。

洗龙安回首偷偷瞥了她一眼，心中暗暗得意不已：半个时辰前，看你还是冷凛得像是个不可侵犯的观音大士，现在你那娇横自傲的性子可是被我降服了吧？嘿嘿……不给你来点厉害瞧瞧，让你以后骑在我头上'小弟弟'叫着，那还了得？要知道，我洗龙安也是好强不屈之人，谁让我爹娘在我生下时就给我起了'龙安'这个名字呢？我洗龙安要降服你，当然只有你妥协才行，因为自古以来只有男人才是女人的主宰，咱们硬碰硬，强对强，结果也是没法子的事，你只有认了吧！

洗龙安见冯心玉跟了上来，更为嚣张地道："干吗跟上我？难道你现在没事做了？"

嘿嘿！这小子刚好容易追上这绝世美人，竟不知道珍惜，反而摆起架子来了，真是给他几分颜色便开起了染房，不知天高地厚。

她心里暗怒不已，骤然止步，嘟起小嘴，道："谁要跟你了？你以为你是皇帝老子那么讨人爱呀？我真是没事做，就是跳到大沙河里受冻也不会赖上你的！"

其实她这话说的是气话，试想，她的芳心已牢牢地拴在洗龙安心上，怎会赌气说翻脸就翻脸呢？

但洗龙安见她一脸正色，心呼"糟糕"，美人一怒，可谓地动山摇不得了，这回，他只好回转头来走了过去，嗫嚅道："我的好姐姐，好心玉，好……好心肝，你……你真的生气了？"

"心肝"二字就像吐刀子那般难吐，话未出口，他的脸已腾地红透了，性急之下，他真的不知如何来宽慰对方，只差个"姑奶奶"没叫出来！

冯心玉一听，"扑哧"一声，忍不住笑出声来，她见洗龙安急成这副模样，知道他还真的十分在意自己，心里欢喜得如喝了一碗蜂蜜，直甜透到了心坎上，但口中却碎了一口，嗔道：

"别叫得那么肉麻，谁是你的什么'心玉''心肝'？好不知羞，没想到你看起来道貌岸然，像个君子，原来竟也会说些轻薄话儿，实为一个轻狂之徒，谁又值得为你生气？你以为你是何许人也？"

说完，故意将蝶首一侧，懒得再去理会洗龙安。这回轮到他来妥协，不给点颜色眯眯，更待何时？

洗龙安原先以为她真的生气了，但见其面靥上现出因笑才有的一对酒窝，知道她也是故意气自己的。洗龙安洞悉了她的心意，便暗思对策：

"哼！想对我报复？我可不上你的当，本公子只知让人来安慰，哪会用心来安慰人？嘿嘿……你别妄想要我对你妥协，用甜言蜜语来安慰你……"

于是，一个"罪恶"的念头在他心里滋生并迅速形成，眼见冯心玉发嗔佯怒的模样更具撩人魅力，遂伸指托起她的香颔，把其螓首转了过来，柔声道：

"喂！你真的生我气了？肚量不会这么小吧？还自称是'女侠'呢，只不过是个小气鬼罢了。"

冯心玉哪受得了他这般刻薄的贬激，反辱相斥道："谁说我生气了？你才是小气鬼呢！"

洗龙安道："当真没生我的气？"

"真的没有，谁骗你！"

冯心玉摇着头，肯定地道，一脸正色。其实心里不气才怪，但又不能表现出来。

"好！那就让我来试验一下，否则，我才不信！"

洗龙安说着，竟然大胆包天地捧起对方娇嫩的脸蛋儿，凑上嘴巴，狠狠地香了一口。

冯心玉没想到他会有此一着，顿时被他亲个正着，那张大大的嘴巴正恶狠狠地将她的樱桃小嘴团团包围住，都快吸出汁来。惊羞之中，冯心玉猛地将他推开，怒不可遏地攥起拳头，便向其砸到，一边恨恨不休地道：

"你……你这混蛋，竟敢变着法子欺负我，看我饶不了你！"

"哎哟！这么狠呀，还说没对我生气？出手这般重，想谋杀亲夫呀？"

兴致所至，洗龙安竟破天荒地头一次敢对伊人调侃，话刚出口，直吓得他自己吐了一下舌头，暗暗奇怪自己怎会有这个胆量和一番利语？

看到他那副嬉皮笑脸而得意的样子，至此冯心玉才醒悟过来，又落入对方的言辞"陷阱"之中，这本来就是他精心设计的圈套，自己竟然一再上当，着实可恼，自己真的白闯了这么多年的江湖，现在被这未出道的雏儿一再戏弄，就像猫耍老鼠一般，你说这还了得？

冯心玉怒气难消，忽然灵机一动，暗喜道："我何不利用此事，狠狠给他一个教训，让这刚熟识就将本姑娘当猴耍的狂妄小子以后再也不敢对本姑娘乱占便宜，否则，我冯心玉尊颜何在？颜面何存？待到有那么一天时，还不把我玩弄于股掌之中像泥球一般？——想怎么捏就怎么捏？"她主意既定，脸上便怨色倏消，问道：

"和你生气有何用？安哥哥，我问你，现在你要去哪里？"

蓦然有此一问，洗龙安感到有些出乎意料之外，怔了怔，便不假思索地道："不是跟你说了吗？我要到冀州八卦门总坛救出娘亲，你……你问这作甚？"

冯心玉也不立即回答，而是诡秘地一笑，道："你该不会不让我一起去，而决定一人前往吧？"

洗龙安略一犹豫，道："这……这件事，我……此去定然危机重重，怎能让你随我一起去冒险？"

"那就是不肯让我去了？！也罢，你可知道令堂现在何处？"

"当然是在八卦门苏老贼手中！"

洗龙安感到对方问的有些奇怪，他娘亲为罗大佑所挟，自然被困于贼巢，这乃是无可非议之事。

谁知，冯心玉却断然道："错！令堂如今并不在冀州，也不在苏老贼手中！"

此言一出，洗龙安忍不住"啊"地惊呼一声，脸色大变！

他惊异不已，如果娘亲不在冀州八卦门内，那自己此去岂不是白忙了？但娘亲不在敌人手中，又会被挟于何处？于是忙问道："心玉，莫非你知道我娘亲之所在？"

冯心玉蛾首一点，并不作语，只是轻"嗯"了一声，作出一副漫不经心之状。

洗龙安见她知道娘亲下落，正激动不已，一时忘神，便伸手抓住其左臂，一面急摇，一面道："好姐姐！快告诉我呀，我娘亲现在何处？"

冯心玉却并不着急，反而有些得意地故弄玄虚道："现在你求我吗？告诉你也未尝不可，不过，啊——"

她故意拖长语尾，止住下文不说，洗龙安急于知道内情，见她此状，心中愈急，见自己情急之下竟忘了她左肩上的伤口还痛，这一阵猛摇，使她忍不住痛出声来，忙松开双手，急切地道："不过什么？我的好姐姐，莫要把人急死了，你快说呀，就算我求求你了！"

冯心玉道："告诉你也行，但你得答应我一件事，否则，你休想！"

她说得斩钉截铁，不容置疑，特别是说到最后一句时，分明是带着威胁的口气和交换的条件，她这不也是明摆着要挟人么？

唉！真是世风日下，什么人都讲有利可图，不做亏本生意了。

洗龙安一时猜不出对方想让自己干什么，虽有惊疑，但急于想知内情，便一咬牙，道："好！你说吧，不论何事，我都答应你！"

冯心玉听着嫣然一笑，道："哼！还真是个大孝子呢，了不起！这可是你说的，不论何事，都得答应我哟！"

听冯心玉这么加重语气一说，洗龙安不禁暗暗埋怨自己了，后悔不该一时冲动有欠周全，暗道："如果她让自己去杀人放火，做下些伤天害理之事，自己也要依言而行吗？断然不能！这嘴巴，真该揍，为何答应得这么快？"

心内虽然后悔不迭，但君子一言，驷马难追。既然已经答应，再要否决，那还有何信义可言？但他心有顾虑，遂近乎乞求地望向冯心玉。

冯心玉似是猜出了他的心思，笑着宽慰道："你不用担心，本姑娘断然不会让你去做那些杀人越货的伤天害理之事，要对你说的，你定然能够做到！"

说完，便凑到洗龙安耳旁，诡秘地细语了一番，但尚未听完，洗龙安便将头摇得像拨浪鼓似的，矢口道："不行！你这分明是借机拿我出气吗。"

冯心玉笑道："随你怎么说，你说是拿你出气就是拿你出气吧，如果你不答应就拉倒，但你休想知道令堂的下落！"

"你……"洗龙安为之气结，猛地扬起拳头，却复又放回。

冯心玉柳眉一挑，嗔恼道："怎么？想和我打一场，企图将我制住再严刑逼问是吗？你够狠，如果你能狠下心就请只管出招吧，哼！方才，方才还……真没心肝……"

洗龙安被冯心玉说得脸上倏红，实则他也是一时冲动，毫无动手之意，遂急辩道：

"我……我只是一时心急，哪里舍得与你打一场？冯姐姐，你别怪我，你可知道我是多么惦记娘亲吗？但你所说的也……也太苛刻了，过火了……"

说完，他一脸凄苦之相，冯心玉见状，心中一软，暗自为他这份难得的孝心感动不已，但她既然已开了口，又怎好收回？她是个要强之人，如果改口，岂不是向对方妥协？不行，此时不打消洗龙安的锐气，日后必无好日子过。

她坚定了心意，暗暗对有些动摇的怜悯之心如此告诫。定了定神，冯心玉又催问道："洗公子，你到底依不依呀！如果不依，我可要走了，如果恃强逼问，只怕你我也非得打上半个时辰才有结果，而且你也未必稳操胜券，这样吧，我数三声，如若没有结果，纵然你再应允，我也不告诉你了！"

"一……二……"她果真数了起来，丝毫不给洗龙安考虑的余地。

"三"字即要出声，洗龙安似是下了好大的决心，才极不情愿地急声道："好了！我……我答应你就是……"

冯心玉立时拍手一笑，道："这才对嘛，又不是让你少一根头发，而是本姑娘应该得偿的！还发什么呆，快做第一个四脚爬的样子来，给本姑娘看看，以你的功夫，想必不会太难吧？"

"四脚爬的样子？"那是什么？原来冯心玉想到洗龙安方才占了她的便宜，便借此机会"报复"，让他先装虽有四条腿，但一般只用两条腿来跳行的动物走路。装扮动物走路其实也不太难，不过，像有些动物的走法很古怪，可不易模仿。冯心玉想到此招也真够狠的，竟能想出这样的法子。

洗龙安此时就好像面临着一道万丈悬崖，甚至觉得比跳崖还要为难，跳下万丈悬崖，大不了一死，而让他模仿动物的模样，这可是大失尊严、人格之事。但如果不从，冯心玉就不会说出娘亲的下落。现在，他真后悔自己方才不该一时冲动，图一时之快而一亲芳泽，以致招来冯心玉变着法子整治自己，如果能还，他情愿还给她——让她亲自己一下。可是，那样算来，不还是她吃亏吗？她是个鬼机灵，才不会吃这个明眼亏呢！而且让她知道自己出这样的馊主意，只怕会想出更令人意想不到的方法来整治人。

虽然他知道冯心玉不是那种心胸狭窄的"小气鬼"，出这么口气，只是她的淘气使然，但他真的难为情呀！

随着对方的一声催促，硬着头皮，洗龙安只好拼上了，他慢慢地趴伏在地，四肢平伸，但要想这样不蹭不屈地向前行走，其实真难办哩！

刚吃力走爬几步，冯心玉便连声娇笑道："不行，不行！乌龟走路，哪是这个样子的？它的四肢贴地平伸，应该不能弯曲，可你的手脚却又曲又蹭，不行！重来，要不，你先作蛤蟆扑跳也行！"

洗龙安苦笑一声，无可奈何地道："我的好姐姐，求求你别这样子行不行？我都快急死了，哪有心思给你做这些？不然，你先做给我看看，我也好模仿。"

冯心玉见他说得可怜兮兮，顿生怜悯之心，即四肢撑地，正想依言做出，忽然恍悟，遂啐了一口，嗔骂道："你这混蛋，原来又想整我是不是？让我先做给你看，那我岂不是变成乌龟王八、四脚蛤蟆了？你想得倒美，你好歹毒哇！我管你哩，快做！你当我是傻瓜啊！"

一计不成，洗龙安暗怨不已，但他真的不愿装仿下去，遂从地上站起，走到冯心玉面前，一把抓起她的手往自己身上击打，边道：

"如果你真的怒气难消，我情愿让你骂我打我，但我绝对不能丧失人格尊严做乌龟、蛤蟆，你打我吧！"

见他如此执意坚决，冯心玉一时倒没辙了，手掌举起，将要落到洗龙安脸上时，却又停在空中，她哪是真心要和他过不去而捉弄他呀？猛然收回手掌，嗔叹一声，道："好个誓不低头，不妥协之人！我……我今日便饶了你，下次若再肆意轻薄于本姑娘，本姑娘可决不轻饶！"

洗龙安如释重负，他知道对方这一掌绝对不会落下来的，但冯心玉这么一说，他心中却暗不服气地道："又说是'决不轻饶'，我若真的再占你便宜，难不成你还会要我的命不成？谅你也舍不得！"

他将冯心玉的话当作耳边风，才懒得记在心里哩，眼珠子一转，却趁机得寸进尺，笑着道："这可是你赦免的，不过，不能因为我没有依你而不告诉娘亲的下落，我的好姐姐，请快说吧！"

冯心玉正担心他会因此事不悦，没想到他会不嗔反喜，又是一声"好姐姐"，冯心玉顿时如沐春风，浑身都酥透了，本想再嗔怪他几句，却哪里还开得了口，只是叹声道：

"看你这副惨兮兮的样子，姐姐再也不忍罚你了，好吧，我告诉你……"

她语声一顿，随即满脸沉肃起来，缓缓地道：

"你可记得那日在三叉岗城隍庙内，我何以如此匆忙离开？"

洗龙安略一思忖，便记起来，道："那是因为一个奇异的铃声，冯姐姐一听到那铃声便匆忙离开了，是不是？"

冯心玉点点头，道："不错，那是沈大哥有紧要之事召聚属下的讯号……"

洗龙安一怔，惊问道："沈大哥？沈大哥是谁？"

冯心玉一笑，甜蜜蜜地道："沈大哥就是沈大哥，这你又何必问？"

洗龙安心内立时泛起一股莫名的醋意，悻悻地道："不问就不问，好神气么？喂，你听到铃声赶去又如何？"

冯心玉听他一下子将"好姐姐"改成了"喂"，顿时气得瞪了他一眼，接道：

"待我赶去之时，沈大哥正在劫持一批黑货，押货的恰好是自称侠义八卦门的人，当时沈大哥正感到有些吃不住，我一赶到便速发了五只蛇形镖，方才将那押货的头目拿住，于是，那头目在磕头求饶之余，无意中透露了侠义八卦门已将洗家堡洗夫人押至了苟合教的讯息，而且据他所说，他正是随行押送了洗夫人后，再负责押送这批黑货的。"

洗龙安听完，恨恨地道："苟合教？"

冯心玉叹了一口气，无奈地道："苟合教远在南海连环十二岛，其教主苟且安虽然近年内与世无争，但要从连环十二岛内救出令堂，恐怕是万难之事！"

洗龙安一咬牙，缓沉地道："万难之事，我也要去！"

冯心玉一凛，洗龙安又道："那八卦门的头目现今在何处？"

冯心玉忙道："我与沈大哥分手之时，那人还被沈大哥扣押在地牢内。按照道上的规矩，劫得的黑货没有销出去之前，此人决不可放回，何况此人颇为老实，沈大哥欲将他收为己用！"

洗龙安听她左一个"沈大哥"，右一个"沈大哥"，叫得朗朗上口，心里已是老大不乐，哼声道："如此一说，我要亲自审讯一下那小头目，还要求得你沈大哥应允了？"

冯心玉耸耸肩，娇笑道："只要姐姐出马，沈大哥便必然卖与你这个交情，不过……"

她拖长着声腔，双眼却狡黠地望着洗龙安，洗龙安心中一紧，声音发颤道："不过什么？……"

冯心玉沉着脸，故作严肃地道："不过沈大哥行踪不定，一时之间很难找到！"

说完，她自己忍不住"扑哧"一声笑了出来。洗龙安暗抹了一把冷汗，还以为她又要给自己出道难题呢。

就在这时，那奇异的铃声竟骤然响起，冯心玉一愣，吃惊地道："这么快，怎的说曹操，曹操就到?"

洗龙安心内却如打翻了一瓶陈年老醋似的，酸溜溜地冷笑道："正可解相思之苦，你还不快去?"

冯心玉吃吃地笑道："你不去吗? 安哥哥。"

这一声"安哥哥"叫得洗龙安有气也再发不出来，只好点点头，气闷闷地道："自然要去!"

冯心玉飞步跑出亭外，牵过那两匹健马，自己翻身骑上一匹，侧耳一听，那铃声正是传自于正南方向，便猛地一夹马腹，抖缰疾驰而去，洗龙安哪敢落下半步，立时追随而去。

此刻，正是启明星初上之时，路宽人稀，畅通无阻，两骑快马加鞭，瞬即便驰出十里开外。途中那铃声又响起一次，更明确指明地点就在前面!

两人快马疾驰，又过了一盏茶工夫，果然见前面有一座偌大的庄院，朱漆红门，护墙皆有三丈余高。冯心玉率先掠到门前，里面突然"嗖"的一声，射出一支响箭直上云霄，铃声随即而响!

原来这箭矢上系着铜铃，箭射得越高，铃声便传得越远，尤其是在风雨之中，铃声更显得分外诡异。

冯心玉仰脸望了那箭矢一眼，便朝洗龙安一点头，低促地道：

"就在这里，你我不用启门，直接越墙闯进去便是!"

洗龙安应允一声，两人各自在马鞍屈肘一拍，便直上了墙头。院内，只见数十名黑衣大汉各挺兵刃，团团围住一名黑巾蒙面之人，却不敢肆意围攻，地下横七竖八地躺着几名黑衣大汉的尸体，敢情是他们的榜样。而院内四角，还各有一名大汉高持火把，肃然而立，双目均凝视着场内，洗龙安与冯心玉两人掠上院墙，他们竟像是无一人察觉!

静寂的院内，蓦然有一人道："朋友，用不着提着这副冷酷面孔了，今夜爷们儿拼了一死，也决不让你生还!"

洗龙安听着心中一动，这声音好熟悉，好像曾经听过一般，冯心玉望了他一眼，声音放得极低道：

"那点子极为扎手，沈大哥等人吃不住，稍时我放出蛇形镖时，你可在一旁策应，以防他乘乱逃窜!"

洗龙安脸色凝重地点点头，场内，数十名黑衣大汉这时突然嘈杂起来：

"对，决不能放他生还！"

"他娘的，伤了我们好几条人命，姓韩的今天要生剥了他的皮！……"

乘着这嘈杂之声，冯心玉右手霍地一扬，两枚蛇形镖瞬即打出。洗龙安在旁仔细留意着她的手势，竟看不出她的蛇形镖藏身何处，只觉她手掌在怀内一摸，蛇形镖便已闪电般射了出去！

镖出如矢，几乎是贴着众黑衣大汉的耳边擦过，但还没沾到黑巾人，他已掠身而起，尖声叱道："开花教的蛇形镖，领教了！"

这声音一传出，众黑衣大汉尽皆大震，那分明是女子之声。洗龙安听来更是大吃一惊，因为这声音竟像极了"尘环谷"内范琳的语声，难不成范琳已出了"尘环谷"？洗龙安急忙注目望去，只见黑巾人身形急落，蛇形镖势子刚好回转，倒折向她双腿打去！

就在此刻，那黑巾人突然膝盖一弯，一双脚踝向上倏提，紧接着"嘟嘟"两声，两枚蛇形镖竟射入她的脚底，却并不透入。黑巾人身形落地，两腿轻轻一撇，两只"荡气回肠蛇形镖"便被她踩在脚下。

这一着，冯心玉也看得目瞪口呆，她从没想到天下竟有如此接镖之法。那黑巾人脚一站稳，便冷冷地道："开花教的鼠辈，怎的敢做不敢当么？"

冯心玉脸上一红，低声道："跟我来！"她见此人功力太过于强劲，不放心洗龙安一人独守此处，洗龙安略一犹豫，还是跟着掠下了院墙，冯心玉径自走到一名黑衣大汉身后，沉声道："沈大哥！"

那黑衣大汉却仍盯着黑巾人，愤恨地道：

"此人四更闯到这里，一出手就伤了咱们三个兄弟，弟兄们跟其耗了大半夜，可他奶奶的竟连屁都不放一个，适才为听到你进来的脚步声，便故意叫弟兄们嚷嚷几句，以掩护你发镖，谁知又被他奶奶的接住了。直到刚才方冒出那么一句，原来竟是个雌货！"

原来，此人还算耳目聪灵，洗龙安他们一沾地便已听到，于是便故意大声发话以掩护冯心玉出手，谁知黑巾人更是棋高一着，反倒令冯心玉今夜出丑。冯心玉红着脸，低语道："沈大哥，小妹今日还带来了一位朋友！"

那黑衣大汉"噢"了一声，侧目一瞥，这一瞥，却正好与洗龙安四目相投，两人俱都一怔，随即各自哈哈一笑，洗龙安喜极而呼道：

"沈大哥，原来是你！"

那黑衣大汉笑着伸手拍了拍洗龙安的肩膀，道："贤弟，怎么是你？"

这人正是平板镇沈威！

冯心玉失声一笑，道："怎么你们都相识吗？沈大哥，你识得安哥哥么？"

沈威开怀一笑，道："何止相识？我与洗老弟还是一个响头磕下去的结拜兄弟哩！"

洗龙安双手一拱，突然一声惨叫传出，众黑衣大汉愕然大叫道："不好！这臭娘们儿动手了！"洗龙安立时脸色一变，连忙抢先一步冲出，宝剑斜势一划，挡在黑巾人面前喝道：

"来者何人？报上名来！"

那黑巾人左臂突伸，两指一骈，一缕劲气迅即从洗龙安颈旁擦过，洗龙安甫始惊觉，身后霍然又传出一声惨叫，洗龙安大惊失色道："点金指？……"

黑巾人眼中倏然盈出一眶泪水，嘶声道："洗大哥，你总算识得这'点金指'了！"

黑巾人猛地撕下面巾，果然正是范琳。沈威单臂一举，大喝道："暂且住手！洗贤弟，这小妮子你也认识么？"

洗龙安点点头，道："多谢沈大哥！"双眼仍目不转睛地望着范琳，忧急地道："琳儿，你怎么出了'尘环谷'？范前辈可曾知道？"

范琳已泪落满腮，一张脸蛋哭得像泪人似的，连羞带急地道：

"我听爷爷说，你出谷后不思报仇，却整日和开花教的妖女纠缠混在一起，就……就偷偷地跑出来找你，想不到你……你果真和这妖女在一起……"

冯心玉闻言大怒，立时叱道："住口！小浪蹄子，你骂谁是妖女？"

范琳语声一滞，论起谩骂，她自然不是冯心玉的对手，情急之下，她一跺脚，两指急骈连挥，锐风立时破指击出！

洗龙安在"尘环谷"内，还不知道她功力惊人，至到刚才方晓得厉害，这时见她又愤然出指，连忙急声厉叫道："快躲！"

两个字出口，第一缕指风已堪堪从冯心玉肩头擦过，冯心玉慌忙斜掠，第二缕指风又急点到她胸膛，冯心玉只得使出"铁板桥"的外门功夫，险险避过！

沈威在一旁骇然大惊，立时叫道："贤弟，快……快叫这小妮子住手……"

洗龙安连忙急喝，范琳却哪里肯听，挥臂连指，恍如解恨般直朝冯心玉击去，冯心玉在沈威开口说话之时，已是全神戒备，但岂料范琳的"点金指"如此凌厉，一时间躲避不迭，狼狈不堪。

洗龙安大怒，两指一骈，一缕指风亦攻向范琳，其势虽不可同日而语，但猝然之下，范琳也不得不错开一步，指风随即一停，冯心玉才得以喘一口气，洗龙安道："琳儿，他们都是我的朋友，不许胡说，更不许随意伤人！"

范琳却将双手捂着耳朵，大摇其头，道："我不要听，我不要听，洗大哥若想报仇，就要跟琳儿回'尘环谷'，和琳儿一起学武功，不能和那妖女在一起……"

洗龙安沉住气，平和地道："琳儿，洗大哥身负血海深仇，岂有不报之理？但此事不可鲁莽。如今，我已打听到那班贼人将我娘亲劫持到苟合教的连环十二岛，正和这位沈大哥商议营救之事……"

他小心地指了指沈威，沈威勉强笑着点点头，两人面对着范琳皆不敢大意，以防她突然使起性子，暴起出指，范琳仍然捂着双耳，大叫道：

"我不听，我不听，你骗人，你骗人……"

洗龙安跺脚急道："洗大哥岂敢骗你？琳儿，你过来。"

范琳叫道："不，洗大哥你过来，琳儿不喜欢和开花教的妖女在一起！"

又是一声"妖女"，冯心玉大怒若狂，双手蓦然同时一扬，厉叱道："有本事再躲过这一着！"却是七枚"纹心针"与四枚"蛇形镖"并布成网状，疾向范琳猛射而去！

这七枚纹心针与四枚蛇形镖表面上看来并无特异之处，但实际上是七枚纹心针的速度较慢，而四枚蛇形镖的速度极为迅疾，范琳先射过蛇形镖后，七枚纹心针紧接而至，而四枚蛇形镖也在此时折转而回，两面夹击，范琳纵是有三头六臂也势难躲开。

洗龙安没看出其中门道，只急喊一声："冯姑娘，手下留情！"

范琳脸色急变，她明白其中厉害，却不闪不避，倏地单脚一勾一挑，地上一名黑衣大汉的尸首便立时弹起，刚好迎挡在十一枚暗青子之前，只听一连数声闷响，十一枚暗青子便悉数没入那黑衣大汉的胸口。

冯心玉一跺脚，气急道："该死！"

洗龙安心中挂念范琳，叫道："琳儿！"

沈威倒吸了一口气，低声道："等不及了，弟兄们，上！"

众黑衣大汉怒喝一声，纷纷挺刃攻上，范琳在黑衣大汉身后道："洗大哥，见到你，琳儿就心满意足了，琳儿走了！"

后面一句话说完，浑身布满暗青子的黑衣大汉蓦然身不由己地飞撞而来，冯心玉、洗龙安两人各自跳开一旁。这时，只见范琳掠身而起，众黑衣大汉的兵刃尚未及身，她又骈指连击两指，两名黑衣大汉立时"哎哟"一声，栽倒在地，脚踝上各被洞穿了一个血眼，余下的黑衣大汉哪还敢舍命追击？

洗龙安正欲舍身追去，沈威叹了一口气，道："算了，不可能追上的！"

洗龙安身形一顿，回首望了望遍地的尸首，轻吁了一口气，歉然道："对不起，沈大哥，害得你伤了这么多弟兄！"

沈威苦笑一声，道："还算她手下留情，否则，这两个兄弟也性命难保了……"

话未说完，一名国字脸的黑衣汉子上前低声禀道："威哥，弟兄们死了五人，伤了三人，还有两人眼看都不能活了！"

沈威点了一下头，肃然道："抓紧救治受伤的弟兄，要勤上药，多休息，死难弟兄的妻儿老小每人发放五百两纹银，即刻送去！"

国字脸的黑衣汉子应了一声，领命而去，沈威伸手拍了拍洗龙安的肩膀，道："贤弟，用不着垂头丧气，此事大哥若不担当，一起磕下去的三个响头岂不成了儿戏么？再说，你对舍妹也有救命之恩……"

洗龙安一震，脱口道："舍妹？"

他吃惊地望了望冯心玉，冯心玉正自气恼，闻言却微微一笑，道："傻瓜，舍妹之意你不懂么？"

洗龙安满脸讶色，仍似不敢相信，沈威哈哈一笑，道："贤弟不必猜疑，我们是同母异父的兄妹，为兄七岁之时就入了平板镇，至此已与小妹阔别十几年了，直到半年前才重新相认。那时，为兄也不知怎的多了这个小妹妹，哈哈哈……"

洗龙安闻言，暗暗吁了一口气，他还以为沈威与冯心玉之间是另外一种亲密关系呢，不由朝冯心玉望去，冯心玉亦正斜眼瞥着他，脸上洋溢着调皮的笑意。

这时，沈威笑声一顿，突然问道："贤弟，方才那小妮子，你可相识？"

洗龙安点点头，微蹙道："范姑娘正是'反通神'前辈的孙女，小弟也不知她为了寻找小弟而偷出'尘环谷'，想不到还损伤了许多弟兄。"

冯心玉不悦地哼了哼，脸上仍然是一副恨恨不休之色，沈威微一沉忖，低缓地道："贤弟，此事之中恐怕还甚有蹊跷……"

洗龙安一惊，道："哦？"

沈威摸摸下巴，沉声道："此处名唤闭合庄，乃是平板镇早年置下的一份产业，除了平板镇几位首要人物外，其他人绝对无法知晓，为兄平日也甚少在此落脚，那小妮子既是想找寻贤弟，又怎会找到这里？"

洗龙安想了想，道："或许是范姑娘误打误撞来到这里？……"

话未说完，自己也觉得此种说法难以讲通。沈威更是摇摇头，肯定地道："绝不可能，那小妮子若是误打误撞，一入闭合庄后，便应该立即发现情形不对而抽身就走，但那小妮子却足足耗了两个多时辰，其间弟兄们若不动手，她也不主动出手，好像就是静候贤弟的到来一般。说老实话，连为兄也不知道发了响铃箭后，你也会一同赶来……"

洗龙安沉吟着，半晌才道："大哥莫不是怀疑范姑娘……"

沈威连忙勉强一笑，道："为兄倒不是怀疑那小妮子心机深沉，只是担心有人告诉她其间关窍，而此人若还洞悉了你我动向，麻烦可就大了。"

洗龙安一怔，心知此种推测也不无道理，但自己与冯心玉会赶到闭合庄，又有谁会预先知晓呢？他想了想，望了望冯心玉，冯心玉也正好看向他，四目相对，均是茫然。

沈威哈哈一笑，拍拍他两人的肩膀，道："好了，贤弟，也无须冥思苦想，或许那范姑娘真是误打误撞，天意使然，你我兄弟多日不见，该当痛饮几杯，一醉方休才对！"

洗龙安一听"喝酒"两字，立即摇头道："饮酒倒是不必，小弟前来主要是另有急事探询大哥，但如今耗磨了一夜，大家还是前去休息几个时辰再说吧！"

冯心玉打着哈欠，也道："是啊，大哥，骑马骑了半夜，打架也打了半夜，若还要饮上半天酒，小妹可不奉陪了！"

沈威看他们果真是皆有倦色，便干笑一声，只好作罢，道："休息片刻再叙相聚之义也好。罗老二！"

一声高呼，那正忙得不亦乐乎的国字脸大汉连忙小跑过来，恭声道："威哥，何事吩咐？"

沈威一挥手，大咧咧地道："挑两间上房，带洗贤弟、大小姐先去歇息。"

国字脸大汉应了一声，伸手作了个请式，毕恭毕敬地道："大小姐请，洗大哥请，这里上好的厢房早已预备好了！"

洗龙安与冯心玉各一点头，朝沈威拱了拱手，相携而去，这一夜平静安稳，洗龙安睡得极沉。

次日，洗龙安睁开眼来，窗外仍是灰蒙蒙的一片，他还以为睡没多久，但浑身精力充沛，已不似昨日虚疲欲软之状。当下，他摸了摸胸襟，胸襟内藏的正是被独脚高雄换下的衣服，而衣中夹层内便是一切事故的祸端——林海秘语！

突然，门外轻轻地敲响了三下，有人低声道："洗大哥可曾醒么？"

洗龙安连忙将手放下，高声道："醒了，门外何人？请进！"

房门打开，还是那国字脸的大汉，身后却还跟着两名小厮，一人手捧着一盆清水，一人手捧着一套华丽蓝衣，那国字脸大汉上前恭声道："请洗大哥起床洗漱更衣，威哥已在客厅内摆酒多时了。"

洗龙安身为洗家堡少主，自小恩宠有加，这种阵仗早就习以为常，便只"嗯"了一声，淡然道："我稍时便用，你们先出去吧！"

国字脸大汉弯腰一揖，道："是！"两名小厮放下清水衣服，三人转身而走，顺便又轻轻地带上了房门。

洗龙安起身下床，顷刻洗漱穿衣后，由上到下便是焕然一新，走到客厅时，只见沈威已当中居坐，左右两边，一边坐着冯心玉，另一边坐的却是一名矮胖倭琐的汉子。冯心玉见洗龙安一到，眼前霎时一亮，微笑道："安哥哥终于来了！"

洗龙安脸上一红，他知道冯心玉对自己已芳心暗许，但没想到她会当众出口褒扬。

那矮胖倭琐的汉子却只斜眼一瞥，不置一言，沈威哈哈一笑，站起身来拱手道："贤弟，来得正好，请坐，请坐！"

洗龙安亦拱拱手，谦逊地道："小弟来迟，有劳大哥久等了！"

沈威笑着道："为兄倒未久等，只是舍妹早已等得心烦了，贤弟若再不来，只怕她又要入室相请了！"

冯心玉脸上一红，"嘤咛"一声："大哥！"洗龙安更是脸色赤红，尴尬地站在那里，连手脚都没个放处。

沈威仰脸一笑，道："玩笑之言，贤弟不要见怪，请坐！"

这句话总算给冼龙安找了个台阶，冼龙安忙道："不敢！"入席坐到冯心玉身旁。冯心玉朝他嫣然一笑，目光却不经意地瞟了对面那偎琐汉子一眼。

沈威又笑道："贤弟，今日之宴，大哥还要为你引见一位前辈高人！"

冼龙安见对面的偎琐汉子稳坐席中，便早已心知有此一节，忙站起身来，恭恭敬敬地道："晚辈冼龙安，拜见前辈！"

那偎琐汉子却自斟了一杯酒，一饮而尽后才道："免了！"

冼龙安一怔，总觉这声音不大对路，好像有点阴阳怪气，沈威道："谢帮主莫怪，这位是冼家堡少主冼龙安冼公子！"

冼龙安暗吃一惊，脱口而出道："谢帮主？"

沈威一点头，含笑道："不错，这位就是龙门镇镇主谢婉容谢帮主！"

冼龙安顿时明白冯心玉为何那时对他嫣然一笑，敢情她早知晓了此人是谁，而那阴阳怪气之声，此时就见怪不怪了。一想到此，冼龙安神色一变，一改那恭恭敬敬之态，只轻描淡地道："久仰了！"

谢婉容却又自斟自饮了一杯酒，淡然道："素昧平生，冼公子久仰谢某什么？"

冼龙安一听这阴阳怪气之调，心中便有种说不出的厌恶，立时冷言回敬道："在下久仰前辈昔日曾在大雨夜连败侠义八卦门高手十数名之事，当真是手段高强，勇猛无匹！"

他意指前日大雨夜龙门镇十数名高手，在谢婉容亲率之下，反被独脚高雄与"毒娘子"杨亭慧打得狼狈而逃之事，只不过将对象转换了一下而已，特别是最后两句"手段高强""勇猛无匹"，更是暗讽谢婉容软弱无能，专效一副娘娘腔之态，谢婉容却似听不出来，"咦"了一声，道："那日之事，冼公子如何知晓？"

这句话似是而非，冼龙安听来更是恼恨，索性直言道："只因在下亲眼所见，得睹前辈之风采，所以今日才敢大胆放言，谢前辈也无须推脱了！"

谢婉容一声长叹，黯然道："原来那一夜你果然也在那里！"

说完，又饮了一杯，沈威引见他们，原想他们以此交善，谁料甫一相见，冼龙安便冷语相加，当下心中一惊，斜望了冯心玉一眼，冯心玉暗暗地点点头，沈威立时像明白了什么似的，思忖一会，便强颜一笑，高高举杯道：

"各位，来，为了今日的相聚同干一杯！"

洗龙安知道他此言是为了缓和僵局，又见谢婉容萎缩一旁，神情黯然，不禁升起一股同情之心，当即抢先举杯，恭声道："晚辈先敬前辈一杯！"

谢婉容眼前微微一亮，只见洗龙安已一仰脖子将酒饮尽，也满干一杯，自我解嘲道："婉容生前曾说：'后生可畏'，果如其然，果如其然啊……"

话语之中的苍凉之意不言而喻，洗龙安三人各自一震，沈威随即忙道："不错，后生可畏，后生可畏，来！我们就为洗公子今日莅临闭合庄再干一杯！"

这杯酒无法推辞，各自默默饮尽。洗龙安从小到大都不胜酒力，这时两杯酒下肚，脸色又如染上了一层赤红，他望向沈威，直截了当地道："大哥，小弟此来，还有一事相求。"

沈威立时停杯笑道："哦，贤弟还有何事相求，但说无妨！"

洗龙安道："小弟听冯姑娘说起，大哥曾抓获一名侠义八卦门的狗贼，不知可曾有此事？"

沈威笑着点点头，道："不错！"

"如此就烦请大哥将此人押解出来，小弟有一事相问！"

说着，洗龙安目注着沈威，深恐他会摇头不允，沈威却轻轻一笑，道："何劳押解，此人就在这里！"

洗龙安不禁"啊"的一声，沈威已将头微微一摆，朝着身后那名国字脸的大汉笑道："洗贤弟既是有事请教罗统领，罗统领便请入座便是！"

洗龙安一惊，他万料不到沈威抓得侠义八卦门之人就是此人，而沈威竟如此之快就将此人放置身边，委以重任，更令他感到惊诧不已。

那国字脸的大汉微一躬身，道："罗仲新位卑身贱，岂敢与众位大哥同席？"

洗龙安朝冯心玉一望，冯心玉暗暗眨了一下眼睛，意思是沈大哥所说没错，洗龙安这才相信，便道："罗统领请坐无妨，我们也好杯酒相叙！"

那罗仲新仍不敢抬头，低声道："小的不敢！"

沈威面露一丝得意之色，笑道："既是如此，罗统领站着回话便是！"

罗仲新应了一声，才抬起头，直起身，却还是目光低垂。洗龙安朝沈威点点头，又朝冯心玉与谢婉容两人望了一眼，见都已正襟危坐，便也不再多言，直问道："敢问罗兄在侠义八卦门内担任何职？"

那罗仲新愣也不愣，即刻答道："小的曾在侠义八卦门内也肩负统领之责，手下虽然只有十几名兄弟，却直接归属王总管统辖！"

洗龙安道："王总管是谁？"

罗仲新答道："王总管就是王总管，江湖上外号叫做'旋风无影'，真正名号小的倒是不知！"

谢婉容适时淡淡地道："'旋风无影'王瑞明！"

罗仲新一怔，随即忙醒悟似的叫道："是了，就这三个字！"目光却偷偷地瞥了谢婉容一眼，谢婉容却夹了一块牛肉，若无其事地细嚼慢咽，浑当什么事也没有发生过一般。

沈威又是得意一笑，谢婉容这句话替自己挽回了颜面，仿佛就和他挽回了颜面一样，洗龙安心道："'旋风无影'？旋风又怎可无影？看来此人必定轻功了得，日后可得小心了！"

罗仲新咽了一口唾沫，又道："王总管在侠义八卦门内权位极大，除了独眼廖超与独脚高雄是直接归属苏门主调度外，其他兄弟都由他指挥。此次他派小的和另外七人押送洗公子令堂去了南海连环十二岛后，又差小的押解一批黑货到保定。威哥擒获小的之时，就是在去保定途中的雪花岭上！"

沈威点点头，表示此言非虚，冯心玉却笑道："洗公子又没问你这些，你何必自愿吐实呢？"

罗仲新将头垂得更低，声气恭谨地道："洗公子虽没问小的这些，但洗家堡上下只存洗公子及其令堂二人，小的心知洗公子必是牵挂令堂安危，才找小的前来问讯，所以斗胆不问自答，还望大小姐恕小的放言之罪！"

洗龙安心忖："此人倒还机警！"灵机一动，他笑了笑，道："罗兄既是将在下娘亲押至连环十二岛，却是交付何人之手？"

罗仲新道："王总管与苟合教的苟老太爷向来颇有交情，这次本已说好是苟老太亲自接人，但不知怎的苟老太爷竟没来，来了个白发老头儿，自称是苟老太爷的师兄，江湖上的外号叫'白头仙翁'，正名包复雄……"

谢婉容道："'白头仙翁'包复雄？"

罗仲新点点头道："正是此人！"

谢婉容又平淡地道："'白头仙翁'包复雄早年与洗管非交手之时，被洗老爷子一掌震伤了内肺，是以说话之时有口吃之虞，现在想来多半是好得差不多吧？"

罗仲新一怔，张口结舌了半晌，才犹豫道："那姓包的与王总管交接时，并无口吃的迹象，莫不是……莫不是王总管撞错了人……"

洗龙安暗暗一笑，他知道以父亲的功力若震中敌手内肺，中者纵然不当场毙命，此生此世也绝计下不了床，只有像堆烂泥似的，岂有只造成对方口吃之理？谢婉容之言分明是试探那罗仲新话中的真假，而且谢婉容提起父亲时，也谦逊地称了一句"洗老爷子"，洗龙安心中一暖，遂向他投以感激的一瞥，当下对此人也平添了几分好感。

谢婉容见罗仲新说得毫无破绽，便向洗龙安暗使了一个眼色，洗龙安会意，沉忖了片刻，道："既是八卦门果真将家母押到了连环十二岛，那在下怎的听独脚高雄说八卦门从没对洗家堡有过围攻之举呢？"

这句话是关键之语，也是洗龙安多日都思之不解的疑团。问完，他便一瞬不瞬地注视着罗仲新的面部表情，罗仲新脸无变色地道："此事高老二多半不曾知晓，那夜是由廖老大奉苏门之令带的队，联合神义无相门罗大佑的人马，共计三百余名高手，分别由前、后两门攻进，两边皆以大火包围，洗家堡众人尚在睡梦之时，更不曾提防，是以能一举攻破，洗老爷子在混乱之中，中了流矢受伤后，方被乱刀砍……砍死，当时小的……"

洗龙安闻言犹如百爪抓心，忍不住厉声道："当时你也在场？"

罗仲新语声一滞，怯怯地道："当时小的并不在场，只是在押送洗夫人的途中，听一位兄弟说起，才知之甚详！"

洗龙安"哼"了一声，怒问道："此事你句句当真？"

罗仲新立时沉声道："字字不假，若有虚言，小的甘受五雷轰顶，三刀六洞之灾！"

洗龙安身躯往后面椅背上一靠，顿时神色萎靡，心想罗仲新说话时如此锵铿有力，哪还会有假，父亲多半是死于乱刀之下了，何况洗家毁于一炬，也是不争之事实……想着，洗龙安心中一酸，泪水几近要夺眶而出了！

冯心玉低声道："安哥哥，节哀顺便……"

洗龙安一震，立时鼻腔里吸了一口气，心想："是啊，男儿有泪不轻弹，我纵是有再多的伤心，又岂能在这种场合之下失态？幸亏心玉提醒！"他睁大着双眼，尽量不使眼泪掉下来，瞥着声气道："多谢罗兄据实相告……"

后面的话他却不敢吐出。一旦吐出，恐怕泪也会随之滴落，罗仲新忙道："小的不敢!"退后一步，站到了旁边。

沈威叹了口气，沉声道："贤弟，惨事既已发生，就不必再作太多伤感，只是千万不可鲁莽，侠义八卦门上下弟子逾千，高手更是层出不穷，为兄上次就是担心贤弟独上冀州有所闪失，才一路追随至此。"

洗龙安突然双手一拱，声气朗朗地道："多谢大哥成全，但小弟还有一事，烦请大哥拔刀相助!"

沈威忙一伸手，道："贤弟无须多礼，请讲!"

洗龙安大声道："小弟深知侠义八卦门势大难攻，但小弟如今只想救出老母足矣，是以想借助大哥平板镇之力，铲除苟合教，扫平连环十二岛!"

这连日来，洗龙安屡次历险，见识大长，早已不是那不知天高地厚的初生牛犊，他知道以他一人之力绝难挑动任何一方势力，何况是深入虎穴救人之事，更需人多势众，所以他适时提出此请，声气极是恳切有力，沈威一怔，却只摸摸下颏，犹豫了起来。

第六章

洗龙安立时起身离席，倒退三步，俯身拜倒道："恳请大哥成全，小弟没齿不忘！"

沈威与冯心玉两人大吃一惊，连忙起身离座，扶起洗龙安。沈威叹了一口气，无奈地道："此事非大哥不允，只是大哥也非平板镇之主，铲除苟合教事关重大，必要禀明熊帮主，再遣来几名高手才成！"

冯心玉道："是啊！苟合教位居南海连环十二岛，近年来虽无扩展，但手底下还有三大岛主，若干徒众，也绝非省油的灯！"

洗龙安大急道："那大哥将此节禀明熊帮主，又有几成把握熊帮主能应允此事？"

沈威摇摇头，皱眉道："帮主近年缠绵病榻，性情极为反常，镇内之事多由大师哥主持，而大师哥与为兄向来就有介蒂，此事恐怕……"

后面的话不言而喻，洗龙安全身从上到下立即冰凉，蓦然一跺脚，气急悲苦地道："罢了，在下还是一人杀到连环十二岛，不论是死是活，也向娘亲尽了一份孝心！"

话完，转身就走，慌得沈威与冯心玉连忙将他拉住，但洗龙安此生第一次求人就被如此拒绝，负气之下，去意甚坚，冯心玉两人苦劝不住之时，谢婉容忽然平淡地道：

"洗公子若想一心救母，此事也并不难办！"

这句话说得不大不小，不疾不缓，却像一根无形的绳索似的，立时将洗龙安双脚拉住了。三人一齐回头惊愕地望着谢婉容，沈威道："谢帮主莫非有何妙策？"

谢婉容却一手执着酒壳，一面自顾斟酒，一面喃喃地道："婉容曾说：'酒逢知己千杯少'，如今却是酒到用时方知少！"

话刚说完，酒壶内竟再也倾倒不出一滴酒来，洗龙安暗吃一惊，心想此人原来可以端起酒壶就知壶内酒之深浅，内力之深倒也可敬可佩，立时上前端起桌上另一只酒壶，为谢婉容将那杯酒继续斟满，恭恭敬敬地道："谢前辈，晚辈请教了，只要能救出娘亲生还，晚辈赴汤蹈火也愿意！"

谢婉容将酒一口饮尽，斜着眼瞥了洗龙安一眼，嘿嘿尖笑道："洗公子，只要你将身上的林海秘语图交出来，献给熊小风那老不死的，还怕他不还你一个人情，助你铲除苟合教么？"

洗龙安一怔，沈威已大声道："贤弟万万不可，林海秘语乃江湖上数百年来的无上至宝，岂可轻易献出？"

谢婉容笑道："宝总是死的，人却是活的，只要人在，何愁万事不成？"

沈威一滞，道："这……"

洗龙安却已下定了决心，道："好，只要能救出娘亲，在下情愿献出那半张羊皮！"

沈威嘴角一动，还待有话要说，洗龙安已坚定地接道："大哥不必再说，小弟心意已定，只是不知大哥将此事禀明熊帮主往返需要几天？"

沈威肃然道："快马往返总坛一次，至少必须三天，但为兄这里备有信鸽，一日之内便可将此事传讯帮主，再将帮主指令反馈到此！"

洗龙安点点头，道："那就劳烦大哥了！"

冯心玉忙又拉起他的手臂，道："事已至此，安哥哥就请再入席喝上几杯，免得让此事饿坏了肚子！"

洗龙安暗想："正是，方才抬腿就走，对大哥也好生无礼！"便依着冯心玉重新入座！

正在这时，外面一名黑衣大汉快步奔进，上前低声在沈威耳边道："威哥，大公子、二公子到！"

沈威大惊，立即重新离席而起，急步走出门外。

庭院内，一行六人已大步走近，当先两个俱是白净脸皮，隆鼻小眼，昂首阔步直闯过来，身后四名黑衣大汉微低着头，亦步亦趋地跟着，显得甚是小心谨慎。一俟他们走近，沈威忙抬手低头，恭声道："恭迎大公子、二公子，请！"神态间极为恭敬。

二人却只"嗯"了一声，带着其余四人，目不斜视地径直行入厅内，洗龙安正夹着一块鸡肉放入口中，闻声转目望去，只见左边一人倒有几分精悍之色，右边一人则是满脸肥肉，一副养尊处优之态，两人一见到厅内洗龙安等人，立时脸色齐变，大声喝道：

"沈师弟，这些都是什么人？闭合庄内可是能任由外人逗留的么？"

脸有精悍之色的乃是熊小风长子熊除病，另一个便是次子熊无恙。"降魔一尊"熊小风生平收有三徒，除两个儿子之外，就是沈威，如今熊小风日渐苍老，有意想将平板镇镇主之位传于长子熊除病，但沈威七岁便投身平板镇，时至今日已建功无数，且在艺业方面更强出自己两个儿子甚多，镇内之众也多是服膺于沈威，于是熊小风便将沈威支出总坛，镇内之务也尽皆交于熊除病之手，帮众虽是不服，但也无可奈何。

这时，熊除病一声叱喝出口，沈威忙抢上一步，低声道："禀大师兄，这些都不是外人！"说完伸手一引谢婉容，接道：

"这位是龙门镇谢帮主谢前辈！"

熊除病一怔，瞬即又哈哈一笑，拱手道："原来是谢伯父，世侄倒是有眼无珠了！"顿了一顿，转面对着熊无恙道："贤弟，你我该当给谢伯父赔个不是才对，要不今日失礼之罪，谢伯父日后若在家父面前提起，我们兄弟俩可担当不起啊！"

熊无恙忙一点头，道："大哥之言极是，我们这就给谢伯父赔个不是了。"

两人俯身下拜，各自手臂下压，左掌盖在右掌之上，右掌五指却呈鹰爪之状，沈威斜眼一瞥，立时暗暗吃了一惊，原来这一着明里看来是赔礼之举，暗里却隐含着熊小风家传"伏魔七式"中的极厉害一式"掀魔倒佛"，此时若有人走近，两人立时双爪突出，抓住对方脚踝，合力往上一掀，便可将对方摔得四仰八叉，轻者背后背骨立被摔断，重者连脚踝亦被生生捏碎，端的出奇不意，厉害非凡！

熊无恙两兄弟合使这一招，是算准了他们这一拜倒，谢婉容必会前来相扶，到时出其不意，重创谢婉容就势所难免了。沈威暗暗心急，正想给谢婉容使个眼色，熊除病身后四名大汉的八道目光冷冷射来，恐怕他只要一有异动，变故立生！

厅堂内一时悄无声息，熊除病两人眼望着地面，只待谢婉容走近，谁知，耳边只听到"吧"的一声，谢婉容又饮了一杯酒，尖声尖语道："婉容曾言：'区区小事，何足挂齿'，两位贤侄就请免礼了。"

沈威顿时暗吁了一口气，熊除病两人则气得暗骂一声，迅速直起身来，气呼呼地道："多谢谢伯父！"

熊无恙犹自不甘地道："谢伯父怎知我们手底下……"后面的话立即被熊除病以眼色止住！

沈威又笑着指向冯心玉道："这是舍妹冯心玉，原本是在开花教东路主使'毒娘子'手下干事，昨夜才到闭合庄！"

熊无恙一见冯心玉貌美如花，立即抢着叫道："冯姑娘好，在下熊无恙仰慕姑娘多时了。"

冯心玉起身施了一礼，甜甜笑道："熊师哥好，小妹也仰慕熊师哥多时了。"

熊无恙欢喜一跳，叫道："此言当真？"

冯心玉笑道："决无虚言，只是大哥一直不让小妹与熊师哥见上一面。"

熊无恙立即怒道："沈师弟，你干吗不让冯姑娘与我见面？"

沈威一惊，冯心玉又道："其实，此事不能怪罪大哥，只是小妹听说平板镇内有个规矩，万万不可触犯！"

熊无恙笑眯眯地道："什么规矩？"

冯心玉微笑道："就是无论何事，都必要按长幼之序，从大小到，不可逾越。比方说美丽女子，帮主之位都要由大师哥先沾手，对不对，熊师哥？"

熊无恙脱口道："不错！"

话刚说完，却又脸色一怔，疑惑地望向熊除病，熊除病瞪着冯心玉，生硬地道："此乃平板镇的家事，还望冯姑娘不要含沙射影！"

冯心玉立时垂下头来，恭恭顺顺地道："是，大师哥所言极是，小妹甘愿受罚。"

熊除病见她温柔乖巧的模样，哪里还舍得处罚，一挥手便道："罢了，你既然是沈师弟之妹，此事就此接过。"他蓦然一指洗龙安，又道："这位兄台，又是何许人也？"

洗龙安缓缓地起身拱手道："在下洗龙安，见过两位兄台！"

熊除病一惊，道："洗龙安？洗家堡洗老爷子可是令尊大人？"

洗龙安淡淡地道："正是！"

熊除病却突然叱喝一声："拿下！"四名黑衣大汉立时跳出，迅如旋风般将洗龙安四面围住，"锵啷"几声，各自已擎刀在手！

沈威大惊失色，立即叫道："大师哥且慢，洗贤弟与我乃八拜之交，也绝非外人！"

熊除病"哼"了一声，道："八拜之交？这小子怀揣着林海秘语图，谁能得到，谁就是武林至尊，沈师弟既是与他有八拜之交，嘿嘿，就是知情不报了。"

沈威跺脚急道："师弟岂敢知情不报？只是洗贤弟已答应将林海秘语图献与师父，师弟正想禀明，不想大师哥却来了这一着。"

熊除病冷然道："这小子欲将林海秘语图献给师父，这却是为何？"

沈威遂将方才商议之事细述了一遍，熊除病听完却哈哈一笑，道："平板镇何须冒这个风险？如今直接从这小子身上搜取便是！"

洗龙安冷冷地道："林海秘语图已被在下藏于一妥善之处，熊公子纵是将在下生剐活拆了又有何用？"

熊除病笑道："无妨，铁人亦有三分苦，在下将有很多办法让洗公子吐实！"

熊无恙立时捋起衣袖，道："不错，本少爷的'剥沙手'好久不曾用过了，正好拿你这小子试试！"

说完，就待上前动手，冯心玉立时伸手一拦，道："熊师兄可是要动手？"

熊无恙道："不错，冯姑娘干吗拦我？"

冯心玉摇摇头道："熊师哥的'剥沙手'乃是天下至酷至烈的刑法，施加在此人身上恐怕颇为不妥！"

熊无恙听她夸赞自己的'剥沙手'，心中大为高兴，立时笑容满面地道："有何不妥？"

冯心玉笑嘻嘻地道："你看此人一身细皮嫩肉，只怕熊师哥的'剥沙手'还未施加到一时三刻，他便挺熬不住，一命呜呼了。"

熊无恙一愣，挠挠头皮道："不错，冯姑娘之言极是，大哥，你看这如何是好？"

洗龙安在旁直气得七窍生烟，他心知冯心玉是为了帮助自己，但没想到她言语会如此不逊，敢情还是为了昨夜之事。洗龙安当即怒道："要杀要剐悉听尊便，有什么架势直管用来！"

这时，沈威冷冷地望向熊除病，目光赫然有股森然之意，谢婉容亦缓缓地把玩着酒杯，但有意无意地，总是令人觉得他手中的酒杯随时会有暴出袭人之感。熊除病双目一扫，其间情景便已了然于胸，遂徐缓地道：

"洗公子既然熬不住酷刑，那以沈师弟之意该当如何？"

沈威轻吁了一口气，平静地道："也没怎的，只是我既然已答应了洗贤弟，此事就必然会为他办妥。大师兄若要严刑逼问，日后师弟在江湖上就难以立足了……"

这句话虽然没有明里指责熊除病的不是，但暗中之意却是昭然若揭。洗龙安闻之大感痛快，心内对沈威也更敬重了几分。

熊除病目光一凛，气冲冲地瞪向沈威，但终是没有发作，沈威接道：

"何况苟合教的连环十二岛位居于本镇之后，虽在四年前与洗家堡一战，元气大伤，以致几年来都没有所动，但始终是本镇的心腹大患，此时不除，日后会被其所累！"

洗龙安这时恍然大悟，原来苟合教与爹爹的洗家堡曾大战了一场，是以侠义八卦门的人才将娘亲送到那里。苟合教的连环十二岛恐怕原有十二位岛主，此战之后才折损得只剩下了三名……

后面一句乃是洗龙安一厢情愿的想法，苟合教在这一战中是否连折九名岛主，也不得而知，只听熊除病冷冷地道：

"就算苟合教当真该灭，就凭我们几人，恐怕也难以成事！"

沈威道："要想铲除苟合教，就凭我们几人，的确很难，但若加上龙门镇，搬动它也未必不是易事。何况我们主要旨在救人，与苟合教斗个你死我活，只是下下之策！"

熊除病一怔，心道父亲虽然将平板镇传予了自己，但帮中弟子大多不服，此次若真的能将苟合教铲除，一来可就此扬刀立威；二来又可得到《林海秘笈》，两者兼得，何乐而不为呢？纵是不成，凡事也可推到沈威身上，到时开香堂，祭法典，正好可除去一个真正的心腹大患。思忖已定，他当即点点头，又朝那围定洗龙安的四人摆摆手，四人立时掠起归位，其速之快捷如电光石火一般！

沈威目光淡淡地扫了一眼，心内却着实骇然，这四人中绝没有一个是自己认识的，必定是熊除病新近招纳的好手。

原来，平板镇的内部结构并非完全是以师承辈分来划分，除了沈威、熊除病、熊无恙等少数人之外，其他的大多是以金银招纳而来，人与人之间并不是同门习艺的稳固关系，只是为了利益而纠集在一起罢了。而帮内新近招纳得高手也属平常之事，沈威猜不出这四人的来历，又朝立在对面的罗仲新看了一眼，罗仲新却是一副面目不惊之态。

这时，熊除病笑了笑，道："如若此事谢世伯肯出手相助，世侄在此就代家父先谢过了！"

他双手抱拳，朝谢婉容落落大方地拱了拱手，熊无恙见大哥如此，亦连忙拱手，笑呵呵地道："多谢！多谢！"

谢婉容却看也不看他们一眼，只尖声道："能帮人处便帮人，实则也没有什么好谢的，只是既要两镇联手，好处自然也得平分！"

洗龙安暗自一笑，心道："黑道终究是黑道，什么都讲究'好处'二字。"

熊除病眨眨眼，道："那请世伯说说看，这好处怎么个分法？"

谢婉容道："洗公子手中拿着的只是查寻《林海秘笈》的线路图，你们拿去也罢。只是若有机会擒得姓苟的老贼时，你们自当要将他交予我亲自处置！"

熊除病还当他有什么苛刻刁难的要求，一听如此，立即一拍手，道："好！就如此办，一言为定！"

谢婉容应道："决不后悔！"

熊除病点点头，又朝洗龙安道："洗公子，若此次真能救出令堂，你亲口承诺之事也不得反悔？"

洗龙安"嗤"的一声，愠怒道："你把在下看作何等样人？……"

熊除病立即截断道："好，沈师弟，你还有何话要说？"

沈威似是胸有成竹地道："此次事关重大，除了一切秘密行事之外，还请大师兄在途经总坛时，再抽调五十名好手，以备万一！"

熊除病颔首道："这个自然！"又一笑道："若无他事，我们就此告退。一路赶来，已疲乏得紧！"

沈威忙向罗仲新一望，罗仲新立时跨出几步，躬身引路道："大公子请！二公子请！"

熊除病六人便一转身，昂首阔步而去，沈威在身后高声道："恭送大师兄、二师兄！"

熊无恙却不回头，只是笑嘻嘻地望了冯心玉一眼，方才离去。

第二日清晨，天还没透亮，沈威与谢婉容便各自集合人马，两镇合计倒有百十名好手，只是相比之下，龙门镇新遭败绩，远不如平板镇人马一般生龙活虎，斗志昂扬。

百十号人马，沈威共将之分为三拨。第一拨由他自己和洗龙安、冯心玉率领；第二拨则由熊氏兄弟带队，最后由谢婉容与龙门镇的好手带着一拨人断后。如此分法，尽管每拨皆有三十余人，但眼下已是江湖大乱，纷争并起之时，大批挎刀带剑的彪形大汉集结上路，也并非罕事。况且，每拨之间相隔三十余里，江湖中人纵是起疑，也只是疑心两帮之间相互追杀而已。

如此向南行进两日，待到达崂山脚下时，又刚好迎来了平板镇添补的五十多名好手，其中大半都与沈威相识，彼此寒暄一阵之后，沈威便将他们全部放到队前，仍是相隔三十余里，一齐向南海连环十二岛进发！

洗龙安暗想平板镇总坛敢情就在崂山之上，有心想问沈威，但见沈威总是紧闭着嘴，一副心事重重的样子，便没有问，只好一路上与冯心玉说说话，并驰而行。

第四日午时，沈威、洗龙安、冯心玉三人正乘马并肩而行，前面突然有一骑飞驰而近，马上的骑士尚未勒缰，便已滚鞍下马，单膝点地，禀道：

"禀威哥，前面的弟兄已到祥云岛，幸好苟合教的人还没有发觉，弟兄们正在那里安卡布哨！"

祥云岛便是南海连环十二岛的第一岛，洗龙安暗道："怎的到连环十二岛不用登船么？"只见沈威点点头，赞许地道：

"好，干得好！厉通山，你他奶奶的骑术也愈来愈精湛了！"

那汉子直起身来，又一拱手，得意洋洋地道："谢威哥夸奖，姓厉的就靠着这点绝活在平板镇里混口饭吃，不练好，他奶奶的成么？"

沈威笑道："好，你先回去，告知马二小心戒备，我与大公子马上就到！"

那汉子应允一声，瞬即便上马去了。沈威思忖一会，喝道："老万，快马通知后面的大公子、二公子与谢帮主，就说连环十二岛到了，请他们加急赶路，弟兄们也须快马加鞭，定要在天黑之前赶到祥云岛！"

一名中年黑衣大汉大声道："是！"立时拨转马头，纵骑而去，余下众人亦轰嗒一声，狂呼乱叫地抽打起马臀，齐往前冲去！

洗龙安顿感热血如沸，当即策马便奔，缘由他骑术高明，到祥云岛外时，他竟一直一路领先。原来，连环十二岛果然只是一片半岛，祥云岛便是与陆地最为相接相连的岛屿。其岛过后便是淡水岛！

申时时分，夜幕刚刚降下来时，熊除病两拨人马终于赶到，百余名健马黑漆漆的一片，蹄声却不见如何震响，各处也不敢举火照明。黑暗中，沈威带着洗龙安、冯心玉迎上熊除病、熊无恙二人，道：

"大师兄、二师兄，谢帮主刚刚才到吗？"

熊除病"嗯"了一声，手臂一挥，众人便尽皆下马，熊除病走过来问道："祥云岛上的情况怎样？苟合教的人还一无所觉么？"

熊无恙却只记挂着冯心玉，赶忙抢上，笑嘻嘻地道："冯……冯师妹好。"本来他想叫"冯姑娘"，但想冯心玉是沈威的小妹，也便是自己的小师妹，况且叫"冯师妹"岂不又亲近了一层？

冯心玉朝他甜甜一笑，亦道："熊师哥好！"

这一句话直把熊无恙叫得心花怒放，喜不自禁，但殊不知冯心玉叫时故意把"熊"字叫得略重，暗喻就是"狗熊师哥好"，熊无恙乃是浑人，还道是自己芳泽有望呢。

熊除病却眉头一皱，低叱道："二弟，谈正事要紧！"

熊无恙这才一顿，老大不乐地沉下脸来。沈威乘隙说道："马二兄弟在此看了两个多时辰，祥云岛上始终没有任何动静，好像他们真的是毫无觉察，但直到如今也没点灯，恐怕其中倒有点古怪！"

熊无恙突然叫道："他们定是在吃饭！"

冯心玉听着忍不住"扑哧"一笑，熊除病立即又叱道："二弟，不许胡说！"

这次熊无恙却不依不饶地道："大哥，我没胡说，跑了这大半天的路，我肚子早就饿瘪了，试想像我们这般英明……英雄神武之人的肚子也饿了，那苟合教的那些瘦猴儿岂不是正凑在一堆吃饭么？"

说完，还朝冯心玉得意地使了一个眼色，冯心玉立时举手赞同道："不错，熊二师哥说得有理！"

熊除病在旁察言观色，心中早已明白，他素知这位傻老弟对自己一向惟命是从，今日居然敢出言顶撞，多半是想在这小妮子面前表现一番，于是他也不驳兄弟的面子，只向洗龙安道：

"洗公子之意如何呢？"

洗龙安正望着熊无恙与冯心玉两人一唱一和，眉来眼去，心中颇感不快，闻言不禁一震，不知所措地道："这……这多半是他们正在吃饭，我们也不妨先吃了再入内一探！总之，既来之，则安之，连环十二岛就算是龙潭虎穴，我们也得去闯一闯！"

最后一句话，洗龙安说得才算是思路顺了，熊除病听了也找不出其他理由，事事请教沈威，无形中也堕了他的面子，便点点头，佯装果断地道："好！我们就先饱餐一顿再作计议！沈师弟，劳烦你派人将马匹牵至一处，尽数隐藏！"

恶战在即，他便对沈威客气了几分，沈威也恭恭敬敬地应了一声，叫来两名大汉，随即就偕同而去。

吃饭之时，众人吃的都是随身携带的炒面、干粮之类，就在敌人眼皮底下，谁也不敢轻举妄动，以免打草惊蛇，误了大事。熊无恙却旁若无人地抓起一把炒面，塞入口内狂吃大嚼，须臾间，竟将一小袋炒面吃得精光，而洗龙安与冯心玉一起，也只不过吃了两块烙饼。

饭毕后，熊除病又将众人召集一起，商议先派几人入岛探出洗龙安娘亲囚在何处，并且伺机救出。如若不成，再派大队人马进讨。洗龙安当即表决要自亲前去，沈威颔首道："贤弟，你我曾发誓同生共死，同进同出，今日为兄自然决不挪后一步！"

洗龙安投以感激的一瞥，谢婉容却始终不语，熊除病犹豫片刻，才道："本镇人马尽聚山下，恐怕无头不行。在下也不是胆小怕死之辈，就留在此地接应两位，万一有险，沈师弟发出讯号便是！"

说完，他瞥了熊无恙一眼，暗示这位嫡亲兄弟也找个借口留下，以免亲身涉险，谁知熊无恙却两眼一瞬不瞬地瞪着冯心玉，冯心玉道："我随大哥、洗公子一同前往……"他立即大叫道："我也去！"

熊除病一听，顿时险些气昏了过去。

沈威暗笑一声，转身又召来五名精强的高手，加上罗仲新，十人准备一番，便悄然起身，直朝祥云岛核心掠去！

待众人掠出数十丈后，便蓦觉强风拂面，腥气扑鼻，洗龙安抬头一望，眼前苍茫茫的一片，正是大海。他虽然生在南国，但还是初次面临大海，顿感天地万物是何其远大，而自己又是何其渺小，他忍不住想放喉大喊几声，但此时此地，焉能如此？

又掠出十几丈，到达海边的沙滩时，一阵阵涨浪涌来，声如雷鸣，洗龙安更是感慨万千，心想："人生在世，就如这海边的沙砾一般，平凡普通地过其一生不是更好？又何必在意这些恩恩怨怨、不了情仇呢？"在这一刻，他几乎只想停下来，驻足观赏一下海景，但又转念一想："父仇家恨，不共戴天！岂能就此了却？更何况母亲就在前面的虎口龙潭之内，自己若不舍命相救，岂不枉为人子？"

如此一想，洗龙安脚下行进更快，踩在沙石上的"沙沙"之声，又尽被浪潮声盖过。片刻工夫，前面果然显出了一座岛屿，只是朦朦胧胧的，看不清全貌。沈威左手一举，众人立时顿步，只见他喃喃地道：

"奇怪，怎的还不见他们掌灯？"

熊无恙大嘴一张，正想说什么却又咽了下去，这次他又想表现一番自己的"神机妙算"，却又着实想不出这是为何。

罗仲新低声道："威哥，到了此处，不管如何，都要闯了！"

沈威点了点头，拾起一颗鹅卵石，食、中二指轻轻一弹，便射了出去，只听"当"的一声响后，岛上依然是一片死寂，丝毫不见动静。

沈威凝神倾听半晌，压低声音道："稍时进岛后，各位切莫走散，万一有险，大伙儿相机应付！"

众人默默地点点头，心想此去定是生死难料，凶险无比，洗龙安更想万一有幸，自己必要拼死保护沈威与冯心玉突围出来，免得让他们为自己赔上一条性命。只有熊无恙反倒心中大乐：美啊，美啊，能与冯师妹一起出生入死，当是人生一大快事……

就在这时，沈威轻叱一声："上！"

众人立时纵起飞掠，顷刻之间便上了祥云岛，岛上面积不大，房舍也只有十来间，但前前后后竟然连个人影也没有。沈威领着众人大搜一遍之后，当机立断：

"再去淡水岛！"

淡水岛上却依然如此，不仅半个活人都找不到，就是连死人也不见一个。沈威与洗龙安等人又接下去搜索了连环十二岛的余下九岛，结果竟还是如此这般，外面涛声隆隆，里面却沉寂如水，众人环目四顾，皆有一种说不出的阴森、恐怖之感。

搜到最后，便是苟合教总坛空心岛，岛上房舍较多，众人仔细地搜完一遍后，又足足花去了大半个时辰，熊无恙再也忍不住高声大叫道：

"苟合教的瘦猴儿都快快给爷爷出来！他妈的，老子搜了半夜，你们连个照面都不打，岂是礼数？"

声音远远地传送出去，但却听不到半点回音。

洗龙安伸手在一张桌面上摸了摸，又借着月光看了看手掌，只见上面毫无灰尘，心知此处定在不久前还被人打扫过，但如今怎的不见人影呢？他思忖片刻，便道："大哥，说不定是谁走漏了消息，苟合教的人明知不敌我们，就全部迁出了连环十二岛也说不定！"

沈威想也没想，便断定道："不会，苟合教在此经营了数十年，岂有说迁就迁之理？"

洗龙安点点头，深感此言有理，又道："那以大哥之意，此事该当何种解释？"

沈威摇头道："说不准，苟且安这人本就脾气古怪，这几年又深居简出，任谁也摸不清他葫芦到底卖的是什么药，哎哟……"

说到这里，他脸色突然一变，失声道："难不成他们乘此机会反攻我们岛外的人马？"

熊无恙哼了一声，大声道："错了，错了，以在下之见，他们定是躲起来了，待我们砸烂他们的家什，拆了他们的破茅房，苟且安老儿见了心疼，定会跑出来抢救，嘿嘿嘿嘿……"

他越说越觉自己所言有理，说到最后竟自鸣得意地笑了起来，笑完他便又望着冯心玉，期望她会出赞词，冯心玉却满面肃容，双目不断地巡视着四周，哪会将他的话放在心上？熊无恙不禁大为失望。

众人心中均想："熊无恙的推断固然不对，沈大哥的话也未必有理，设若苟合教真的乘此机会反攻岛外的人马，那这里也必然会暗遣高手阻击！以防我们往回驰援，两面夹攻！况且，岛外一旦有险，熊除病定会发射讯号，如今两边却万事太平，不知苟合教到底是玩的什么鬼花样。"

沈威见众人都紧皱着眉头，缄口不语，干脆喝道："点灯！姓沈的今日倒要看看，苟合教里里外外到底是否真的连鸟毛也不见了一根！"

三名好手立时从怀里掏出火折子，迎风一晃，便成了三把小火炬。众人眼前一亮，便只听"锵啷""锵啷"几声，各自拔出了兵刃，环守四方。此时敌暗我明，当是更为凶险。

但过了半晌，仍不见人影出来相斗，众人持刃凝神待敌良久，这时都不禁暗暗松了一口气，沈威皱着眉头，喃喃自语道："奇怪，奇怪……"

连说了两个"奇怪"，熊无恙却笑嘻嘻地对冯心玉道："冯师妹，我们一人一把刀子，冲出去见了东西就砍，见了人就杀，好不好？"

冯心玉翘翘嘴巴，道："不好。"

熊无恙一怔，又不由大为失望。罗仲新却突然沉声道："威哥，方才小的在后面看到一处货仓，敢情是苟合教的屯粮之所，我们不如一把火烧了它，苟合教的狗贼若真的在四面隐伏，必会出来抢救！"

这法子与熊无恙方才的办法如出一澈，却又更显高明，苟合教的人一旦被烧了粮仓，就是再有耐性，也必会按捺不住。比砸坏了他们的家什，拆了他们的房舍，实是厉害得多，沈威立时一拍手，道："好！"

洗龙安亦暗暗点头："此人倒是足智多谋，难怪大哥如此器重！"

沈威一字吐出，罗仲新立时仗剑率先掠出，众人精神陡涨，纷纷跟随而出，熊无恙却蓦然大叫一声："不好！"

众人回头，齐问道："怎么呢？"

熊无恙跺足捶胸地叫道："这法子原本是我想出来的，如今却被这小子偷了去，真是气死我了！气死我了！天下居然有不偷金偷银，专偷人家办法之人，可恨！喂，喂……冯师妹，等等我！……"

众人听到最后，心知他又是在哗然闹笑话，以取悦于冯心玉，哪里还有心思听下去？立即向前奔去！

那处货仓果然是座屯粮之所，众人方才搜索时倒全没在意，只有罗仲新心细如发地瞧见了，而且外面除了三面都有宅院外，还剩有一面通风。沈威单手一挥，五名黑衣大汉瞬即便将柴油全部倾倒而出，淋在粮仓通风的一面。

一切办妥后，沈威低叫一声："闪！"五名黑衣大汉立即倒纵飞掠上东面的房顶，洗龙安五人亦同时掠到了西面的屋脊上，沈威身在闪空，食指一弹，一点星火瞬即射出，"轰"的一声，粮仓南面顿时火光冲天，黑烟冒起！

这时，十双眼睛都注视着粮仓四周，苟合教的人若忍不住跳出来救火，必然难逃眼底，到时自己这边虽然猝起发难，但也不一定能完全取胜，只望熊除病与谢婉容两镇人马自岛外迅速驰援。假若苟合教的人在岛外也埋伏了高手，拼死缠住熊除病、谢婉容等人，或严密把守通往空心岛的要道，那此时此地就相当凶险了。

一想到此，众人不禁手心冒汗，紧张于色，但谁知风助火燃，足足烧掉了小半个粮仓，空心岛内仍无一人跃出，众人面面相觑，心中均是大惑不解。

突然间，北面的房舍内只听一阵"吧嗒"、"吧嗒"的脚步声缓缓传来，众人顿感大奇："艺业高强之人，脚步声该当轻疾快捷才是，而此人的脚步声怎的如此沉重缓慢？而且听来似乎只有一人！"沈威朝对方五人打了一个手势，那五人立即不敢怠慢，各自张弓布箭，严阵以待。

片刻工夫，那房舍大门被人"砰"的一声推倒，里面的人甫一露面，罗仲新就不禁轻"噫"了一声，洗龙安注目望去，只见那人满头白发，身材矮胖，一路走来就如一只硕鼠一般，不由低呼道："'白头仙翁'包复雄?"

罗仲新点点头，亦低声道："不错！洗公子，先时小的就是将令堂转交到此人之手，但那时他脸上可无丝毫呆气！"

洗龙安又一眼望去，只见"白头仙翁"包复雄脸上果然是一副呆板生硬之状，面对着眼前的冲天大火竟毫不变色，只拖着双腿不紧不慢地向火中走去，端的是跟一具行尸走肉没有两样。洗龙安大怒，当即便欲跃起扑出，沈威却将他轻轻按住，摇了摇头。

只见"白头仙翁"包复雄走至距离大火不及五丈之时，沈威轻喝一声："着!"对面立时五箭齐发，"嗖嗖"破空之声充耳可闻，显见劲力十足！

但便在这时，包复雄面似呆板的脸上蓦然一变，变得满是精悍之色，随即斜身相避，左袖拂出，五技劲矢还没沾身就尽被他卷入袖内，再翻臂一扬，五支利箭又反射而出，去势更急！

沈威暗叫一声："不好!"对面已霍然传出两声惨叫，两名黑衣大汉从房顶上翻身而起，跌落地上，当即毙命。还好另外三人见机得快，低头避过劲矢后，立时一齐跳将起来，拔出单刀，自屋檐扑劈而下！

包复雄冷哼一声，竟半步不让，纵身反迎而上，双掌并曲为爪，上下倒掀，左右分击，不仅将自己头顶封得风雨不浸，反如乌龙献爪般攻向三人。那三人识得厉害，但身在半空，欲避不能，唯也奋力反击，其中两人立时屈臂收刀，闪电般一齐出腿！

沈威知道这两人中，有一个便是先前提到的马二，马二原是河北"无影腿"谭派中的远房亲侄，腿上功夫自是十分了得，何况与另一人同时出击，料必有几分胜算。谁知这一思忖尚未转念，场内只听"咔嚓"两声，包复雄反将马二两人的双腿抓住，猛力掷向最后一名黑衣大汉！那名黑衣大汉已行将落地，单刀一抖，正待扑上反削包复雄双腿时，便见马二两人惨号一声，被掷过来！他大吃一惊，疾将单刀一斜，因此门户大开，马二两人一撞而中，力道等何威猛，那人顿时狂喷一口鲜血，身躯又被压倒在地！

沈威心头一凉，低骂道："想不到姓包的还会使用少林龙爪手！"

"白头仙翁"包复雄一脚踏在一名黑衣大汉的背心上，昂然大叫道："还有何人？"

熊无恙立时跳了起来，叫道："还有你家爷爷！"身形扑击而下，相距包复雄不及三尺之时，他霍然身躯一翻，亮出了一对小枪。

包复雄再不发话，上前就打，龙爪手横扫纵抓，来势更是迅捷刚猛。洗龙安见熊无恙左闪右掠，瞬息之间就被攻得措手不及，狼狈不堪。心想："此人虽然一味纠缠冯姑娘，甚是可恼，但没理由让他为了自己而丧掉性命！"心念至此，他立时翻掌在瓦面上一拍，身形便弹掠而起，呼喝一声，扑击而下。沈威纵是想拦，已是不及。冯心玉在他身后叫道：

"洗公子小心！"

这一叫，叫得洗龙安心头一暖，却把熊无恙叫得勃然大怒，原来他倒不是敌不过包复雄的少林龙爪手，他之所以在开战时就佯装出狼狈不堪之态，只是想博得冯心玉的几句关切之语。哪知冯心玉虽然说了句关切话儿，但却不是落到他头上，反倒是关切洗龙安起来。熊无恙一听，如何不怒？当即将两只小枪交错一扫，逼退包复雄一步，自己纵身反掠，移身于三丈之外，这一手轻疾快捷，干净利落，才显出了他的真正本领！

于是，洗龙安一掠之下，竟变成了他一人独斗"白头仙翁"包复雄，不由惊道："喂，你干什……"后面的话音未出，包复雄已扑了上来，洗龙安轻飘飘地让了开去。包复雄一抓不中，次爪随至，洗龙安斜身又向左侧闪避，包复雄第三爪、第四爪、第五爪呼呼抓出，身影顿时变成了一条乌龙，龙影飞空，龙爪急舞，洗龙安手中无剑，"点金指"也来不及施展，只被压制得无处躲闪，猛听得"哧"的一声响，洗龙安横身飞出，右手衣袖已被包复雄抓在手中，右臂裸露，现出了长长的五条血痕，鲜血淋漓而下，冯心玉忍不住又是一声惊呼！

熊无恙却心头大快，大咧咧地喝道："喂，住手！"

包复雄竟十分听话地身形一顿，扭头傻愣愣地道："干什么？"

熊无恙笑嘻嘻地道："是不是你将冯师妹大哥的小弟的娘亲藏起来了？"

他这句话简而化之就是问包复雄将洗龙安的娘亲藏于何处，但他恼恨洗龙安，所以偏偏不提"洗龙安"的名字，顺便又叫一声"冯师妹"，以过过瘾。

包复雄愣了半晌，方木生生地道："死了。"

洗龙安心中突地一沉，瞬时有种头昏目眩之感，熊无恙亦脸色一变，怪叫道："死了？如何死的？"

包复雄摇摇头，痴痴呆呆地道："不知道。"

洗龙安狂吼一声，一缕指风疾然射出，包复雄将头一偏，堪堪避过，就在这一刹那间，他满脸又恢复了那精悍之色，厉叫道："好小子，还会这一手！"

一句话说出，龙爪手又劈面直戳到洗龙安面门，洗龙安大骇而退！包复雄纵身追去，眼前却忽地人影一闪，霍然是熊无恙的双枪刺到！

包复雄身形一滞，双臂陡然一长，攻出了两爪，喝道："让开！"

熊无恙将两柄小红缨枪交叉一击，立时抖出八朵枪花，其中两朵疾刺龙爪手爪心，另外六朵分刺向包复雄周身要穴，嘴里笑道：

"偏不让，你杀了我冯师妹大哥的小弟的娘亲，我要你以命抵命！"

对他来说，洗龙安母亲死不死都无关紧要，重要的是他又叫了一声"冯师妹"，心中便无比高兴。包复雄"呸"了一声，大喝道："胡说八道，老子要你死得惨不堪言！"龙爪手随即源源使出，顿时只听劲风凌厉，威势骇人！

熊无恙早已算定："方才洗龙安与这老儿交战，不过三合便被击退，如若我反将这老儿打败，岂不轻易便可博得美人芳心？"既是这番思忖，他立时精神抖擞，两柄小红缨枪盘舞旋飞，招招不离包复雄头顶、前胸。包复雄双爪暴缩暴长，非但攻多守少，使的更尽是极狠极厉的招式，急欲将熊无恙立毙爪下，但转眼间，二十余招已过，熊无恙不仅一改方才的狼狈之态，且还丝毫不落下风，一对红缨枪已将对方包裹得滴水不漏！

洗龙安站在旁边，不觉微微一怔，他万料不到此人外表看起来脑满肠肥，但手上功夫却如此硬扎。沈威与罗仲新相顾一眼，脸上更是惊诧变色，突然间，沈威低喝一声，道："我们也下去！"

三人就飘身而落，冯心玉当即掠到洗龙安身旁，关切地道："洗公子，伤得可重？"洗龙安黯然地摇摇头，道："不碍事，只被那老儿划破了一层皮！"冯心玉忙从怀内掏出金创药为他敷上，罗仲新双目四下扫了一眼，低声道："威哥，只有这老儿一人现身，此事可当真奇了！"

沈威低"嗯"一声，拱拱手，朗声道："二师兄且请住手，小弟有句想请教包老前辈！"

熊无恙左枪疾刺一下，瞬即又缩回自保，嘴里一面叫道："请教什么？先宰了再说！"

沈威叹息一声，又高声道："包老前辈且请住手，在下有一事请教！"

谁知包复雄亦道："请教什么？先宰了再说！"

熊无恙立时气得大叫："反了，反了，这世道反了！怎么我的话又被人偷了去？岂有此理！岂有此理！"

话刚说完，包复雄竟也吹胡子瞪眼地大叫道："反了，反了，这世道反了！怎么我的话又被人偷了去？岂有此理！岂有此理！"

熊无恙哑然一笑，道："这老儿疯了！"

包复雄忙跟着道："这老儿疯了！"

这一下，不光是沈威与罗仲新相顾变色，洗龙安与冯心玉亦面面相觑，猜不出所以然来。正在这时，西北角上蓦然火光乍起，人声鼎沸，一阵人马呼喝着急掠而来，还没近前，声音已传送道："二弟住手！"沈威一听，心知是熊除病赶到了。

熊除病心机狡诈，原想让沈威诸人探岛，以便借刀杀人。但没想到熊无恙也要跟着冯心玉一同入岛，无奈之下，熊除病只得在岛外苦候，严密监视着岛内的动静，谁知一去几个时辰，岛内竟毫无动静。熊除病好不心急，几次想率人冲入，但都被谢婉容所拦。突然见空心岛火光冲天，便迫不及待地率人冲进，一路上更无人阻拦，径直闯到空心岛。只见熊无恙与一名白发老者斗得难分难解，沈威等人反倒在一旁静心观战，顿时气塞胸膈，大声厉叱！

熊无恙甚少抗拒熊除病，听出大哥声音便一脚跳开，气吁吁地叫道："住手！住手！"两臂同时一翻，两柄小缨枪瞬即收入袖内。其速之快当如闪电行空一般，冯心玉亦咋舌不已。

包复雄顿失对手，却也不再攻击，闷声闷气地道："为什么住手？"

熊无恙道："住手就是住手，又何来为什么？"

这句话等于什么理由也没有说，包复雄却点点头，信服地道："哦，住手就是住手，又何来为什么。"

众人相顾骇然，实是想不透"白头仙翁"包复雄怎的如此情状，瞬间，熊除病率人赶至，百余名大汉一手持着火把，一手紧握兵刃，自行将包复雄围在核心。包复雄脸上竟毫无慌乱之色，只将双目痴痴瞪着那越烧越旺的粮仓。

沈威、洗龙安等人一一上前与熊除病见过礼，熊除病皆不屑地一哼，回头问道："二弟，这是怎么回事？难道连环十二岛内只有这么一个半死不活的糟老头儿么？"

熊无恙呵呵一笑，道："是啊，苟合教的瘦猴儿一听我要与冯师妹联袂前来，岂敢还留在此间？只有这老儿颇不识相，乖乖地留在这里送死！"

前一句话他说得脸上半点不红，而冯心玉听来却脸上一热，啐道："胡说八道！"熊无恙又笑了几声，不过笑得甚是僵硬。

熊除病朝地上两具尸身看了一眼，惊异地道："少林龙爪手？"

熊无恙撇撇嘴，气呼呼地道："不错，这老儿施展出来的正是少林龙爪手，小弟与他对拆了三十余招，还险些被他扒去了一层皮，他妈的！"

熊除病双眼冷冷地瞟向包复雄，心想："此人既可与二弟的'双龙齐腾'对拆三十余招，功力自是可挤入当世一流高手之列，我何不……"他干咳一声，面朝沈威略一拱手，道："沈师弟，此人功力之深，相信方才你已看清楚了，恐怕我与二弟皆不是此人的对手，必要沈师弟亲自下场才行！"

洗龙安心念一转，已明白了他话中之意，冯心玉自然也是明白，便忍不住冷笑道："这可奇了，三人同门学艺，大师兄、二师兄皆不是人家的对手，难不成三师弟就能打赢？"

熊无恙立时怒叫道："谁说我不是这老儿的对手？喂，包老儿，包老不死的，我们再来大战三百回合！"

包复雄却木然不动，熊除病止住熊无恙的冲动行为，肃然道："冯姑娘有所不知，我们师兄弟三人中以沈师弟的功力最为精强，要不'神威'二字外号岂是江湖朋友白叫的？"洗龙安恍然大悟，原来大哥沈威的外号就叫"神威"！

沈威正与谢婉容相互凝视着，两人目光中都尽是那种忧虑迷惑之色，这时闻言微微一笑，道："大师兄过誉了！"

熊除病又抬抬手，道："请！"

沈威略一颔首，便转朝包复雄抱拳朗声道："包前辈，在下迫不得已，得罪了！"其意显然是说自己被迫出战，事出无奈。熊除病闻言大怒，心忖："姓沈的今日杀了此人便罢，若杀不了，说不得就要扣上一顶干事不利的罪名，且决不轻饶！"当即他手按刀柄，目光凛凛地注视着沈、包两人。

谢婉容只在一旁默不作声，洗龙安与冯心玉均想包复雄虽然功力高强，但大哥未必就敌他不过！待到敌不过时，再出手抢救不迟。于是，数百道目光齐刷刷地聚集在场内，只等着"白头仙翁"包复雄略一点头，大战便由此开始！

谁知，包复雄却在此时摇摇头，双眼茫然地向众人扫了一眼，径直转身朝那西边厢房内缓缓走去，脚步声仍是"吧嗒""吧嗒"直响，毫不减弱。

熊无恙大声道："臭老不死的，难道想当缩头乌龟么？"

包复雄戚然道："不是缩头乌龟，是全死了！"脚步丝毫不停。

众人漠然大惊，洗龙安却想："眼前娘亲的下落只系于这人身上，切莫让他走了！"当即错开一步，正待追去，沈威目光瞥来，朝他摇了摇头。

熊无恙叫道："臭老不死的，什么全死了？你他妈的玩什么花样呀？"

包复雄头也不回，直挺挺地走入房内，沈威急喝道："进去瞧瞧！"

话刚落音，眼前人影一闪，正是洗龙安抢先掠出，冯心玉紧紧随后。

众人跟着他两人掠进屋内，只见包复雄笔直地朝着正堂上的一面方桌行去，方桌上面是一副三尺见宽的壁画，画的是"唐伯虎点秋香！"

苟合教教主苟且安年青时风流倜傥，常自以明代江南四大才子之首唐伯虎自称，所以正堂之上画着此画也并不引人注意，沈威先前入内一搜时，也只是一掠而过，如今见包复雄缓步走去，心知此间必然有异，双目便一瞬不瞬地望去，只见包复雄轻掠到桌面，果然又行至那壁画前。这时，并不见他如何动作，那壁画竟自动翻开一条窄缝，包复雄身形一闪便钻了进去，那壁画倒翻过来，突然加速向里扣去，洗龙安身形纵起，想要抢进，但哪里还来得及？便在此时，冯心玉食指一弹，一枚"纹心针"闪电般射出，刚好在那壁画倒翻过来之时卡入了里面！

众人一看，另一面仍然是一副"唐伯虎点秋香"的壁画，熊无恙喝了一声彩，笑道："冯师妹好俊的身手，几时点拨点拨师哥几招可好？"

冯心玉不理会他，径直与洗龙安掠上桌面，低声道："洗公子，快！可别让那老儿给溜走了。"

洗龙安道："谢了，冯姑娘！"两人齐身闪入，熊无恙也不着恼，嘻嘻一笑，亦跟着钻了进去。

熊除病眼见熊无恙钻入，立时沉声道："沈师弟，烦请再带十人入内一搜！"

沈威不敢抗命，应了一声："是！"左臂一挥，身旁的十名大汉便随他掠身钻入壁画内。

洗龙安在里面一手扳着翻板，见最后一人掠身进来才轻轻一放，那翻板却呼的一声，极快地扣了进去，且扣得严严实实，不留一丝缝隙。洗龙安咋舌道："幸亏冯姑娘一枚银针，否则这一扣死，谁还能再进来？"

沈威道："是铁的么？"洗龙安不答，只笑着在翻板上敲了两记，翻板立时发出砰砰之声，沈威不由笑骂道："他奶奶的！"

话音方落，外面的人纷纷叫道："威哥，威哥，里面有事么？"突然只听翻板"砰砰"两声巨响，又有人大声道："二弟，二弟？"自然正是熊除病的声音。

沈威脸上正洋溢着微笑，闻听此声顿时沉下脸来，瞪着那铁板冷冷地道："大师兄稍安勿躁，这里什么事也没有。"说完转身就朝里面的秘道走去，看也不朝这边再看一眼。

洗龙安一怔，心想："这大师兄好生无礼，只记挂着自己兄弟的安危，全然不将沈大哥的安危放在心上，这就别怪沈大哥对他冷淡了！"在他心中，沈威如今是最可敬可佩的大哥，是以沈威无论如何都是对的。

地道长有十五六丈，只在前面拐角处挂着一只火炬，一名黑衣大汉刚在那里消失了踪影，洗龙安急赶两步，与沈威并肩断后，沈威两眼直勾勾地盯着前方。道："苟合教内恐怕已生变故，稍时要万分小心，切记不可离我左右！"

洗龙安心中一热，应了一声，便在这时，地道内竟然传出一声尖厉的惨叫，沈威脸色一变，洗龙安已全身跳了起来，惊道："是心玉！"

紧接着，又是几声骇然惨呼，却是跟上去的几名大汉所发，洗龙安两人急速掠到拐角处，再狂冲几步，又是一个拐角，拐过这处拐角，两人却一齐怔住了，浑身竟忍不住瑟瑟发抖。

只见这十数丈宽窄的地室内，竟密密麻麻地宛如悬肉为林般悬挂着二三十具尸体，尸体的面目尚好，清晰可辨，但自头颈以下的部位，霍然已皮肉全无，只剩下一整具的森森白骨，连内脏亦被生生掏空。各自的琵琶骨上还系着一根细链，细链另一端穿入顶内。

洗龙安与沈威陡然一见此景，尽皆倒吸了一口凉气，才知冯心玉，连带那几名大汉如此骇然惨呼，实是事出有因。

冯心玉脸色发青，哆哆嗦嗦地倒走回来，拉着沈威的手臂，颤抖着道："大哥，这……这些……我好怕……"

沈威拍了拍她的手，低声道："不怕！"说是不怕，但他自己的脸色却变得有些发白了，心想："这等惨厉恐怖的死法，自己平生倒是仅见，不知是何人下的辣手？"他转目望去，只见那一具具白森森的尸身，人人都忍不住手脚发软，脸色苍白，熊无恙定定地瞧着，上下牙齿都在"咯咯"作响，只是包复雄仍是满脸的迷惑茫然之色，嘴里犹在喃喃自语。沈威心中一亮，忖道：原来这老儿被骇疯了！

第七章

洗龙安心内虽然极为惶恐，这时反倒镇定下来，两眼从那些尸体的脸上一一望去，幸亏没有一张脸型与娘亲稍有相似，那些死者的脸庞个个都是满脸横肉，胡须满腮！唯有两个无须的头颅，却有一个生着三角眼，一个生着酒糟鼻。相比之下，死状更为惨怖，而自己的娘亲自是不会生出这副怪模怪样。当即，洗龙安暗松了一口气。

沈威亦镇定下来，平淡自若地道："大伙儿不用怕，这些都是苟合教的人，最左一人便是苟且安，他额头正中有颗黑痣，想必不会有错，依次过来的三人便是连环十二岛的三大岛主，前些日子，我还跟他们喝过酒来着！"

洗龙安暗叹："前些日子还喝过酒，但今日就已生死异途！……"

只听沈威续道："贤弟，你仔细瞧一遍，看看当中是否有令堂……的遗体……"

洗龙安摇摇头，道："小弟已看过了一遍，幸亏娘亲不曾遭难，否则小弟也不知该当如何是好了！"

沈威见他吐词清晰，神态如常，心知他已从震骇中恢复过来，便点点头，道："如此甚好。"接着又大声道："大伙儿把这些尸首都取下来，抬出去请大师兄验明后，再作定夺！"

众黑衣大汉原本尽皆是江湖上刀口舐血的人物，方才不过惊悸于死者死状的惨怖，才一时震骇莫名，沈威几句话说出后，他们也清醒过来，立时纷纷拔刀，削砍那系在琵琶骨上的细链，但那些尸首吊得颇高，众人须踮脚举刀方够得上。即使够得上，出刀之时也是毫无力道，于是几次砍劈都砍劈不断，反倒牵动那一具具骷髅发出"啪啪"响声，有的甚至禁受不住震荡，腿骨或腕骨依次而落。

众人已悍然不惧，便纷纷破口大骂下手之人阴狠毒辣，加上"白头仙翁"包复雄在一旁不知所云地大声叫骂。一时之间，地道内喧闹大作，唯独熊无恙一人缩手缩脚地呆立着，双目仍恐惧万分地瞪着那一具具摇晃不已的尸首，每一块骷髅震荡，他都情不自禁地颤抖一下。一名大汉突然飞身而起，单刀斜劈，"啪"的一声，铁链立断，众尸首跌落在地，碎骨立时四处飞溅，其中一块腕骨竟直向熊无恙射去，熊无恙毫不思索地伸手一接，凑到眼前一看，顿时面容惨变，狂呼一声："鬼呀！"甩飞腕骨，转身就飞奔了出去。

须臾间，只听那块铁板被踢得砰砰作响，熊无恙大叫大嚷道："臭老不死的，死老不死的，快过来开门，快过来开门啊！"

包复雄一怔，吃惊地道："谁在叫门？是小安子那王八蛋吗？不开！不开！"

众人心想"小安子"八成就是苟且安的小名，苟且安如今偌大年纪，这包老儿还叫他"小安子"，可见他们关系自然是亲密无间。苟且安突然惨死，这老儿也就疯了。

熊无恙在外呼喊片刻，蓦然又掠转回来，一把拖住包复雄的手臂，急叫道："臭老不死的，你怎的还在这里？快去开门呀！这里万万不可多留，多留片刻也不行，有鬼，有鬼呀！"

包复雄嘻嘻一笑，道："何处有鬼？嘻嘻，小安子就是胆小如鼠……"

说着，就待依从熊无恙走出，洗龙安脑中霍地亮光一闪，暗道："啊哟，不好，苟合教上下死了个精光，我娘亲的下落便赖这姓包的前辈一人之手，如今他说话虽然有点不太对劲，但就在此时此地，他或许能记起些什么来。"当即便伸手一拦，大声道："包老前辈且慢，在下乃洗家堡未亡之人洗龙安，敢问在下娘亲下落何在？"

包复雄愣了愣，摇摇头道："小老儿不知什么洗家堡，小老儿只知有个宝贝小安子。小安子快走！妖怪的掌法厉害……"

他正欲抬腿，洗龙安又伸手拦住道："包前辈且慢，此事事关重大，还望仔细思量，再回复在下之请！"

洗龙安性急如焚，说话间也毫不客气。熊无恙一来是身在这累累白骨之中害怕至极，二来是对洗龙安早存醋意，当即怒道："臭小子，还不让？"同时身子一晃，欺至洗龙安身前，左手疾探，向他胸前抓去！

洗龙安吃了一惊，心知这一抓中，必定会被熊无恙顺手掷飞出去，到时可就在冯心玉面前出个大丑了。他这么一想，左手手肘立时急抬，护住胸前，同时右腿退后一步，右手食指疾点向熊无恙咽喉。这一式虽是毒辣，但洗龙安指中并没透劲，是以对熊无恙毫无威胁。熊无恙左手闪电般绕开洗龙安的左肘，疾向他胸前抓到！

此时，洗龙安若要发出"点金指"，可就迟了。他哼了一声，就待使出"千斤坠"的功夫相拒，眼前却忽地人影一闪，沈威竟一步赶掠过来，竖掌疾削熊无恙的左臂！

熊无恙应变极速，赶忙将手臂一缩，惊问道："沈师弟，你干什么？"

沈威亦瞬即收掌而立，微笑道："没什么，全是自家兄弟，何必在此地动手过招呢？"这句话说得轻描淡写，好似他方才出手只是为了阻止一场同门之间的相互拆招争斗一般，熊无恙听来固然眉头一皱，不太明白。洗龙安心中也大惑不解，他们没见旁边的十名大汉已微妙地分成了两派，其中竟有七人欲持刀攻向熊无恙，另外三人只是呆呆地站着，并无行动。

沈威仰脸打了个哈哈，又道："怎么？二师哥还信不过小弟之言？方才若非小弟出手，我洗贤弟多半是抵不住二师哥的'七擒散魄爪'，到时被跌得七荤八素，昏头转向，做哥哥的脸上就不太好看了。"

熊无恙虽然有点浑，却擅使两样绝技，一样便是平板镇的镇山绝技"七擒散魄爪"，另一样就是"双龙齐腾"枪法。后者乃是一位高人所授，端的是精妙无比。是以就功力艺业而言，熊无恙反倒比熊除病更胜出多多。这时闻言之下，熊无恙心想："是啊，这小子是沈师弟的结义兄弟，我若将他像扔沙包似的扔了出去，有何难哉？只是沈师弟脸上岂能挂住？"当即他便大嘴一咧，笑呵呵地道：

"不错，不错，这小子岂是本公子的对手？若非沈师弟出手，这小子定会变成肿猪头，而这小子若变成了肿猪头，沈师弟的脸上就定然不好看，沈师弟既要护住脸面，自然就须出手了。"

洗龙安向来对自己的容貌甚是自负，一听被对方骂成"肿猪头"，顿时气得一跳，欲要发作，沈威眼中一道厉光瞥来，洗龙安才勉强忍住。

熊无恙一番废话说完，又朝冯心玉笑道："冯师妹，若这小子变成了肿猪头，你还喜不喜欢？"

冯心玉道："喜欢！"

熊无恙不禁心中一凉，冯心玉却又道："不过若是将那小子变成那般模样，我就不太喜欢了！"

熊无恙大喜，忙问道："哪般模样？"

冯心玉伸手一指，熊无恙顺手望去，那赫然是一颗须发皆白的人头，人头下面自然就是白森森的骷髅，熊无恙顿时如雷轰顶般大叫一声，拖着包复雄狼狈而逃。

是夜，众人将地室内的骨骸尽数搬出，细细一数，竟有三十七具之多，熊除病认得苟且安的模样，心想："苟且安一死，苟合教一派就算灭了，那小子也要将那半张羊皮交出来了！"但见如此惨怖的死法，他也大吃一惊，却说不上到底是何种功力所致！

谢婉容仔细地将每具尸骸都验看了一遍，不断地摇头自语道："蹊跷，蹊跷，奇哉怪也……"

沈威问道："谢帮主可知他们丧身于何种功力之下？"谢婉容愣了半晌，却尖声细气地道："婉容曾言：'不知者无罪'，在下又如何得知？……"

众人本来都期望他能揭开谜底，是以沈威话一问完，各人便竖起耳朵，岂料他还是不知，便都觉得甚是泄气，熊除病哼了一声，道：

"大伙儿无须自寻烦恼，苟合教上下惨死，日后必能水落石出，如今天色已晚，大伙儿尽上一分良心，将他们就地安葬便是！"

此时，已近三更时分，百余名大汉折腾了一夜，也尽皆累了，合力挖掘出一个大坑，将那三十七具尸骸掩埋后，便各自分头安歇去了。好在空心岛上房舍甚多，床铺也是现成的，每人一间房还有剩余。

洗龙安找了一间背靠大海的木屋，便与沈威、冯心玉等人各自歇息。沈威见洗龙安颇不痛快，便道："贤弟可尽心安歇，明日为兄就飞鸽传书，将此事禀告帮主，平板镇虽不敢自诩耳目遍天下，但要查出一个大活人的消息，想必也不是难事！"

洗龙安心知这只是安慰自己之言，对头既将苟合教杀得只剩一个半癫不癫的疯子，又岂会留下丝毫线索供人查寻？当即淡淡一笑，道："多谢大哥，小弟心领了！"

沈威拍拍洗龙安的肩膀，叹息道："都是自家兄弟，为兄若不尽力，一齐磕下去的三个响头，岂不是成了儿戏？"忽然又"咦"了一声，问道："姓包的那老儿呢？"

一名黑衣大汉立时上前，恭声道："禀威哥，那老儿自打见了二公子后，就当二公子是苟且安似的，如今两人正纠缠在一起，四处游荡，大公子方才还遣人找过他们呢。"

洗龙安记得这黑衣大汉正是方才跟随沈威进入秘道的十人中的一个，沈威对他颇为有礼地回复了一下，又向洗龙安拱手道：

"好了，为兄就此告辞，兄弟早歇！"

洗龙安亦道："大哥早歇！"沈威略一点头，便率众人转身而去，冯心玉临别前还朝洗龙安嫣然一笑。

洗龙安却哪里还有心境，垂头丧气地进了木屋，只见屋内除了一张大床外，别无其他家什，就干脆倒头便睡，心想："本来还有一丝希望，却被如此掐灭了，难不成我今生今世都不得与娘亲见上一面？那报仇雪恨之事就更是遑论了！"想来气极，便猛地一拳击在床板上，床板响了一声，原来里面竟是实心的。屋外，大浪又"哗"的一声涌来，宛如万马奔腾一般震响在洗龙安耳边，洗龙安蓦然有种感觉：那就是自己便如这大海中的一滴水，而茫茫江湖就是整个大海，自己这滴水在整个江湖中到底有多少力量？是否能汇聚成河？还是在突然之间就此干涸？……

他躺在床上，将过去以前的情景，仔仔细细地想了一遍，只记得自己被"反通神"前辈救到"尘环谷"后，接着便是洗家堡在一夜之间被毁，自己又连番遇险，其中曲曲折折看似复杂，总的来说，却只不过为了一样东西……

忽然间，洗龙安叫了一声："啊哟！"情不自禁地坐起，心想："此次虽然没有救出娘亲，但自己怀中的《林海秘笈》图是否也要交予平板镇呢？"

想了一会，洗龙安暗道："原来说好的是救出娘亲后，自己才将此图献出，如今苟合教虽毁，但自己却连娘亲的一面也没照上，这图自是不必交出了。"但转念一想："平板镇虽然在此次没有助我救出娘亲，但如此劳师远征，自己总不能无以回报吧？况且沈大哥与自己交情非浅，这次若是无功而返，回去后必会受到教内众人的谴责！"一想到沈威，洗龙安更是倍感亲切，心道："做兄弟的，为了私念，可不能无情无义。何况，这张秘图放于自己身上，迟早也是招灾惹祸的根源！"

想到此处，洗龙安便从衣襟内翻出那半张羊皮平铺在桌上，仔细看去，只见那羊皮反面用一种黯褐色的笔墨划着一条条曲线，大概是标明路径之类。曲线尽头却画着一处瀑布，旁边标明着"哀牢山龙泉小飞瀑"。

洗龙安一怔："怎的如此简单？恐怕其中另有夹层。"便将整张羊皮放在两掌间搓了搓，手掌之间却毫无错动之感，可见绝无夹层。

洗龙安愣了愣，仔细地将地形图拿到烛光前映照。过了片刻，方才恍然大悟：这张查寻秘笈的地形图敢情并非原本，只是在转手中有人仿制而成的草图，并且仿制之人还唯恐后来者看不明白，直接在藏有秘笈之处标准"哀牢山龙泉小飞瀑"的字样。但此人又为何如此做？

洗龙安看了看那一条条黯褐色的曲线，仿佛是鲜血所绘制，心中便断定："此人必是在临死之前想将秘图原本交给后来的亲信之人，但无奈秘图原本已毁，情急之下此人便凭着记忆用自己的鲜血草制了这张秘图，可谓是煞费苦心。但没想到此图还是落入了本公子之手，哈哈哈……"

洗龙安想着想着，最后哈哈一笑，忽又想："啊哟，不好，这绘制草图之人若泉下有知，只怕做鬼也不会放过我……"转念一想："我就要将这份草图交予熊除病或平板镇帮主熊小风，此人做鬼也径直去找他们，与我何干？只盼他做鬼有灵，告知我娘亲下落就好……"

如此胡思乱想，洗龙安觉得有些索然无味，他正想要将那草图收入怀内，大门却"嘭"地被人一脚踢开，洗龙安喝道："什么人？"顺手将草图纳入怀内，那人直扑进门，势疾如风，却还是慢了一步。

洗龙安错开一步，只见那人头脸皆罩在黑巾之中，只露出两眼瞪着自己，阴恻恻地道："小子，如今有两条路给你选择，一条是你交出那份秘图，大爷抬抬手就放你一条生路；另一条是你干脆自个儿跳到海里，带着那张秘图去喂鲨鱼，免得整个江湖都为那玩意儿闹得无一日之宁！"

洗龙安见他张口就要秘图，料定方才的情景必然被他尽收眼底，推脱之词已无作用，便干脆横下心来，冷冷地道："秘图的确在本公子身上，要想拿去，须得有些本事！"

蒙面人哈哈一笑，道："什么本事？爷爷活宰了你这兔崽子还要……啊，臭小子，当真动手么？"

洗龙安乘他说话之时，迅疾一剑刺出，那蒙面人跳开一步，单刀反臂，乘势抢到洗龙安身前。洗龙安陡见敌人欺近，暗吃一惊，回剑防御已是不及，连忙屈臂暴伸，一缕指风立时透指射出！

· 131 ·

那蒙面人欺身到冼龙安面前，心内还是一喜，左手疾出就待抓向冼龙安的衣襟，岂料一缕指风突然射到自己面门，顿时骇得一跳，慌忙将头一仰，指风堪堪自鼻尖擦过。但这时冼龙安宝剑出鞘，他纵有通天之力，也避之不过！果然，只见剑光一闪，那人一个歪趔，疾掠到三丈开外，还算他事先有此准备。这一剑只在他左腿上划开了一个小口子，那人大骂道："臭小子，想不到你还会使'点金指'，爷爷若早知道，进门就是一刀，活劈了你去见阎王！"

冼龙安一笑，道："得罪了！"纵身猛地往前一扑，那人单足一点，瞬即冲到门外，冼龙安一扑落空，不由一愣，想不到这人腿上中招，行动起来仍然如此灵敏，跟着再转折掠到门外时，那人已到十丈之外。

冼龙安持剑疾追，大喊道："别跑！"那人竟越奔越快，转眼间便从一间院墙的拐角处失去了踪影，冼龙安方才赶到，迎面一道刀光霍然劈至，冼龙安长剑一格，将之荡开，正待还刺一剑，只听对面之人喝道："贤弟住手，为兄在此！"

冼龙安定睛一看，竟是大哥沈威，当即倒转剑柄，拱手行礼道："小弟不知大哥在此，适才冲撞之处，还望见谅！"

沈威亦还刀入鞘，拱拱手道："贤弟，不知者无罪，还说出这些话来作甚？你这时持剑到此，可有要事？"

冼龙安两面一望，点点头道："正是。方才小弟在房内歇息，却险些吃了贼人暗算，小弟侥幸刺中他一剑，那厮逃至此处，就不见了踪影！"

沈威大惊，道："那贤弟可曾受伤？"

冼龙安一怔，心想："大哥真是义薄云天，一旦遇险，第一关切的便是我受伤了没有！"便摇摇头，道："不曾！"

沈威吁了一口气，道："方才为兄正在屋内，听到外面呼喝之声，便赶将出来，刚好看见一人从此路往前飞跑，罗统领当即追了过去，那贼人若身中贤弟一剑，必跑不出多远！"

冼龙安道："罗统领还没歇息么？"

沈威叹息道："苟合教上下死得如此惨，为兄心中着实难安，毕竟是一条道上的朋友，能出一份力气，为兄自然要出一份力气，所以便留下罗统领来秉烛商议，看看能否找出一点线索。此人的江湖阅历方面，丝毫不在为兄之下！"

冼龙安道："哦？"

沈威低笑一声，道："为兄之所以重用此人，这便是其中原因之一。"

话刚落音，洗龙安目光瞥处，只见一条人影自对面路口飞掠而来，心知是罗仲新，一掠近，洗龙安便道："罗兄辛苦了，可有结果吗？"

罗仲新见是洗龙安，似是微微一怔，恭声道："威哥，洗公子！"

沈威"嗯"了一声，傲然道："你一路追下去可有结果吗？"

罗仲新点了一下头，却并没有开口，目光瞥了瞥洗龙安，又望了望沈威，一副欲言又止的神态，沈威大怒，喝道："混帐，洗贤弟岂是外人？讲！"

罗仲新连忙一拱手，道："是！小的遵从威哥谕令，一路追踪那贼人，并不敢十分靠近，但还不到五里，那贼人却又被另一人拦住，小的当即便躲在后面不敢露面，只听那人说……说……"

沈威厉叱道："讲！"

罗仲新忙低头续道："小的只听那人拦住蒙面贼人道：'二弟，得手了么？'蒙面人贼人道：'没有，原来那小子还会使点金指，他妈的差点折了老子一条腿'，那人道：'点金指？姓洗的小子怎会使出点金指？二弟，他认出是你了么？'蒙面贼人道：'嘻嘻，那小子轻功差得要命，哪里追得上'……"

洗龙安已是满脸铁青，心道："原来是这两人！"沈威扬手止住罗仲新的话头，肃然道："你没听错吗？"罗仲新一点头，沉声道："小的愿以颈上人头担保，绝对没有听错，那两人说了一番话，又朝前面去了，小的不敢再跟，便折转回来向威哥禀告！"

沈威点点头，一挥手，道："好，你先下去歇息，此事切不可再向外传扬，若有一字一言传入大公子、二公子耳中，你项上人头照样不保！"

罗仲新道："是，小的不敢！"说完低着头瞬即便退了下去。

沈威双手握拳，愤怒地道："姓熊的两个狗贼，简直欺人太甚！"

洗龙安心想："我既已答应事后以秘图相赠，熊家两兄弟又为何来抢？必是怕我矢口毁诺食言吧？哼，这可是以小人之心度君子之腹！"当即正欲破口大骂熊除病、熊无恙两人，却又转念想："此事终归是沈大哥门墙之内的事，虽然与我颇有干系，但我若涉足其中，可就不大符合江湖规矩了，日后江湖朋友说不定还要笑话沈大哥勾结外人。"

这番前思后虑，洗龙安便自顾低着头，沉忖不语，沈威余怒未消地道："贤弟可先歇息，只是烦请明日随为兄前往总坛一趟。为兄定要将此事禀告帮主，无论如何要向他二人讨个公道！"

洗龙安想想左右无事，便道："好。"

次日中午，熊除病召集众人启程，却少了五十多人，原来龙门镇谢婉容见苟且安一死，自己再无所图，便率本帮高手连夜回返，另外平板镇的三十多名好手是作为第一拨人马，先行赶到前面打点一切，余下的数十名平板镇好手相聚一起，却又多出一个"白头仙翁"包复雄，紧紧跟随着熊无恙，简直寸步不离。熊无恙拼命想接近冯心玉，而包复雄在一旁也寸步不舍。熊无恙道："冯师妹请上马。"包复雄连忙也道："冯师妹请上马。"

熊无恙道："冯师妹此次受惊了。"

冯心玉道："还好，有二师哥在此，小妹还怕谁？"

熊无恙正自心花怒放之时，包复雄却又道："不对，冯师妹是受惊了，你二师哥是什么东西，有小安子厉害么？"熊无恙大怒，斥道："臭老不死的闭嘴！"包复雄便立时紧闭着嘴，一字不吐。

洗龙安冷眼望去，果然见熊无恙牵马时左脚微跛，心想："说不得只有向熊老爷子讨个公道了。"

如此众人都冷沉着脸，默默地骑马前行，连环十二岛逐渐被抛置脑后。行不半日，天色渐黑，一行人刚好到了田镇，熊除病大声道："大伙儿就在此地歇息，前面的兄弟已备好了客房！"

谁知，一入镇内，非但不见先行的平板镇人马，连镇上的老百姓也不见一个，熊除病连连高呼了几声，都不见人影，心下大怒："万山林办事不力，回去非抽他的筋，扒了他的皮！"万山林自然就是先前刺探连环十二岛时骑术极佳的汉子。

平板镇众人突然有人笑道："老万那小子向来好色，说不准这镇子上的窑姐儿生得好看，他忍不住先带弟兄们去乐乐啦！"

众人一阵轰然大笑，又有人接道："那小子敢情在过来时就相中了那妞儿，加上这一仗没干上，肚子里的火恐怕是早他妈的憋不住了，哈哈哈……"

众人更是肆意狂笑不已，冯心玉不禁脸上一红，低头不语。沈威朝左右两边望了一眼，道："大师兄，就在此地歇息也无妨，姓万的小子干事疏惰，回去后重重罚他便是！"

熊除病不悦地点点头，众人便纷纷下马，由于事先没有安置好住处，各自便开始拍门叫嚷，有的粗口相骂，镇内立时一片喧闹。

洗龙安等人一眼望去，见这镇子说大不大，说小不小，客栈之类的店铺就有六七家，便驱马随意找了一家，外面的白布招子上写着"悦来客栈"四字，正自随风飘扬。熊无恙便立时上前擂门，大叫道："开门，开门，再不开门老子就拆了你的鸟店！"

包复雄见状，也立即跑上前，擂门大叫道："开门，开门，再不开门老子就拆了你的鸟店！"

这两人一齐呼喝，声音甚巨，但直过半晌工夫，里面竟毫无声息，熊无恙大怒，猛地一脚踹去，门栓立时崩断，大门始开，却夹杂着一个声音叫道："啊哟，我的妈呀，你轻点成不成？"

熊无恙一步跨进，从门后提出一名瘦骨嶙峋的掌柜，吼道："爷爷到此，怎的连门都不开？"

那掌柜的被熊无恙抓住，活如待宰的皱鸡一般，结结巴巴地道："客官饶命，客官饶命……不是小的不开门，只是……只是这镇上近日不太安宁！"

熊无恙大声道："怎么不太安宁？爷爷到了，这就安宁了！"

那掌柜的道："是，是，客官到了，此地就太平了，小的也不用再怕闹鬼了！"

话刚落音，熊无恙立时脸色一绿，哆嗦着道："闹鬼？"不由自主地骇退了一步，放脱了那掌柜的。众人亦大吃一惊，熊除病疾冲一步上前，抓起那掌柜的道："闹什么鬼？你胡说八道！当心老子割了你的舌头！"

那掌柜的方才脱身，又被人一把抓起，不由气极，大叫道："小的岂敢胡说？昨夜胡二毛他娘死了近两个时辰，却突然从棺材里跳了出来，活活掐死了她的两个孩儿，这乃千真万确之事，小的就是有天大的胆子也不敢蒙蔽众位客官啊！何况这天还没黑，我他奶奶的吃饱了撑着关起店门作甚？"

熊除病心知这掌柜的所言不假，但他自来不信什么鬼怪之事，当即喝道："什么牛神鬼怪，挡得住老子这一击么？"

说完"呼"地一爪从掌柜的头顶击出，那掌柜的脖子一缩，身后的门板一响，已被洞穿了五个窟窿！

这客栈为防强盗破门而入，门板、门栓都比寻常人家厚得多，门板足有四、五寸厚薄，熊除病一爪洞穿，掌柜的顿时骇得作不出声来。

沈威立时喝了一声彩，道："大师兄好爪力！"另有四人齐声道："熊帮主果然功力惊人，惊世骇俗！"却正是跟随熊除病而至的四名黑衣汉子。

熊除病其时虽已执掌平板镇大权，但毕竟还没升至帮主之位，纵是有些迫不及待，平日形色上也不敢有丝毫显露。这四人一赞，自然正中他下怀，不禁哈哈一笑，双手抱拳道："四位过奖了！"

便在这时，包复雄低笑道："嘿嘿，小安子，这人的'七擒散魄爪'只七成火候，可比你差远了！"

熊无恙一怔，若说是别人，他自然会大咧咧地认了，还要大肆渲染一番，但包复雄所说的对象是熊除病，他便不敢自比大哥了，立时双眼一瞪，喝斥道：

"臭老不死的胡说，大哥的'七擒散魄爪'明明有九成火候……哦，不！是十成十的火候，你怎的少算了三成？"

包复雄歪头一想，道："十成火候？不对，只有七成，一点不多，一点不少，只有七成！"熊无恙见这老儿平时对自己百依百顺，唯独这次不依不饶，立时大怒，喝道："胡说……"

熊除病突然厉声道："二弟住口！"又朝着包复雄拱拱手，道："包前辈，稍时有暇，在下再向你请教！"他明知道包复雄说得不假，二弟只是不敢与己争锋才有意偏袒，但此举大折他的颜面，他纵是不敌，也要说出一番话来顶顶场。

包复雄道："干吗请教？请教什么？"

熊除病哼了一声，对他不再理会，转身恶狠狠地道："掌柜的，你睁着狗眼看清楚了，我们这有几个人，你就速去准备几间客房，少了一间，老子这双手可不光会洞穿你的大门！"

那掌柜的连连点头，道："是，是……"忽然又一脚跳了起来，惊叫道："啊，不……"

熊除病喝道："怎么？"

那掌柜的面如土色，道："客官，你……你们足有十来位大爷，小的这店……委实……"

洗龙安心知其意，淡然道："无妨，在下另觅一家客栈也罢，万一有事，可别让对头将咱们一网打尽了！"

沈威点点头，道："不错，这破镇子竟然闹鬼，十有九鬼怕是哪路江湖朋友作祟，大伙儿务必须小心！"

洗龙安微微一笑，转身欲出，熊除病却道："洗公子且慢，此镇既不安宁，在下这里有'乾坤四杰'四位当世一等一的高手，勉强可护卫公子周全！"

洗龙安心道："原来这四个家伙叫什么'乾坤四杰'，看来熊除病是怕我乘机跑了，让他落个两手空空，便派这'乾坤四狗'来监视我的行动，哈哈哈……当真是小人之心！"但想归想，做归做，只见洗龙安立即朝熊除病深深一躬，笑道："多谢熊兄抬爱，在下有这'乾坤四杰'护卫，自然就高枕无忧了！"

说是自己高枕无忧，实际上就是叫熊除病高枕无忧，熊除病含笑道："请！"洗龙安略一点头，转身而出，"乾坤四杰"自是紧步跟上。

洗龙安出门，转过一条街巷，方才找到一家客栈，掌柜的也是怕闹鬼，半天才开门迎客，洗龙安此时心情沮丧至极，便懒得跟他多费口舌，随意找了间上房，就和衣而睡。"乾坤四杰"更不与掌柜的答腔，两人径直掠上屋顶，另两人各选了一间上房，却正好是洗龙安的左邻右舍。五人如此冷漠地各自行事，掌柜的一看就知道不对路，赶紧溜回自己窝中寻梦去了。

夜半时分，洗龙安睁开眼来，心想："熊除病明争暗夺，全是为了自己身上这秘图，这份秘图反正自己也瞧过，何不就此送给他？免得他整日提心吊胆的，担心自己突然不见了踪影。"当即自床上一跃而起，大步走到门前，忽又想："如此就将秘图送给熊除病，岂非便宜了他？"

一想到熊除病自高自大、狂傲无礼的嘴脸，洗龙安就有种说不出的厌恶之感，加之昨夜之事与今日竟派"乾坤四杰"来监视自己，洗龙安更是对此人只想敬之远之。思忖片刻，洗龙安心道："何不将秘图交给沈大哥？沈大哥也是平板镇的人，自己只要将秘图交予了平板镇就不算食言，至于此图最终被何人所得，与自己又有何干系？"

想了想，洗龙安深感此计大妙，便打开门，两掌互击三下，叫道："'乾坤四杰'四位仁兄可在？"客房外面静静的一片，竟连人影也不见一个，洗龙安失声一笑，暗道："'乾坤四狗'敢情又变成了'乾坤四猪'，也好，我自己去见沈大哥！"

出了客栈，洗龙安再转过那条街巷，便到了"悦来客栈"门外。那白布招子只在夜风中飘晃了一下，洗龙安便纵身掠了进去，只见四面灯火俱熄，只有朝南的一面窗子上还亮着孤灯，洗龙安轻手轻脚地掠身过去，只听里面的声音忽道："大师兄饮了这杯酒，你我兄弟便共弃前嫌，如何？"

另一个声音怒道："不喝，谁知道你这酒里有没有掺什么穿肠烂心的毒药？"

洗龙安一愣，里面竟是沈威与熊除病，洗龙安心想："沈大哥给熊除病敬酒，他干吗不喝？难不成如此不给沈大哥面子？"

就在这时，门外一阵脚步声响起，人未到，声音已先传出："臭老不死的，找到冯师妹没有？若再找不到，就罚你明日不许吃饭！"正是熊无恙与包复雄。

包复雄道："那我明日喝汤成不成？"

话刚说，蓦然一声尖叫道："救命！"紧接着门外便是两阵衣襟带风之声，洗龙安心中一颤："是心玉！"身形立时迅疾掠起冲出！

这时，身后灯火一熄。

洗龙安循音追去，约摸一盏茶的工夫，方才见到前面两条人影一起一落地拔足猛追，再前面隔着十几丈远，却只见两条长长的惨白的人影夹挟着一个窈窕女子，轻飘飘地向镇外掠去。

洗龙安轻功本不怎么高明，想不到这一追竟能追上，当下更是发力疾掠，但无论如何总不能与熊无恙、包复雄两人相与比肩，熊、包两人一路上大呼小叫，脚下却丝毫不慢，但刚刚与前面的白影拉近几丈，那两条白影又倏地飘飞几丈，身形就如御风而行一般。熊无恙气得大叫道："站住，站住，再不站住老子就……就……"

包复雄道："就什么……"

熊无恙道："就让你连汤也沾不到一口！"

包复雄大惊道："啊！喂，喂，你奶奶的若再不站住，老子就用暗器招呼了？"

洗龙安只感又好气又好笑，心知相隔十几丈远，纵是发射暗器，也全然没有力道，若是心玉的"纹心针"或"荡气回肠蛇形镖"，倒还可勉强一试。

一行人直掠到镇外，眼见再往前就是一片密匝匝的树林，熊无恙更是气得破口大骂，兼且各种威胁恐吓之语一齐出口，心想："再不奏效，那可惨了，到时冯师妹被掳去，自己也许还会患上相思病，茶饭不思，日夜不眠，日渐消瘦，由胖子变成瘦子，由瘦子变成一把骨头，他妈的，那还了得……"一想到此处，不禁大惊，慌忙叫道："前面的朋友有什么难处，但说无妨，可千万别抢了在下的老婆！"

洗龙安大怒："恬不知耻！"但谁知，前面的两条白影便在此时忽地一顿，阴森森地道："这小妮子是你的老婆？"

熊无恙大喜，忙止住身形，道："不错，是老婆！"心想："我不妨省他一个字，待到冯师妹问及时，也好推脱，嘻嘻……"还没笑出声，包复雄便道："是冯师妹……"熊无恙慌忙一拳击在他的肚子上，干笑道："先是师妹，后是老婆，嘿嘿，嘻嘻……"

两条白影哼了一声，冷冷地道："好！'幽冥双煞'从不抢人老婆，还你！"两人手臂同时往后一甩，冯心玉顿时被掷飞而出，直挺挺地砰然落地，两条白影却倏地一闪，掠入林中，瞬即消失不见。

熊无恙与包复雄双双抢上，只见冯心玉娇躯僵直，双目紧闭，心知是被封住了穴道。洗龙安伏在七八丈远外，暗道："只要熊无恙一碰到心玉，说不得只有上前与他拼个你死我活了！"

包复雄道："小安子，你老婆被人封住了'气海''玉玑''耳鸣'三处穴道，你要不要救她？"

熊无恙想了想，道："是我老婆就救，不是我老婆就不救，你问问她，是不是我老婆？"

包复雄道："好！"当即两指一骈，迅疾直点冯心玉"玉泉穴"，"玉泉穴"在喉部以下三寸处，冯心玉脖颈一动，牵引得头部一点，包复雄大喜道："不错，这丫头说是你老婆，快救，快救！"

熊无恙哈哈一笑，一拍大腿，道："好，冯师妹，这可是你自己点头的，天地为证，臭老不死的为媒，只要我解开了你的穴道，日后你想赖也赖不掉了。"洗龙安心道："好不要脸，无耻至极！"左腿微屈，只待熊无恙指尖点下时，便即冲出抢人！

熊无恙竖起食指，就待去点冯心玉的"气海穴"，突然间，一个沙哑如裂巾撕帛般的声音冷笑道："臭小子，似你这般，就是一百个老婆也被你娶到手了！"

熊无恙恼羞成怒，跳起来便道："是谁笑话你家爷爷，滚出来！"包复雄也站起身来，双手在腰间一叉，气冲冲地道："不错，是谁敢笑话小安子娶老婆，滚出来与老子见个高低！"

那声音又冷冷一笑，道："不错，一个自称'爷爷'，一个自称'老子'，好！好！"

熊无恙怒发冲冠，双眼左看看，右看看，却偏偏连对方一个人影也没有发现。

洗龙安身在暗处，早将四处望了一遍，竟仍是不见人影，而那声音也不知从何处而发，心中不禁暗暗吃惊。包复雄"呸"的一声，吐了口浓痰，怒道："不出来就是龟儿子，龟儿子不见也罢，小安子，我们走！"他身躯一弯，就待抓起地上的冯心玉，突然一柄单刀破土而出，沿着冯心玉身侧直向他头颅削去！

包复雄虽然心智失常，但功力却半点不曾搁下，当即将身一转，堪堪避过这一刀，瞬即反手一爪透入地里，再猛力一拉，一名浑身白衣的蒙面大汉立时被拉扯得破土而出，大声号叫，却仍然脱身不得，包复雄已将他的臂胛骨死死拿住！

霎时间，四面尘土暴溅，人影突出，十余件兵刃齐向熊无恙、包复雄两人砍去，熊无恙大喝一声，道："原来是白衣教的土猴儿，爷爷要你们有来无回！"两柄小缨枪同时刺出，当先一名白衣人顿时被劈心刺穿，另外三名白衣人身形一晃，闪到他身后，举刀欲劈，但哪晓得两柄小缨枪突然调头，只在他们眼前一闪，其中一人立时左肩中枪，啊哟一声，倒跌了出去！

另有五人围着包复雄厮杀，包复雄却嘻笑不绝，他手里抓着一名白衣人，就好似挡箭牌一般，每次对手刀枪攻至，他只要将此人迎势一扫，那五人便不得不齐身后掠。七招已过，其中一人大怒，喝道："连这小子一起废了，他妈的，不能让这半死不活的废物挡了咱们的财路！"四人齐应"是！"两次向前，猛地一刀立即将那人斩为两截。包复雄哈哈一笑，扔下那半截身躯，向另一名白衣人欺近，那人刀势横扫而出，包复雄身形却陡然一起，自那人头顶翻过，随即一爪，"噗"的一声，透入那人的后心，余人纷纷跳上前来抢救，却都慢了一步。

洗龙安在一旁见到熊无恙、包复雄两人举手投足间便连杀了四人，心中不禁好生佩服，但转念一想，却又有些不服："熊无恙枪法虽然精妙，不也曾败于我的'点金指'下？'点金指'比起那包老儿的少林龙爪手如何？虽不敢讲，但猝袭之下，那包老儿多半也抵挡不住！"当即就有些后悔当初没有在"尘环谷"多待上一年半载，不仅可以与琳儿朝夕相伴，还可将"点金指"学成学精，那时再出谷报仇，岂不就事半功倍？

想起范琳，洗龙安便感到一种莫名的亲切，想不到她竟偷偷出谷，专程寻找自己，"反通神"前辈知晓后，不知会怎么责罚她……

场内突然一声惨叫，洗龙安望去，地上赫然又多了三具尸首，白衣人还剩七个，分出三人围住包复雄，另外四人则奋不顾身地攻扑熊无恙，打法凶悍至极。熊无恙、包复雄两人却更是嬉笑怒骂，高声呼喝不止。转眼间，堪堪斗了十余招，熊无恙嘻嘻一笑，道："臭老不死的，你说是你的少林龙爪手厉害，还是我的'双龙齐腾'厉害？"

包复雄只要一动手过招，神智便恢复如常，哼了一声，怒道："小娃儿胡吹大气，老夫这双手掌浸淫了数十年功力，岂是你两只破枪所能比拟的？"

熊无恙道："当真？"

包复雄道："不假！"熊无恙突然身形掠起，双枪齐举，疾朝包复雄刺来，包复雄大吃一惊，道："喂，你干什么？……"扑杀熊无恙的四名白衣人大喜过望，还道是这小子得了失心疯，非要和那包老儿见个高低不可，立时跟掠而起，两柄单刀猛地直朝熊无恙背脊斩落，熊无恙就在这时身形"呼"地一转，双枪调头便刺，快如流星赶月一般，端的是迅捷无比。当先的两名白衣人尚未看清枪从何出，身躯便仰头栽倒，胸口上的血洞咕咕地冒着鲜血。

包复雄喝彩道："好枪法！"

后面两名攻击熊无恙的白衣人不由身形一滞，面面相觑，竟再也不敢扑杀上来。

原来这一式"回龙转凤"乃是"双龙齐腾"中最为厉害的一记杀着，使出时往往就如雷电轰击，中者无不披靡，即使是艺业精强的高手，也势难全身而退。洗龙安一见之下，亦暗暗咋舌，心想那夜熊无恙若使出此招，自己必难幸免！

包复雄哈哈一笑，道："说不得，老夫也要露一手了！"突然迅速无比地旋转身子，便如一个陀螺，转得几名白衣人眼也花了，只听厉然三声惊呼，三名围扑包复雄的白衣人竟一齐抛下兵刃，各自腾出双手紧捂着面孔大声嘶呼，仅剩的两名白衣人浑身一颤，惊问道："怎么了？"

其中一名手捂面门的白衣人厉叫道："姓包的……姓包的老狗剜了老子的眼睛……"这话尚未说完，鲜血已从他指缝中溢了出来。

熊无恙拍手笑道："不错，不错，臭老不死的一双爪子，就挖了三双眼珠子，若再多一只手，岂不连这两位朋友的眼珠子也一并挖了？"

一名白衣人怒道："臭小子，算你狠，不过白衣教的人可是不容易服输之辈，山高水远，咱们走着瞧罢！"他两人同时掠起，落到三名瞎子身侧，相互搀扶着，低喝道："走！"一名瞎子仍然大叫道："古哥，咱们跟这小子拼了……"身形却已被不由分说地拖起，疾向那林中掠去。

包复雄愣了愣，又疯疯癫癫地道："小安子，要不要进去把他们全杀完？"

熊无恙摇摇头，道："杀几个小贼干吗？救老婆要紧！"

包复雄大大地点了一下头，深以为是。两人便走到冯心玉跟前，背后却蓦然"呼"地一阵冷风吹过，熊无恙忍不住打了个哆嗦，道："好冷，好冷！"

包复雄笑道："抱着老婆就不冷了！"

这时，"砰砰"几声轻响，两人扭头一看，只见方才掠入林中的五名白衣人竟被反掷了出来，直挺挺地躺在地上。冷淡的月光撒在他们的脸上，五张面孔赫然已是惨白如纸，熊无恙骇得一跳，惊问道："怎么回事？"

包复雄道："有人没有老婆可救，自然就杀小贼了！"

又是一阵冷风吹过，地上几片枯叶飘了起来，漫空旋舞，天地间似乎充斥着一股肃杀之气，洗龙安亦缩缩脖子，暗道："这风好怪！"熊无恙伸头探脑地四处了望，低声道："臭老不死的，小心看着我老婆，可别让风给刮起了！"

包复雄道："是！"当即掠到冯心玉身边，拉开少林龙爪手的起手式，两眼犹自不停地朝四周乱转。

密林中，一个凄寒的声音如诉如泣地传来："毛毛，我的孩儿，你在哪里啊……"

熊无恙一怔，脱口道："毛毛？谁是毛毛？……"整个脸形却又霍地一变，他突然想起谁是毛毛来，浑身立时开始情不自禁地打起哆嗦，颤抖着道："臭老不死的……有鬼……有鬼啊……"

包复雄瞪了那片密林一眼，道："有鬼？何处有鬼？我去抓过来尝尝！"密林里幽灵般声音道："好……好……你过来尝尝，尝尝我哪块肉好吃……"包复雄立即大步朝那片密林中走去，熊无恙急得大叫："臭老不死的快回来！鬼怪岂有好尝的？她是想骗你进去，想尝尝你身上的肉！"包复雄恍然止步，大骂道："不错，那死鬼竟然想骗老子，可惜老子的肉酸不中吃！"

那声音阴森森地笑道："好……嘿嘿……这聪明的孩儿是谁？是不是毛毛？……"熊无恙连忙颤声大叫道："我不是！"

那声音道："胡说，谁说你不是？让我瞧瞧！"陡然又是一阵阴风扑面刮起。

熊无恙慌忙大叫道："啊哟，臭老不死的，快跑！"话尚未说完，身形已如脱兔般冲出了七八丈开外，包复雄全身一跳，亦连忙转身就逃，突然又倒转回来，抓起冯心玉扛在肩上，跨开大步狂奔而去。

洗龙安听那"悦来客栈"的掌柜说是此地闹鬼，犹还不信，这时竟亲眼所见，也不禁骇得浑身发颤，刚想站起身来逃避，后脑却突然轰的一声，便昏了过去。

待到醒转，只觉身在床上，睁开眼来，只见冯心玉正俏生生地坐在床边，微笑地注视着自己，洗龙安忙道："心玉……你没事吧？"冯心玉脸上一红，立时起身按住他，道："没事。"心内被洗龙安刚才那句"心玉"叫得直如灌了蜜糖一般。

洗龙安吁了一口气，道："我也没事，你扶我起来！"冯心玉便将他扶起，洗龙安道："熊……熊无恙有没有替你解开穴道？"他醒来时，第一件事就是担心熊无恙有没有碰到冯心玉，本想说声"熊公子"，但话到口边又不由自主地直呼其名。

冯心玉摇摇头，错愕地道："我不知道，我醒来时，也如你这般躺在床上，身边只有大哥相伴！"粉颈低垂，却又道："你……你问这个干什么？"

洗龙安心想："既是有沈大哥在，熊无恙就不敢随意碰到心玉。那熊无恙一听到'鬼'字，连腿都吓软了，哪还会解什么穴？"心中一宽，便笑道："没什么事，你怎么被'幽冥双煞'捉到的呢？"

冯心玉皱皱眉头，道："不知道，我只在半夜里睡不着，饮了一杯茶，便突觉冷风扑面，浑身就已失去了知觉，被人带到哪里也不知道。"

洗龙安本来想问："夜里睡不着是不是在想我呀？"但话到嘴边又咽了回去，径直喃喃道："厉害，厉害……"

冯心玉道："什么厉害？是指'幽冥双煞'吗？"

洗龙安道："'幽冥双煞'自是厉害，但与那个鬼相比，便差得远了！"

冯心玉一怔，惊问道："鬼？当真有鬼？"洗龙安用手比划了一下，道："好大的一个鬼，差点就把包老儿的肉吃到了嘴中！"冯心玉嘻嘻一笑，道："什么差点就把包老儿的肉吃到了嘴中？难道鬼吃人肉么？这不过是无知之辈自欺欺人罢了，你偏恁地相信。"

洗龙安忙道："你不信么？我……咦，这是什么声音？"

这时，门外一阵号哭之声传来，冯心玉神色随即一黯，道："昨夜白衣教乘黑偷袭，平板镇的人马损伤了不少，大公子熊除病也被乱箭射死，我大哥极为侥幸，也差点折了一条手臂！"

洗龙安大惊而起，道："此言当真？"

冯心玉跺脚嗔道："这还有假的!"

洗龙安立时道："快走,快走,让我看看大哥伤得是否严重?"脚下已大步直朝门外走去,冯心玉连忙跟上引路。

出得大门,走到悦来客栈外,便只见一匹漆黑的健马拉着一辆平板车停在店外,数十名平板镇的好手头缠白布,默然站立在街道两侧,再走到近旁,便见一具红漆棺木平放在平板车上,伏棺大哭的正是熊无恙,包复雄在旁叫道："小安子别哭,我们喝酒去,前面的八仙楼刚刚酿好了一坛女儿红,嘿嘿,老子偷偷尝了一口,不错,不错……"说着,竟笑逐颜开,平板镇众人素知他因荀合教上下惨死而精神失常,因此并无一人上前喝止。

熊无恙气得号啕大骂："大哥啊大哥,气死我了!你死得如此惨法,臭老不死的非但不滴半颗眼泪,还要拉着我去喝酒,我喝他妈个乌龟王八蛋,啊哟……大哥……"

包复雄正不知所措之时,见冯心玉与洗龙安一齐赶到,立时毕恭毕敬地向冯心玉鞠了一躬,笑嘻嘻地道："小安子老婆,你好!"

冯心玉连忙避开一步,羞啐道："臭老不死的胡说八道!"

包复雄脸色一变,转身又跑到熊无恙身边,道："小安子,不好了,你老婆食言了,她穴道一解就赖帐!"

熊无恙心中气苦,更是顿足捶胸大嚎道："岂有此理!岂有此理!大哥啊,你死了倒好,不像小弟一样偏逢如此世道,连娶来的老婆都赖帐,啊哟……啊哟……"

冯心玉满脸通红,两眼瞪着熊无恙,纵是想质问缘由,一时间也不知如何开口,洗龙安只感又好气又好笑。这时,沈威自悦来客栈内走出,左臂上果然草草地裹着一层白布,上面血迹殷然,那瘦骨嶙峋的掌柜跟在后面,连连点头道："多谢大爷,多谢大爷,贱号开设数十年来,还从没见过大爷如此豪爽之人,真乃侠士,真乃侠士!"

沈威边走边道："此事就承蒙掌柜的担待了,若有官家查问,你如此这般一说便是,寻常官府大爷一听沈某匪号,自是不会与你为难!"

那掌柜的连声道："一定,一定……"

洗龙安心想："沈大哥是替熊除病安排后事了,江湖上的朋友闹出人命最怕官府纠葛!"当即上前,道："大哥!"那掌柜的立即识相地闭上嘴巴。

144

沈威拍拍洗龙安的肩膀，道："贤弟，昨晚你没事吧？"洗龙安心头一热，暗道："大哥自己伤了左臂，却反过来关心询问起我的情况来，当真是义薄云天！"口中便道："没事。大哥，昨晚白衣教的人干吗前来偷袭？"

沈威苦笑一声，道："白衣教的人还道我们已拿到了你的那份秘图，早在这镇子四处布下了高手，昨夜我正与大师兄酒至半酣，白衣教的人突然乱箭射来，大师兄便当场……当场……唉，我他奶奶的也中了一箭！"

洗龙安点点头，道："白衣教果然歹毒，冯姑娘、熊二公子、包前辈也险些遭了毒手！"冯心玉当即颔首称是，洗龙安心内却忽地一跳："昨夜大哥与熊除病饮酒饮至半酣么？我怎的听熊除病对大哥恶语相加，连一杯酒也不干？"只见沈威走至熊无恙身旁，沉声道："二师兄请节哀珍重，我已用飞鸽致函帮主，只待将大师兄的遗体运至总坛安葬完毕后，便以全帮之力，血洗白衣教，不报此仇，沈某誓不为人！"

最后一句掷地有声，众人闻之尽皆一震。

熊无恙顿时止住哭噫之声，大叫道："好，待到我大哥安葬完毕，定要将白衣教众人杀得干干净净，一个不留！谁若不去，谁就是乌龟王八蛋！"

众人齐声应道："愿随二公子前往！"

包复雄忽然大笑接道："好，好，都去八仙楼，将那里的女儿红喝得干干净净，一坛不留，谁若不去，谁就是乌龟王八蛋！"

众人一愣，随即纷纷大骂道：

"臭老不死的放屁！"

"臭老不死的，快滚你妈的蛋！"

"臭老不死的，老子日你祖宗，日得干干净净，一个不留！"

包复雄大怒，双手在腰间一叉，叫道："谁敢骂我？"众人心知他的厉害，立时不敢吐出一声，熊无恙却叫道："臭老不死的，我敢骂你，待怎的？"

包复雄竟连忙回嗔作喜，哈哈一笑，道："骂得好，小安子骂得好，哈哈哈……"

沈威双眼一扫，眼见这半疯不癫的包老儿在此间胡搅蛮缠，到时非将场面搅得一团糟不可，便举起右臂，在空中猛地一挥，厉然叫道："好了，事已至此，我们立即将大师兄的遗体运回总坛，一来让他早日入土为安；二来白衣教如今在世上多存一日，我们大伙儿脸上就一日无光，是不是？"声音洪亮有力，瞬即将包复雄的笑声盖住。

众人齐道："是！早一日血洗白衣教，大伙儿脸上就早一日有光！"

沈威微一点头，道："那请二公子执杖，我们即刻回程！"身手的罗仲新立时手捧一根马鞭，走到熊无恙面前，马鞭尾端绕着一层白巾。

熊无恙接过马鞭，虚空一劈，喝道："走！"那浑身漆黑的健马便扬起四蹄，向前驰去，众人紧紧跟上。

洗龙安忽然极不愿意随同前往，便道："大哥，此事已至此，小弟深感悔痛，更再无颜面去见熊帮主，《林海秘笈》秘图小弟稍时便交给大哥，烦请……"沈威却吁了一口气，道："贤弟，若是别事，为兄尽可为你担待，但此事干系重大，为兄拙嘴笨舌，在帮主面前若稍有差池，便会给贤弟引来无穷的麻烦，贤弟不如亲自前去一趟，凡事都有大哥从旁周旋，帮主也不会与贤弟为难的！"

洗龙安心想："是极，大哥最是仁义忠厚，我便亲自去一趟又有何妨？"当即恭声道："是！"

冯心玉站在一旁，听到洗龙安"是"字一出口，连忙拉起他的手，笑道："那我们快走，大哥早在镇外为我们备好了马匹。"洗龙安脸上一红，偷偷地望了沈威一眼，只见沈威装作视而不见一般，径直转身而去。

第八章

　　众人皆在镇外换马疾行，不到两日便赶到了一座巍峨大山脚下，洗龙安仰脸一望，正是崂山。

　　沈威当即呼喝众人下马，分出八名大汉抬棺上山，余下众人紧随着熊无恙直朝山顶大步行去，行至半山腰处，便只见一片旷地上紧排一间间竹舍，格局就如一座竹寨一般，洗龙安心道："平板镇总坛原来便在此地。"包复雄一路上喋喋不休，这时倒紧闭着嘴巴，一声不吭。

　　守卫寨门的两名大汉一见到众人，立时快步上前，躬身施礼道："禀二公子、威哥，帮主早在转风堂上候着了，有请！有请！"熊无恙与沈威各自点了点头，带着众人一拥而进。

　　转风堂位于大寨中间，实际上只是一座较大的阁楼罢了，洗龙安跟着众人转了几圈方到。熊无恙一到楼前，便吩咐那八名大汉将棺木先抬到一边，沈威却对一名瘦小的属下说了几句，那人即走到包复雄面前，笑嘻嘻地道："包前辈，你想喝八仙楼的女儿红，是不是？"

　　包复雄正自愁眉不展，闻言眉开眼笑地道："是，是，你怎的知道？"

　　那人得意地道："你别管我怎的知道，八仙楼的女儿红我那里倒藏了几坛，你要不要尝一尝？"

　　包复雄立时不住点头，道："要，要，快带我去！"那人一伸手，道："请！"包复雄顿时笑得合不拢嘴，紧随着那人快步而去。

　　众人心知沈威支开包复雄，是免得将他带入转风堂出丑，各自均窃笑，熊无恙恨恨地道："臭老不死的，走了更好！"这时一名大汉走出阁楼，恭声道："二公子、威哥，帮主着令你们带着洗公子、冯姑娘及包复雄相见！"

熊无恙点点头，自顾拾级而上，沈威转身对洗龙安、冯心玉道："见了帮主不要多说话，问什么便答什么，知道吗？"

洗龙安道："知道了。"

沈威又朝罗仲新低声道："你也进去！"罗仲新应了一声，四人随即便踏上三层石阶，进入转风堂内。

堂内面积颇大，四角处各站着一名黑衣大汉，堂上正中设有一张锦榻，锦榻上是一名须发皆白的老者气息奄奄地歪坐着，约摸就是平板镇帮主熊小风了。

熊无恙早就垂头丧气地跪在堂中，沈威低头一拜，道："师父！"也双膝一弯，跪了下来。冯心玉三人见大哥跪倒，便也一声不发地跪下。只见熊小风喘息了几口气，才道："威儿，你大师兄如何惨死的，如实禀来！"

沈威恭声道："是，师父！那夜我们自苟合教回程，落宿在田镇的悦来客栈，半夜里大师兄说连环十二岛不攻自破，心里甚是高兴，便约徒儿一起饮酒，谁知酒至半酣，白衣教的人突然现身，一声招呼不打就乱箭齐发，大师兄当时微有醉意，躲避不开，当即便身中五箭，却仍然奋起神勇，杀了两人！徒儿侥幸，臂上中了一箭时，弟兄们恰好赶来，合力杀退白衣教的狗贼后，大师兄已……已撑不住了……"说到这里，沈威已声音哽咽，语不成言，洗龙安心道："在悦来客栈时，可不见大哥如此悲痛……"

熊小风忽道："那……那'乾坤四杰'呢？"

洗龙安暗道："是啊，怎的那天夜里，'乾坤四猪'连人影都不见一个。"只听沈威抽噎一声，道："'乾坤四杰'奉大师兄之命保护洗公子，事后弟子派人查找，才见他们已被人砍成了八块，尸首还被堆集在一起，几近无法辨认。弟子见他们死得惨烈，便将他们就地埋了……"

洗龙安暗道："原来如此！"熊小风气息一滞，干瘪的嘴唇哆嗦了几下，好似要破口大骂，又好似要放声大哭，但终于只是呻吟一声，问道："那洗公子来了没有？"

洗龙安早跪得不胜其烦，乘机站起抱拳道："在下洗龙安，拜见熊帮主！"

熊小风哆嗦道："好，好，英雄年少，果然不凡，洗公子那夜身在何处？可否告知？"

洗龙安心道："这熊帮主倒是精细之人，凡事都要查得一清二楚！"当即也不隐瞒，便将那夜发生的怪事如盘托出，只是省去了熊无恙与包复雄胡闹，强娶冯心玉一节，但熊无恙焉不知他为自己遮丑，顿时满脸通红，喃喃自语道："坏了，坏了，原来这小子那夜也在那里！"

熊小风听完，愣愣地望着沈威等人，足有半晌工夫，竟不发一言，沈威等人亦屏声静气地低着头，不言不动。洗龙安却不知发生了什么事，两眼骨碌碌地望来望去，熊小风忽道："洗公子，那份秘图你可带来了？"

洗龙安即道："带来了，既然平板镇为在下远征连环十二岛，这份秘图在下自当献上！"说着，自衣襟内翻出那半张羊皮，双手奉上，呈送到熊小风榻前。

熊小风榻旁的一名侍者接过，熊小风只是微笑道："好孩子，咱们崂山四处的景致不错，你在这里多玩几天如何？"洗龙安一怔，还没想这话中的含义，便点点头道："多谢熊帮主美意，但崂山若不太好玩，在下可就自行去了！"熊小风微笑着略一领首，却又打了个哈欠，疲倦地挥挥手，道："今日说了许多话，有些累了，大家暂且散去吧！"旁边的侍卫即大声道："帮主歇息，众位请退！"

沈威与熊无恙齐道："谢师父！"众人便各自站起，躬身而退，熊无恙临转身之时，气呼呼地瞪了洗龙安一眼，洗龙安不禁大感奇怪："这熊老儿怎的收了秘图就宣称退下？对他亲儿子之死丝毫不置可否，连一番对付白衣教的计策都未商讨出来，难不成他心里只有秘图，对熊除病的生死全然不放在心上？……"

退出门外，沈威早在一边迎候着，见洗龙安退出，立时上前道："贤弟，这边请！为兄已为你备好了客房！"洗龙安一喜，拱手道："谢大哥！"沈威脸色一沉，道："早说这个'谢'字免了，贤弟若再提起，为兄可要翻脸了。"

洗龙安笑道："好，好。"当即便跟着沈威走去。

一路上，沈威回嗔作喜，向洗龙安介绍了崂山诸般景致，特别提到在崂山山顶观看日出，更是美不胜收。洗龙安兴致勃勃地一一相应，待走到一间精致的阁楼前，沈威停步一指，道："贤弟，就是这间了，里面虽小，却一应俱全，若有所需，贤弟再差人通知为兄便是！"

洗龙安笑道："大哥思虑周全，量也不必了！"沈威一笑，道："请！"

但洗龙安刚一启步，沈威又道："贤弟且慢，为兄还有一事相问。"

洗龙安含笑道："什么事？"

沈威略一踌躇，便道："不知贤弟今日献给家师的秘图……可是真的？"洗龙安还道他有什么紧要之事，岂料是如此一问，不由得愣了愣，道："自然是真的，小弟若将假图献给大哥恩师，别的且先不说，就是在大哥面前，小弟岂非成了猪狗不如之辈？"沈威亦是一愣，随即笑道："不错，不错，贤弟乃信义之人，为兄倒是多心了，哈哈哈……为兄该死，贤弟请自顾歇息吧。"说完，略一拱手便转身而去，洗龙安听他笑声中竟有几分苦涩之意，令人好生不解，自己又思之不透，便摇摇头，进得屋内。

次日清晨，洗龙安便约上冯心玉一起登临山顶观看日出，但一见之下，却并无什么特别好看的景致，左看右看都只不过是旭日东升而已。这在落霞山上，洗龙安不止看过十回八回，而是千回百回了。索然无味之下，便与冯心玉回程下山，沿途的景致倒甚是不错，两人边走边嬉耍笑闹，这一日就如此晃眼即过。

以后两天，洗龙安与冯心玉出双入对，游尽了崂山大小三十六峰，也算是惬意至极，只是偶尔有两点不快，时常在洗龙安心中萦绕：一，便是自己未能救出娘亲，又不知如何能得报大仇，如今却在此间作乐，心中不免难安；二，就是平板镇内，似乎将有大祸临头一般，人人都紧绷着脸，不苟言笑，连那半疯不癫的包复雄这三天也不见踪影。洗龙安心下甚奇，却又四处找寻不到，好在冯心玉性情开朗，两人时常逗笑，阴郁之情便一挥而去。

第四日早晨，洗龙安吃完早餐便即出门，一名黑衣大汉迎面朝他笑道："洗公子早！"洗龙安一怔，这声音、这笑容似久违了又回到了身边一般，倍感亲切，便也笑着应道："这位兄台早！"

再往前走一段，竟然碰到了"白头仙翁"包复雄，包复雄一面走一面嘀咕道："天杀的，足足闷了老子三天，连一滴酒也没捞上，可恨小安子也不知跑到何处去了，当真是稀奇古怪也！"

洗龙安迎将上去，笑道："包前辈，早！"包复雄一怔，瞪了他一眼，道："什么早？有老婆的这般时辰就叫早，没老婆的这般时辰就叫不早。臭小子，你抢了小安子的老婆，又来取笑老子是么？"

洗龙安笑道："不敢！"包复雄哼了一声，擦肩而去，洗龙安心内却是一喜，这整个大寨的气氛终于活跃了起来。但却不知怎的，今日竟没找到冯心玉。于是，洗龙安独自一人又登上崂山山顶，自由自在地玩赏了半日，心想："今日尽情痛快一番，待到明日下山后，千里寻母，万里寻仇，在所经历的风险中纵是惨死，也不枉在这世间走一遭！"想到此处，一股悲壮之情油然而生，站起身来，从山顶望去，只见诸峰在他脚下，显得直如黑点般渺小。

待到傍晚，洗龙安找到一处大石后的草窠，就席地而睡，心中盘算着："这一觉睡到天明，再下山向大哥与心玉辞行。从此以后，浪迹江湖，快意恩仇，又是一番生活处境了！"刚闭上眼睛，忽又想："听说在外面看到流星之时，如能及时许个心愿，无论什么心愿，都能实现，那我何不睁着眼，等着看流星曳空？"他睁开眼，望着繁星满布的天空，足有大半个时辰，才慢慢地昏昏而睡。

睡到半夜，忽听有人在左侧旁的山路上道："都来了没有？"

洗龙安还没听出这声音是谁所发，又一个声音应道："沈帮主的吩咐，岂敢不照办？龙门镇可提得起一把的兄弟全上来了！"

这声音又尖又细，一听便知是龙门镇帮主谢婉容，洗龙安暗道："他来这崂山顶上作甚？沈帮主又是谁？莫非是沈大哥？"果然只听沈威的声音嘿嘿一笑，道："还没扳倒那熊老儿，可别叫得太早了！"洗龙安听得更奇："沈大哥怎的想扳倒他师父？"遂轻轻地直起身来，从大石后望去，星光之下，只见一行人均穿黑衣，当头两人从背影来看，正是沈威与谢婉容，其余高高矮矮的共有三十余人，都默不作声地跟在其后。洗龙安心想："大哥怎的叫来龙门镇之人扳倒自己的恩师……我在这里胡乱猜疑可不好，还是上去看个究竟为妙！"他正好也是一身黑衣，当即乘那一行人从身边走过时，转身掠出，悄悄地尾随在最后一人身后。山路上，附近左右无人，这一行人的脚步声甚响，倒没发觉。

只听谢婉容尖尖地声音道："这是迟早之事，只望沈老弟到时可别忘了龙门镇的一份好处就是！"

沈威道："谢帮主放心，沈某纵是过河拆桥也不敢拆到世伯头上！"谢婉容得意一笑，一行人沉默了一阵，沈威又道："那老家伙这两天已感到有些不太对路，整天将熊无恙那宝贝儿子留在身边，好为他壮胆！"

谢婉容急道："如今还在吗？那小子再加上包老儿两人可谓棘手至极，若不除去，咱们任是人多，也未必能吃得住他们！"

沈威"嗤"地一笑，道："谢帮主何须对这双活宝如此忌惮，小佺又岂是行险之人？早在今日一大早，我便将他们支下了山！"

谢婉容喜道："怎么？你小子又耍了什么手段？"

沈威道："只是略施小计而已，我叫舍妹下山去采购一些米粮，顺便又告诉了熊无恙，你想想，那傻小子还不是跟去？我当时便看着他跟在心玉屁股后面下了山，过不多久，那包老儿也寻下山去，他们三人，嘿嘿，这么一走，平板镇内，哈哈哈……"沈威止不住大笑起来，谢婉容也跟着尖笑不已。

洗龙安顿时倒吸了一口凉气，他万料不到自己一向崇仰的大哥竟是如此之人！世上最卑鄙恶毒之事，莫过于欺师灭祖。他竟干得如此从容不迫，有条不紊，可见已是蓄谋久矣。洗龙安想就此转身离去，但此举必会惊动沈威等人，到时他们索性一不做，二不休，自己便势难脱身。不如随他们一路下山，再去寻找冯心玉，然后两人远走高飞，永不与沈威相见便是。

心中急剧地翻腾琢磨，大半个时辰之后，终于到了平板镇的大寨门外，里面却仍是竹棚星火，十分平静。沈威等人脚步轻疾了许多，待掠到大寨门前，沈威轻拍了三掌，停了一下，再击四掌，寨门便缓缓而开，自里面奔出两名大汉，朝沈威低头恭声道："威哥，一切照旧，只是有的兄弟早等不及了，盼着你进去早些动手！"沈威扬起唇角微微一笑，道："好，那熊老儿可还在转风堂内歇息？"其中一名大汉点了一下头，道："罗统领还在那里照看着，这会儿没传出什么讯号，多半那老儿正在睡大觉！"沈威忍不住低声一笑，拍了拍那人的肩膀，道："大伙儿辛苦了，待会儿一听到转风堂内有人叫出暗号，大伙儿便操起家伙动手，只要事成，威哥有的乐子你们也一样不少！"

那两人齐声应道："谢威哥！"转身便向寨内掠去！

洗龙安心想："原来沈大哥之所以会笼络下属，只因他嘴巴极甜，日后只要是嘴巴极甜之人，我可要多加小心了！"他心念之中，还是叫沈威为"沈大哥"。

沈威这时却单臂一挥，身后三十余名汉子便迅疾分作两队，一队由谢婉容率领，直朝寨内左边抄去；另一队则由沈威领头，悄无声息地自右边向寨内掩去。洗龙安想了想，仍是跟在那人后面，朝右路疾掠而入。

寨内地形，洗龙安早已极熟，心知沈威左穿右转，去的便是转风堂，但不知谢婉容带着一班人马去了何处？片刻工夫，沈威带着众人便到了转风堂外，但里面竟还亮着孤灯。罗仲新迎了上来，沈威低声喝道："怎么？这时候那老家伙还没睡么？"

罗仲新低声道："小的也不知里面情形，这灯是方才亮起的，那老家伙只咳嗽了一下，我本想派个侍童乘机进去探望，却被那老家伙回绝了！"

沈威疑问道："莫不是熊老二那呆货回来了？"

罗仲新道："这倒没有，上山路口都有我们的弟兄把守，那小子又没那份机灵劲，绕路上山！"沈威面目沉思着，缓缓地点了点头。

洗龙安四处一望，只见偌大的一个平板镇，如今却是人声俱寂，沉默至极，心想："我若在此时大声一喊，四处必然闻声而动，到时情形大乱，于我逃走就方便多了！"但转念之间，又想："沈大哥要杀他恩师，事到如今，寨内犹还没有动静，熊帮主也没有召集人手保护自己，显见沈大哥多半已将熊帮主架空，熊帮主除了亲子之外，再无可信之人，我便是预先示警，恐怕也是于事无补，何况下山之路已被封住，纵是想逃也逃不出去！"

想到这里，洗龙安不禁朝沈威望去，只见其面目冷沉，双目在黑暗中竟熠熠有光，不由叹道："如此叛逆犯上的大事，沈大哥竟做得滴水不漏，连我这结义兄弟也一无所知，可见他心机之深，委实可畏可怖……"

这时，沈威忽地低叫一声，道："等不及了，散！"随他而至的龙门镇好手立时各自散开，四面围定转风堂。洗龙安前面的一人"呼"的一声掠上了屋顶，洗龙安也只好跟着纵身而上，脚方站稳，沈威便向他们各立的方位扫了一眼，然后直朝大门走去。在他身边，只有罗仲新一人有气没力地跟着，洗龙安心道："沈大哥怎的对此人如此信任？在这紧要关头都将他带到一起，我这结义兄弟倒还不如此人！"心中不禁有些嫉恨之感。

沈威走到门前，低声道："师父，您老人家还不曾睡么？弟子有事求见！"这声音殊无半点颤抖，显得底气十足。熊小风在里面道："是威儿吗？你进来吧！"说罢，剧烈地咳了几声，沈威应了一声，便推门而进。

与洗龙安同上屋顶的大汉慢慢地掀开两块瓦片，一缕灯光立时透射了出来，映照在洗龙安的脸上，那人却低着头，朝里面看了一眼，压低着声音笑道："这老家伙当真是死期到了，这当口上还……咦，你是谁？"他一抬头，终于见到洗龙安这等陌生的面孔，不禁大吃一惊，洗龙安笑道："好兄弟，连我都不认识了么？"那人摇头道："不认识，你……"声音一滞，已被洗龙安一指点中，洗龙安再伸手将他的身躯轻轻一推，那人便稳稳地坐到屋顶之上，目眦尽裂地瞪着洗龙安，却发不出半点声息来。

洗龙安点穴功夫本是甚为平常，但这一指疾点而出，便即奏效，心内不禁大喜，低下头自那瓦洞中望去，只见熊小风竟仍坐躺在床上，沈威与罗仲新慢慢地走至床前二丈之处站定。

沈威与罗仲新齐施了一礼，道："师父！"

熊小风喘息道："什么事？……威儿，你大师哥的后事可曾料理了么？"

沈威道："料理好了！弟子已将大师兄葬在逍遥峰的峰顶上，那里风水很好，只是大师兄一个人在那里孤零零的。"这句话语带双关，其意不点自明，熊小风猛咳两声，不住地点头道："好，好……咳咳……很好……"洗龙安见他吟嗽时双肩剧烈地抽动着，显得极为痛苦一般，心想："熊帮主已病入膏肓，沈大哥只须一出手便可置其于死地，又何苦多费唇舌？"

只见沈威又抬头一揖，道："师父，大师兄虽已力战殉职，但帮内杂务却日渐加重，弟子今夜前来就是向您老人家讨教日后帮中杂务由何人接手主持。"

熊小风道："威儿，以你之意，究竟由何人主持为好？"

沈威面露犹疑之色，道："这……"罗仲新忽然单膝点地，低头俯身道："帮主，在您老人家面前，小的本来毫无说话的份儿，但事关本帮前途大计，小的就忍不住插一句嘴了！"熊小风刚要张口，罗仲新又抢着道："小的以为沈大哥德才兼备，处事周详，乃日后主持平板镇诸般大事的最佳人选，不知帮主意下如何？"

这番话由罗仲新口中吐出，洗龙安方才恍然大悟："原来沈大哥带此人一同入内，是想借他口中言，传己心腹事。沈大哥总是在他人面前装出一副义薄云天的侠义风范，帮中选举这等大事自然更不会厚着脸皮自己推选自己，然则他又怕熊帮主佯装老糊涂，真的将大权转给熊无恙，所以干脆就把这姓罗的带了进来，由他亲口说出。熊帮主再要是拒绝，沈大哥说不得就要发难了！"想到此处，洗龙安不禁暗自叹道："沈大哥德才兼备倒还未必，处事周详却是十成十的毫无虚言，此人心计之周密恐怕举世无匹！"

只见熊小风撑着身子坐了起来，张着嘴一连咳了好几声，才道："你是威儿新收的帮手……咳咳……姓罗，是不是？"

罗仲新道："是！"

熊小风道："原在侠义八卦门中干事？"

罗仲新即道："不错！"

熊小风道："好，好……"

沈威与罗仲新相对望了一眼，均想："这老家伙再要说几个'好'字，这一夜光阴可就被他好过去了。"罗仲新将头一转，正待启言，熊小风却道："威儿，你自己想坐大师哥的位子，又何必叫他人来说？"沈威嘴角一撇，冷冷地道："是，弟子知错！"

熊小风又道："你既已知错，又为何不敢承认除病是你杀的？"

这句话虽然与上句一样说得平淡无奇，但洗龙安陡然听来就如五雷轰顶一般，浑身微生一颤，暗道："怎么？沈……沈威杀了熊除病？熊除病原来是被沈威杀的吗？"想到沈威竟为夺位杀人，还来欺骗自己，此人就不配再作自己大哥了，是以连"大哥"两字也改了。

但见沈威乍一听来，也微微一愣，随即冷冷一哼，道："师父，您老人家既然知道，又何必一直装聋作哑？"陡然提高音量，道："不错，大师兄是我杀的，他欺我太甚，我便杀他不得么？"最后一句口气森严，已再无先前的恭顺之态，洗龙安听来不禁心中一寒，只见熊小风手指着沈威，颤巍巍地道："你……你怎么将他杀的？……"

沈威怒声道："那夜老子请大师兄喝酒，他非但半口不喝，还啰啰嗦嗦地说什么酒中有毒，老子一气之下，便将他杀了！可怜他身为大师兄，至死都无还手之力，最后还要老子自己在左臂上包上一层白布，再他奶奶的沾上一点熊除病的臭血，哼哼！那四个什么'乾坤四杰'说来就更好对付了，罗统领带几个人上去，一刀一个便悉数解决。这班蠢猪烂狗就是如此杀的，师父还有什么要问的吗？"盛怒之下，话语中已无半点客气之言。

熊小风直气得胸口起伏，呼呼地喘气道："那……那无恙孩儿可是你……你……扮鬼……"

沈威"嘿嘿"一笑，道："不错，是我故意挟持舍妹将他引至镇外，原想乘此机会将他也一并除了，谁料这大活宝倒是个极为棘手的货色，最后老子不得已便装神弄鬼的，把他吓得屁滚尿流。嘿嘿，熊无恙这大活宝自小怕鬼，师父你知道，弟子也知道，所以这条计策是早已定下的，嘿嘿……"

洗龙安心内一阵气苦，原来什么"幽冥双煞"，什么镇上闹鬼之事，都是沈威一手泡制而成的，自己与冯心玉竟都一无所知。心想："我若此时突然出手，未必就不能制住沈威，只要制住了沈威，形势便还有挽回的余地！"当即正待运起"点金指"射出！

沈威忽然笑声一顿，接道："我做下了这几件事，只瞒着我洗贤弟一人，几天来心中好生愧疚，如今师父既已收了洗贤弟的秘图，就只有请您老人家把它交出来，再开开金口说几句话，您老人家也许还有几年好活，否则……"语气冷森道："弟子今夜就算给师父送终来了！"洗龙安心中一紧，忖道："他竟一直将我当作'兄弟'，啊哟，他是不是知道我在附近，故意将此话说与我听的？……"这番思前想后，"点金指"指力便一时凝住未发。不知怎的，洗龙安心内如今虽对沈威这类义薄云天之词极为厌恶，但一旦传入耳朵，心中便有一股暖暖之意。

熊小风只咳了两声，半晌过后竟不出一声，沈威冷冷一笑，道："罗统领，师父恐怕已经不行了，你去给他老人家沏杯茶，让他顺顺气吧！"

罗仲新道："是！"站起身来，倒了一杯茶，走到熊小风面前，道："帮主，请用茶，啊哟……"手腕却蓦地一翻，一杯茶水尽数倾倒于熊小风身上。熊小风气息淡淡地道："你……"手脚却没有动弹丝毫。

罗仲新连忙赔笑道："对不起，帮主您老人家……"尚未说完，他猛地掀起被子，盖住了熊小风的头脸，随即合身扑上，全身死死地将熊小风困蒙在棉被之内，嘴里犹自大嚷道："帮主，啊，您老人家，干吗抓住小的不放，啊，放手啊，放手……"

洗龙安大惊，正待出手，只听"砰砰砰"几声响，转风堂的几扇窗户同时告破，十数条人影穿窗而入，各自手持利刃，就待扑上床将熊小风斩为肉泥，沈威轻喝一声，道："慢！"那十数条人影正是谢婉容带来的龙门镇好手，闻言即顿住身形，沈威冷冷地道："且看这老家伙怎么慢慢地死！"众人望去，只见熊小风手脚在棉被内踢腾了几下，便缓缓地不动了，罗仲新再将被子紧紧地捂了一会儿，才从床上爬起，抹了一把冷汗，道："成了！"喘了一口气，又道："这老家伙敢情不用咱们动手，也没几天好活，死到临头也使不出什么劲力来！"

沈威道："再照头补一掌！"

罗仲新反应甚速，立即翻腕一掌击在被子中的头颅部位，只听"噗"的一声，棉被内只有被击中的头部弹了弹，其余的全身各处皆没有动弹分毫。

众人见此情景，方才舒了一口气，沈威一步一步地走到床前，对着棉被中的熊小风道:"师父,你养育我这么多年,我原本也不该下此毒手,但谁又让你偏袒大师兄?处处压制我呢?我想坐你的位置,而你们却偏偏不肯,弟子自然就容你们不得了!"

这番话虽是词意恳切,但语气却古古怪怪的,转风堂内众人听着面面相觑,皆不知其意,沈威说完,伸手"呼"的一下揭开了棉被。

便在这时,熊小风突然自床上一跃而起,双爪疾出,形如猛虎出笼般攻向沈威。同时,右足微屈,以无敌鸳鸯连环腿踢向罗仲新。这两式配合严密,快如雷霆轰击一般,凌厉异常,加上是暴起突袭,罗仲新一怔之下,根本避无可避,顿时被一脚踢飞,沈威却毫不慌乱,双脚连挫,倒掠到一名黑衣大汉身旁,那大汉正要举刀,沈威伸手在他腰间一带,那大汉的身躯便倏地往前一窜,正好迎上熊小风的双爪,立时被洞穿胸膛,哼也没哼出一声便毙命。

沈威此时方才喘了一口气,怒声喝道:"杀得好!早料到你有此一着!"

熊小风却闷中吭声,左爪在那大汉胸膛上一拍,身躯便再度弹起,双爪更犹如苍龙狂舞似的扑向沈威,其声势之凌厉丝毫不减。洗龙安从上望来,只见熊小风面容狰狞,攻势如风,哪里还有先前的那副奄奄待毙之态?心想:"熊帮主有此凌厉的招式,方才又何必诈死?"他可不知熊小风号称"降魔一尊",早年威震天下,全凭着一套"七擒散魄爪"。"七擒散魄爪"共分七式,沈威虽然随他习艺多年,却只学成前面的六式,最后一式"龙飞魄散",熊小风始终藏而不授。沈威此时发难,最为忌惮的也是这一式"龙飞魄散",否则只怕早已下了毒手,何必又让罗仲新上前,故将茶水泼溅到他身上,以逼他出手?

沈威见熊小风始终未出那式"龙飞魄散",心中便时刻戒备。否则,熊小风方才突然袭击,他定然也难逃一死。此时,十数名好手齐喝一声,一拥而上,寒光交叉狠劈而至,熊小风双爪狂舞,却越来越快,施展到最后时,他整个身形竟如裹在数条张牙舞爪的苍龙中间一般,任是对手如何使力都攻杀不进。突然间,两声惨叫传出,自是两名好手被洞穿胸膛,顿时栽倒于地。

余下尚有十四名好手,尽皆吃了一惊,各自向后跃开一步,沈威却反手抄起一柄单刀,乘隙而进,刷刷两刀,直抢向熊小风下盘,嘴里一面冷笑道:"师父,'龙飞魄散'虽是了得,但你气力已尽,还伤得了谁?"

原来熊小风果然已是病入膏肓,这招"龙飞魄散"也是蓄集最后一丝气力而发，原本期望一举击杀沈威，但岂料沈威行事极为谨慎，最终还是被他逃避而过。如今熊小风连杀三人，真气将尽，不禁又气又急，双爪拼尽全力，直朝沈威当头罩落，瞬间便猛下杀手！

沈威将头一偏，险险地避过一击，突然斜身一窜，掠到熊小风身后，单刀迅疾递进，削向熊小风的双足，熊小风立即两臂倏转，暴抓沈威胸膛，沈威退后一步，熊小风双爪顿时落空，他吸了一口气，正待变招再攻，沈威竟又以那招刀势削向熊小风的双腿，速度更快逾一倍！

武林中高手相斗，鲜有人以旧招重使，但沈威先前一招较缓，后面一招快逾闪电，这略一变通，顿时就变成了克敌制胜的奇招了。洗龙安在上面见此招突出，忍不住低呼一声，但见血光一闪，熊小风的双腿已被削落，身躯重重坠地！

沈威紧接着单刀一抢，欲向熊小风头颈劈落，一缕指风倏然射出，击在刀身之上，发出"当"的一声脆响，刀身随即偏了，就此凝住！

沈威喝道："什么人？"

洗龙安立时劈开房顶，飘身而落。众人只见瓦尘簌簌而落，连忙跃开，沈威却只将单刀沿身盘舞一圈，便即尘土不浸，洗龙安脚一落地，他毫不为奇地道："洗贤弟下来就好，免得孤身一人在外，为兄着实放心不下！"

洗龙安料他已知觉自己暗藏于屋顶之上，便也不多说，只道："大哥，事已至此，你就放过熊帮主吧？"

沈威道："放什么？这老家伙落到今日这般田地，可是他自找的！"

熊小风躺倒在地，双腿断处的鲜血如泉水般往外涌出，若是换作别人，只怕早已昏了过去，此人却颇为硬挺，闻言大怒道："畜生，你有种的就杀了老夫，叛逆犯上的大罪一旦传出江湖，你自会死无葬身之地！"

沈威嘴角垂下，冷冷地道："叛逆犯上?！老子叛什么逆，犯什么上？老家伙，你自己说说看！"

熊小风道："呸，你是老夫的徒弟，徒弟杀师父，不是叛逆犯上么？哈哈哈……"笑声中充满了自得之意，洗龙安不禁心道："熊帮主怎么这般笑法？难不成他不是沈大哥的师父？"

却听沈威怒喝道："住口！十数年来，你何曾当我是你的弟子，又何曾真正授我一招半式？你居心狭隘，偏袒亲子，一心只想我为你卖命杀人，哼哼！今日我若使你传授的功夫只怕早已死在你的爪下了！"熊小风又狂笑两声，却猛地身形一挺，咳出了一大口鲜血，洗龙安赶忙俯下身来，替他封住了伤口附近的穴道，以止鲜血，说道："熊帮主，你感觉如何？"

熊小风摇摇头，道："老夫不行了，想不到这畜生如此厉害，老夫终究还是斗他不过！"沈威哼了一声，再也没有作声。熊小风喘了一口气，又道："洗少侠可真是'神鬼同愁'洗管非洗老爷子的公子？"

洗龙安点点头，道："正是！"

熊小风一笑，低声道："好孩子，你爹一世威名，老夫素来敬仰，想不到你也如此了得！"洗龙安听他称赞父亲，心中一喜，但见他脸色越发苍白，声音也越发虚弱，心知他大限已到，忙道："熊帮主放心，你若还有何憾事未了，在下定当替你办到！"熊小风微微地点了点头，道："你……你附耳过来……"洗龙安立时将耳朵凑到他嘴边，只听熊小风道："洗公子，你……你的秘图……啊……"蓦然又狂喷出一口鲜血，头颅一歪，就此气绝。

洗龙安急叫道："熊帮主，熊帮主！"探他鼻息，呼吸已停。一时间，心内犹如百爪齐抓一般，忍不住霍地站起身来，大声道："大哥，你杀了熊帮主，你杀了你自己的恩师，你……"

沈威道："怎么？"洗龙安反手拔出长剑，急躁地道："你便成了十恶不赦之人，做兄弟的也容你不得！"剑尖直指沈威，却迟迟没有发招刺出。

其时，洗龙安心内已乱成一团，熊帮主虽死于沈威刀下，但他素来崇仰沈威，即使知道沈威实乃口蜜腹剑、心机狡诈之人，但一时之间，要他即刻出手，与之恩断义绝，也是势难办到。

沈威眼望着对方的剑尖，淡然一笑，道："洗贤弟，你我结交至此，大哥除了此事将你蒙在鼓里之外，再没做下任何对不起你之事，是不是？"

洗龙安大叫道："但你杀了熊帮主，熊帮主无论怎么说也是你的授业恩师，你叛逆犯上，自然是人人得而诛之！"

沈威却忽然喝道："还愣着干什么？还不快去传出讯号！"原来罗仲新挨了熊小风一脚，到此时才慢慢爬起来。沈威一喝，他立时应道："是！"随即带上四名好手，越窗而出。

只隔片刻工夫，一声惨号蓦然划破外面的夜空，紧接着兵刃相击之声大作，暴叱呼喝之声此起彼伏，洗龙安脸色一变，当即抬手一剑便向沈威刺去！

沈威喝道："好兄弟，当真动手吗？"举刀一封，反臂迅如闪电般连环三刀砍出，洗龙安见他刀势猛烈，不敢正面迎挡，连忙错开两步，"流光璀璨七藏十六式"中的第七式、第八式同时刺出！沈威却半步不让，单刀疾劈疾出，快如雷电霹雳一般，洗龙安连挡四刀，连手臂都被震得发麻，不禁大吃一惊，心道："大哥刀法怎的如此精妙？'七擒散魄爪'却连一招都未使出？"

原来，沈威虽自小跟随熊小风学艺，但熊小风却私心极重，只教他一鳞半爪的"七擒散魄爪"，便打发他行走江湖，为其拼命。沈威心智颇高，久而久之竟自己悟练出了一套刀法，其中精妙之招自不多见，只是从前到后快如流星赶月一般，与一般高手对敌，自然先声夺人，往往一战而胜。但若碰上一流顶尖高手，这套刀法在对方眼中看来就会破绽百出，不堪一击。好在平板镇平时向敌手出战之时，往往人多，沈威平日表面上也极讲义气，一旦有险，大家便一拥而上，万一不敌，又再火速召援。如此打法，沈威才能活到今日。若仅凭熊小风传授的几式"七擒散魄爪"，只怕早已骨烂尸朽了，是以沈威对熊小风非但无半点感恩之情，心中更是对他恨之入骨。"降魔一尊"熊小风虽然功力极高，但无奈久病缠身，真力耗尽，沈威又乘隙而入，刀行狡诈，才终至不败。

沈威又攻出两刀，冷冷一笑，道："兄弟打不过，何不使出'点金指'？"洗龙安挡了这两刀，已是手忙脚乱，喝道："使出'点金指'又怎的？"当即虚空一点，点金指劲力倏射，才将沈威迫退一步，沈威心知厉害，单刀一横，挡在胸前，道："一起上，活捉了这小子！"

余下的龙门镇好手立时跳上齐攻，洗龙安左右前后连刺八剑，乘隙攻出一指，顿时将一名大汉点倒在地，那人却还不明所以，坐在地上骂道："他奶奶的，这是什么妖法？"不服气想要站起身来，但又不能。另外两人自背后迅疾掩至，单刀猛地抢起欲劈，谁知洗龙安突然转身，两指点出，两名大汉的单刀堪堪劈至对方头顶时，身子一震，便即不动了。

这霎时连制三人，剩下的好手胆气一寒，再也不敢欺身抢攻，沈威哈哈一笑，道："贤弟指上功夫了得，腿上功夫却更是了得，大伙儿可要当心了！"这句话自然是句反话，场中好手各自领悟，立时便有一人就地滚到洗龙安脚下，单刀斜劈三刀。此人原是河南地堂门弟子，这三记刀法劈得倒甚是纯熟。洗龙安连连跳掠了几步，方才跃开，肩头却忽地一阵剧痛，正是被一刀砍中。

他这一受伤，旁边几人立时互相打个手势，再度挺刃攻上，洗龙安心想："今日为熊帮主拼了一死啦！"当即反倒纵身迎上，长剑乱劈乱挥，毫无章法，指劲更是纵横交射，嗤嗤有声，不料肋下一凉，又被人划开了一道血口子，洗龙安反手一剑，竟将那人洞喉刺死！

忽然，又有一人自窗口处掠进，却是罗仲新，只见他急步跑到沈威面前，低声道："威哥，四大场子已摆平了三个，只有李清鹏领着十几个弟兄不服，声言要向威哥当面领教，否则就要在寨子中放火！"

沈威点点头，脸上却毫无异色，说道："你在这里看着，这小子无论是死是活，都不可让他逃掉！"

罗仲新道："是！"沈威纵身掠去，罗仲新左右一望，从地上拾起一柄单刀，瞬即冲入场中，左劈右砍，刀出如飓风般来去无影，竟霎时砍翻了三名黑衣大汉！这一着大出异常，剩下的尚有五名龙门镇好手，齐吃了一惊，立时分出三名围扑罗仲新，嘴里怒声骂道："你奶奶的，得了失心症么？竟朝自己人身上动手？"

罗仲新嘿嘿一笑，道："正是，姓罗的得了失心症，偏将你们杀得干干净净！"说完横刀一挥，又劈翻一人！

洗龙安斜眼望去，只见这一刀竟极为高明，不仅攻出极快，出刀的角度亦是刁钻异常，令人根本料意不到，若是先前杀的三人是在猝袭之下得手，那么方才一刀，纵是敌手有所准备，也决计挡之不住。洗龙安不禁暗暗大惑不解！

罗仲新转眼又杀了两人，围攻洗龙安的两名好手见状，呼啸一声正待纵身疾掠，眼前人影一闪，罗仲新又执着刀，笑嘻嘻地站在前面。这两人齐退一步，其中一个道："姓罗的，你这是什么意思？"

罗仲新笑容一敛，板着脸喝道："什么意思？老子手痒痒杀一二个人，你们俩却他奶奶的问老子是什么意思，当真是该死之致！"

那两人听这话古里古怪的，毫无逻辑可寻，不禁相互对望了一眼，忽然一人脸色一变，惶然跳了起来，大叫道："你……"罗仲新猛地一刀劈出，这一刀更是快极，如电光忽现，那人合身摔出，脖子已被割断了一半，另一人看了看地上的同伴，又望了望罗仲新，双腿直颤，哆嗦着道："你……你……"

罗仲新道："我是谁？你有没有想起来？"那人点点头，却又立即摇摇头，他想起同伴就是认出了眼前此人是谁，而身遭惨死之厄，哪还敢再蹈覆辙？罗仲新却恶狠狠地道："点点头，摇摇头，那是什么意思？没什么意思就是藐视老子的意思，你敢藐视老子，当真是该死之至！"

那人一听这话，立时转身想逃，洗龙安便见一道刀光只在他脖子上一闪，那人便即倒地毙命，就如用高明至极的刀法杀鸡宰猪一般，心内不禁怦怦直跳，暗道："此人刀法精奇，势道凌厉，实是第一流的好手，怎的还在沈大哥手下为奴？更岂会被沈大哥所擒？这其中必有蹊跷……啊哟，此人莫非是沈大哥的对头所扮？……"担心之余，他仍记挂着沈威。

罗仲新却已抛出单刀，走到洗龙安面前，道："强敌尽除，洗公子可迅速下山，碰到有人阻拦，只要说一句'奉平板镇新任沈帮主之令下山干事'便可畅通无阻。"这些话中再无丝毫暴戾之气。

洗龙安没有料到他前后转变如此之快，简直说变就说，不免心惊道："你……你到底是谁？为什么救我？你杀了龙门镇的人，沈大哥与谢婉容都不会放过你的……"

罗仲新微一颔首，平淡地道："有劳洗公子挂怀，不过此事决非洗公子分内之事，洗公子只管尽速下山便是，你若不走，洗老爷子一番心血可要白费了！"洗龙安立时失声道："我爹？他……"罗仲新却已转过身去，道："洗老爷子无论是生是死，都不愿看到他的儿子待在崂山，此地凶险之至！"

"至"字说出，罗仲新身形倏地拔起，穿窗而出，洗龙安怔了怔，心想："是啊，大仇未报，我岂可葬身在这崂山之上？沈大哥阴狠狡诈，我暂且斗他不过，再过两年又有何妨？爹爹若泉下有知，也必会答应孩儿今日不能为熊帮主报仇的！"当即便朝熊小风的尸首拜了三拜，下山而去。

一路上，经过三道暗卡，洗龙安只说一声"奉平板镇新任沈帮主之命下山干事"，果然再无阻碍。

洗龙安下了崂山，便到了谷仙镇。谷仙镇是崂山脚下的一处大镇，镇内店铺较多，洗龙安心想冯心玉与熊无恙、包复雄三人下山购粮，必然会到此处。可是向每家米粮店铺打听后，竟无一家说见过这三人，众掌柜的都说，一男一女那是常常见到，但外加一个疯疯癫癫的老头，却不多见。

洗龙安当天就在谷仙镇宿了一夜，第二天临走时，又向掌柜的打听到西去二十里还有一处三家集。那是崂山脚下最大的一处市集，贩卖杂货的商人极多，他要找的一男一女与一疯癫老头多半也在那里，洗龙安闻言，即刻便买马西去。

中午时分，到了三家集，只见果然是处商贾云集之地，洗龙安转了两圈，仍不见三人身影，恰时又腹中饥饿，便信步上了一家酒楼，只见里面竟有几名腰挎刀剑的江湖人士，正自大呼小叫，高声喧闹，心中顿时暗暗戒备。

店小二迅速端来酒菜，洗龙安一边细嚼慢咽，一边倾耳细听，只听得一个满脸胡须的大汉道："姓沈的小子这回可白捡了个便宜，熊老大刚刚被人宰了不久，熊小风那糟老头子又被人杀了，这平板镇帮主之位就如顺手牵羊似的，费不着半点力气……"

洗龙安一听是关于沈威之事，立时更加屏声静气，不敢漏了一句。

那胡须大汉对面的一名尖脸汉子道："古二哥啰哩啰唆说了一大堆，可知熊老大与熊老头分别被何人所杀？你若说出来了，哥儿几个才算真服了你！若说不出来，就无须在此大吹法螺，免得笑掉了弟兄们的大牙！"

陪坐在左右的两名汉子早已喝得满脸通红，闻言亦笑嘻嘻地道："是啊，古二哥说出来了，这桌酒菜就算兄弟请了，若说不出来，你老婆今晚可得陪上辛老三一宿！"

那满脸胡须的大汉奇道："我老婆怎的要陪他一宿？"

那人笑道："你笑掉了辛老三的大牙，你老婆自然要替他补补，一个晚上不成，还得两个晚上，若两个晚上还不成，嘿嘿……就得补上三个晚上……"

另一人捧腹大笑道："不错，古二哥说不出来，老子的肚子也笑痛了，你老婆还得给老子医肚子，揉肚子，摸肚子，嘿嘿……哈哈……"

那叫"古二哥"的大汉不悦地道："这可不成，我老婆又不是赤脚大夫，如何会替你们补大牙、医肚子，我老婆只会杀猪！"

旁边众食客顿时忍不住满口喷饭，心知这人是个十足的浑人，洗龙安也忍不住抿嘴暗笑，心想："此人与熊无恙凑在一起，倒是一对活宝！"

那古二哥见众人大笑，隐隐地也感到不大对路，愤然叫道："谁说老子说不出来，熊老大如何被杀之事，老子知道得一清二楚，他就是在连环十二岛与崂山之间的必经之路上，被白衣教的人所杀，身中十二刀，头上和脚上各中了五刀，另外肚子和屁股上也被砍了两刀，死得惨不堪言！"

洗龙安一听，便知此人是道听途说，沈威在熊除病头上和腿上各砍五刀还有可能，可在肚子上与屁股上也砍上一刀，却决计不会，只听那尖脸汉子道："那熊老爷子呢？他是怎么个死法？"

古二哥闻言一滞，满脸通红地道："这……这……多半……是我老婆所杀，她一天杀三头猪，头头都是数百来斤，那熊老头儿乃是一把老骨头了，量他也不会有多少斤两，定是我老婆那天杀了两头猪后，还不解恨，又跑到崂山上将那老儿当猪宰了！"

话还没有说完，众人已笑得前俯后仰，洗龙安一听对方将熊帮主比作肥猪，心下甚怒，但一想到此人乃是浑人，便忍住了。只见那尖脸汉子满脸肃容，众食客中只他一人没笑，非但没笑，脸上竟还无一丝笑容，冷峻地道："古二哥不知就别乱嚼舌头，免得熊老爷冤鬼缠身，害了你一条狗命不打紧，还拖累了咱们！"

那古二哥一听"鬼"字，立时脸色一变，惶然地四下一望，赶紧又饮了一杯酒到肚子里壮胆，洗龙安暗自一笑："天下的浑人天不怕，地不怕，就怕一个'鬼'字。"

那尖脸汉子上首的一名汉子亦神色一紧，沉声道："辛老三，莫非你知道熊帮主被何人所杀？"

那尖脸汉子辛老三道："说不准，只是兄弟昨日在谷仙镇听说……"话音却突然一顿，那大汉道："怎么？"却只见辛老三正斜着眼，冷冷地望向洗龙安。

洗龙安佯装泰然自若地夹了块鸡肉，放入嘴中，心中暗道："此人倒好生机警。"那大汉已经站起身来，朝他喝道："小子，赶快滚开，听了咱们龙门镇的机密大事，当心没命！"

洗龙安心念一动："龙门镇？这四人莫非是谢前辈的属下？"口中佯装哼的一声，站了起来，付帐出门，却又绕着那酒楼走了一圈，见到没人之处，蓦地将身一纵，掠上房顶，他记得那四人坐在左边的第二扇窗户前，便直掠到那窗户之外的屋檐上，双腿勾住屋檐，身躯倒垂而下，刚好又听到那古二哥低叫道："什么？帮主杀了熊老儿？胡说八道，乱放狗屁，岂有此理……"

另一人喝道："古老二，你他妈的闭着嘴巴行不行？"古老二的声音立即就此顿住，那人又低声道："辛老三，你说清楚点，帮主怎么会杀了熊老儿？咱们兄弟三人守在这里，怎的连半点风声都没捞到？"

那辛老三哼了一声，道："如果此事连你们都知道了，那整个江湖上的朋友也定会知道了。哼，兄弟我可是费了九牛二虎之力才打听到这条绝密消息，告诉你们，说不得总要给兄弟意思意思……"

另一人抢着道："都说好了，古二哥的老婆陪你补三天大牙，快说！快说！"

辛老三怒道："不行，杀猪的婆娘老子不要，老子瞧着没胃口！"

古老二道："那怎么着？要不我古大彪亲自过来陪你三宿？"

辛老三立时道："呸！你过来陪老子三宿？那老子还不如一头撞死算了！"这句话声音颇响，旁边几人听了忍不住低声直笑，想必是对这四人有所顾忌，所以不敢放声大笑。

先前那人又沉声道："老三，用不着泡蘑菇了，此事干系重大，你就给大伙儿抖出来吧，大伙儿总记得你的好处就是！"

那辛老三吁了一口气，压低声音道："好，反正此事之中还有说不完的好处，大家听完掂量着办！"顿了一会，道："我听说帮主昨日带着帮内三十余名好手，从崂山北面上得山顶，再直插入平板镇大寨，向那熊老儿索要《林海秘笈》的线路图……"

一人道："什么？《林海秘笈》的线路图？这原就归属我们龙门镇所有，帮主这一着可妙得紧！"

古大彪却道："不成，熊老儿要是不给，帮主他老人家岂不要糟？"

辛老三一哼，道："熊老儿当然不愿给，但帮主却未必会糟，两人便动手过招起来，原来熊老儿已病入膏肓，帮主三招两式，便将那老东西给宰了！"

古大彪笑道："妙啊，妙啊，原来熊老儿不是我老婆宰的，既不是她宰的，那一日我们吃下去的就还是猪肉了。"

那人道："那《林海秘笈》线路图呢？"

辛老三道："自然也被帮主拿到手了，但紧接着姓沈的小子便带着人马赶到，帮中的三十余名好手尽皆折损，只有帮主一人带着秘图逃下山来！"三人不禁"啊"了一声，洗龙安寻思道："这可奇了，明明是沈大哥动手杀了熊帮主，怎的变成了谢前辈？江湖上传言莫非有诈？"只听辛老三接着道："此事千真万确，姓沈的小子如今正广布眼线，追杀帮主，帮主若一路无阻，近日内必会赶到三家集，毕竟有咱们'龙门四鼠'在此，帮主他老人家可就安心多了。"

洗龙安暗道："原来这四人叫什么'龙门四鼠'！"又想："沈大哥与谢前辈合伙害死了熊帮主，如今沈大哥又如何会追杀谢前辈？这辛老三胡说八道，不听也罢！"正待翻身起来，忽听里面的古大彪道："是啊，特别是有我古大彪在此，帮主可就更放心了！"

另一人道："呸，古大彪算是什么东西，要是他老婆来了，帮主才更放心！"

古大彪奇道："这是为何？"

那人道："我问你，你打不打得过你老婆？"

古大彪道："打不过。我老婆外号'杀猪宰牛，易如反掌'，我古大彪力气再大也不能和猪牛相比，所以打一百次架，总有九十九次是我投降！"

那人笑道："这不就是了？那追杀帮主的贼人怕你，而你又怕那'杀猪宰牛，易如反掌'的老婆，那贼人若陡然见到你老婆，岂不怕得要死，望风而逃？……"还没待他说完，古大彪已明白过来，道："是极，是极，赶明儿我就把我老婆叫来！"

另一人忽道："现在大家都明白了，今夜就要在老地方守候，帮主若是到了，咱们'龙门四鼠'就算拼了性命也要保护他老人家的安全！"

洗龙安已然走出几步，听得这句话，不禁心念一动："不管是真是假，去看看他们的老地方在何处也好，万一碰到了谢前辈，自己还有许多事情须向他当面请教！"便回转身来，但下面竟再无声息，过了片刻，才见那四人从酒楼内走出，大摇大摆地进了一家客栈。

洗龙安掠下房顶，在外面转了老大一圈，也投到那客栈之内，又刚好与那"龙门四鼠"隔壁，依稀还听到那古大彪大叫道："别吵，别吵，我老婆稍时便到……"洗龙安暗自一笑，和衣睡下。

睡到中夜，窗外忽然有人低叫道："古大彪，你给老娘出来！"这声音尖细而又粗哑，似乎有点不男不女，但洗龙安一听便知，十之八九是那古大彪的浑家到了。

果然，立即有个声音大叫一声，道："啊哟，是瑶妹，快！快点灯！"正是古大彪。洗龙安心想："这杀猪的婆娘名字倒好听，叫什么瑶妹，模样只怕比母猪头好看不了多少！"只听隔壁"龙门四鼠"的另外三人跟着纷纷叫嚷起来：

"古老二，你老婆怎真的来了？老子跟你开个玩笑，你他妈的干吗当真？"

"古老二，老子日你祖宗，你老婆只会杀猪，又不会杀人，岂会保护帮主？你叫她过来非但没用，还害得老子要大倒三天胃口！"

"不打紧，不打紧，俗话说：'放屁添风'，多个人自是多份力量！"

叫嚷声中，洗龙安将窗户启开一条缝，偷偷向外望去，只望一眼，却不禁呆住了，只见外面的天井旁，一名女子双手叉腰而立，身形婀娜有致，面庞在月光的映照下就似一块洁玉一般，瑶鼻薄唇，杏眼圆瞪，竟是一位大美人。

"龙门四鼠"亦骂咧咧地打开窗户，却在突然间声音齐都一滞，瞬即辛老三便道："古老二，外面的人就是你老婆？"

古大彪道："正是！"两个字刚一说出，辛老三已"嗖"的一声窜了出去，紧接着另外两人也争先恐后地往外掠去，洗龙安见他们掠出一次只数丈之遥，心知他们轻功平平，身上武功自然也不会好到哪里去。

"龙门四鼠"已上前围住了那女子，个个笑得合不拢嘴，辛老三道："呵呵，古二哥，怎的不替咱们引见引见？嫂夫人长得花容月貌，可曾听说过咱们'龙门四鼠'？呃，不！'龙门四虎'的名头？"

另一人道："是啊，'龙门四虎'威震天下，如……"

那女子忽然道："如雷贯耳，是不是？"

那人一怔，有些尴尬地道："是！"那女子哼了一声，道："'龙门四鼠'，老娘自然是如雷贯耳。古大彪每顿吃饭时，吃完第一碗便说：'康大福，老子吃下你了'，吃完第二碗便说：'辛大宝，老子也吃下你了'，吃完第三碗又说：'刘大海，老子连你也不放过'，哼哼，康大福、辛大宝、刘大海，再加上个古大彪，是不是就是你们'龙门四鼠'？"

康大福、辛大宝、刘大海三人脸上都露出怪异至极的神色，他们万万没有料到古大彪老婆对他们"如雷贯耳"，竟是这般贯法，六只眼睛顿时齐齐瞪向古大彪。

古大彪脸色一变，双手乱摇道："各位兄弟，这可不关我的事，是……是瑶妹逼着我说的。"顿了一顿，又可怜兮兮地道："她说你们三个猪朋鼠友武功平平，没有屁用，不如当猪肉吃了省事，所以……兄弟每在吃饭之时，都要这么一说，不然……"斜向他老婆望了一眼，后面的话又咽回了肚子。

第九章

康大福三人齐吁了一口气，心想：这只要不是古大彪本质意思，日后兄弟就还有得做。六道目光随又望向那女子。

那女子"咯咯"一笑，道："怎么？'龙门四鼠'开个玩笑也不成么？小女子姓王，名雪瑶，得罪了！"说完，双手落落大方地向三人略作一揖。

古大彪连忙道："是，是，我老婆王雪瑶，外号'杀猪宰牛，易如反掌'，在江湖上的名气可大得很！"

康大福心想："方才这婆娘要了老子们一顿，这次也得给她点颜色尝尝，免得她把老子三人全当成古大彪了！"便道："是啊，古夫人的名头可真是大大有名，不过，在下听说古夫人的外号却不是这'杀猪宰牛，易如反掌'八字！"

辛大宝道："那是什么？"

康大福道："刘老四，你告诉他们吧！"刘大海双手往腰间一叉，大声道："是'杀鸡宰猫，难以打败龙门三虎'！"

康大福点点头，满意地道："不错，'龙门三虎'古夫人是很难打败的，至于那个'长毛鼠'古大彪，古夫人每天把他打得屁滚尿流也不足为奇！"

古大彪惊道："啊……"王雪瑶哼了一声，转身便走，古大彪又急道："瑶妹，瑶妹……"跟着追了上去，康大福三人相顾一望，各自哈哈大笑，瞬即朝着二人消失的方向追去。

半盏茶工夫不到，洗龙安蓦然掠窗而出，跟着也直掠而去。

奔跃片刻，辛大宝忽道："咦，这婆娘去哪里呢？"

康大福道："管她妈的去了哪里，待到前面路口往左一转，便快到了老地方，古老二和那婆娘愿去便去，若不愿去，待咱们三人救了帮主，功劳他们自是半点也没有！"辛大宝与刘大海齐道："极是，极是。"

又过了一会儿，前面的王雪瑶掠到了一处三叉路口，却顿也不顿，径直朝左掠去，古大彪紧接着跟上，分别只是前脚后脚之差。辛大宝叫道："不好，那婆娘怎的知道我们'老地方'的所在？"

刘大海道："古二哥早把祖宗八代卖给了他老婆，这点小小的法门自然也瞒不过那杀猪婆娘了。咦，辛三哥，那杀猪婆娘如今你见了可还倒胃口？"

辛大宝深表悔意地道："早知古老二有这等老婆，就不用说是补大牙了，就是开膛破肚，只要陪老子三宿，嘿嘿……老子也愿意！"

康大福道："当心，这娘们可不是省油的灯！"

辛大宝笑道："放心，老子也不是大肥猪……"

后面的声音逐渐隐没，一行人尾随着王雪瑶到了一棵大榕树下，这棵大榕树四周竟还有三棵小榕树，四树枝叶相连，便如一把巨伞似的。王雪瑶脚一站定，便道："古大彪，是这里么？"语气便如上级询问下属似的。

古大彪凝住身形，即道："是……"喘了一口气，接道："上回我们兄弟四人还在这里喝过酒，那夜我回来就被你臭骂了一顿……"

王雪瑶哼声道："要是出了半点差错，当心老娘抽你的筋，扒你的皮！"

话音刚落，康大福三人便赶到了，辛大宝接口道："古夫人要扒古二哥的皮不如来扒在下的皮。"

王雪瑶怒道："为什么？"

辛大宝笑嘻嘻地道："在下的皮可比古二哥的皮厚实多了，古夫人三天三夜也扒不完，且越扒越是有滋味儿。"

康大福与刘大海心知辛大宝在吃王雪瑶的豆腐，唯独古大彪不知，问道："什么味儿？"

刘大海大笑道："这还要问么？自是骚味儿了，哈哈哈……"三人笑成一团，王雪瑶脸上一红，叱喝道："还不赶快点火，谢帮主到了，自会扒了你的皮！"

辛大宝一听"谢帮主"三个字，神色立时一凛，沉着道："是，赶快点火，稍时帮主到了，咱们可别误时辰！"康大福一挥手，道："好，一人一堆，分在东南西北四面！"

"龙门四鼠"立时动手，分别在大榕树四面各点起了一堆火。如此只要在十里以内，谢婉容无论从哪个方向过来，都可以看见。

洗龙安伏在西南面的五六丈远，心想："此法倒是一条相互联络的极妙方法，待到见过谢前辈，第一要问他的就是心玉上了崂山没有？沈大哥对她怎样？"想起冯心玉，洗龙安忍不住望了望王雪瑶，两相比较，虽然觉得还是冯心玉好看，但火光之中，只见王雪瑶凸凹婀娜的身材在他眼前晃来晃去的，竟有一股丰韵十足的女人味……

一番胡思乱想之后，洗龙安凝神看了看四周，直过了一炷香工夫，仍是平静异常，"龙门四鼠"四人各占一个火堆，两眼也不住地向四处巡逻，刘大海忽然耐不住，低声道："辛三哥，你消息有没有听错，帮主怎的还没到？"

辛大宝一瞪眼，道："放屁，老子要是听错了，甘愿天打雷劈，你他妈的就是急性子，不会多等一会！"刘大海哼了哼，闭上了嘴巴。

过不多久，东边的羊肠小道上蓦地响起了一阵嘈杂的脚步声，众人神色一紧，王雪瑶早掠到那大榕树顶上，急叫道："来了！"康大福、辛大宝、刘大海忙纵身跳到古大彪身侧，四人一字排开，同时亮出兵刃。这时，面前的大火忽然"轰"的一声，火焰暴炽起一丈多高，四人齐声怪叫着，纷纷退后，古大彪略一迟缓，胡须上已着了火，他忙拍扑几下，将火打熄，口中乱叫道："这是什么鬼火？竟然烧着了老子的胡子，哎哟，痛，痛……"

冷不防对面一人踉跄奔近，嘶喊道："走，快走……"这人满身血迹，衣衫破烂，古大彪乍眼一看还没有看清对方是谁，康大福忽叫道："是帮主！"其余三人方才大吃一惊，齐跳上前扶住谢婉容，谢婉容仍然低叫道："你们，快……快走……"

话到这里，上面的王雪瑶忽然尖叫一声："小心！"可惜示警已迟，但见一掌已"砰"地印到了谢婉容后心，谢婉容狂吼一声，身躯立时被击飞而出，落到地上，口中禁不住鲜血狂喷。"龙门四鼠"只觉面前人影陡然一空，还没回过神来，耳边已响起一个阴冷的声音："老子既想杀你，你还能逃到哪里去？"四人立即转眼望去，只见一人负着双手立在火堆之旁，身形又矮又胖，左眼上还罩着一个皮罩，敢情是左眼已瞎，他自自在在地站在火堆旁，火焰竟如遇到一股冷气逼迫似的，歪到了一边，显然此人的内力已达到了登峰造极之境。

康大福见多识广，当即骇得一跳，喝道："什么人？"

那人嘿嘿一笑，道："'龙门四鼠'，还不配问老子的名号！"

刘大海大声道："臭瞎子，既然知道我们'龙门四鼠'在此，还不快滚?!"

那人笑道："滚你妈个臭鸭蛋!"这句话说出，他身形蓦地往前一扑，一掌劈出，正中刘大海胸口，众人岂料他会在此时出手，想要冲上前抢救，却已是太迟，只见刘大海惨叫一声，身躯摔飞出七丈余远，落地后动也不动，竟是一掌毙命!

康大福狂呼一声，抢至那人身后，抢起单刀便照准对方的头顶劈落，那人背后如生有眼睛一般，头也不回，左腿反足踢出，脚掌端中康大福胸膛，康大福大叫一声，直飞出去，右手单刀这一砍之势力道正猛，嚓的一响，竟将自己的右腿砍了下来。

这一前一后只刹那间的工夫，刘大海与康大福就一死一伤，康大福乃"龙门四鼠"老大，手上的功夫还算颇有造诣，却也一招不敌，辛大宝心中一寒，情不自禁地后退两步，古大彪反倒踏前一步，抖抖手上的单刀，道："喂，臭瞎子，你伤我大哥和杀我四弟，说不得咱们只有比划比划了!"

那人笑道："好!"转眼间就待出手，辛大宝忽然叫道："古二哥，帮主呢?"那人一怔，转目望去，果然只见地上哪里还有谢婉容的影子?当即跳起来骂道："他妈的，姓谢的人呢?"

古大彪左右一望，搔搔头皮，道："咦?帮主呢?是了，敢情是他伤势好了先行一步。辛老三，咱们合伙儿宰了这臭瞎子，赶紧去跟他老人家汇合吧!"

辛大宝慌忙摇摇手，颤声道："不……不……咱们还是别……别跟这瞎子动手，快走……快走……"

古大彪却怒道："不行!这臭瞎子伤了康大哥、杀了刘老四，已是奇耻大辱，倘若剩下的两鼠又就此溜了，那岂不是辱上加辱?这臭瞎子武功虽然厉害，但也不是属猫的，我们两人联手，未必战他不过!"转脸又瞪向那人，喝道："臭瞎子，动手吧!但须首先申明，你切记不可偷袭，如果像对付刘老四一样杀了我，我古大彪可死也不服!"

那人笑了笑，道："我数一、二、三再动手，成不成?"

古大彪道："好!"

那人便数道："一!"辛大宝一震，两眼骨碌碌地转了一圈，那人又数道："二!"古大彪咧嘴一笑，道："也太慢了，老子等不及了……"那人暴喝道："好，三!"

"三"字出口，那人身如一阵风般猛扑上来，左掌疾拍，却是攻向辛大宝背心，辛大宝已掠出了几丈，但那人掌力竟一下子便到了他背后，辛大宝骇极叫道："你……"顿时只觉一股寒冰之气迫入后心，似要将他整个心房冻裂一般。但这股寒冰之气只到一半，便即凝止不进，耳边只听到那人喝道："早知道正点子在上面，下来吧……咦？怎么是个娘们儿？"

原来就在那人一掌印到辛大宝背心之时，隐身在树上的王雪瑶突然纵身而下，手中竟执着一柄三尺长的解牛刀，狠劈那人左臂，那人耳聪目锐，早有所觉，立时将右掌掌力抽回反击，饶是如此，辛大宝还是被对方这半掌之力震飞出数丈开外，连喷几口鲜血，就再也挣爬不起来了。

王雪瑶一击不中，立时翻身倒纵到古大彪身侧，急道："快走，这人是侠义八卦门的独眼廖超，我们敌不过！"古大彪见顷刻又倒下了辛大宝，不禁气得一跳，大叫大嚷道："不行，不行，这臭瞎子一连击败我三个兄弟，'龙门四鼠'自立名头以来还没遭受过如此大难，我古大彪不服，死也不服！不死更不服！"单刀随即虚空一劈，"哇呀"一声，就待跳上前相斗，王雪瑶急道："我上！"单掌已在古大彪胸前一推，身躯便借力弹射了出去。古大彪魁梧的身子晃了晃，脸上霍地露出了惊讶莫名的表情。

王雪瑶身子跃起，似飞鸟般扑到，解牛刀劈出如风，连续不断地攻向独眼廖超脖颈，只要一刀劈中，独眼廖超便会身首异处。

独眼廖超本是半步不让，一掌一掌地向她劈将过去，每一掌都似开山大斧一般，威势惊人，但堪堪十余掌劈完，王雪瑶竟如狂风大浪中的一叶扁舟似的飘来荡去，掌力非但没有将她击退，而且解牛刀更是不离独眼廖超脖颈左右。独眼廖超"咦"了一声，斜退半步，乘隙喝道："且慢，夫人可是姓王？"

王雪瑶刀势紧逼而至，一边叫道："老娘正是姓王，天王老子的王！"

独眼廖超道："呸！什么天王老子，你当老子是你那笨蛋老公么？"

王雪瑶再不答话，解牛刀一刀紧似一刀地削去劈出，独眼廖超忽然身形一矮，就地一个翻滚，再以"冲天腿"飞踢而出。王雪瑶突然失去目标，心知不妙，但她根本不及躲闪，便觉一脚已正踢中她右肩，顿时解牛刀脱手而飞，身形如纸鸢般倒飞回古大彪身侧。腿脚一软，还险些摔倒，古大彪忙抢过将她扶住，道："瑶妹，怎么了？伤得可厉害么？"关切之情，溢于言表。

独眼廖超哈哈一笑，道："小两口子好生亲热，哈哈哈……古大彪，你老婆可是叫王雪瑶？"古大彪心中一甜，脱口道："是啊，你怎的知道？……"

王雪瑶在他怀内急道："不要……"却一张嘴，吐出了一口鲜血。

独眼廖超点了点头，哼了两声，笑道："果然是你这臭丫头，岭南解牛派王老爷子想你可想得紧啊！"

古大彪忙替王雪瑶擦净鲜血，闻声怒道："什么？岭南解牛派的王老爷子是谁？他想我老婆作甚？"

王雪瑶摇头道："大彪，快走，我打他不过，你更打他不过……"

古大彪忙道："是，你受了伤，我扶着你走！"他纵是再笨，方才也看得出王雪瑶是替他出战，然而仍遭败绩，可见对手功力之高，自己万不可与之匹敌。

独眼廖超却嘿嘿笑道："冲着王老爷子的金面，两位想走也行，不过姓谢的人可要交出来！"

王雪瑶道："什么姓谢的？"

古大彪道："什么王老爷子，我们干吗要凭着他的金面？"

独眼廖超摇摇头，叹气道："可惜，可惜，岭南解牛派掌门王凌霄一世英名，却找了一个如此呆呆傻傻的女婿，他老人家若是知道，岂不要活活气死？"

这句话说得是轻描淡写，古大彪听来却如遭了一记闷棍，愣了愣，道："岭南解牛派王凌霄的傻女婿是谁？是不是我？……"

独眼廖超气极一笑，道："不是你是谁？难道是我？"

古大彪忙望向王雪瑶，王雪瑶深垂着头，幽幽地道："大彪，我爹就是岭南解牛派掌门王凌霄，你就是他老人家的傻女婿！"一语惊人，却同时响起了三声惊呼，古大彪怪叫一声："啊？"另外两声分别出自康大福、辛大宝之口。

辛大宝叫了一声，道："古二哥，你好福气，啊……啊哟，我可惨了……"

独眼廖超冷笑道："什么福气？这臭丫头私自出逃，结果却找了这么个傻蛋，王老爷子见了还不是一掌毙死！"

古大彪嗳嚅道："什么？王老爷子杀傻女婿？这可如何是好？"脸上立时满是难色，王雪瑶低声道："你拿了《林海秘笈》去见我爹，我爹自然就不会杀你了！"古大彪一怔，随即恍然道："是了，我拿着《林海秘笈》去见王老爷子，王老爷子自然高兴，《林海秘笈》的秘图在帮主手里，咦，帮主呢？"

王雪瑶道："早被那小子救走了！"

独眼廖超与古大彪不禁齐问道："谁？"

王雪瑶道："那小子我没见过，只是模样生得甚俊，恐怕就是近日江湖上传闻的洗家堡少主洗公子！"

古大彪一听老婆说"模样生得甚俊"，便不太高兴，嘀咕道："模样生得俊的小子，你就瞧得如此仔细！"独眼廖超却只关心谢婉容的去向，笑着道："那小子逃到哪里去了？"王雪瑶呸的一声，道："姓廖的，你当老娘是三岁小孩么？那小子逃到哪里去了，老娘的确看见了，但偏不告诉你。你自己找吧！"说完，转身拉起古大彪就走。独眼廖超大怒，喝道："慢着，廖某此次奉苏门主之令行事，江湖上不管是多大的交情，也只有放到一边了。古夫人若是不说，廖某自不会客气！"王雪瑶思忖片刻，忽道："好，我便说了又何妨，他在那里！"说完举臂一指，独眼廖超连忙望去，那竟是王雪瑶方才藏身的榕树顶端，暗忖洗龙安又岂会在自己眼皮底下将谢婉容抱上去？独眼廖超心知上当，王雪瑶已飞起一脚踢向火堆，大火中立时射出两只火棍，乘着此时，王雪瑶大叫道："快走！"

火棍挟劲飞来，独眼廖超冷哼一声，也不闪避，只将左臂一挥，便将火棍打落在地！正待纵射掠起，两条大腿却突然被人抱住，低头一看，正是康大福与辛大宝。辛大宝受伤较轻，仍有力气叫道："古二哥快走，这臭瞎子已被老子抱住了……啊哟，妈呀……"独眼廖超一掌已击中了他的右肩，这一掌含怒出手，力道用得十足，辛大宝当即臂断，巨痛之下他忍不住叫起妈来！

古大彪被拖着掠出几丈，却又回头悲嚎道："兄弟，二哥欠你们的情，只有来世再还了！"

辛大宝单臂仍抱着独眼廖超的左腿不放，独眼廖超双掌已狂风骤雨般朝他二人劈下。巨痛之中，辛大宝回应道："什么情？……"

古大彪顿足捶胸地哭叫道："好兄弟，你怎的不记得了？我老婆还要陪你补三宿大牙啊……"

待到快要天明之时，一阵冷风吹来，四堆大火已熄了大半，或明或暗中，两条人影疾掠了过来，借着余火还可看清，一人满脸胡子，另一人貌美如花，正是古大彪与王雪瑶。

两人四处一望，古大彪目光触及地上的康大福与辛大宝，立即大叫一声，伏尸大哭道："大哥、老三、老四，你们怎去得这般早啊……'龙门四鼠'在江湖上还没抖抖威风，怎的就变成了'龙门一鼠'？……啊哟，气死我了……"王雪瑶走了过去，只见康大福两人软软地瘫在地上，手足竟都是向外弯曲，心知已被独眼廖超尽数折断，不由叹道："姓廖的好毒之手法。大彪，你也用不着如此，只要找到那小子，寻得谢帮主，你便可报得此仇！"

古大彪止住哭声，忽地一脚跳了起来，叫道："那小子呢？"王雪瑶转身走到刘大海的尸体身旁，道："在这里！"古大彪大步抢过去，双腿在四处找了个遍，也不见人影。王雪瑶道："你翻开刘老四就知道。"古大彪移开刘大海的尸身，露出一个窄窄的深坑，勉强还可藏下两人，只是现在哪里还有人影？

王雪瑶亦不禁一怔，喃喃自语道："人呢？"忽听有人淡淡地道："我在这里！"王雪瑶与古大彪同时扭头望去，只见榕树顶上直立着一个人影，正是洗龙安！

原来，昨夜洗龙安在暗处眼见谢婉容跟跄奔过，嘶声呼喊："快走，快走……"心念忽地一动："谢前辈的声音何以如此？莫不是受了严重的内伤？……"转眼间，那又矮又胖的独目大汉赶到，一掌便将谢婉容击飞而出！恰好落在那窄窄的深坑内，掌力冷厉凶猛得简直无可匹敌，洗龙安便知"龙门四鼠"决计不是其对手。

果然，刘大海一招未出，那独目大汉便一掌就将其击毙，尸身正好落在谢婉容身上。这时，洗龙安向榕树顶上的王雪瑶望了一眼，王雪瑶亦看了看他，两人相互点了点头。过了片刻，不仅康大福被折了一腿，击倒在地，那独目大汉又攻向辛大宝，辛大宝虽得王雪瑶所救，却也领受了一掌，伤得不轻。王雪瑶全身而退，只说了一句："这人是侠义八卦门的独眼廖超！"洗龙安听罢，大吃一惊，心想："此人是独眼廖超？那昔日遇到的'独眼廖超'又是何人？那人假扮他人，以娘亲来挟迫自己又有何用意？……"一时间，各种头绪浮现，洗龙安想了几遍，也想之不通，只见王雪瑶反执一柄解牛刀，便与独眼廖超堪堪相斗二十余回合而不致落败，心思才重新回转过来。

暗道："几人之中，想不到竟是这娇艳女子功力最高，古大彪乃浑人一个，倒真是艳福不浅。"电念一转，又想："这女子功力虽高，但终究打不过独眼廖超，加上古大彪，必然也是徒劳无益！到时独眼廖超将他们尽数击倒，定会来找谢前辈，我可要将谢前辈先藏好才成！"当即便轻身掠入那深坑之内，与谢婉容挤在一起，上面再盖上刘大海的尸首。

这一切做好时，王雪瑶才中招而退。独眼廖超见王雪瑶的解牛刀刀式刁钻怪异，专攻对方脖颈，依稀像极岭南解牛派的解牛刀法，便一门心思地凝神相斗，忽略了洗龙安在他身后弄出的轻微响声，而古大彪从没料到老婆竟有如此精妙的刀法，忘神之下，也不曾在意。只有王雪瑶是为了掩护洗龙安才出手相斗独眼廖超，自然暗暗地瞥见了。

最后，王雪瑶故装逃走，引得独眼廖超去追，谁知康大福与辛大宝偏又跳将起来，将独眼廖超死死抱住不放，廖超盛怒之下，出手极重，初时还听到辛大宝一阵阵呼痛之声，但渐渐地终不可闻，康大福却始终都没有哼出一声，洗龙安心道："好汉子！"

独眼廖超好不容易将他两人手臂折得寸断，脱身出来，寻思："这臭丫头莫不是骗我？什么人竟在老子眼皮底下将谢老儿救走？我可别上了她的当！"便沿着大榕树四周转了一圈，才拔足追去。

洗龙安听他脚步声渐远，又担心他会去而复返，便立时将谢婉容抱出，纵身掠到树顶，这地方王雪瑶方才指过，绝计不会惹廖超怀疑。

果然只过片刻，独眼廖超又疾掠而回，立在树下大嚷道："快出来！臭小子，老子看见你了！你他妈的再躲，老子可要过来了……"洗龙安偷眼望去，见他一边大叫，一边左顾右盼，显然是虚张声势，恫吓而已，顿觉好笑。独眼廖超嚷了一会儿，终于离去。洗龙安胯坐在一棵最粗的横枝上，忙抱着谢婉容道："谢前辈，谢前辈……"

谢婉容缓缓张开眼来，初时神色呆滞，但随即目光中闪过一丝喜色，低声道："是你……"

洗龙安道："是我，前辈伤势在下自当设法替你医治，但烦前辈相告冯姑娘的下落！"

谢婉容摇摇头，道："不成……此计好毒，好毒啊……"洗龙安一怔，道："什么？"谢婉容喘了几口气，突然厉声道："沈威那小子背信弃义，暗箭伤人，我龙门镇纵是一败涂地，尽……尽数覆灭，也决不……不要落……"说到这里，一口气已接不上来。

洗龙安见他说话语无伦次，时断时续，显然已是难以支持，便暂时抛去向对方询问冯心玉下落的念头，只道："谢前辈若有何憾事，但请吩咐，在下必竭尽所能，为前辈办到！"想到此人一生为情所困，终至落到如此下场，心中就不由得甚是同情。

谢婉容点点头，道："好……"慢慢地从怀内取出一块红木令牌，令牌上面刻画着一条张牙舞爪的金龙，反面则是"龙门镇令"四字，洗龙安心知必是龙门镇的帮主信物，忙道："谢前辈，这般重任，在下何以敢当？"

谢婉容低声说道："你……你听着……第一，龙门镇数百……兄弟，日后就要托……托付给你了；第二……我……我死后要……要与婉容葬于一处，她在地下等了我七年，我……我今日方到，心里好生愧疚……"

洗龙安心神大乱，只觉第二件事好办，第一件事却万万不可，便道："谢前辈，在下可先替你保管掌门令牌，待到日后寻到……"

谢婉容却张口吐道："不可……沈威会在三月十日……取《林海秘笈》，你……一定要……抢在他之前……去……"

洗龙安道："沈大哥害了你，又要去取《林海秘笈》，难道他想独霸武林？"

谢婉容喘息道："是……是……他心计狡诈，你要万分……小心……心……"最后几个字说得极低，洗龙安俯下身子，只听到"心"字，便已寂然无声，抬头一看，只见谢婉容双眼圆睁，已然气绝。

洗龙安伸手替他将眼睛轻轻阖上，却不禁心乱如麻："自己年纪轻轻，血海深仇尚不能报，又有何能耐掌管龙门镇？沈大哥心机狡诈，不日又要去取《林海秘笈》，自己若遵从谢前辈的遗命，抢在他之前将《林海秘笈》取到手，那在沈大哥面前，自己岂不成了无情无义之人……"

突然，一阵衣襟带风之声传到，洗龙安身子一缩，双眼透过枝叶间隙望去，正是古大彪与王雪瑶二人。古大彪伏尸痛哭了一会儿，便跟着王雪瑶来到刘大海的尸身旁，洗龙安知道他们是在寻找自己与谢帮主，故意暂不声张，等到王雪瑶的娇躯立在那里，怔怔发呆时，才道："我在这里！"

古大彪当即昂头叫道："臭小子，快滚下来！老子和老子老婆找你多时了！"洗龙安默然不答，古大彪一怔，向王雪瑶道："瑶妹，我们上去捉他下来好不好？"王雪瑶摇摇头，朝洗龙安略一拱手，道："敢问阁下可是洗家堡少堡主洗龙安洗少侠？在下夫妇有一事请教，见礼了！"

洗龙安见她礼数周全，言语客气，便也拱手还了一礼，朗声道："在下正是洗龙安，却不是什么洗家堡少主，洗家堡多日前已被毁于一旦，古夫人若有事相问，但说无妨！"

王雪瑶道："小女子夫家古大彪乃是龙门镇谢帮主属下，此次谢帮主遭难，咱们五人虽然竭力护持，却仍被奸人所害，而不知所踪，洗公子若知道谢帮主下落，烦请相告！"洗龙安点点头，道："谢帮主就在上面，请！"伸手作个"请"状，示意王雪瑶上来。

古大彪心想："方才我问这小子，这小子连屁都不放一个，瑶妹问他两句，他竟老老实实地答应了。如今又要请瑶妹上去，哪还有什么好心眼儿？"当即便道："好，待我上去瞧瞧！"纵身呼地掠上了树顶，谁知脚下所踏的树枝甚是飘浮，载不起他，只听"咔嚓"一声，紧接着古大彪大叫道："啊哟……"霍然四脚腾空，"啪嗒"落地。他身形魁梧，这一落下便如陨石一般，直震得地皮微晃，尘土飞扬，王雪瑶忙掠过去，道："大彪，你怎么了？"

洗龙安本是心境沉重，但见古大彪如此笨拙狼狈，不禁哈哈一笑，古大彪立时跳了起来，怒道："臭小子，笑什么？老子屁股摔成八瓣，关你鸟事……"

洗龙安道："不关我的事，就笑不得么？"古大彪越发愤怒，道："笑不得！再笑老子日你祖宗十八代！"这句话甚是粗鲁无理，王雪瑶皱了皱眉头，忽道："大彪，谢帮主可在上面？"

古大彪一怔，随即满脸通红道："上面树丫太薄太轻，还没瞧见，就……都怪那小子……"

洗龙安冷笑道："怪我什么？王姑娘，谢帮主适才已撒手西去，遗体就在上面，在下请你上来，就是要你见他最后一面。见完后，在下便遵照他的遗命将其火化！"他不欲再和古大彪纠缠不清，便岔开了话题。

古大彪却又叫道："什么？帮主已经死了？是不是你小子下的毒手？……咦，瑶妹小心！"王雪瑶已飞身掠上了枝头，再借枝头一点之力，便跃到了谢婉容尸首旁，一起一落间，十分快捷利落，身手显然比古大彪高明多了，洗龙安拱手道："古夫人好身手！"

王雪瑶微微一笑，看了谢婉容一眼，转向洗龙安道："谢帮主生前可曾有什么遗物交托给洗公子？"语音亲切，双眼却紧紧地盯着洗龙安。古大彪适时也纵身跃了上来，这遭他格外小心，专拣粗大的树枝，一步地跳过来。

洗龙安想暂不将自己已接掌龙门镇一事公开，便道："谢帮主除了托付在下将其尸骨与他先妻合葬之外，还有一事相托在下，却并没有什么实物交托！"话刚落音，古大彪蓦然厉声道："帮主怎么死的？你小子从实招来！"洗龙安摇头一笑，道："谢帮主身受那姓廖的一掌，此事大伙儿有目共睹，何必再问？"

古大彪仍然道："挨了一掌又怎的？帮主武功盖世，即使挨他妈的十掌八掌也未必会死！"洗龙安心知他是存心找碴，更不与他多费唇舌，便向王雪瑶道："此事古夫人明鉴，在下就无须分辩了。至于谢帮主有无物件交托在下之事，在下若有一字虚言，定当天诛地灭，乃是狗屎不如之辈！"

王雪瑶沉思片刻，点点头道："是，洗公子侠名远播，自然不会食言！大彪，我们走！"不待古大彪回过神来，她已转身跨出了一步，岂料就在这时，她突又回转身来，左臂疾挥，兼且手中已多了一柄寒光闪闪的短剑，刚好堪堪刺到洗龙安胸膛。

洗龙安万料不到这女子发难如此之快，事先更没有半点征兆，发招如电，一剑便刺了过来，出手挡架已然不及，只得侧身闪避。他更没料到王雪瑶这一招乃是虚招，身子略转之际，短剑跟进，"嗤"的一声，已将他胸前衣襟划开，力道总算拿捏得准，没伤着丝毫皮肉。原来王雪瑶使得正是解牛刀法，解牛刀法讲究的就是连续进击，游刃有余，是以洗龙安一着失算，全盘皆输。

洗龙安大惊，怀内却有一件物事随即而落，古大彪这次却眼疾手快，伸手接住，直笑得合不拢嘴，道："哈哈哈……这臭小子还说没有，这岂不是……啊，帮主令牌！"最后一声大叫，就如被鞭子抽了一下似的。

王雪瑶收剑后退，问道："怎么回事？"

古大彪捧着那块帮主令牌，满面吃惊，道："这……这小子不知从哪里弄来一块……本帮帮主令牌……"忽然怪叫一声，又道："老子明白了，这臭小子八成是偷来的，瑶妹，速将此人宰掉！"

王雪瑶霍地望向洗龙安，目光中杀气大炽，洗龙安脸无表情地道："古夫人，适才在下所说的谢帮主还有一事相托，而不便相告之事，便是……"语音缓缓地道："谢帮主已将龙门镇手令给了在下！"

古大彪大大地吃了一惊，结结巴巴地道："这……这……岂有此理！……帮主之位可传……传与外人？……臭小子，你……你想做龙门镇的帮主，是不是？……可要先问问我手中的家伙答不答应！"说完，举刀便向洗龙安砍将过来，可是这一刀虽然力劲势沉，准头却是奇差，和洗龙安肩头差有一尺有余。呼的一声，直削了下来，洗龙安从容后退到另一根粗枝上，拱拱手道："承让了！"

古大彪脸上顿时尴尬至极，原来他上次心有余悸，这次脚下便不敢随意移动，是以这一刀才如此落空，王雪瑶忙道："洗公子先前可与谢帮主相识？"

洗龙安一笑，感到这个问题简直笨得很，说道："古夫人是考验在下么？在下与谢帮主互不相识，这帮主令牌又何以得来？"王雪瑶脸上一红，顿时醒悟方才为掩饰丈夫窘状而问了一个毫无意义的问题，但她脑筋转得极快，随即笑道："洗公子果然是聪明之人，小女子佩服得紧！"

洗龙安见她脸上一红、一笑，就如花蕾绽放一般，极具魅力，心旌不禁微微一荡，忽然想："这女子若不是已做他人之妇，我今生如有此女与心玉相伴，那不管是什么皇帝神仙，也不及本公子快活！"想着，他又不由将目光投向古大彪那黑须满面的脸上，暗想："一朵鲜花插在牛粪上，只怕就是如此这般了……"

古大彪双目盯在洗龙安脸上，见他痴痴地望着王雪瑶，又朝自己看了看，脸上露出惋惜之色，便立时领会到此中之意，大怒道："看什么？老子没你长得俏吗？"

洗龙安一笑，点头道："不，古兄相貌堂堂，与古夫人恰是天生一对，地造一双！"古大彪这才回嗔作喜，笑眯眯地道："当真？"洗龙安摇摇头，道："绝无虚言！"他先摇摇头，再说"绝无虚言"四字，暗喻就是"不是绝无虚言"，但古大彪哪里听得出来？当即咧嘴大笑道："洗老弟说得甚是，当初谢帮主瞧见我们时，可恨还说是'鲜花插在牛粪上'呢……"洗龙安这才明白为什么古大彪见"龙门三鼠"死了，会放声大哭！而现在谢婉容笔挺挺地躺在他面前，他却连半颗眼泪也没有，暗道："谢帮主对'情'一字看得极重，又岂会像我这般阳奉阴违于你！"当即对方才骗说古大彪一事，有了些许悔意。

古大彪忽道："瑶妹，你怎么？……"洗龙安忙抬头望去，只见王雪瑶粉面低垂，竟自在微微啜泣，古大彪手足无措道："瑶妹，你……你怎的说哭就哭了？毫没来由……莫不是这臭小子方才瞧了你半晌，瞧恼了你？……"洗龙安抬手一揖，朗声道："古夫人放心，在下与谢帮主绝非只一面之缘，谢帮主将帮中重任交托在下，在下也是不愿受的，只是情境危急，才不得已而为之！"

这话立时将王雪瑶哭泣的缘由转移到帮主接任之事上，避免了说穿之嫌，王雪瑶亦顺手推舟，拭干眼泪，道："那洗公子可否将结识谢帮主的经过详叙一遍？以正视听！"

洗龙安道："好！"接着便将自己如何在闭合庄认识了谢婉容，又如何同去连环十二岛，欲救娘亲却未得手诸事，一一细叙了一遍。古大彪听着，直张开大嘴，目定口呆。末了，搔搔头皮道："原来辛老三说得不对，熊老儿父子竟是被姓沈的所杀！"

王雪瑶喝道："还不将帮主令牌还与新任帮主?!"古大彪即将令牌恭恭敬敬地递到洗龙安手中，道："帮主大人有大量，古老二方才得罪之处，还望恕罪！"话中仍有少许不敬之意，洗龙安也不在意，收下帮主令牌，道："罢了，古兄若不介意，日后称呼洗某还是叫洗某本名好了！'帮主'之称贯在洗某头上，可不太配。"

这话正合古大彪心意，古大彪便道："正是，你小子小小年纪，岂能骑到……"还没说完，他自己就发觉不对，赶忙闭上了嘴巴。王雪瑶白了他一眼，向洗龙安道："洗公子，日后如何行事，还请示下！"她不是龙门镇之人，自然不必改换称呼。

洗龙安笑道："古夫人不必如此，你我虽初次见面，但……还甚是投缘。"他本想说"但就如已相识了几百年一样"，可转念一想，觉得这种说法不对，便改为"甚是投缘"。古大彪一震，暗怒道："什么？这小子和老子老婆甚是投缘？投什么缘？"王雪瑶亦脸上微红，只听洗龙安接道："谢帮主既然遗命要将尸骨与先妻合葬，那如今只有先将他火化后，再将骨灰运回帮内总坛，才算不辱遗命，所以我们第一要做的就是……"笑着接道："拾些干柴！"

王雪瑶立时应道："是，洗公子请稍歇，这些小事，我们办妥就成！"转脸朝古大彪道："古大彪，还愣着干什么？帮主有令，还不快做事？"古大彪暗自叫道："不对啊，瑶妹怎的叫我'古大彪'？平日她总称我'大彪'的。完了，这臭小子定是想和瑶妹投缘，我投他妈个臭鸭蛋！"心内怒骂，脸上却半点不敢违拗，垂头丧气地随着王雪瑶而去。

洗龙安笑了笑，自己也去寻一些豆油等引火之物，倒在他二人收集的干柴之上。顷刻间，大火便腾空而起，洗龙安面朝着火光，不禁心绪万千，澎湃不已。

待诸事办妥，天色已经大亮，三人就在榕树顶上休息片刻，才回到三家集。古大彪买了马后，一行人便直向南进发。

洗龙安思虑妥当，既然自己已赶鸭子上架，当上了龙门镇帮主，无论如何就只有先寻到《林海秘笈》，否则一旦让沈威找到，平板镇势力强大，非但龙门镇难免有覆灭之危，对整个武林也是祸多福少。到了河南信阳，再往南走，经鄂境、湘境、黔境，便可到云南；如往东走，只经百余里地，就可到洪泽湖旁的龙门镇总舵。洗龙安不想过早的与龙门镇帮众见面，便在信阳城内找了一家镖局，将谢婉容的骨灰以及一纸书信交付托运至龙门镇总舵。信中内容详叙了谢婉容遇害的前后经过，与冼龙安的自身简历，信交龙门镇硕果仅存的两位师叔亲启。这两位师叔到底是何许人，冼龙安自然不知，古大彪说来也是遮遮掩掩，不尽其详，只道他们两人脾气有些乖僻，于是冼龙安在信中便多加了几句恭维之词，以显亲昵。最后，照例是古大彪付帐出门。一路上，古大彪出手阔绰，几乎每到一处都要大吃一顿，大醉一场。冼龙安素不喜饮酒，也不禁跟着饮上几杯，晚上宿处更是装饰奢华的上房，而且是三人每人一间，从不例外。

从信阳转折到湖南的郴州时，古大彪忽然有一顿晚餐滴酒未沾，但到第二天早上，便闻听本地最大的一家钱庄遭劫，一下子被劫了数万两银子，掌柜的还被人割去双耳，警告不许报官。而古大彪当天下午便痛饮了一坛湖南名酒剑南春，还独自啃了三只肥猪蹄。冼龙安只感暗自好笑，心知龙门镇原属江湖黑帮，属下打家劫舍自然是常有之事，只要不打劫穷人，恃强凌弱，便不算是莫大之罪。王雪瑶一路上倒吃得少，说得多，总是与冼龙安闲聊笑侃，她容貌艳丽，举止优雅，一言一行无不散发着令人倾心的魅力，冼龙安和她在一起，只觉得当真是人生的一大乐事，但每次说到兴头时，总看到古大彪气呼呼的神态，冼龙安便隐隐感到不太对路。这时，王雪瑶亦是满脸不悦之色。

约摸过了半月有余，终于出了湘境，入黔境，三人驰马到了贵州安顺，再往前走，便可直入云南，屈指一算，不过才四五日路程，当下便在安顺打尖，三人牵着马，古大彪大步走在前头，冼龙安与王雪瑶随后，眼见走近一家客栈，忽地从客栈内奔出一名瘦小精悍的店小二与一名胖乎乎的中年掌柜，两人的眼睛几乎笑眯成一条缝，冲着他三人连连作揖道："客官见谅，敢问哪位是龙门镇新任冼帮主？"

古大彪大声道："找他作甚？你们瞧他长得俏，也要招做女婿么？"

冼龙安上前道："我便是，两位何事？"

那胖掌柜的笑道："不敢，不敢，小的二人奉一位客官之命，在此迎候三位大驾已有多时了，那客官已替三位预付了两倍的房钱，三倍的酒钱，嘿嘿嘿……三位一路辛苦了，里面请！"俯身做了一个请式。

冼龙安暗道："自己做了龙门镇帮主，知道的人少之又少，此行欲往云南哀牢山，知道的人更少得可怜，连古大彪与王雪瑶也只是紧身相随，不敢多问，又是何人竟知道自己必经此路？"他脑中忽地跳出一个人来。而古大彪却没有想这么多，喝道："哪位客官？他妈的，银子比老子还多么？"

那胖掌柜的双手乱摇，道："这小的可不敢说。"

那瘦小精悍的店小二忽然高声叫道："掌柜的，这说了有何不可？那秃子客官不是说，这大胡子客官最是爽快，将他服侍好了，赏银是必少不了的么？"

胖掌柜急得直跺脚，道："孙猴子，你少说两句，明儿我也不会将你当哑巴卖了！"

古大彪一听有人夸他"最是爽快"，便即哈哈一笑，道："好，你说，老子待会儿赏你！"

那店小二居然叫"孙猴子"，他忙一点头，道："是，我说，那位客官是个秃子，脸上有两只眼睛，一个鼻子，一张嘴巴，个头不高不矮，块头不胖也不瘦！"

古大彪闻言愣了愣，道："完了？"

孙猴子咂咂嘴，道："完了。"古大彪大怒，正待又开五指，一巴掌扇过去，洗龙安却道："说得好，谢小二哥，我们且先进去。"扔下缰绳，大咧咧地昂首而入，王雪瑶瞪了古大彪一眼，也跟身进入了店内。那掌柜的与店小二忙站立一旁，点头哈腰道："请，请，三位请！"古大彪独自在一边，双眼愣得跟萝卜似的，忽然低骂一声："天杀的洗公鸡！"气呼呼地入内。

一入店内，服侍得果然甚是周到，好酒好肉宛如流水似的直端上来，摆满了一桌，洗龙安与王雪瑶只饮了几杯，便停箸不食。古大彪外号叫"长毛鼠"，肚肠却极大，须臾间便将满桌酒菜一扫而光。晚饭后，洗龙安在房内歇息，店小二端来热水，顺手又从怀内掏出一封信函，递到洗龙安面前，道："洗官爷，那秃子客官还叫小的将这封信亲手交给你，他说，你看完信之后，还定会赏小的二两银子！"说完，喜滋滋地望着洗龙安。

洗龙安从怀内取出五两银子放到桌上，笑道："小二哥，这五两银子你拿去便是，不过那秃子的模样，你瞧清楚了没有？便不妨告诉在下如何？"那店小二大喜，忙伸手将银子揣入怀内，手脚之利落，实不愧于"孙猴子"的称号，他揣了银子，趋前一步，低声道："是，客官既然想知道那秃子的模样，小的便告诉你，他脸上有两只眼睛，一个鼻子，一张嘴巴。除此之外，小的就不知了！"说完，快步倒退出门，好像深恐那五两银子又被人抢回去似的。洗龙安自嘲一笑，心想："知道自己行踪的人原来是个秃子！"但自己莫说是个秃子，就是和尚，也不识一个。

拆开信来，只见那宣纸上赫然写着"龙泉小飞瀑，活人该止步"十字，洗龙安料想必是沈威所书，除他之外不作第二人想，但沈威的属下，自己也见过不少，却从来没有见过什么秃子、和尚之类的人物……

如此翻来覆去一想，不觉已到二更时分，洗龙安心道："沈大哥既然知道我要去龙泉小飞瀑，为何不在崂山脚下就开始动手阻击？偏要等到遥遥几千里外？"忽然想起沈威杀熊除病时的情景。沈威本来在连环十二岛时就可杀掉熊除病，但却在田镇才动手，目的就是他在田镇早有布置，动起手来自然万无·失。沈威凡事不愿行险，他是知道的，如此想来，这安顺城内莫非他已有布置？

想到此处，洗龙安当即站起，从墙上摘下佩剑挂在腰间，翻窗而出。

一股冷风袭来，洗龙安掠上屋顶，深深吸了一口气，顿觉脑清目爽，放眼望去，只见四下已一片漆黑，目力不及十丈开外，洗龙安又掠到后园，只见四周景物在黑暗中模模糊糊的一片，似乎在黑暗中成了妖魔鬼怪一般，透着阴森诡异之气，一步步向前行去。忽然听到假山后一个声音低叫道："那小子有什么好？你怎的老念着他？"竟是古大彪。

另一个声音嗔道："我偏要念着他，你待如何？他的名字我每天都要在你耳边念上一百遍、一千遍，你待怎的？"这说话之人的声音，洗龙安听过了一百遍、一千遍不止。正是王雪瑶！

古大彪发怒道："那我偏要叫他洗公鸡！洗公鸡！洗公鸡！你待怎的？"

洗龙安一怔："洗公鸡是谁？"继而一想，便不禁哑然一笑，料想必是古大彪憎恶自己，却无以泄愤，便将王雪瑶经常所提的"洗公子"三字，改成"洗公鸡"，慢慢地从假山侧旁绕过去，果然只见是王雪瑶与古大彪两人蹲在假山上的一处凹处，双目不停地四处巡视，嘴巴也轻声地说个不停。

王雪瑶哼了一声，道："古大彪，你听着，你我事先早有约定，今晚你大概是忘了，我便重提一遍！"

古大彪嘀咕道："谁说忘了？我记得一字不差。"

王雪瑶点点头道："你总算还记得，如今才是一年零四个月，就算我相中了洗公子，你也不得干预，除非……"

古大彪急道："除非什么？"

王雪瑶道："除非你取到了《林海秘笈》！"

洗龙安在旁听得面红耳赤，心道："难怪他们一路上都分作两房歇息，原来他们之间还有一门子约定，也就是说，古夫人是古大彪的假老婆，他们并无夫妻之实，哈哈哈……原来鲜花还没插到牛粪上……"不知怎的，洗龙安心里竟有一种莫名的喜悦之情，但忽又一想："啊哟，不好，古夫人说相中了我，我也有时挺想她。如果有一天，我们当真在一起，岂不是太对不起古大彪呢？天下哪有帮主抢夺属下的老婆之理……"这一喜一忧，深思起来，洗龙安也不知如何是好。当听到二人谈及《林海秘笈》之事，才不由一怔，暗道："古夫人，哦，不！王姑娘也要《林海秘笈》作甚？……"

只听古大彪道："《林海秘笈》？这玩意儿我到哪里去找？"

王雪瑶道："这次洗公子远赴哀牢山，恐怕就是为了寻找《林海秘笈》，到时若真被他找到了，你要是再啰哩啰唆的，我可不信！"

古大彪搔搔头皮，道："若真被那小子找到了，我还有什么话可说，只有对他说：'洗公鸡，你小子命好，既找了老婆，又找到了秘笈，到时你功夫第一，你老婆功夫第二，你岳父老儿功夫第三，这天下功夫最后的三位头衔，全让你一家子占了，这帮主之位你若瞧不上眼，就让我古大彪坐坐如何'？"

王雪瑶道："那洗公子定然不肯！"

古大彪怒道："为什么不肯？"

王雪瑶嘻嘻一笑，道："你见面就叫人家'洗公子'，背后却叫人家'洗公鸡'，足见你这人对他不忠不义，他干吗要将位置送给对自己不忠不义之人？"

古大彪笑道："是极，是极，老子叫那小子'洗公鸡'，那小子听了必恨老子入骨，天下哪有将宝座传给自己恨之入骨之人？哈哈哈……"刚笑两声，便连忙掩住了自己的嘴巴，两眼紧张地四处张望，王雪瑶亦四下一望，嗔道："今夜那什么光头和尚恐怕要来寻洗公子的晦气，咱们可要万分小心，别让对头瞧出了破绽。"

古大彪连声道："是，是……"

洗龙安心想："古大彪虽然配不上王姑娘，但对王姑娘却是一片真心，我若将王姑娘抢去，岂不是伤了古大彪的心？古大彪虽然叫我'洗公鸡'，而我却半点也不恼他，这又是为何？……"转身退入房内。这一夜，洗龙安没合过眼皮，任是什么动静也没有。

第二日一早，洗龙安就待扬鞭出发，掌柜的恭送到门口，道："三位若要入滇，这一路可要小心，其内别的没有，瘴气毒虫倒是甚多，三位若不嫌弃，小的这里有一只鼻壶，无论何人中了瘴气毒虫之毒，只要打开一闻，便即有效。"说完双手已将一只小巧的白瓷玉瓶高呈到洗龙安面前，洗龙安接过，笑道："多谢掌柜的，在下三人若有命回来，必还来你处住店，到时两倍的房钱、三倍的酒钱，也照样少不了！"那掌柜欢喜得满脸肥肉直打哆嗦，说道："正是，正是，小的送这鼻壶之意就是担心三位遭遇不测，累得小店少一笔生意哩！"洗龙安哈哈一笑，挥鞭在马臀上一击，健马扬蹄而去。

由安顺官道疾驰两、三个时辰，便终于到了云南境内，道路随之越行越弯，路人也多是身着奇装异服的异族之人，洗龙安三人这一路上，虽然几近踏遍大江南北，但异族之人倒甚是少见，不由兴致大涨，笑笑闹闹。王雪瑶尖声大叫地将异族服饰评论个够，说这般衣服若穿在自己身上，只怕丑也丑死了。古大彪奇道："丑是丑了点，但如何会被丑死？"洗龙安本是心事重重，却也笑道："古夫人变丑了，便生恐你不要她。你不要她，她活着也没多大趣味，所以这般丑样可以致死！"古大彪恍然大悟，得意得放声大笑起来。王雪瑶顿时回喜作嗔，瞪了洗龙安几眼，洗龙安自顾策马奔驰，视而不见。转眼间奔过一个山坳，前面却是一条窄道，仅有七八丈宽，马并驰不易通过，当中竟还站着一人。

洗龙安勒缰止马，冷眼望去，不禁暗暗吃了一惊，那人别的倒不惹眼，只是头上竟寸草不生，光秃秃的，对着直晒下来的阳光，好像一只擦拭得极为亮洁的木鱼，隐隐泛光。那人眼见洗龙安驰近，咧开嘴笑嘻嘻地道："洗公子怎的如今才来？秃老九可等你多时了！"

洗龙安正待答话，后面一阵马蹄急响，正是古大彪与王雪瑶到了。古大彪一见这秃子，顿时怒气不打一处来，大声骂道："好啊，原来你这臭光头在此，害得老子昨晚等了一夜，他妈的，当真是该死至极！"

那光头汉子冷笑道："古大彪，你昨晚等了一夜关老子什么事？老子好酒好肉地款待了你一回，你见面就口口声声地骂老子死，说不得，待会儿可要将你老婆剃成大光头，来消消气哦！"

古大彪一怔，心想："是了，这光头崽子命令那客栈掌柜好酒好肉地款待了老子一餐，老子干吗要咒他死？"神色当即一转，笑着道："原来这位秃兄弟是咱们的好朋友，误会误会！"

王雪瑶恼他方才出言不逊，说道："你是谁？站在路中间干什么？再不滚开，小心老娘的马将你踏为肉泥！"

那光头汉子嘻嘻一笑，道："老子就是不滚开，王姑娘，你待怎的？你要过去，只要将那古大彪杀了便是，反正你爱的是洗公子，洗公子也喜欢你，碍手碍脚之人只是这只长毛鼠！"

王雪瑶脸上一红，心中奇道："这人怎么叫我'王姑娘'？而不称'古夫人'？难道他也知道其中隐情？"古大彪方待发怒，洗龙安仰脸打了一个哈哈，道："这位秃朋友敢情是喜欢开玩笑，昨日你留书于在下，又是何意？"古大彪一听这话，顿时气便消了，心想："这光头崽子原来是跟老子开玩笑，老子又何必跟他一般见识？"

那光头汉子道："别的意思没有，只是奉劝洗公子不要去哀牢山龙泉小飞瀑，那地方已犯了血光之灾，并不好玩。"王雪瑶与古大彪两人心中齐想："原来跑了这么远路，是要去哀牢山龙泉小飞瀑！"

只听洗龙安冷冷地道："阁下如何知道在下要去哀牢山龙泉小飞瀑？"话音中隐隐有股杀意。那光头汉子却泰然一笑，道："如何得知？洗公子就不必问了。总之，洗公子若杀得了秃子便走，假使杀不了，就去不成哀牢山！"

洗龙安缓缓地点了点头，心道："早知沈大哥会派人阻拦我前去寻取秘笈，只是想不到会派来个貌不惊人的秃子，敢情是没把小弟放在眼内！"目光中不由怒气大炽，顺眼又朝王雪瑶看去，见王雪瑶正朝他点了点头，眼中杀意更浓，她喜欢洗龙安，但只说与古大彪一人知晓，如今竟被这秃子一口道破，心中便早已有诛之之意，何况洗龙安要去哀牢山寻取秘笈，对自己有着莫大的好处，这秃子既要从中阻拦，自然是罪上加罪。前些日子，她早已令人用精钢打制了一柄窄背刀，藏于袖内，只待洗龙安一声暴喝，便扑上去出刀立劈！

洗龙安转脸向那秃子望去，说道："好，沈大哥既然无义，就莫怪兄弟无情了。"武林中这句话是先兆之语，就不算偷袭，洗龙安还顾念着与沈威的一段情谊，是以出言示警。谁知那秃子却道："沈大哥是谁？是不是江湖上外号叫'神威'的家伙？洗公子要动手就动手，提起这个混帐王八蛋干吗？不要污了老子的耳朵！"

洗公子闻言一怔，道："你不认识我大哥沈威？"

那秃子笑道："普天之下的英雄老子哪个不识？只是姓沈的乃无耻之徒，老子何必结识？"此人如此大骂沈威，自然不是沈威遣来之人了。

第十章

这样一来，洗龙安就不禁大惑不解了，低声道："不许污蔑我大哥！"

那秃子道："洗公子不过此路，老子就不骂姓沈的！"

那句话很是赖皮，但刚一说完，便听有人接道："你每日将那姓沈的骂个千遍百遍也没关系，这条路他不过，我们过！"话音伴随着蹄声，徐徐传来，洗龙安三人回头一望，不禁尽皆大吃一惊，只见后面也是三人三骑，当中一个艳装少女固然不识，但她左右两人，一个又矮又胖，少去一目；另一个又瘦又长，缺了一腿，不是独眼廖超与独脚高雄又是谁？独眼廖超又阴阴一笑，道："古大彪，你好，你老婆几日不见，可又白又嫩了！"

古大彪骇了一大跳，颤声道："你……你怎的也来了？"

独眼廖超道："你既然来了，老子怎的就不能来？咦，你旁边的那个小白脸是谁？"他瞪着眼睛望向洗龙安，洗龙安也一直望着他，前日躲在刘大海的尸体下看不清楚，这时看得十分真切，这独眼廖超与几月前挟持娘亲的独眼廖超并非一人，前者虽少了一目，但声音、体形却相差甚殊，纵是改扮，也改扮不出来。洗龙安不禁低声叫道："不对，不对……"语音中充满了惶急惊奇之意。

独眼廖超怒道："臭小子，有什么不对？你奶奶的不是小白脸，谁是小白脸？"独脚高雄坐在马背上，冷冷地道："廖师哥误会了，这小子乃洗家堡洗老怪物的儿子洗龙安，他说'不对'的意思是指上次他娘亲被人所劫，那厮竟自称是廖师哥，而这小子当时也信了，如今见了廖师哥的真颜，他才知上当！"

廖超道："岂有此理，谁敢冒充老子的名头？"

高雄低声道："小弟虽未查出，但料定左右不过是神义无相门的几个无耻之徒！"廖超点了点头。

中间的艳装女子忽道："两位师哥，这小子叫洗龙安，我认得了，那其余几个呢？"她不开扣则已，一开口，声音竟如黄鹂娇鸣，凤凰婉唱一般动听，洗龙安心念一动："王姑娘固然比她漂亮，但论声音，这女子可就好听多了！"两眼望去，只见那女子一双妙目正俏生生地在众人脸上流转，仿佛想一下子将众人相貌都记入心里似的。众人也都齐齐望向她，高雄哈哈一笑，道："廖师弟，你就给大小姐引见引见这几位大英雄、大豪杰吧！"

说是"大英雄、大豪杰"，但独脚高雄话语中却充满了蔑视之意。

独眼廖超见闻极广，要不以"龙门四鼠"的身份，只不过是江湖上二、三流角色，他焉能一眼认出？当即笑道："好，这四位大英雄、大豪杰当真是大大有名，大小姐若不见识见识，咱们这趟远路可是白跑了！"这话更是尖酸刻薄，四人听了无不面红耳赤，愤然欲动，但都因忌惮廖、高二人的武功，不敢上前相斗。廖超一指古大彪，道："这位古大侠乃江湖上赫赫有名的'龙门四鼠'之一'长毛鼠'，武林中的偷鸡摸狗之辈无不识得，自不必多说！"

那艳装女子立时朝古大彪一拱手，道："'长毛鼠'古大侠，你好！"声音甚是圆润、动人，古大彪本是一肚子不高兴，闻言竟笑道："小妞儿，你好！"

独眼廖超又指着王雪瑶道："这位古夫人本是解牛派门主王凌霄的爱女，但一年前却因父女不和而离家出走，又不知怎的，嫁与古大侠为妻。一年来明里操持杀猪营生，暗里却在下苦功习练本门的解牛刀法，前些日子想必是神功大进，与我动起手来竟能支撑到二十招而不败，佩服佩服！"那艳装女子照例朝王雪瑶拱拱手，却没向她问好，王雪瑶也不回礼，反向她白了一眼。

洗龙安心想："这下可轮到那秃子了，古大彪与王姑娘的来历，我已知道，只是这秃子好生奇怪，不可不知其底细！"

只听独眼廖超笑道："这位秃坤秃老弟的底细，是你自个儿说出来，还是也要老子代劳呢？"那秃子死死地瞪着独眼廖超，满脸皆是紧张之色，大声道："姓廖的，你有种就说出来，老子倒要看看你知道多少！"

洗龙安暗道："原来这秃子叫秃坤，但他怎的如此紧张？难道有什么见不得人的事怕廖超给抖出来吗？"独眼廖超哈哈一笑，道："也罢，老子便替你说了。只是你这家伙一生飘东忽西的，具体事儿老子也不甚清楚，只知道你三年前原属于神义无相门，一年前又转入了洗家堡，如今洗家堡被毁，却不知你又归宿到了何处码头?"说完转过脸来，又向那艳装女子道："大小姐，此人虽然半生飘泊，随时可以认贼作父，但脚底下的轻功却是当世无匹！秃坤秃老九，你说是不是？"

那秃坤满脸的紧张之色忽然立消，哼了一声，道："有什么是不是，你这个混帐王八蛋细口白牙，老子本是块上好材料，也被你说成了一堆废渣！"

艳装女子拱手道："秃叔叔，你好，听说你的轻功绝技叫'脚底抹油'，是不是？"

秃坤怪声一笑，道："不错，你这姐儿说话好听得很，可是苏遮幕那老儿的爱女苏羞幕？"

艳装女子点点头，道："是啊，秃叔叔怎的知道？"

秃坤笑道："苏老儿有几个女儿？姓廖的与姓高的又对你'大小姐'上'大小姐'下地叫个不停，你不是苏羞幕，谁是苏羞幕？"苏羞幕抿嘴一笑，眉目间娇羞无限。

众人都在想着："原来苏遮幕的女儿叫苏羞幕，果然是人如其名！"

独眼廖超忽然大声道："秃坤，你既然知道我们大小姐在此，还不快让路？凶巴巴地站在那里作甚？"

秃坤道："苏大小姐要过路，在下自然不敢阻拦，但这小子要过去，在下可不能放行！"他伸手一指洗龙安，洗龙安冷冷地道："你不放行，在下就不能过去吗？我念你跟随过我爹一场的份上，容你使出'脚底抹油'的功夫滚吧！"他生平最痛恨的就是反反复复的势利小人，是以语气中已无先前客气。说完后，双眼直盯着秃坤脸上，只待他一有不快的表示，便即准备出手。秃坤却道："洗公子莫非要与我秃老九动手？"

王雪瑶抢着怒喝道："废话！死秃子，你再不滚开，老娘将你大卸八块！"秃坤摇摇手，笑着道："别别别，我滚我滚，此乃好心没好报，坏心常常笑！"说完，也不见他如何作势，只见他将身一扭，身形便已飞掠出了七丈开外，再一点一借力，身形竟在眨眼间消失无踪。

洗龙安、王雪瑶面面相觑，固然源于对方身形之快，世所罕见，但更多的诧异却是此人怎的说走就走，毫无来由似的！

古大彪嘻嘻一笑，说道："瑶妹，想不到此人胆小得要命，一听说你将他大卸八块就立即开溜，要是我古大彪，就不服这鸟气，非要和你大战三百回合不可！"

洗龙安、王雪瑶两人更是脸露阴郁之色，心中同时想："就是古大彪也不服这般喝骂，秃坤听来在江湖上还像是小有名气，怎会说走就走？在廖超、高雄等人面前抱头鼠窜、大丢颜面？"思忖一会儿，终是思之不解，王雪瑶低声道："我们走吧！"洗龙安点点头，正待挥鞭。

独脚高雄大声喝道："慢着，侠义八卦门大小姐在此，岂容你等孤魂野鬼先行，让开！"

王雪瑶大怒道："什么？姓高的，你在老娘面前摆威风吗？"

独眼廖超接道："摆威风又怎的？古夫人、古大侠，咱们在三家集那段梁子还没清算呢！"古大彪顿时满脸通红，气冲冲地道："是了，你杀了我三个兄弟，而我却连你的毫毛也没捞到半根，今日定当补报！"

廖超笑道："欢迎之至！"

眼看一场恶战即将发生，苏羞幕忽然皱眉道："廖师哥，我们让他们先走好不好？反正我们马快，他们终究跑不过的！"

独眼廖超道："大小姐有所不知，此次若让他们先行，他日江湖上必会传言咱们堂堂的侠义八卦门怕了这班后生小辈，如此非但本门的名誉会大大受损，而且师父他老人家的脸面更是被徒儿们丢尽了！"苏羞幕一听会延及父亲，顿时深垂下头，默不出声。

王雪瑶怒道："姓廖的，姓高的，我们的马在前，你们的马在后，却还要我们退回来，给你们让路，是不是？"

独眼廖超道："不错！"洗龙安一直一言未发，这时却道："既然如此，我们就且先退回去，又有何妨？"语音平淡无奇，就如平常说话一样，王雪瑶大吃一惊，道："洗公子，这……"古大彪本待要大杀一场，不禁愣愣地道："干吗要退？这臭瞎子那边有三人，我们这边也有三个，不怕打他不过！"洗龙安已调转马头，缓缓退后，说道："还不退回让路？"古大彪与王雪瑶也只有驱马而退。

独眼廖超哈哈一笑，抱拳道："还是洗公子识得大体，哈哈哈……谢了！"转脸朝苏羞幕道："大小姐，请！"苏羞幕便策马领着廖、高二人徐步向前，行了十几丈，忽然回头望了洗龙安一眼，目光中满是愧疚羞涩之色。

洗龙安心中一甜，大感抚慰，突然一想："哎呀，他们也到云南干吗？"再抬头看时，人影已在急骤的马蹄声中越行越远，看了一会，王雪瑶酸溜溜地道："还看什么？人家都已经去远了，再要如此瞧上片刻，脖子可就变长了。"冼龙安脸上一红，拍马驰去。

两日后，终于到了哀牢山，离三月十日之期尚有三天。冼龙安三人当夜便在一苗民住处借宿了一夜，第二日一早，再请这苗民为向导，直往龙泉小飞瀑！

哀牢山乃巍巍大山，山峦层叠，路极难走，幸得有这位苗民作向导，三人才不至于迷路。行了一程，忽听得水声如雷，峭壁上两条玉龙直挂下来，双瀑并泻，飞跃奔逸。那苗民卷起舌头，说起官话道："三位大爷，这就是龙泉小飞瀑了。"冼龙安点点头，料不会有错，便掏出五两银子塞入他手中，那苗民欣然而去。王雪瑶道："冼公子，《林海秘笈》就藏于这瀑布之处吗？"冼龙安双眼四下一望，说道："我曾看过那张秘图，上面标的藏处正是这瀑布之内，我们且先分头找找！"

古大彪大喜，暗道："这敢情好，老子眼疾手快，倘若先找到秘笈，可不能便宜了冼公鸡……哎哟，冼公鸡现在是帮主，他要假公济私，迫我交出，我交是不交呢？"

三人分头查找，还没走出十几丈远的距离，冼龙安便忽然低叫道："快来！"王雪瑶与古大彪连忙转身掠去，只见冼龙安蹲在瀑布旁边，注视着那两条瀑布中间，中间处赫然有一洞口现于水雾迷蒙之中，王雪瑶道："莫不是就在这里！"

古大彪道："正是！"抢着扑通一声跳下水，急朝那洞口趟去。

冼龙安道："我们也去！"两人亦趟水而过，来到洞口，古大彪忽然停下步子，"咦"了一声，冼龙安两人快步靠近，只听得"铮铮"两响，洞中竟传出金铁交击之声，古大彪叫道："不好，咱们来晚了一步，我献给王老爷子的秘笈定是被人先偷了去！"猛地一个虎跳，跃入洞中，冼龙安与王雪瑶也急忙跟进。

三人走入洞内，不由得大大吃了一惊，但见洞内点着数十根火把，少说也有二百来人，正各自在洞内四处查找，有的还拿着兵刃敲击石壁，方才的"铮铮"之声便是由此而发。冼龙安三人一入洞内，众人一齐转身向他们望来，脸上皆是诧异困惑之色，冼龙安忽然发出一声低呼，原来这群人中非但有大哥沈威在内，侠义八卦门的苏羞幕三人赫然也在其中，只是苏羞幕的表情与众人全然不同，见了冼龙安进来，立时投以微微一笑。

但如此情景，冼龙安做梦也不曾料到，不禁目瞪口呆。古大彪搔搔头皮，道："这……这……这莫不是走错了地方？"

王雪瑶低声道："洗公子，此事当真是奇哉怪也，三门三教两镇的头领人物全到这洞中来了！"洗龙安更是大惊失色。

忽然间，两名老者越众而出，大步走至洗龙安面前，阴沉沉地道："敢问哪位是洗龙安洗公子？"洗龙安见两人虽然面容干枯，但眼中却是精光闪烁，显然堪称一流高手，当下不敢怠慢，拱手抱拳道："晚辈便是，不知两位前辈……"

古大彪忽然颤声道："两位师叔……怎的，怎的你们也来了？"洗龙安心中恍然，立时改口道："不知两位师叔驾临，晚辈不曾远迎，失敬失敬！"左边的老者"嗯"了一声，捻须道："古大彪，本帮先任帮主之死，果真与平板镇有着莫大干系吗？"右边的老者捻着长须，亦道："古大彪，本帮继任帮主果真就是这细皮嫩肉的小子吗？"

这两个问题一前一后，紧接而问，古大彪乃笨拙之人，哪里反应得过来？顿时傻眼了。旁边众人一听这两句话干系重大，不禁齐向这边望来，沈威脸色一变，暗一挥手，平板镇的数十名高手立即围拢在他身边，持刃相护。

古大彪张口结舌了好半晌，只字未吐，洗龙安忍不住道："启禀两位师叔，此两件事晚辈已在信中说明，所言句句是实，一字不假，两位师叔看过后，自然明白。"

话一说完，左边的老者顿时怒道："住口！我问的是古大彪，不是问你！"

右边的老者也喝道："既然不是问你，你擅自回答，就是多嘴！"

左边的老者又道："既然多嘴，就该掌嘴！"

右边的老者接道："不仅掌嘴，还要打屁股！"

突然间，两人身影疾动，一人伸手猛揎向洗龙安，另一人闪电般绕到洗龙安身后，飞起一脚，踢向洗龙安的臀部，动作之间，非但配合得无衣无缝，更是迅若奔雷！

洗龙安心知这两位师叔脾气暴躁，却哪料到他们说打便打？顿时骇得一跳，也不及拔剑，只将两指一骈，一缕指风迅疾射出，攻向前面老者的面门，前面老者忙将头一缩，叫道："哎哟，这小子怎会使妖法？"洗龙安乘机将他这一掌避过，但身后的一脚却无论如何也躲之不过，瞬即只觉一股大力涌到臀部，推得洗龙安向前一个趔趄，眼看栽倒，王雪瑶不禁"啊"的一声惊呼，但只见洗龙安左臂一伸，就地撑住身形，右腿随势屈膝一弯，跪在地上，朗声道："两位师叔神功绝技，举世无敌，晚辈拜服！"

众人一怔，随即纷纷叫好，那两老者嘿嘿一笑，前面的老者道："想不到这小子会使妖法！"

后面的老者慢慢转到冼龙安对面，得意地道："师弟错了，这小子施展的绝非妖法，乃是一项武林秘技'点金指'！"

前面的老者道："'点金指'？哦，那师哥怎的没有中指？"

后面的老者答道："'点金指'乃是一项至高无上的正道武学，又不是邪魔歪道的功夫，岂会拐弯发出？"

前面的老者道："正道武学的功夫不能拐弯，那邪道功夫就可拐弯了吗？"

后面的老者道："也不能！"

前面的老者道："既然正道武学与邪道武学的功夫都不会拐弯，那师哥为何独独提出正道武学的功夫不会拐弯？"

后面的老者一时语塞，却随即又道："我们两人是你是师哥，还是我是师哥？"

前面的老者道："自然你是师哥，我是师弟！"

后面的老者道："既然你是师弟，师哥之言就决计不可反驳，是不是？"

前面的老者一怔，随即嘻嘻笑道："是啊，师哥之言，师弟绝计不可反驳。这番我又错了，又得给师哥赔个不是！"

说完当真朝那老者深深一揖，后面的老者哈哈一笑，大大方方地搀起师弟道："不知者无罪，贤弟请起，请起！"

前面的老者起身笑道："谢师哥，师哥才高八斗，学富五车，师弟终究不及，哈哈哈哈……"两人握手大笑不已。

冼龙安一直跪在地上，耳中只听到他两人这番说论，只感到莫名其妙，却又不敢擅自起身，心道："这两位师叔可别像古大彪之流一样，若是如此，我这一跪下，只怕要到明年才能站起来！"果然，这对老者只顾肆意大笑，浑然忘了旁边还有个冼龙安。其余众人起先一阵叫好，这时不禁瞠目结舌，不明所以。当中有人认识他们，便低声相告："这两个老怪物，大的叫叶有理，小的叫何无言。功力都高得很，脑子也没什么问题，只是凡事记性不好！"苏羞幕听着脸色一变，却未开口。

又有一人笑道："这两个老家伙可别到了被人宰了的时候，还记不起来旁边有个小白脸！"说话者正是独眼廖超。

王雪瑶忽道："姓廖的，你笑什么？杀害谢帮主的事，你也有份！洗公子，你说是不是？"洗龙安立即一跃而起，拔剑在手，喝道："正是，两位师叔，此人还杀了龙门镇三位兄弟，决不可轻饶！"

叶有理与何无言立时笑声倏敛，齐齐转过身瞪向独眼廖超，叶有理怒道："臭瞎子，当真是你杀了我婉容师侄？"他见说话的乃是一名素不相识的女子，是以还有所怀疑。独眼廖超冷冷一哼，道："杀便杀了，这有什么真假？你两个老东西若想报仇，只管画下道儿便是！"叶有理一听这话说得甚是豪气，大拇指一翘，赞道："好，臭瞎子，你还有几分胆量，敢向老夫叫阵！"

转向何无言道："师弟，此人就由我打发了，你无须插手！"

何无言道："是，师哥可要小心！"叶有理应了一声，大摇大摆地往前踏出两步。

独眼廖超心道："即使你们两人一齐上，我便怕了么？"忖罢即转向独脚高雄道："师弟，这老东西由我打发了就罢，你也无须插手！"

高雄笑道："是，师哥将这两个老东西一并打发了，也用不着师弟插手，何况打发他一个？"廖超哈哈一笑，得意道："是极，是极！"

众人中也有一部分跟着大笑几声，其中一人道："这两个老儿颇不识相，怎敢和'半手遮天'苏老爷子的两大高足相斗？岂不是自讨苦吃么？哈哈哈……"洗龙安认得这人正是沈威的一名属下。

叶、何两老顿时勃然大怒，叶有理怒道："岂有此理，胡说八道！"

何无言怒道："胡说八道，岂有此理！"

叶有理道："师弟，此人简直罪该万死！"

何无言道："何止罪该万死，该当凌迟处死！"

叶有理道："不仅凌迟处死，还当抽筋扒皮，挫骨扬灰！"

何无言道："抽筋扒皮，挫骨扬灰后，更当变鬼打入十八层地狱！"

独眼廖超向洗龙安瞧了一眼，心想："这两个老东西刚才一唱一和地痛骂那洗家堡的臭小子，突然之间，便对他出手。现在又想对老子故伎重演了，老子可不上你们的当！"当即错开双步，双掌拉开了架式。

众人眼见一场比斗迫在眉睫，本是心境烦躁至极，也不禁提起精神，静心观战，平板镇的几人却大叫道："打呀，打呀，只说不练有个屁用！"

"龙门镇的人敢情只有嘴皮子上的功夫，哈哈哈，老子算是见识过了！"

这时，苏羞幕忽然跨出一步，扬声叫道："两位前辈请住口，小女子有一句话要说。"她声音悦耳动人，传扬开来，使得众人不由一愣，尽皆住了口。

叶有理一愣，霍地转脸瞪着她道："你是谁？有话快说，说完了老夫好动手杀人！"

何无言道："不过说上一百、一千句好话，也救不了那臭瞎子一命！"

苏羞幕盈盈一拜，微笑道："小女子苏羞幕，两位前辈德高望重，神功无敌，小女子素来敬仰，且先给两位前辈见礼再说，好不好？"叶、何二老本是怒气难消，见美人一拜一捧，不知怎的气就消了大半。叶有理眉开眼笑道："好，好，小妞儿无须多礼，慢慢说来无妨。"

何无言大声道："将这臭瞎子留到过年再宰，也不算晚。"廖超闻言大怒，心道："什么？你当老子是肥猪么？"但碍于苏羞幕在前，终究不便发作。

只听苏羞幕笑道："是啊，杀害谢帮主的凶手自然应该偿命才对，但我听说，杀死谢帮主的，决不是廖师哥一人。"

叶有理立即道："那还有谁？"

苏羞幕道："还有何人？我是不知道的，不过谢帮主生前可是一直与平板镇新任沈帮主在一起，后来不知怎的又被沈帮主赶下了山，廖师哥碰到他时，他已受了重伤。当时，廖师哥即使不出手，谢帮主想必也不会活多久了，这位古大侠，你说是不是？"她忽然伸手一指古大彪，古大彪一怔，不由自主地点了点头，连声道："是，是……"

叶有理想了想，总觉得此事说得有根有据，决不会有假，双目凛凛有威地朝众人脸上一扫，大声道："哪个混帐王八蛋是平板镇新任的沈帮主？滚出来！"何无言双手叉腰，立时帮腔道："快滚出来，再迟片刻，老夫让你死得苦不堪言！"

洗龙安朝沈威望了一眼，心想："苏姑娘看似纯洁淳厚，想不到口齿却如此厉害，看来沈大哥这回可要大触霉头了。"沈威原想唆使廖、高二人与龙门镇火并一场，而且眼看事情将成，不料经苏羞幕三言两语一说，龙门镇的叶、何二老竟反向自己叫阵。一时，他倒有些措手不及，但终究是心机狡诈之人，一转眼便有了主意，昂首步出道："在下就是沈威，可不是什么混帐王八蛋，两位前辈既然德高望重，就决不可听信这小女子的诬赖之言！"说话时，还狠狠地瞪了苏羞幕一眼。

叶有理道："胡说，什么诬赖之言？你这小子乃是杀害我婉容师侄的真凶，难不成还想赖么？"

这句话说出，众人心里均想："是啊，方才那苏姑娘说得有根有据，你又如何辩驳？"齐将目光投向沈威，沈威眨眨眼，冷笑道："两位前辈当真听信这小女子之言？"叶有理沉着脸，道："怎么？"

沈威道："这小女子姓苏，方才又称这臭瞎子为'师哥'，想必她就是侠义八卦门苏老门主的爱女，这两位瞎眼跛脚的朋友又是苏老门主的爱徒，都乃同门之人，哼哼，哪有不相互帮忙开脱之理？"

众人恍然大悟，方才听这小女子声音甜美，谁也不曾在意她会与侠义八卦门扯在一起，经沈威这么一说，方才忆起。叶有理转向苏羞幕道："小妞儿，你当真是那苏老儿的爱女？"

苏羞幕虽然口齿伶俐，但论心计，比起沈威还是稍逊一筹，因此失着。只见她也不慌不忙，拱拱手道："家父正是苏遮幕，但此事人证物证俱在，两位前辈也是开明机智之人，绝不会任由晚辈几人随意开脱，是不是？"

叶有理点点头，向何无言道："师弟，这可如何是好？"何无言愣了愣，却转向洗龙安道："喂，小子，你不是已经做了咱们龙门镇的帮主了吗？你瞧此事如何是好？"他又将球踢到洗龙安头上，洗龙安也大感为难，心想："苏姑娘之言虽然大有道理，但我与洗大哥有结义之情，岂可当面对他加以指责？"

就在这时，忽然只听洞外一声高呼道："洗家堡洗堡主洗老爷子驾到！"

这声高呼恍如大白天突然响起一个霹雳似的，众人听来都是一呆，随即纷纷惊道：

"洗家堡洗老爷子，他不是死了吗？怎么也来了？"

"这是玩的什么花巧？他奶奶的！"

"不好，来的定是洗老爷子之魂魄，老子最是怕鬼。"这句话说得甚是愚笨，众人望去，只见正是古大彪。

洗龙安一听"洗家堡洗堡主洗老爷子"几个字，也不禁呆了呆，心中想："什么？爹爹？难道爹爹没有死么？这……这从何说起？……"一时茫然不知所措。

只见二十名黑衣大汉分作两列，依次涌进。一人洞内，立时占据四周，持刀而立。随后"咚咚咚"三声铳响，一名形状威猛、貌如恶鹰的老者大笑而入，笑声中充满得意之情。众人一见，顿时鼓噪大叫："洗老爷子，果然是洗老爷子！"也有人愤愤地道："洗管非？原来这老家伙并没有死，他妈的他来这里干什么？"

洗龙安满脸讶然之色地盯着父亲，几乎有点不敢相信自己的眼睛，心中不停地叫道："爹爹，原来爹爹还没有死，原来爹还没有死……"想起自己误以为父亲死后，所受的种种苦难，不禁热泪盈眶。

洗管非进入洞中后，身后紧接着又有二十多人涌进，那秃子秃九竟然也在其内。仔细一看，赫然还有范琳，两人却目不斜视，肃然直行。众人见这一行人声势浩大，纷纷让道两旁，洗龙安直立在中间，向洗管非低声叫道："爹……"他素来对父亲甚是敬畏，虽然激动之情溢于言表，但声音却仍不敢喧扬，以免造次。洗管非走到近前，微微点头道："安儿，你做得很好，可随我来。"却并不伸手携握洗龙安，只顾径自昂头阔步地走到洞内最前面的一片空旷之地，才一转身。身后的二十余人亦跟着转过身形，面朝众人而立，脸上却毫无笑容。

洗龙安心内大惑不解："爹爹说我做得很好，到底所指何事做得很好？这几个月以来，我虽遍历江湖，所做的事却无一可称得上'好'字。"他越发感到茫然一片，脚下亦不由自主地向前走去。忽然只见叶、何二老四道目光冷冷射来，才恍然大悟："我此时已是龙门镇帮主，若上前添作爹爹下属，岂不是堕了龙门镇的威名？况且爹爹只说'可随我来'，并未定要我随他同去，我就站在这里又有何妨？"脚下又倒退几步走了回来。

洗管非双手抱拳，向众人行了个罗圈礼，哈哈一笑，道："各位兄弟，多日不见，我洗管非对你们可想念得紧啊！"最后一句"想念得紧啊"五字，突然运起了少林至高无上的"金刚禅狮子吼"功夫，一股内劲，直向众人喷去。

前面数十人顿觉头脑一晕，险些摔倒。后面的人听来犹如耳边有人拿着大铁锤猛敲了一记洪钟似的。只感到耳内"嗡嗡"作响，不禁头昏目眩，脸色大变，洗龙安内力较薄，不由得摇摇欲倒，王雪瑶赶忙上前一步，将他扶起，但现场仍有几人面不改色，朗声叫道："洗老爷子，你玩的是什么花样啊？几月不见，一见面就想打架么？"

独脚高雄冷笑道："洗老爷子有意想在大伙儿面前显露功夫，但依在下看来，也不过如此而已！"他独脚屹立，使出"上下一体，盘根错节"的功夫，身形在大震之下，竟巍然不动。

洗管非微微一笑，这笑容在他脸上显露出来，就如择人而噬的秃鹰似的，说道："众位朋友莫怪，此次洗某约邀各位前来……"

话未说完，众人已纷纷叫嚷起来：

"什么？约咱们前来的原来是洗老爷子！"

"那封书信敢情是洗老爷子所发？"

"洗老爷子不是说秘图所指的地方就是此处么？但老子却连个鸟毛都没见到！"

"洗管非，你把大伙儿都骗到这里，有什么阴谋？尽管说吧……"

洗龙安越听越惊，心想："原来是爹爹将大家约到这里来的，可如今他又带这么多人进来干什么？"

王雪瑶蓦然低声道："洗公子，你怎的知道此处藏有《林海秘笈》？"

洗龙安一怔，随即说道："指示《林海秘笈》藏处的秘图先前落于在下手中，闲暇时我拿出来看了几眼，是以得知《林海秘笈》有可能藏于此处。"

王雪瑶道："那据公子所知，此处除公子之外，还有几人知晓？"

洗龙安低吟道："我将秘图献与熊前辈，而熊前辈已死，此处恐怕就只有沈大哥一人得知了。"

王雪瑶道："但令尊大人又如何得知此处的？并以此为饵，诱引众多高手前来呢？"洗龙安思之不解的也正是此处，沉吟片刻，说道："这……"双眼不由向沈威望去，只见平板镇诸人亦是满脸迷茫，东张西望地环顾四周，显得颇为不安。王雪瑶低声又道："洗公子，以我揣测，今日天下英雄都被令尊引入壳中了……"洗龙安一凛，迷乱地举目朝前面的父亲望去。

只见洗管非抬手一扬，面前的叫嚷吵闹之声立时渐渐静止，众人都将目光聚集在他身上，听他说道："众位朋友且请少安勿躁，有道是：'既来之，则安之'，各位已来到了这里，就请洗耳恭听洗某一言，倘若要乱叫乱嚷，洗某之事可就不太好说了。"这番话听来平和，其意却满含威慑之气。众人岂有听不出来之理？便又放声大叫道：

"你洗老爷子之事关老子屁事，老子只要知道这里到底有没有《林海秘笈》。"

"对啊，洗老爷子你说有没有？"

洗管非冷笑道："你们差点拆了这座洞府，可曾找到什么《林海秘笈》？"

立即有人大声道："那洗老爷子如此说来就是没有了？"

洗管非道："正是！"这两个字一说出，立时有两人齐声道："既然如此，请恕在下失陪了！"身影随即一斜，极快地向洞外掠去，这两人心机聪明，心知这洞内绝非久留之地，就想乘机退出。洗管非竟然也不出声阻止，只见两人方到洞口，突然间一阵箭雨疾射而至，那两人连忙出剑挑动，但哪知这箭矢中竟隐含内力，反将他们的长剑震歪到一边，余箭就瞬即贯胸而过。那两人惨叫一声，仰面栽倒，身上中的箭矢已有七八支之多，余下众人正想随之撤离，见此情景，不由打了个寒颤，顿时止步。

一名麻衣汉子冷冷地道："洗老爷子，你这是什么意思？"他身边围着十几名同样身着麻衣的汉子，似乎同属一派。洗龙安看了一眼，漠然不识，洗管非却拱拱手，笑嘻嘻地道："龙老大，贵派在北六省内可算是一块响当当的招牌，所以洗某之信，第一封就发到了贵处！"

那麻衣汉子哼了一声，从怀内掏出一封信函，道："信中之事全是子虚乌有，老子拿来作甚？"单手霍地一扬，那信函就朝洗管非缓缓飘去，但飘到洗管非面门三尺之处，突然力道急增，竟如飞刀般向洗管非面门射到，速度快如电光石火，众人中顿时有人"啊"的一声惊呼出口。只见洗管非避也不避，只扬掌一击，那信函就被击得支离破碎，片屑散飞。但此时已是距洗管非面门不足一尺之处，若有片刻迟疑，洗管非面门势必会被削去大半，当真可谓是险到了极点。

众人轻松了一口气，叶有理喃喃自语道："龙不飞这小子的'移星化刃'怎的又高了一筹？"

何无言冷笑道："高了一筹能怎样？还不是打不过洗管非那老小子！"

叶有理道："师弟可又错了，洗管非号称'神鬼同愁'，若是龙不飞打得过他，那龙不飞岂不是比神仙还要厉害？"

何无言一怔，点头道："是，是，师哥言之有理，有理！"

他两人对眼前形势并不在意，可对别人的功力却甚是关切。洗管非见他们褒扬自己，又与洗龙安站在一起，当即便拱手笑道："两位兄台过奖了，在下这匪号乃江湖朋友抬爱所赠，若是作为功力高低的依据，可是愧煞洗某了。"他见叶、何二老年纪稍长，是以"兄台"相称，自是给足了叶、何二老的面子。

叶有理胸膛一挺，大咧咧地道："那是自然，若以功力而论，你这老小子岂是老夫的对手？"

何无言跟着得意道："不错，天下功夫我师哥为第一，在下甘居第二，至于洗老爷子嘛，至多也只能排个第三。"

冼管非暗自一笑，心道："原来是两个不知天高地厚的老家伙！"点点头，却不置可否。

这时，王雪瑶在冼龙安耳边低声道："冼公子，那麻衣汉子就是'侠义五行门'门主'潜龙'龙不飞，北六省的三大正派中，除了它与侠义八卦门之外，还有一个神义无相门，却不知今次怎的没来。"冼龙安点点头，暗暗地多看了龙不飞几眼。

龙不飞自上次"行天豹"王仆泰惨死，秘图被人从其手中夺去后，就一直耿耿于怀。十数日前，忽然收到平板镇新任帮主沈威的一封亲笔密函，在函中沈威说自己已夺得了《林海秘笈》藏处秘图，但因路途遥远，兼又事关重大，所以想邀龙不飞同去取宝，到时好处均分、神功互惠等云云。

在此之前，龙不飞与沈威一向交情不坏，收到密函后自是大大地欢喜了一场，但又一想，沈威素来口蜜腹剑，心机狡诈，这偌大的好处岂会与人均分？于是就召来得力臂助"行天虎"、"行天熊"细加商议。三人将密函摊放在桌上，再细看了一遍，结果却发现沈威不仅在信中写明了约请己方出发的时间、汇合的地点等诸般事宜，还将《林海秘笈》藏处的地点也透了出来。由此龙不飞忽生一计，忖道："不管你沈威的好意是真是假，我既然已知秘笈藏处，干脆就独自去取。反正大家都是巧取豪夺，如此做法也算不得不顾江湖义气，顶多只能算是黑吃黑罢了！"当即他就选拔了门内八名好手，连带"行天虎"、"行天熊"十一人提前启程。一路上，更是披星戴月，马不停蹄，直奔哀牢山龙泉小飞瀑，果然抢在平板镇众人之先，找到了此处石洞，但十一人在洞内找了一天也不见《林海秘笈》的踪影。

第二日，白衣教教主白奉先率领数十名教众突然进洞，双方见面均感惊讶，但都未说什么，只是各自分头查找《林海秘笈》。

直到第三日，平板镇沈威才带着数十名好手入洞，初见"侠义五行门"与"白衣教"两帮人马时，讶异之情更甚于龙不飞，但他自以为此行甚秘，旁人都不知他到此的目的，见面后便不多言。龙不飞自觉有负于沈威，更不好意思开口。如此三帮数十名好汉就只默默地加紧搜查《林海秘笈》的下落，其间互不搭腔。哪知到了第四日，一下子突然涌进百余名江湖人物，都是中原各地有头有脸的一派之主，大家见面寒暄了几句，竟然谁也不提此行目的及缘由，客气了一番后，又各行其是。敲墙钻洞，寻隙刨踪，几乎将整个石洞来了个掘地三尺，也不见《林海秘笈》的影子。

第五日，侠义八卦门三人方到，第六日，洗龙安等人才进入洞中，已算是姗姗来迟了。

龙不飞为人机敏，虽感此事大为蹊跷，但《林海秘笈》的诱惑实在太大，让他就此离开却也不舍。加上天下英雄尽聚于此，龙不飞纵是想破脑壳，也想不出谁会出计陷害。等到洗管非显身而出，公布真相时，那不光是龙不飞，普天之下的英雄也都恍然大悟。龙不飞寻思："洗老儿诈死毁堡在先，将天下英雄尽骗到此处后，前后所使的无一不是惊天动地的大手笔，看来其中必有大谋！"果然，两名好手想要出洞逃逸，立被乱箭射死，龙不飞按捺不住，以独门绝技"移星化刃"的功夫相斗，谁知又被洗管非轻易化解，当下自是极为气恼。

群豪见龙不飞败北，各自揣度以己之力对搏洗管非，多半也是输多胜少，再见洞口封闭，四面围定的洗家堡人马个个双目炯炯有光，内力大是了得。心知今日情形凶险万分，不如先听听洗管非所为何事，再作定夺。当即便有几人叫道：

"洗老爷子有什么事尽管吩咐便是，大伙儿都是好朋友，动刀动枪的干吗？"

"是啊，原先我还以为洗老爷子真的死了，难过得三天三夜吃不下饭，睡不好觉，如今才知洗老爷子并没有死，敢情还有一件大有好处之事照拂大家，是不是？"

"不错，洗老爷子又出来统率江湖，自是我等之福！"

这些人平日定是与洗家堡交往甚密，是以左一句"洗老爷子"，右一句"洗老爷子"，说得极为顺口，另外的"侠义五行门"等人却闭口不言。

洗管非脸露微笑，蓦然清咳一声，朗声道："承蒙各位朋友抬爱，洗某高兴得很，此次将大家召聚于此，虽有不义，但也是万不得已之举，否则中原武林势必难敌五花邪教！"

众人一听"五花邪教"四字，立时又叫了起来："什么五花邪教？五花邪教是从哪里冒出来的？老子没听说过！"

洗管非双眼在人群中一扫，最后落在龙不飞身上，笑问道："龙门主，你可听说过'五花邪教'的名头？"他见龙不飞闷声不响，目光中怒色时现，显然以方才之败为恨，遂出言相慰。

龙不飞瓮声瓮气地道："五花邪教是什么东西？老子如何得知？"言语中竟毫

不客气。

人丛中忽然有人说道："洗堡主，五花邪教是不是先前武林中的开花圣教？"这声音圆润动听，众人不用去看，就知是苏羞幕。洗管非朝她望了一眼，点点头，缓缓地道："正是！"

众人听他肃然接道："众位恐怕有所不知，原南蛮荒地的开花邪教七日前已改弦易帜，正式改称为'五花神教'，哼哼，名为'神教'，实则还是专行邪恶卑鄙之事。其教主刁小满为瞒天下英雄耳目，特令通传上下暂不声张，其心计之阴毒便可窥见一斑了。"他这番话语气极为沉缓森严，众人听来不禁各自一凛，一时间石洞内鸦雀无声。

洗龙安心道："开花教改成了五花教？心玉不就是开花教的人么？她可知此事？"

只见洗管非双目瞪视着苏羞幕，问道："上事洗某费尽周折方才得知，敢问这位姑娘又是如何得知的呢？"

苏羞幕微微一笑，道："小女子和洗堡主一样，洗堡主费尽周折方才得知，小女子自然也是费尽周折才打听到的呀。"洗管非闻言一怔，身后一名大汉上前半步，在他耳边低声说了一句，洗管非立时笑了笑，又道："原来是苏老弟的千金。苏老弟与刁教主素来颇有交情，苏大小姐能得知此事就毫不为奇了。咦，苏老弟此次没来么？"

"半手遮天"苏遮幕与开花教友善，天下皆知，但洗管非此时当众说出，一来讥笑苏遮幕与五花神教有勾结嫌疑，二来表明苏羞幕只是通过关系才知晓开花教易帜的秘密，与自己费心努力打听所得，自是不可同日而语。

苏羞幕脸一红，却没有再说什么，独眼廖超却怪恨一翻，冷冷地道："洗老爷子这话可不太对路，'开花圣教'改名为'五花神教'，乃是人家教内之事，与我们中原武林有何干系？也犯不着让洗老爷子苦巴巴地将天下英雄尽骗到此吧？"他言语中故意将洗管非口中的"五花邪教"改叫为"五花神教"，又直言洗管非是将众人"骗"聚到此，洗管非听来如何不怒？只见他森然道："'五花邪教'改名易帜与我等中原武林有何干系？只怕廖老弟还有所不知吧。'五花邪教'自改名之日起，已并入湘西的赶尸帮、广东的海龙会、四川的三大排教，刁小满那老贼麾下的人马如今何止万数？万一他日有侵吞中原武林之心，试问中原武林哪帮哪派抵挡得住?"

开花教与中原各派不和,以前双方厮杀数场,各有胜败,如今开花教势力如此庞大,群豪听来都不由大吃一惊,脸上相顾色变,廖超道:"如此说来,洗老爷子已想好对付五花神教的法子了?"

洗管非点点头,说道:"不错,五花邪教今非昔比,已成猛虎之势,我中原各派若非联成一气,统一号令,则来日大难,必然难以抵挡!"这话说得铿锵有力,中气十足,特别是最后一句"则来日大难,必然难以抵挡"更是掷地有声,震人耳膜。众人闻言,这才恍然大悟:"洗老爷子费了偌大的劲,摆出偌大的场面,原来就是想将大家聚集到此,召开结盟大会。他如此费心安排,这盟主之位自然也逃不过他的手掌心。"一想到此,众人有的立时脸呈怒色,有的满脸喜悦,有的大是惶惑,不知如何是好,但更多的就是相互窃窃私语,盘算着结盟之后,对于自己这一帮一派有无利益可图。

洗龙安四下一望,心中暗暗长叹:"爹爹素来权欲熏心,想不到这次竟然不惜毁堡诈死,以图谋取武林盟主之位,他可曾想到自己的儿子在这几月中所经历的种种险恶?万一不幸,岂不成了千古之恨?"当即一股前所未有的凄凉之情油然而生,心想:"原来我在爹爹心中的地位,还不如一个盟主之位来得重要。天下父子之情淡薄如斯,只怕也只有我与爹爹了。"但双眼仍情不自禁地向父亲望去,只见他凛然立在前面,目光四视,尽显踌躇满志之状,心中又不禁对父亲充满了崇敬。

忽然,父亲身后一道目光射来,洗龙安望去,正是范琳,目光中竟隐含着丝许薄怒憎恶之色,洗龙安脸上一红,心道:"上次在闭合庄,我大是不该伤她的心,待会儿可得找个机会向她赔个不是才行……哎哟,若是向她赔罪,岂不是又对不起心玉?那日本来就是琳儿无理,她纵是想我,也不该去杀沈大哥的属下……"

这番乱七八糟的想法还没思完,人群中已有人高呼道:"既然中原各派要联成一气,统一号令,这发号施令之人,可要精挑细选一番。"

另一人立时尖声叫道:"还有什么精挑细选的?洗老爷子德高望重,威名卓著,正是武林盟主的上上之选!"话一说完,众人有的大声反对,有的高叫赞同,洞内又瞬即乱成一团。

叶、何二老双双大摇大摆地跨出一步,叶有理道:"德高望重、威名卓著有什么用?当选武林盟主第一要紧的就是武功第一。洗老儿的武功最多只能算作第三,岂能坐上盟主之位？"

何无言道："正是，我师哥武功天下第一，他不当盟主谁当盟主？洗老儿，你若不服，大可比试比试！"

众人一听这对兄弟自吹自擂，均感好笑，其中有反对洗管非之人乘机叫道："对啊，武功第一者方可奉为盟主，洗老爷子要当盟主，也需比试一番才成！"

洗龙安见叶、何二人要与爹爹动手，不由急道："两位师叔，这……"

叶有理立时回头道："臭小子放心，我与你爹爹动手自有分寸，决不会伤他半条性命！"

何无言接道："师哥，人的性命只有一条，怎会有半条之说？"

叶有理道："师弟，这你就不懂了。洗老儿是臭小子的爹爹，咱们轻易不可得罪，所以不用说一条性命，就是半条性命也决计伤他不得。"这话说了等于白说，何无言却信服地道："正是。"于是，两人双手叉腰，齐声叫道："洗老儿快下场比试，我两人已答应臭小子决不伤你半条性命！"

众人一阵轰然大笑，洗管非身后走出一名大汉，笑道："两位想要和洗老爷子比武，也无不可。不过有一层顾虑，不知两位想过没有？"

叶有理道："什么顾虑？"

那大汉道："洗老爷子乃洗公子的父亲大人，而洗公子又是龙门镇的新任帮主，是不是？"

叶有理道："不错，这臭小子虽然武功平平，但只要拿着本帮帮主令牌，咱们就奉他为新任帮主。"这话说得洗龙安心头一热。那汉子点点头，慢声道："两位既然承认洗公子是龙门镇帮主，那两位即使打败了洗老爷子，也必然要奉守洗老爷子的号令。"

叶、何二老一齐跳将起来，道："这是为何？"

那汉子笑道："两位听洗公子号令，而洗公子又要听他爹爹洗老爷子的号令。所以，两位翻来覆去，也要听从洗老爷子的号令。"

叶、何二老一怔，叶有理随即大呼道："是极，是极，险些白打了一架！"

何无言接道："幸亏这位老弟提醒，不然我二人打败了洗老儿，却还要调过来听洗老儿的号令，岂不令人气煞？洗老儿，我们不比啦，算你赢了就是。"洗管非只是微笑不语，叶有理向那人抬手一揖，道："多谢，多谢，敢问这位老弟尊姓大名，我兄弟二人日后定当设法补报。"那人还了一礼，笑道："不必，晚辈路有桥！"

人群中立时响起一声惊呼："'黑手'路有桥？神义无相门的'黑手'老二？"

洗龙安一震，忽然想："此人如何得知我是龙门镇新任帮主？"举目朝那光头秃九望去，只见光头秃九却正向他咧嘴微笑，洗龙安心道："原来他与那什么'黑手'路有桥同是爹爹的属下，我上任龙门镇帮主的讯息自然就是由爹爹之处得来，而爹爹又是如何得知的呢？难道爹爹实则对我十分关心，一路上都在派人跟踪保护于我？若是如此，我怎的丝毫没有察觉到？"转眼向父亲身后的众人望去，当看到范琳身旁的一名矮胖大汉时，蓦然定住了。只见此人若在右眼蒙上黑罩，赫然就是那日假冒独眼廖超，挟持娘亲之人。洗龙安顿时一阵热血上涌，心想："原来从头到尾，爹爹都在关注着我，只是……只是他为何如此……"脑中又是一片茫然。

在众人的吵嚷声中，独眼廖超蓦然大声道："敢问阁下可是神义无相门中的'黑手'路有桥？"他内力充沛，一出声说话，就将四处嘈杂之声压了下去。

路有桥转过双眼，望着他笑道："路某名号方才已经说过，廖兄若非耳聋，自然也该记得，又何必再问？"这话无疑就是坦然相认。"黑手"路有桥在江湖上名声极响，行事素来心狠手辣，为人又工于心计。群豪闻言，不禁嘘声四起。

独眼廖超哼了一声，怒道："阁下方才之言，可是表示神义无相门也尊奉洗管非为武林盟主？"

路有桥道："正是，路某此次前来就是奉门主之令，维护洗老爷子荣登盟主之位，好将中原各派联成一气，共抗五花邪教！"他一挥手，洗管非身后又转出两名大汉，正是洗龙安所认识的罗大佑与假扮独眼廖超之人。三人并列一排，齐向洗管非拜倒，说道："我等誓死遵从洗盟主号令，共抗大难，共抵外侮！"洗管非哈哈一笑，大声道："好！有三位得力相助，洗某何愁大事不成！请起！"路有桥三人直身而起，转又面向众人凛然而立，一副谁要想争夺盟主之位，必须先过此关的气势。

独眼廖超喝道："呸！听说你们神义无相门有四大高手，怎的只有三个？有种的一起出来，让廖大爷打发你们一道上西天！"

路有桥森然道："我大哥稍时自会出现，姓廖的你何必大呼小叫？"

罗大佑接声道："正是，姓廖的，我们三人你随意挑上一个，若能胜个一招半式，再找我大哥不迟！"

廖超冷冷地点点头，口中低声道："师弟，小心照顾大小姐！"

独脚高雄应道："是，师哥放心！"话没说完，廖超已纵身跃出，双掌疾拍，如电般攻向那矮胖之人，大叫道："好，老子就挑你！"

那矮胖之人本是微低着头的，这时竟看也不看，拔刀即起，迅疾横削向廖超小腹，身手之敏捷，显然足可跻身一流高手之列。廖超轻噫一声，身形倏地一个倒翻，掠到对方身后，双掌交错，再猛发四掌，一股寒气顿时透掌而出。洗龙安离他至少有十丈开外，犹自不禁打了个寒颤，心道："那日幸亏没有跟他交手，否则只怕难以全身而退！"却只见那人竟不避反进，长臂绕到脖子之后，连环几刀劈出，威力就如断金切石一般，凌厉异常！

廖超本待乘胜贴近相斗，又不得不倒退回来，喝道："好个滴水不侵的五虎断门刀！"

群豪见状，也不禁纷纷喝采。洗龙安暗道："原来此人的刀法如此精妙，那天在我手下一招败走，自然是遵奉爹爹的旨意，故意让着我的。可叹我直到今日方才醒悟！"心内惭愧之余，也不禁多了一份佩服。

转眼间，双方堪堪拼斗了二十余招，那汉子犹在廖超冷酷如冰的寒掌下支撑着不败，单刀一刀紧似一刀地连环劈出，端的如白蟒绕走于云山雾海之中一般。洗龙安越看心内越是佩服。王雪瑶忽然低叫道："不对，不对，王洛三岂可支持到二十五招而不败？姓廖的使诈……"洗龙安不明所以，不由问道："王洛三是谁？姓廖的干吗使诈？"王雪瑶跺跺莲足，气恼地道："难道洗公子不知道吗？这又矮又胖的家伙就叫'毒手'王洛三，他使的刀法乃'五虎断门刀'，这种又破又烂的刀法岂可在姓廖的掌下支撑到二十五招而不败？你看，又到了二十七招……"

洗龙安心道："原来这人叫'毒手'王洛三！"

其实，'毒手'王洛三在江湖上名气不响，比起'黑手'路有桥更要逊色许多，王雪瑶之所以认识对方，是因她向来喜好钻研刀法，是以对天下各门各派的刀法名家，皆是了如指掌。洗龙安对刀法可谓一窍不通，不认识王洛三也毫不为奇。也正因为他不认识此人是谁，所以那日在洗家堡外三叉岗的城隍庙内，王洛三才可假扮独眼廖超成功。以后的诸般疑事也因王洛三假扮廖超而使洗龙安苦思不解。这时，洗龙安更是满头雾水，问道："王洛三在姓廖的手下支撑到二十五、二十七招为什么不对？"

王雪瑶嗔道："自然不对，我解牛派的解牛刀法比起'五虎断门刀'何止高明十倍？犹在姓廖的手下走不到二十二招，王洛三这废物岂可……哎哟，怎的又到了三十招？"她边说边注视着场内打斗者的一举一动，只见廖超一掌劈向王洛三头顶，王洛三蹲身出刀削向廖超双足，她就大叫了起来。

洗龙安哼了哼，不以为然，心想："各门各派的武功皆有擅长，你怎能肯定解牛刀法定然比五虎断门刀高明十倍？"

就在这时，独眼廖超蓦然纵身而起，身形倒折反扑向路有桥与罗大佑，双掌同时提气暴伸，其掌力顿如万丈寒潮般涌至，果然比方才所发出的威力高出数倍！

路有桥、罗大佑大吃一惊，齐声喝道："你想干什么？"想要出刀阻拦已万难救及，只得各自闪身飘开，独眼廖超这一掌便直向洗管非奔袭而去，可谓快如雷霆霹雳一般，势不可挡！

第十一章

独眼廖超事事谋定而后动，这一着，实则也是酝酿已久。他与王洛三初一接手，就知对方的功力与自己相差甚多，若要将之击毙，只是举手之劳。但他想到今日形势极险，自己与师弟全力施为，恐怕也难以保护大小姐无损而退，打发一个毒手王洛三自是难挽大局，只有乘机制住洗管非，方有扭转逆势之望。于是他佯装与王洛三斗得难解难分，旁人看来他们旗鼓相当，至少要在百招之后才能分出胜负。因此不疑廖超会突然腾出身来袭杀他人，而且力道之猛更比众人眼中所见的高出数倍有余。路有桥、罗大佑吃惊之余，哪还抵挡得住？只得闪开两旁。这也尽在廖超的算计之中，是以此掌瞬即便到了洗管非眼前，洗管非纵要抵挡，同样也是为时已晚。

群豪见状，无不大吃一惊，立时有几声惊呼出口。洗龙安一颗心腔几乎跳到嗓子眼上，却只见洗管非"嘿"的一声，身形陡然如鬼魅般一晃，已错开至一丈开外。这一晃当真是险到毫巅，独眼廖超的掌力眼看就要击到目标身上，眼前之人却突然不见了踪影。他大惊之下，反应也十分敏捷，双掌立时在前后左右各拍一掌，以防止洗管非乘机欺近出手。谁知洗管非身形毫不停滞，迅捷无比地掠到独脚高雄面前，左掌一翻，就向独脚高雄当头劈落，独脚高雄立时飞身而起，一脚往他胸口踢去。就在这时，洗管非又是奇诡无比地将身一闪，避过来腿，绕到独脚高雄左侧，五指暴伸，就将苏羞幕的脖颈抓住。这时独眼廖超已回身过来，见此情景，厉喝道："老贼，你敢?!"洗管非已倏地亮出一枚银针，插入苏羞幕右边的太阳穴。

这一连串动作兔起鹘落，迅猛异常，群雄若不是见洗管非将一枚银针生生插入了苏羞幕的脑中，其情形太过于骇人，喝彩声恐怕早已响起。

独脚高雄身受师兄嘱托，保护苏羞幕，岂料竟被人一招所制，当即狂怒迸发，腿势如狂风骤雨般直向洗管非头顶踢去。洗管非一招得手，立时放开苏羞幕，斜飘三步，眼见腿势逼来，他突然身形一转，就地顿住。独脚高雄的一身功力全在腿上，一腿击出少说也有数百来斤，立时只听"砰砰砰……"一连七腿尽数踢中洗管非胸膛，却如蜻蜓撼柱一般，洗管非竟丝毫不动，屹立如常。

群豪禁不住大喝一声："好！"独脚高雄大吃一惊，正待发力再踢，洗管非却双掌齐出，"嘭"的一声，已击中他的胸膛。独脚高雄身躯顿时倒掠如飞，幸得廖超赶至伸手接住，才免于落地。高雄只有一只独腿，受伤落地，势难再站起来，到时那种尴尬场面可想而知了。

独脚高雄勉强独自站立，突觉喉头一甜，喷出一大口鲜血，独眼廖超来不及过来相扶，此刻他正自急问苏羞幕："大小姐，大小姐，你……你感觉如何？"语气中尽是惊惧之意。苏羞幕朝洗管非望了一眼，摇摇头道："我没什么，洗堡主在我头上刺了一针，我怎么一点都不觉得疼痛？"独眼廖超见她毫无异样，不禁微微一怔，道："一点都不痛？"

洗管非哈哈一笑，得意至极地道："苏大小姐如今自然不痛，但半年以后，若无洗某的独门解药，金针自会随血运走，流遍大小姐全身，到时所受的滋味，哈哈哈……岂是痛楚所能形容的？"

金针随着血液在血管中流动，若是血管笔直倒还好说，但如稍有弯曲，金针卡在血管内，进退不得，所受的痛苦实非言语所能形容了。而人体内血管的弯曲处多不胜数，这般痛苦又不能一时而过，势必会无穷无尽，苦海无边。独眼廖超脸色瞬即大变，不由颤声道："姓洗的，你……你这是为什么？……"

叶有理忽然"嗤"的一声，讥嘲道："这臭瞎子笨得很，那针长有七寸七分，入身不痛，老子一瞧就知道是什么玩意儿。"

何无言接道："是啊，师哥聪明过人，一瞧那玩意儿就知道是'七海定心针'！"

"七海定心针"五字一传入独眼廖超耳内，他立时全身一凉，随即脸色惨变，群豪闻言亦不禁齐皆变色，独脚高雄蓦然哇的一声，又一口鲜血喷出，足踝同时痛楚难当。再也支撑不住，砰然倒地。洗龙安虽从未听说过"七海定心针"之名，但见这等情景，自然就知其中厉害。一股恻隐之心油然而生，低声道："爹，你何必用这种毒法惩治苏大小姐？那臭瞎子要害你可跟她不相干。"他还以为父亲所为是因廖超突然袭击而致。

洗管非哼了一声，冷冷地道："侠义八卦门不服洗某号令，在下才不得已出此下策。'七海定心针'虽然厉害非凡，但只要苏门主从今以后能与大家并肩作战，共抗五花邪教，他女儿这份生不如死的痛楚自然就不会发作了。"他故意将"厉害非凡""生不如死"八字说得略重，其中威慑之意便不言自明。众人默不作声，独眼廖超满脸尽是愤怒之色，苏羞幕天真烂漫，虽还不知自己处于何种险恶境地，但已隐隐觉得不对，双目直生生地瞪着洗管非父子，怒意呈现。

洗龙安一怔，随即醒悟，暗叹道："她定是连我也恨上了……"

洗管非缓缓地转过身来，面向龙不飞道："龙门主，中原武林自此以后统一号令，洗某不才，愿替中原各派门下弟子造福，也替江湖同道出力，共抗大难，你服不服？"

龙不飞一怔，思量这洞中各派，论实力，除侠义八卦门外，就是自己手下的侠义五行门，如今侠义八卦门算被洗管非制服，自己若是再被洗管非挟制，这洞内数百英雄恐怕多半都逃不出洗管非的手掌。自此以后中原武林更会被洗管非一手所控，是以自己这次是否答应，可关系到中原武林的前途命运，当真是马虎不得。

群豪也知道此次龙不飞的抉择关系重大，遂一齐将目光向他投去。洗管非双眼一瞪，大声道："龙门主，你服是不服？"

龙不飞心中忽然一亮，暗忖道："洗管非功力虽高，若集群雄之力，与之誓死一拼，未必就没有胜算！"不禁微微抬头，瞥了洗管非一眼，只这么一眼，心中的这种念头就立即打消了。他眼见洗管非与自己相距不过三丈，以对方刚才的奇诡身法晃眼即至，而自己的"移星化刃"纵能抵挡，奈何洗管非又有金枪不入的硬门功夫护体，自是伤他不得。若是三招之内制不住他，自己必然反被其所伤。想到这里，龙不飞又不禁摇了摇头。

"行天熊"陈子健站在龙不飞身侧，眼见龙不飞脸上阴晴不定，始终难以决定，耐不住突然跳起来，大叫道："不服！一千一万个不服，洗管非，你有种的就杀了老子！"顺手一带，拔出了腰间的一对虎头钩，随即"锵啷""锵啷"响声不绝，洞内各门各派人物见侠义五行门即将发难，也各拔兵刃在手。

洗管非微微一笑，点点头，道："好，好……"

第二个"好"字出口时，侠义五行门众人身后霍地刀光一闪，只见两名贴壁而立的黑衣大汉同时出手，立时将侠义五行门的两名好手砍翻在地。这两名好手惨叫一声，跟着四周沿壁站立的黑衣大汉全都出手，刀光闪处，惨呼声响成一片。这站立四周的黑衣大汉原是随同洗管非一起进来的，一直不言不动，不太引人注意，这时猝然袭击，一下子就砍翻了十几名好汉。

群豪只将注意力放在洗管非和前面的神义无相门等高手身上，哪料到身后有人出手？等到扭身相斗时，不由纷纷暴喝，怒不可遏，寂静的山洞之中立即大乱。

洗管非就在第一声惨叫声响起之时，迅疾扑向"行天熊"陈子健，身法快逾电闪。陈子健本是一直瞪视着洗管非，只觉得眼前人影一闪，洗管非已掠到了他的面前。与他鼻对鼻、眼对眼地站到一处。陈子健骇然大叫一声，双钩连忙挥起劈落，洗管非冷笑道："你倒还敢动手！"话刚说完，左掌已连拍而出，但闻"啪啪"两声，陈子健的两边肩骨顿时碎裂，手臂从空而落，但他怒恨填膺，双手犹还握着虎头钩不放。

洗管非从掠起到击断陈子健的双臂，只不过眨眼的工夫，龙不飞与"行天虎"蓝固清欲要从旁夹击，但还没近身，陈子健受制就成了定局。龙不飞顿住身形，急叫道："洗老爷子，请网开一面！"蓝固清使的是一对大铜锤，对击一撞，"砰"的一声巨响，激出一团火花，喝道："洗老爷子，你放不放俺兄弟？"

洗管非道："你想要他回去是不是？好，给你！"左手抓住陈子健的手臂，右手擒住陈子健的一只手腕，两手往上一旋，陈子健手上的虎头钩就不由自主将自己的头颅勾落下来，刚一脱离颈脖，洗管非就抓起陈子健的头颅掷向蓝固清。

蓝固清双手握锤，哪里还能腾出手来接人头？只得双腕并曲，将陈子健的头颅捧在怀内，放声大骂道："姓洗的老狗，俺日你祖宗，他奶奶的，你出门必遭天打雷劈！"他乃北方人，绕着舌头骂人，更是难听。

洗龙安正帮一名白衣大汉击退两名黑衣高手，闻声望去，赫然只见陈子健脖颈处的鲜血喷起一尺余高，喷了一会后，他的身躯便软软倒地了。龙不飞抹了一把脸上所溅的热血，大叫道："住手！全都住手！"他声音清越激昂，立时将洞内的兵刃交击声盖住，侠义五行门的人首先停手打斗，余派众人也随着纷纷撤回了兵器。

蓝固清两眼四处一望，仍不明白，道："门主，为啥住手？俺要和姓洗的老狗拼了！"

龙不飞左手一扬，"啪"的一声，一个耳光打在他脸上，喝道："再敢对洗老爷子无礼，侠义五行门内就再无你这莽夫之名！"蓝固清一怔，龙不飞转身又朝洗管非拱手道："洗老爷子，从今日起，龙某愿在你老人家麾下效力，上刀山，下火海，任由驱使，在所不辞！"

这一下转变如此之快，众人不禁均感愕然，还道龙不飞贪生怕死，就此服软了？但其中见识高明之士自然看得出来，眼前形势对群豪极为不利，若要继续缠斗下去，势必会被洗管非杀尽屠光，只有暂时委曲求全，才是上上之策，而龙不飞瞬即决断，更可见其应变神速，当不愧为武林中第一流人才。

洗管非哈哈一笑，说道："好，还是龙门主识得大体，不过这份小礼还请龙门主笑纳！"左掌一摊，一枚金光闪闪的"七海定心针"平放于掌上。

龙不飞想也不想，两指夹起，转眼就插入了自己脑袋之中。蓝固清浑身微微一颤，失声道："门主……"

洗管非笑道："蓝大个子，还不快谢龙门主救命之恩？"方才若非龙不飞决断极快，蓝固清自然也难逃性命之厄，但他犹不明白，愣了愣，道："谢什么？"洗管非暗自一笑，心想："留着此人，也无碍于大事。"当下对他就不再理会，转眼向群豪脸上一扫，群豪个个岌岌自危，不敢出声。

洗龙安踏出一步，振声道："爹，你不要再用这种手段对付大家了，你放他们走吧。"他虽与父亲相处时间不长，但从未如此大声跟其父说过话。话刚说完，顿时满脸通红。

洗管非朝他看了一眼，脸上微微一笑，道："安儿，你过来！"

洗龙安此次当着众人之面劝阻父亲，心料爹爹必定会大发雷霆，怒加叱责，谁知会如此和颜悦色地对自己说话，当即心中一宽，说道："是！"脚步就待迈出，叶、何二老忽然一人一手抓住他的衣袖，齐声叫道："臭小子，千万不能过去！"

顿了一顿，叶有理又道："你爹爹会用'七海定心针'刺入你的脑袋瓜子。"

何无言接道："你的脑袋瓜子一旦被刺入'七海定心针'，即被他所控制！"

叶有理道："如果你被他控制，那龙门镇全帮上下可就要全听你爹爹的号令了。"

何无言道："其实全帮上下听你爹爹的号令也不打紧，只是若我们兄弟俩也听你爹爹的号令，那可大大不行。"

叶有理道："正是，我们兄弟俩武功天下第一、第二，若反听你爹爹这武功第三之人的号令，那岂不太没颜面？"

何无言道："是啊，你一过去，我们就没了颜面，所以你千万不能过去!"

两人不知不觉中将洗龙安的衣袖抓得更紧，唯恐他会溜走似的。

洗龙安暗自好笑，心想："这两位师叔自封武功天下第一、第二，却还时时不忘这名号，拼命维护，当真是越老越糊涂了。嗯，我不过去跟爹爹站立一起，也没什么大不了的事，反正爹爹要做什么，我决计不能阻止，最多只能说上几句而已。说话可不必非在一起。"他如此一想，心中就甚感欣慰，方才见父亲肆意迫害武林同道的忧郁之感也一扫而空，笑了笑，道："两位师叔请放手，我不过去就是了。"说完又向父亲恭声道："爹爹有什么话但说无妨，孩儿在此洗耳恭听。"

叶、何二老却哪里肯松手？洗管非淡笑道："也没什么，只是听说你在江湖上结识了一位大哥，这位大哥极为重情重义，为父就不逼他，你请他自愿用了这根'七海定心针'便是。"左掌摊开，掌心赫然又有一枚"七海定心针"。他前后取出两枚"七海定心针"，但洞内数百双眼睛竟全都没有看出他是从何处取出的，群豪不由面面相觑，均感惊异。

洗龙安一听就知父亲所指之人就是沈威，但沈威是自己结义大哥，让自己结义大哥将这至酷至烈的"七海定心针"自愿插入脑内，这话就是杀他一刀，他也决不会说出口来。洗龙安当即低下了头，不发一言。连看也不向沈威看上一眼，深恐父亲从他的目光中判定他结义大哥是谁。

洗管非等了片刻，方才说道："安儿，你没听到吗？"话语中竟无丝毫责备之意。

但越是如此，洗龙安就越觉不安，他双膝一软，跪在地上，道："求爹爹开恩，放孩儿义兄一马。他既为孩儿义兄，也就是爹爹的侄子，岂敢不服爹爹号令？"

洗管非笑道："既然服我号令，这'七海定心针'插入脑中就跟没插入脑中一样，安儿又何以要如此推辞？"

洗龙安一怔，答不上来。耳边忽听一阵脚步急响，紧接着一人洪声道："伯父所言极是，侄儿愿意随伯父鞍前马后，效力至死!"洗龙安抬头一看，沈威正躬身立于父亲面前，伸手拿起金针，插入脑内，洗龙安不觉"啊"的一声，惊呼出声："大哥……"

沈威回头笑道："贤弟何须担心？愚兄脑中已入'七海定心针'，今后平板镇上下就算是伯父他老人家麾下的一分子，有朝一日伯父荡平'五花邪教'，一统江湖，平板镇可就受益非浅了。哈哈哈……弟兄们说是不是？"笑声畅快欢愉，绝无丝毫做作，众人不禁甚感愕然。

平板镇众好手纷纷答道："是啊，威哥说得极是！"

"咱们大伙儿都愿意跟着洗老爷子，为洗老爷子效命，那'七海定心针'，就请洗老爷子一人分上一枚吧！"

"不错，一人一枚，做事认真，五花邪教必被铲除无疑！"

一时之间，颂词如潮，平板镇上下竟抢着要"七海定心针"。群豪大惊之下，均感不可思议。有的心想，原来平板镇人人都是趋炎附势之徒。洗龙安见事已如此，就站起身来，左右望了一眼，却见独眼廖超等人脸上皆是怒愤之色。

洗管非放声一笑，拱拱手，道："各位，绝非洗某吝啬，实乃此针药材采集极难，炼制更是不易。若要一人一枚，老夫势必要倾家荡产不可。哈哈哈……抱歉，抱歉。"他原以为制服平板镇也要费上一番周折，岂料如此容易，心中也甚是高兴。

平板镇众人一片叹息，沈威大声道："大伙儿无须叹气，要抢功劳那还不是易事？出洞之后，多下苦力朝那五花邪教的狗崽子们身上招呼便是！"

平板镇众人齐声道："是！是！"

叶有理忽然怪声道："师弟，杀害婉容师侄之人，这小子也在内吗？"

何无言道："不错，非但在内，还属首凶！"

叶有理道："如今这小子投靠了洗老儿，嚣张至极，全没将咱们兄弟俩放在眼里，是不是？"

何无言道："正是，他以为投靠了洗老儿，这道梁子咱们就不敢讨还了。"

"了"字说完，两条人影突然闪动，齐齐扑向沈威。动作迅速至极，洗龙安在叶有理开口说话之时，就倍加留意，生恐他两人不利于沈威。但这时竟连出口阻止也来不及。沈威钢刀拔出一半，叶、何二老两道掌力就从两边拍至胸前，他自忖绝难避开。一刹间，他也决断极快，干脆双眼一闭，只听"啪啪"两声，而他竟无受击之感。睁眼一看，洗管非已与叶、何二老战在一起。

群雄见叶、何二老以迅猛无匹的身法扑向沈威，也想到沈威这番必死无疑，谁料洗管非身形一晃，眨眼间就挡在了沈威面前。叶、何二老的掌力势道自然不可与独脚高雄同日而语，但两掌击实，只听两声"啪啪"响后，洗管非身躯只微微一晃，全没受损，可见功力之高委实令人咋舌。

叶、何二老齐齐跳开，何无言道："师哥，洗老儿的功力好深啊！"

叶有理道："不对，是洗老儿皮厚，咱们朝他眼珠子下手。"于是两人又纵身而起，二十根鸡爪般又瘦又尖的手指向洗管非眼中插去！

洗管非忙低头避过，这样一来，背心不免露出了一个破绽。何无言忍不住化指为掌，猛击了一下，洗管非却仍然无损。叶有理右手一弯，向上勾起，仍是挖他眼珠。洗管非伸臂挡格，叶有理回转手掌，五指成爪，又抓向他的左眼。如果此时何无言能以方才快捷的身法抢攻对方右眼，洗管非也许躲避不过，但何无言窥见了洗管非一处破绽，忍不住又击上一掌试试，洗管非才得以乘隙往右一偏，避过来袭。

瞬间，又过了几招。洗管非本在两大高手的围攻下，还不至于应付自如，进退随意。但他每到紧要关头，就故意露出一处破绽，引得何无言分身来攻。何无言每每忍不住都要试上一试，结果才使本是天衣无缝的攻击出现漏洞，洗管非得以从容应付。这就好像一个极好饮酒之人一样，不论多么紧要的关头，只要一见到味美香醇的好酒，就会不顾一切地去尝一尝。洗管非抓住了何无言这一点弱处，莫说十招、百招，就算是打到上百招，也无挖眼之危。

洗龙安亲身体验过叶、何二老的厉害，起初甚是担心父亲不敌，见到这等情状，不禁暗暗地吁了一口气。

群豪素知洗管非深负两大绝学，第一便是"玉佛金身"，另一种则是"流光璀璨七藏十六式"。铁布衫虽然号称刀枪不入，但须提前运气才能达到"浑身似铁"的功效。而洗管非一面与叶有理闪掠相斗，一面任由何无言在其身上随意猛击，却丝毫无损，稍有硬气功之类的武学常识之人就知此人的"玉佛金身"功夫已练至了顶层境界。况且，洗管非长剑未出，一旦出剑，情景恐怕不是如此这般了。

独眼廖超与龙不飞等人被洗管非所制，心内本是极为忿忿不平，但见到三人拼斗到二十招以后，都不禁心想："洗老不死的号称'神鬼同愁'，果然名不虚传！"

就在此时，只听王雪瑶叱道："姓沈的，你要干什么？"洗龙安欲朝沈威望去，面门前却忽地刀光一闪，他忙将身形往后倾仰，应变还算迅速，但那刀光立时由慢转快，瞬即就劈至他的面门，又陡变一变，斜削向他颈脖，洗龙安呼道："大哥！"钢刀赫然已扣在颈上，反握刀柄的人正是沈威。

古大彪与王雪瑶已分别被四名大汉围住，王雪瑶的解牛刀法舞得就如狂风骤雨一般，只听"当当"两声，两名大汉的单刀落地，王雪瑶正待抢近洗龙安，沈威喝道："都别动，谁敢过来，老子先一刀劈了这小子！"

古大彪跳开一步，大声叫道："姓沈的，你干吗将刀子架在洗小子头上？这也是好玩的吗？"

沈威冷笑一声，道："来人！"数十名平板镇好手立时急涌过来，挺刃将他两人团团护定。这次变故说快不快，说慢不慢。关键在于谁也不曾料到沈威竟朝洗龙安下手。等到众人回过神来，洗龙安已被制住。其中高明之士自然看出沈威出刀快捷，毫不停滞，手下的四名好手配合默契，显然是蓄谋已久，伺机而动。

洗管非与叶、何二老早已罢斗。叶有理道："喂，小子，洗老儿为了你正和咱们打架，你反倒抓着他孩儿干什么？"

沈威对他理也不理，径自向洗管非朗声道："洗老爷子，咱们打开天窗说亮话，在下中了你的'七海定心针'，不得不听从你的号令，你若让在下干些除暴安良的大事，倒还罢了；你若是叫在下干卑鄙龌龊之事，在下不从，岂不是死得惨不堪言？"

洗管非却仍是一副泰然之状，道："那你要怎的？"

沈威道："一句话，你将'七海定心针'的解药秘方写给在下，在下立即就放了洗公子，保证不伤他半根汗毛。"

洗管非道："要写出来吗？"

沈威道："不错，法不传六耳。这等事若要大伙儿全知道了，洗老爷子你一番苦心不就白费了么？"

独眼廖超等人一见沈威挟持了洗龙安，就心知其意，纷纷窃喜，不料沈威说出这番话来。顿时不由勃然大怒，独眼廖超叫道："姓沈的，你拿到秘方，又想要挟我们，是不是？"

洗龙安心想："沈大哥向爹爹要解药秘方，却为什么不给大家看？他果真是想要挟苏姑娘等人吗？唉，我还以为只有爹爹喜好权势，天天为之勾心斗角，原来沈大哥也是一样。这世上既是每个人无时无刻不在为名利争斗不息，尔虞我诈，那我活在这世上又有什么味儿？"此时，他心里只感到一阵凄凉，倒想沈威赶快一刀将他杀了才好，免得父亲难以抉择。双目也不敢朝父亲望上一眼，生恐碰上他那凌厉责怪的眼光。

沈威将刀柄一紧，喝道："洗老爷子，你到底答不答应？"这句话等于是默认了独眼廖超之言。独眼廖超等人怒不可遏，但见平板镇众人四面护卫着沈威，甚是严密，一时也无计可施。

洗管非思忖片刻，便道："送纸砚笔墨进来!"他此次行动详加筹划，百物具备，话一说完，洞外立时"嗖"的一声射进一支羽箭，钉在对面的石壁上，箭尾颤晃不休，箭身上绑着一只墨笔与一匹白纸。

一名黑衣大汉快步上前，取下箭矢，双手呈送到洗管非面前。洗管非单手接过，笑道："当真要写吗?"

沈威道："自然要写，洗老爷子，你还啰哩啰唆干什么?"洗管非微微一笑，目光在洗龙安脸上轻轻地一瞟而过。洗龙安目光与之一触，不由暗自一怔，心想："我自被沈大哥擒住后，爹爹从未看过我一眼，怎的这一眼看来，目光如此怪异?"他见父亲的目光是从左至右瞟过，也顺着目光朝右望去，只见右侧站着的一人赫然是罗仲新。

就在这微妙的一刹光景中，沈威已觉察出不对，张口道："洗……"才吐出一个字，洗管非手中的羽箭已如闪电般直射过来。他并没有如何作势，只将食指一弹，羽箭就脱手射出，当真是令人猝不及防。而沈威却早有防备，立时左腕一翻，瞬即就将羽箭抄在手中，就在这时，他执刀的右手突然一麻，竟连一把钢刀也把持不住，"锵啷"一声掉在地上。大惊之下，他忙叫道："快……"面前却陡然人影一空，洗龙安已被罗仲新扯到一旁，沈威一怔，脱口道："你……"罗仲新哈哈一笑，大声道："威哥，属下得罪了。"他单手执刀，当即就朝沈威胸前连劈三刀，沈威抵挡不住，连退三步。龙门镇众人见竟发生如此变故，一时尽皆错愕当场，不知如何是好。

众人在旁见得分明，洗管非箭矢射出，罗仲新便骈指在沈威臂关节上点了一下，不过手法快捷无比，沈威与平板镇众人又都只凝视着洗管非，谁也不曾在意。尔后罗仲新向沈威连劈三刀，刀法更是迅疾威猛，快如电光石火，王雪瑶乃刀法行家，忍不住"噫"了一声，暗自忖道："这人的刀法十分高明，平板镇这班小喽啰中怎会有如此高手?"随即心中恍然大悟。

沈威只吐出三个字，形势就已倒转了过来，起初他因震惊莫名，还有些不知所以，但只过了瞬间工夫，他就明白了。瞪着罗仲新怒声道："姓罗的，原来你果然是奸细，弟兄们，将他与那小子一并剁了!"

平板镇众人轰应一声，纷纷持刀猛扑而上，却还有十几名好手环守在外面，以防止洗管非乘机冲入抢人。罗仲新一脚踢飞两名大汉，反劈两刀，又将欺近洗龙安的两人迫退，嘴里叫道："威哥，你这是什么意思？小的只跟你开个玩笑，你干吗动起刀子要小的老命？啊哟，啊哟，三位兄弟痛不痛？"叫闹声中，三名平板镇大汉手腕被斩断，但这三人甚是硬朗，竟然一声不吭，罗仲新就不客气地替他们叫起痛来，叫毕哈哈大笑不已。

沈威直气得七窍生烟，但见罗仲新略一动手，自己这边就伤了五人，功力之高，与先前简直判若两人。若再过片刻，他打乱了外围阵势，洗家堡众高手乘机冲进，自己非但一番计划势必破产，而且落入洗管非手中后必定惨不堪言。想到这里，他不禁望了洗管非一眼，只见洗管非站在场外，面含微笑，一副胜算在握之状。四面八方的洗家堡高手挺刃而立，虽未动手攻进，但尽皆是一副虎视眈眈的样子，只要一声令下，这些人就会一齐冲过来厮杀。平板镇外围侍守的十几个人，必定会在顷刻之间就被杀光屠尽。群雄大多也是冷眼旁观，并无相助之意，只有白衣教白奉先与十数名尚未尝试过"七海定心针"的帮派首领人物面露惴惴之色，平板镇若胜，他们就可逃过大难；平板镇若败，那他们的势力也会被洗管非所制。

沈威忽地心念一动，大叫道："白教主还不动手，更待何时？"这话好像是与白奉先事先有预谋，相机而动似的。白奉先一怔，身后立时传出两声惨叫，白奉先转身望去，洗家堡的几名高手已与自己属下的兄弟动了手，其中两人躺在地上，胸膛上鲜血直淌，白奉先大怒，喝道："弟兄们，跟他们拼了！"只听数十人轰应一声，场面又瞬即大乱，显然响应之人，绝非白衣教一派，洗家堡数十名高手也尽皆动手厮杀，全力镇压。

沈威心中暗喜，单刀当即"呼"的一声猛向罗仲新劈去，他想乘混乱之机，将洗龙安重新控制在手。罗仲新轻轻举刀一格，笑嘻嘻地道："威哥想要小的命吗？抑或是想要洗公子的命？"

沈威喝道："两个都想要！"回刀一削，又疾削向罗仲新左肩。洗龙安只是呆呆怔立着，脸色茫然，右手却与罗仲新左手相牵，沈威这一刀自然就是要将他们分开。但罗仲新刀法比他高明许多，焉能让他得逞？只将刀锋一转，沈威的单刀就已被架开。

沈威哼了一声，正想使出先慢后快的怪异刀法，忽听洗管非哈哈一笑，朗声道："好，你们既然要逼我动手，那我就无须客气了！"他身形倏地一晃如飞，疾向人丛中掠去，顿时只听"啊啊"之声不绝于耳，且每响一声，打斗之声就减弱一分，沈威禁不住转目望去，只见洗管非斜冲到白奉先面前，白奉先手中的一对峨嵋刺猛地直朝洗管非胸口插去，速度力道皆堪称一流高手。谁知洗管非竟如鬼魅般晃到白奉先身后，右手两指夹着一枚金针，闪电般插入白奉先的太阳穴中，白奉先"啊"的一声，两只峨嵋刺像突然失去了力道一般，瘫软了下来，他脸上亦是一片惨然。

白衣教左侍卫陆水英见门主已中了"七海定心针"，心知再斗下去于事无补，就将左臂扬起，无力地一挥，白衣教众人即各自休战，这是与洗家堡力抗的最后一支帮派，他们这一罢战，洞内又是一片静寂，众人脸上如丧考妣。

洗管非哈哈大笑，一时之间，志得意满，说道："沈帮主，你也服了么？"

沈威见群豪反抗之力渐微，早已想到此次行动又遭失败，心中气馁之极，但也只能喝令手下停手。这时干脆将刀往地上一扔，昂头道："洗老爷子，要杀要剐，悉听尊便，姓沈的要有一句告饶之声，必被众位江湖朋友唾液淹死！"

洗管非点点头，笑道："久闻我儿的结义大哥是个颇识大体的硬汉，今日一见，果然名不虚传。哈哈哈……沈帮主，要生要死，你自己挑吧！"

这话说得极为不清，群豪听来有些莫名其妙。沈威也甚觉奇怪，暗道："大家都撕破了脸皮，洗老儿怎的还叫我为'我儿的结义大哥'，又为什么说我是'颇识大体的硬汉'，我方才那几句话的确极为硬气，但和'颇识大体'又扯得上什么干系？"他脑筋急转，瞬即恍悟："洗老儿说我'颇识大体'，肯定是希望我向他主动臣服，而称我为'我儿的结义大哥'，自然是表示宽慰之意，总的意思说来，不就是只要我向他表态衷心臣服，他就会不计较前嫌，而且还会把我当作侄儿看待？"又暗暗寻思："洗老儿已在各派帮主头上都插入了'七海定心针'，众人虽在表面上不敢反抗，但心底却愤怒不服。我若乘机说上几句表示衷心臣服之言，依照洗老儿之意，必被重用。哼哼，君子报仇，十年不晚，只要我沈威一朝事成，再报此仇也不晚！"当即抱拳朗声道："洗老爷子德才兼备，神功无敌，晚辈适才斗胆冒犯，当真是糊涂得很，如今厚颜恩请洗老爷子网开一面，容属下有投身报效之机，平板镇上下自是感恩不尽！"

众人听他先以"晚辈"自称，接着自称"属下"，其中归服之意，显然表露无遗，不由均感诧异。

洗管非以"七海定心针"制住群豪，手段实是毒辣异常。他怕众怒难犯，大家若一时怒起，与他誓死相拼，他一番计划就会付诸东流，但此时若有人出头表示衷心臣服之意，那么群豪众志成城之心即告瓦解，众人也会依次归降，否则以洗管非的无匹功力，洞内之人无一是其敌手，他只要尽出手段镇压就是，又何必费心以言语来暗示沈威？沈威明白其意，果然在口头上率先表示降服，洗管非大喜过望，笑道："好，贤侄能改过自新，重新投入中原武林门下，替千千万万的武林朋友谋幸福，洗某自是欢迎之至！"

沈威忙俯身拜倒，朗声说道："谢盟主不杀之恩，属下等必将功赎罪，誓死杀敌！若有二心，天诛地灭！"平板镇众好手立时也跟在后面拜倒道："谢盟主不杀之恩，属下等必将功赎罪，誓死杀敌！若有二心，天诛地灭！"听众人说得整齐响亮，沈威暗道："将功赎罪，誓死杀敌！不错，洗老儿，你知道吗？老子立誓要杀的敌人，就是你！"脸上煞气密布，但他低着头，任谁也看不出来。

群豪见平板镇上下数十人皆已拜服在地，势力弱小的门派自知胳膊终究拧不过大腿，也接着拜倒，高声宣誓效忠，尔后群豪先后跟着跪倒宣誓。洞内立时黑压压地跪下了一大片人，唯独侠义八卦门的苏羞幕和洗龙安及叶、何二老等八人挺立不倒。

洗管非暗道："安儿和两位师叔倒还罢了，姓苏的臭丫头与这两个臭残废竟到这时候还不屈服，分明是不将老夫放在眼内。但若就地格杀，却不仅陡然添乱，还必会使众人心寒，就暂且放过。待出洞后，老夫不将侠义八卦门连根拔除，'神鬼同愁'四字自此就倒悬江湖！"心里这番计较已定，脸上便开颜笑道："众位请起，自此以后大家并肩作战，互为支援，又何必如此多礼？"

群豪纷纷起身，齐声谢过。

洗管非又道："咱们中原各派今日结盟，旨在对付'五花邪教'，'五花邪教'在云贵一带活动，向来甚为猖獗，大家稍时回去之时，务必多加小心。万一有险，请以举火为号。现在请各位陆续出洞，外面自有水酒相候！"群雄应了一声，各自拖着脚步走出石洞。

沈威待众人将要走尽之时，方慢慢行至洗龙安跟前，低声道："贤弟，方才大哥迫不得已，多有冒犯，还请瞧在伯父的面上，见谅。"

洗龙安本来打算自此不再理他，但听他言语恳切，又抬出爹爹的面子，心中不由一软，叹道："大哥，你好自为之，他日你若听从爹爹号令，则一切都好，若有违背，兄弟……兄弟我也……也帮不了你什么……"他心知大哥心机狡诈，虽然立誓效忠父亲，但日后难免反覆。只要他一旦反覆，父亲必会置他于死地，这一后果，他就如已预见了一般，是以说着说着，不禁热泪盈眶。沈威点点头，朝叶、何二老各望了一眼，转身而去。

独眼廖超挽扶着高雄，与苏羞幕三人走在最后。临行前，独眼廖超大声道："洗老爷子，山高路远，咱们后会有期！"洗管非拱拱手，微笑不语，心里却盘算着如何攻打侠义八卦门。

待到众人走尽，洗龙安行至洗管非面前，跪下磕头，道："孩儿叩见爹爹，恭喜爹爹荣登盟主之位！"王雪瑶与古大彪也相携过来，以晚辈之礼相见，而叶、何二老却仍站在原地，鼻腔中齐哼一声，大大不以为然。

洗管非从不与叶、何二老计较，便对着洗龙安说道："这几个月来辛苦你了，但欲成大事者，不拘小节，你不可怪爹。"洗管非在亲子面前素来不苟言笑，这时虽然大事已成，但也不露出丝毫笑脸，话也说得颇为生硬。

洗龙安惶恐道："是，孩儿不敢。"

洗管非道："听说你已当上了龙门镇帮主，这一来是谢帮主垂青；二来是你侥幸所得。与你的才识武功可扯不上半点干系，是以日后切忌不可骄傲自大，目中无人。为父若听到你半句不敬尊长之言，必当严惩不怠！"

洗龙安心知这话是说与叶、何二老听的，自己才识浅薄，武功低微，虽然当上了龙门镇帮主，但在帮内必定难以服众。若是有叶、何二老辅助，帮主之位才能稳固。只有帮主之位稳固，日后方可为父亲效力。

果然，只听身后嘿嘿一笑，那是叶有理的得意笑声，洗龙安低垂着头，恭敬地道："是！"

洗管非吁了一口气，语气蓦然变得轻松，道："好了，范姑娘若有什么话，现在可尽管与这小子说去。"

洗龙安一怔，随即满脸通红。

范琳自进洞后，一直未开口说话，只是呆呆地出神，这时洗管非突然叫她的名字，她也一惊，随即照样是满脸绯红，忸怩道："安……安公子，你好。"她本想叫一声"安哥哥"，但见众人在场，立时改口称"安公子"。

王雪瑶站在旁边，两眼朝他们两人脸上一瞟，心中便已了然。暗暗气恼道："原来这小子早有情人。"不觉秀眉微颦，古大彪却大喜："洗公鸡原来有了老婆，日后自然就不会再与我抢老婆了。"

洗龙安站起身来，斜瞥了范琳一眼，低声道："范姑娘，你……你也好……好。"他虽然有一肚子话要向范琳诉说，但碍于父亲与众人在场，一时之间，也不知如何开口，场面顿时陷入了尴尬之境。

洗管非原也想领着众人出洞，留下一片清静之地给他们倾诉私情，但群豪正在外面饮酒，一阵阵呼三喝四之声传来，洗管非心想："现在出去与他们共饮，未免有失老夫身份！"当即哈哈一笑，说道："老夫此次大事能成，范姑娘祖父范老先生当属首功。范姑娘，明日你回'尘环谷'，可千万别忘了跟范老哥哥说上一句，叫他备上几百坛好酒，老夫日后必带安儿前往，到时任是什么大事，都好商量了，哈哈哈……"

范琳脸上又是一红，心知他所言的"任是什么大事"暗指何事。洗龙安却愣了愣，不太明白地道："爹，范姑娘祖父范老前辈也……也参与此事了么？我怎的还没瞧见他老人家？"

'黑手'路有桥、'毒手'王洛三、'屠手'罗大佑与罗仲新四人突然齐声一笑，均向范琳拜倒，恭声道："参见大小姐！"

洗龙安吃惊地道："你们……"范琳皱着眉头，微微点了点头，'黑手'路有桥四人又齐声道："谢大小姐！"才各自起身。

洗龙安望了范琳一眼，叹了口气，道："原来你是神义无相门的大小姐，那令尊大人自然就是神义无相门门主了？"

范琳却摇摇头，道："神义无相门门主是我爷爷，他老人家有一点没骗你，那就是我爹娘早已过世。"

洗龙安呆了呆，喃喃自语道："范老前辈……"

范琳道："爷爷一开始就知道你是洗伯伯的公子，是以才出手相救。后来你在'尘环谷'待了几个月，爷爷就去了洗伯伯那里，商量好了这个大计划。"

王雪瑶忽然冷冷地道："什么大计划？是不是将大伙儿全骗到这鸟不拉屎的狗洞中的烂计划？哼，这等卑鄙无耻之事，也只有'反通神'范无边这老杂毛想得出来！"她不远千里随着洗龙安到此的目的就是为了寻找《林海秘笈》，不料此事从头到尾都是一个大骗局。气愤之下，她先时就想发作，但碍于洗龙安的情面，不便当着群豪的面与洗管非等人公然作对。于是待群豪一走，她立时按捺不住，大骂"反通神"范无边为"老杂毛"。路有桥四人齐皆变色，洗龙安也吃了一惊，路有桥喝道："贼婆娘，你说什么？想找死么？"

罗仲新叫道："你是谁？敢出言侮骂神义无相门门主，他奶奶的老子一连好几十天没杀人了，正好拿你这臭娘们儿开开荤！"当下拔出单刀，虚空劈三记，再将单刀横在胸前，嘿嘿一笑。

古大彪跨出一步，大声道："她是我老婆，你们要想动手，须先过我这一关！"

王雪瑶道："不用，这位大概就是神义无相门的'血手'田应农，手上的'闪电劈月刀'想要伤我，那可还差上一截！"这句话说出，洗龙安又是一惊倒还罢了。罗仲新一惊却是非同小可。他正是神义无相门'血手'田应农，受命隐伏在沈威的平板镇内，身份之秘除了洗管非几人知晓外，旁人决计无法知道，眼前这女子却不仅一口道出，而且还指出了他刀法名称。"闪电劈月刀"出自于鄂西神龙刀派，刀法精悍凶猛，快逾闪电，下手时往往将人置于死地，而甚少留情。江湖上得知有这路刀法的人并不很多，田应农方才摆出的那招正是"闪电劈月刀"第一式"推窗见月"的起手式，王雪瑶乃刀法行家，只见这一招就知田应农来历。

'血手'田应农惊奇地道："你……你到底是谁？老子的名号你怎会知道？"两眼望了望洗龙安，又望了望洗管非，神色不定。洗管非喝道："安儿，这女子到底是谁？"他见田应农望向自己的眼神有怀疑之色，忙出口相问，以避嫌疑。洗龙安正欲回答，王雪瑶右腕一翻，亮出一柄解牛刀，刀尖向下，刀柄倏地在她手中一旋，又被她重新握于手中，依然是刀尖向下。使完这一手，王雪瑶大声道："田应农，这路刀法你识不识得？"

田应农大吃一惊，瞪着王雪瑶道："你……你是解牛派掌门的什么人？"开始一字显得极为恐惧，后面一句喝出才显得胆气十足，洗龙安感激他曾在崂山顶上，出手相救之情，便说道："这位古夫人乃是解牛刀王老爷子的千金，在下曾蒙她相救才不至于丧身那独脚高雄之手。"他本来未得王雪瑶相救，但这么一说，众人便知她与自己有救命之恩，任是什么过节，瞧在洗公子面上，暂时揭过便是。范琳"咦"了一声，说道："这位姐姐斗得过独脚高雄吗？她的'上下一体，盘根错节'独门功夫可是厉害得很。"

王雪瑶反问道："斗不过就不救人吗？老娘见洗公子危急，就是拼了性命也要护卫他周全！"这句话似乎赤裸裸地表示爱意，洗龙安脸上一红，想不到王雪瑶竟顺水推舟，说出这等话来。众人起初还以为王雪瑶是忠心护主，但见洗龙安脸上这么一红，王雪瑶更是眼波流转，洋洋自得，便想他们之间关系定是非同寻常，只是王雪瑶自称"老娘"，这未免与怀春少女的言语颇为不符。

　　范琳娇躯微微一颤，点点头道："是，是。"脸上已带着些许伤感之意，又转脸向田应农道："田叔叔，我素知你与王老爷子昔日有仇，但今日你瞧着我……我爷爷的面上，暂不追究如何？"

　　田应农恭声道："是，大小姐说不追究，属下就不追究！"将刀收入鞘中，退后三步。王雪瑶也只是想出口闷气，当真要与田应农动起手来，她却无十足把握，何况她势单力薄，若不见好收场，一旦触动了"神义四手"，非得死无葬身之地不可！当下哼了一声，后退两步，古大彪仍挡在她身前，方才的言语他不知是没听到，还是听不明白。

　　叶、何二老早围了过来，本是等着看热闹，见两人一退，顿感大失所望。何无言道："解牛派的人本来要和神农刀派的人打架，怎的现在不打了？"

　　叶有理道："不是不打，是没兴头了。"

　　何无言问道："什么兴头？"

　　叶有理洋洋得意道："天下第一、第二的名头都被我们兄弟俩得去了，洗老儿好不容易占到了天下第三，如今这两人打来打去也不过是抢个第四、第五的名头，打起来又有兴头？"

　　何无言笑得合不拢嘴，连连点头道："是极，是极，师哥之见果然高明……"

　　田应农等人在心中直骂道："高明个屁！"心知他们素来喜欢胡说八道，就不以为忤。叶有理继续道："师弟，既然天下第四、第五的两人连架都不想打了，那咱们待在这洞里也甚是气闷，不如去洞外喝两杯。如果再迟些，那些天下第六、第七、第八的王八羔子喝光了美酒，咱们两人岂不吃了大亏？"

　　何无言立时跳了起来，道："哎哟，那可不妙，快去，快去！"两人说着相携飞掠出洞，其身法快得匪夷所思。

　　这两人出洞，众人也正好落个耳根清静。洗管非望了王雪瑶一眼，又瞪着洗龙安，说道："安儿，你可知道爹爹与范伯伯商议的这个大计划，第一件必做之事是什么?"洗龙安正感尴尬不安,闻言想了想,道:"孩儿在'尘环谷'时,爹爹的大事已然发动,要做的第一件事是不是先毁堡诈死?"

田应农暗暗点头,心道:"这小子的脑筋倒转得甚快!"只听洗管非哼了一声,冷冷地道:"正是!"

洗龙安胸口一震,心中暗道:"爹爹怎的如此说话?口气好像是我做错了什么事一般。"随即醒悟:"是了,爹爹创立洗家堡,在江湖中屹立了数十年,今朝为了这件大事将自己数十年来的心血亲手摧毁,其中所需的毅力当非常人所能想到。爹爹如此相问,就是告诫我凡成大事,非要大毅力不可。更暗示我要断然舍弃王姑娘,与琳儿相好。如此一来,'洗家堡'与神义无相门联袂,定然天下无敌。"想到这里,不由一声苦笑:"看来爹爹误会我与王姑娘了,我对王姑娘虽有好感,但岂能拆散夫妻?而且,我都不可违背爹爹的意思。"当即恭声道:"是,孩儿明白。"眼光朝父亲望去,尽是坚定之意。

众人见他思忖片刻,突然冒出这么一句话,尽皆愕然。

洗管非却点点头,道:"你知道就好,这几个月来,我故意让你独自去历练江湖,想必你也长了不少见识,江湖中的是非善恶,你如今也分得清楚了。"他见孩儿信服自己之言,语气顿时缓和了下来。

洗龙安道:"是,若非爹爹锤炼有方,孩儿如今处身江湖,恐怕连东南西北也分不清了!"

洗管非哈哈一笑,道:"那倒不至如此,我儿天资聪明,一般高手难不倒你,只是若碰到沈威这等奸恶伪善的小人,才须万分小心!"

洗龙安一听父亲提到"沈威"之名,不由心中黯然,垂头低声道:"是,沈大哥他……"

洗管非立时喝道:"闭嘴,你还叫他'沈大哥'?此人口蜜腹剑,心如毒蝎,若非我派田老大暗中保护,你这条小命早被人家宰了七八次!"

洗龙安一凛,田应农大声道:"不错,姓沈的王八崽子可真他奶奶的不是东西,他不但杀了熊帮主父子,还想害洗公子,若不是洗公子身上一直找不到秘图,嘿嘿,洗老爷子你就多半见不着这宝贝儿子啦。"他不属洗家堡,说起话来对洗管非也毫不恭敬,洗管非只是微微一笑,并不责备。范琳却皱了皱眉头,洗龙安道:"沈……沈威在我身上一直找不到秘图?难道他……他在我身上搜过?"

田应农冷笑道："一共搜过三次，闭合庄一次，连环十二岛一次，崂山平板镇总坛一次。当时并不是没有找到那份秘图，只是见那份秘图太过于简单，不敢信真，才一次次放你逃过厄运。若是姓沈的王八崽子早知道你身上的秘图是真本，洗公子，你想想看，你能逃过他的毒手么？"

洗龙安怔了怔，瞬即浑身冷汗直冒，细想起来：在闭合庄与平板镇总坛内，自己都睡得极沉，若非吸入"鸡鸣五谷香"之类的迷香，一个练武之人岂会睡得如此之沉？仅此一项，就知田应农所说不假，只是在连环十二岛内，自己还没睡下就来了一名黑衣人……心念一闪，洗龙安忽然叫道："田应农，在连环十二岛中的空心岛，那夜的黑衣人是不是你？"

田应农笑道："不错，正是我，那夜沈威要对付熊除病那小子，就叫我到你住处搜取秘图，我自然知道那份秘图从头到尾都是假的，索性就拔出刀子与你斗上一斗，好让你斩我一刀，除去沈威的最后一丝疑心。"

洗龙安心念电转："原来那夜突袭的黑衣人果然是田应农。田应农故意让自己中刀，好叫沈威瞧在眼里，以为他武功不过尔尔，不足为患，便可放心将他留在身边干事。此人有如此心机，当可与沈威匹敌了。"

只听田应农又洋洋得意道："自此以后，姓沈的王八崽子对我更是放心，许多大事都交由我去办理，本来我想继续留下，查探平板镇的诸般动静，但洗公子既然有难，又有碍于洗老爷子大事，在下就不得不拔刀相助了！"

洗龙安最是憎恶有人恃功自傲，淡淡地道："那就多谢田兄了，不过在下还有一事不明。"

田应农道："什么事？"

洗龙安道："田兄假借侠义八卦门之名，受降于沈威门下，说是曾押解过在下娘亲前去连环十二岛，这自然也是假的吧？"

田应农失声一笑，道："自然是假的，在下岂敢押解洗老夫人？若洗老爷子一动起怒来，还不扒了我的皮！"

洗管非道："安儿放心，你母亲早被安置在一处妥善之所，她这几日也对你很是想念！"

洗龙安点点头，道："娘亲既然安好，那孩儿就放心了，但苟合教可以说与此事毫无干系，又怎会在一夜之间被杀得干干净净？"

田应农眨眨眼，说道："此事我也不太清楚，沈威要去攻打苟合教，我只是给苟老儿捎了个信，叫他暂且避一避，谁知他这一避，竟避到十八层地狱中去了。嘿嘿嘿……"

洗管非冷森接道："不错，送他们到十八层地狱去的人，就是我。当时田老大让他们暂避一时，所以老夫就干脆将他们杀个干净，反正苟合教与'五花邪教'近日交往甚密，有互为呼应之嫌，若不及早下手，日后反被其所累！"

话没说完，洗龙安心中已寒，他从小到大，与父亲相处的时间甚短，父亲在他心目中的形象一直是崇高而伟大的。但今日之事、今日之言过后，这种形象就像被蒙上了一层阴影似的，令他再也看不出父亲的形象是如何崇高，如何伟大了。

洗管非忽道："安儿，你怎的不说话？是嫌爹爹做的不对么？"原来他发现洗龙安一直沉忖不语，心中甚怒。洗龙安一震，惶恐地道："不……不是，爹爹做得很对……"就在这时，一人自洞外飞掠而入，躬身说道："禀盟主，外面的人都已经离去了，只有两位老者大叫大嚷，说嫌美酒不够，吵闹着要弟兄们再去购买！"

众人一听就知是叶、何二老，无不相顾莞尔，洗龙安朝那人凝神一望，只见那人足蹬布靴，只有靴尖稍沾水迹，显然是以"凌波虚渡"的高明轻功踏水而来，心下不禁暗吃了一惊。

洗管非哈哈一笑，大声道："传令下去，不可怠慢了那两位老前辈，我稍时就出去与他们下山共谋一醉！"那人应了一声，转身出洞，洗管非转眼向范琳说道："范姑娘，此次事成，全仗令祖与你之力。如今事了，我等先回中原，再行庆贺如何？"言语中显得很是亲热。

范琳微垂着头，低声道："全凭伯父吩咐，侄女莫敢不从！"

洗管非又是纵声一笑，道："好！"当下携着她的手走到洗龙安跟前，又将另一只手握住洗龙安左臂，长笑出洞，众人紧步随后。

下了哀牢山，天色渐黑。洗家堡在山下备有大量马匹，众人一人一骑，纷纷北上。行了二十多里路，方赶到一处市集，洗管非命令大家各觅宿处，又指派十几名好手四面驻守，才自去歇息。

洗龙安独处一房，刚一躺下，突听门栓"咔"的一声脆响，起身一看，一人已推门而入，竟是父亲洗管非。洗龙安道："爹……"洗管非立时将食指竖直放于唇边，作了一个噤声之势，走到床前，低声道："安儿，听说你在江湖上结识了一个女子，叫冯心玉，是不是？"

洗龙安一怔，这突如其来的一问，他始料不及，随即俊脸通红，道："爹，你问这个干什么？"

洗管非一笑，温言道："你只须回答，是与不是？"

洗龙安羞涩地道："识是识得，只是孩儿与冯姑娘之间并没什么……"

洗管非嘻嘻一笑，道："并没什么，就是大有名堂。臭小子，想不到你别的不及爹爹一成，而这身本事倒比爹爹当年强上十倍。"他这么一笑，洗龙安心内就情不自禁地升起了一股暖意，数十年来渴望的天伦之乐，似乎一下子就降临到自己面前。

洗管非又道："但你可知这冯姑娘的来历吗？"

洗龙安脱口道："孩儿听说说她是'开……'"

突然之间，他心内一阵冰凉。他猛然想起爹爹为何有此一问，冯心玉是开花教的人，也就是如今的"五花神教"，自己却是中原武林盟主之子，两者水火不容。待到爹爹问个明白后，必然会命令他与冯心玉断绝关系。一刹那间的天伦之乐，就此消失得无影无踪，洗龙安怔怔地望着洗管非，洗管非过了片刻，才道："她不是'五花邪教'的人？"话语中竟仍有笑意。

洗龙安不安地点点头，洗管非道："你既与她交好已久，可曾发现她身上有什么特异之物？"这问题又问得极为蹊跷，洗龙安想了想，闷声道："没有。"

洗管非追问道："那据你所知，她可曾有什么物事存放在沈威那里？"

洗龙安只感莫名其妙，瞪着眼睛道："爹爹，你今夜是怎么了？问出这番话来，我怎的什么也不懂？冯姑娘孤身一人，身上又有什么特异之物？"他如此大声对父亲说话，说完后心里立时一凛："我用这种语气和爹爹说话，那可是大大的不孝。"当即又低声道："冯姑娘身上有什么特异之物，孩儿当真不知，爹爹，你又问起这个干什么？"

洗管非仰起脸，凭空思忖了一会儿，叹道："这可奇了，'开花教'迟不易帜，早不易帜，怎的偏偏就在这时候改弦易帜？"

洗龙安道："什么时候？"

洗管非在房内踱了两步，沉吟道："开花教数十年来一直与中原武林作对，现任教主'满地开花'刁小满更欲图一统江湖，唯其独尊，这类事想必你已知道。"

洗龙安道："孩儿知道。"

洗管非点点头，道："一直以来，开花教由于力量不足，才不敢轻犯中原武林，刁小满虽是蠢蠢欲动，也没干出几件令老夫瞧得上眼之事，这数十年来，江湖上倒是风平浪静得很。但近两三年间，江湖中突然出现一本名叫《林海秘笈》的奇书，传说只要修习了此书上的武功，必可独步天下，武林称雄，一时间整个武林将为之大乱！"

洗龙安忍不住道："爹，那这本书到底有没有呢？"

洗管非摇摇头，道："我与你范伯伯乃忘年之交，两人一南一北查找了整整两年工夫，也没找到什么《林海秘笈》，所以才编排了一张劳什子《林海秘笈》线路秘图，借此将天下英雄引到哀牢山飞泉小瀑布内，以'七海定心针'挟迫他们结盟对抗五花邪教。"

洗龙安听到"七海定心针"五字，脸色不由变了变，心想："爹爹用意虽好，但以这等酷毒手段对付大家，终归不是善举！"但又转念一想："那些人若不是追名逐利之辈，又岂会落入爹爹的圈套？爹爹此举，只不过是姜太公钓鱼，愿者上钩罢了。"他想到群豪为了区区半张羊皮，有出手硬夺的，有以卑鄙奸猾的手段谋取的，无不奋勇相争，哪知闹到最后竟是一张子虚乌有的假图，不禁"哧"的一声，笑了出来。

第十二章

洗管非瞪了一眼，说道："你笑什么？此事关系着千万人的性命，哪有什么好笑之处？"

洗龙安神色一紧，忙道："不是，孩儿……"

洗管非怒哼一声，低声道："你仔细听着，此事跟你那姓冯的姑娘也许有着莫大的关系，依老夫猜测，五花邪教近年势力大张就是与她有关。"

洗龙安肃然道："是！"心里却寻思："既是跟心玉大有牵连，我可当真要仔细听着。"

洗管非沉声道："方才我说到了近两三年来，中原武林为了一本凭空冒出来的《林海秘笈》闹得沸沸扬扬，纷争四起，是不是？哼，我和你范伯伯原以为世上绝无此书，但这段时间以来，五花邪教教主刁小满的功力却突然大增，好像比本身的功力高出四五倍还不止。半年前，我派了皖东四虎去行刺，刁小满竟只跟他们过了一招，就将四只活虎变成了四只死虎。安儿，你说这是什么原因？"

洗龙安道："莫不是这世上真有《林海秘笈》，且被那刁教主得到了？"

洗管非冷冷一笑，道："你这种想法，我和范老儿闻听到皖东四虎死讯时，就已想到。但仔细一琢磨，却站不住脚。"

洗龙安道："为什么？"

洗管非道："为什么？以《林海秘笈》神乎其技的说法，刁小满若真得到了，立即就可进犯中原武林，天下还有何人能挡？又何必等到半年后才下密旨改弦易帜，初露吞并中原武林的企图？"

洗龙安道："或许是他修习《林海秘笈》上的功夫颇费时日，又或许他至今还没有练成。大凡精妙高深的武功，都不可一蹴而就！"

洗管非笑了笑，道："你倒想得周全，但在这半年之中，刁小满曾有一时走火入魔，你又作何解释？"

洗龙安道："刁教主曾走火入魔……"后面一句"爹爹怎么知晓"正待脱口而出，却忍住了，他想起爹爹既是处心积虑地对付五花教，在五花教内伏下卧底自然是必行之举。

洗管非道："刁小满走火入魔之时，也正是那冯姑娘离教出走之际。当时开花教表面上并不显得着急，只悬赏了一万两银子，派东路主使前往捉拿，我就以为离教出走的只是一名寻常弟子而已，浑没将此事放在心上，谁知前十几日，冯姑娘被抓入开花教总坛，刁小满立即从走火入魔中解脱出来，功力更又暴增数倍，一举合并了湘西的赶尸帮、广东的海龙会、四川的三大排教。川西排教教主余风寒功力之高，几近可与我相提并论，刁小满却能将之也收归麾下，可见他如今的功力与先前相比，何异于千里之别？"

说到这里，洗龙安已恍然大悟："心玉实则是开花教内一名关键人物，她离教出走对于刁教主来说，影响极大。于是开花教以'外驰内紧'之计将其捉拿归教，这'外驰内紧'之计自然极是高明，连爹爹这等精细之人也被瞒过。但心玉本身功力稀松平常，只不过擅使'纹心针'与'九转蛇形镖'而已，所以爹爹就怀疑心玉在离教出走之时带走了什么至关紧要的物事，或是她本来就有这种至关紧要的物事，自己曾与心玉交往甚密，这类事情，爹爹自然就来问我了。"想了想，说道："爹爹，此事干系如此重大，孩儿不敢乱说，但孩儿虽与冯姑娘甚为投缘，却从头到尾都不见她身上有什么特异之物。孩儿细想冯姑娘身上若是藏有《林海秘笈》，也决不会在江湖上四处行走，必会找一处避静之处，潜心修习才对。"

这话说得十分诚恳，洗管非点了点头，自顾低声道："不错，冯姑娘与刁小满功力急增两者间到底有何关系，咱们还须考证一番。"缓缓地在房内踱了几步，尔后若有所思地走到门边，忽又回头道："安儿，你可知我为何深夜至此，与你商议此事？"

洗龙安茫然地摇了摇头，洗管非笑道："臭小子，你与范姑娘早有婚约，若再如此胡闹下去，范姑娘一剑将你杀了，老子可管不了。"说完，满面笑容而去。洗龙安大吃一惊："我与琳儿早有婚约？我怎的毫不知晓？此事定是爹爹张罗办好的，父命难违，那我与心玉之间岂不……"一瞬间，一事未去，又添一事，洗龙安不禁坐到床上，呆呆出神。

想到这几个月来，爹爹与洗家堡突然一同消失，如今却在这里与爹爹相见；《林海秘笈》本是人所传颂、天下至尊的宝物，到头来竟是一场虚梦；自己武功平平，一无是处，竟然糊里糊涂地当上了龙门镇帮主……种种事情，反反覆覆，就如老天爷跟自己开玩笑似的，令人捉摸不透。

思忖片刻，洗龙安渐渐理清思绪：首先是爹爹与范伯伯确信世上绝无《林海秘笈》，就编造了一份假线路秘图，流传江湖，引得天下大乱；自己无意中得到这张假图，爹爹就干脆毁堡诈死，以让世人确信这张假图是真；最后平板镇现任帮主沈威终于禁不住诱惑，前往飞泉小瀑布寻找《林海秘笈》；爹爹就以此为饵，将天下英雄一网成擒。其中最为关键一步就是爹爹毁堡诈死，世人见北六省黑道大魁首都因此图而遭灭门之祸，哪还有人怀疑这张秘图有假？而且谁又会想到造假之人竟是已死的"神鬼同愁"洗管非！

想到这里，不由觉得天下英雄甚是有些愚笨，《林海秘笈》既是名扬天下，被视为武林第一奇书，告示它所藏之处的秘图又岂会如此简单？只是几条线路，廖廖数语而已，连自己瞧着都不敢相信。沈威如此精明之人，曾将秘图拿到手中，却也不敢相信它是真的，而怀疑自己的真图另有藏处，致使自己侥幸逃脱两次大难，但最终沈威还是宁可信其有，不可信其无。按图索骥，走进了爹爹的圈套之中。其实想来，天下英雄也非愚笨，只是在名利之中，谁都会冲昏了头脑，自己不也千里迢迢，来到了这穷乡僻野中么？

回思往事，想到父亲的心计深沉，手段毒辣，不由暗暗心惊："'七海定心针'施加在江湖绝顶高手头上，倒也罢了，但爹爹竟对苏羞幕这般清丽脱俗的女子也不放过，实是令人胆寒。"这时月光如水，从窗外倾泄进来，突然之间，洗龙安心中对苏羞幕竟有一种说不出的牵挂……

过了半晌，洗龙安走到窗前，静下心来，深深地吸了口气。

忽然，只见前面院墙拐角处一点火光一闪，背墙而立的一名大汉似乎浑身微微一颤，便如僵直般不动了。这名大汉自是父亲派出守夜的好手，莫非已遭到意外？洗龙安刚想掠出，拐角处已倏地闪出一条人影，洗龙安忙伏下身子，只露出眼角望去，那人影却背向着这边，看不清其面容，那守夜的汉子面朝着那人，但无丝毫反应，显然已经毙命。

那人影站立着，朝四面望了一会，口中忽然发出了一声夜鸦般怪啸，这啸声森然至极。洗龙安若不是亲耳听见，决然不会想到这声音发自人口。第一声啸声稍过，第二、第三声啸声连出，在这小镇上空响起，就如真有夜鸟掠过一般。三声啸声过后，不到片刻工夫，又一条人影从外面越墙而入，清辉映照在来人脸上，洗龙安只看一眼，就险些惊叫出声，赫然是"毒手"王洛三！

先来的人影朝他阴阴一笑，道："你小子怎的到现在才来？房里面有个娘们儿陪着不肯挪窝么？"

王洛三身形落地，朝那人拱拱手道："周兄说笑了，这般大事还是谨慎一点为好，免得洗老爷子瞧见，咱们兄弟俩全都要送命！"

那人点点头，"嗯"了一声，道："还是你想得周全，咱们这就去吧。"

王洛三道："是。"那人已转身从墙角处掠出，王洛三又朝四处望了一眼，方才跟去。

洗龙安暗道："王洛三两人深夜出去，还要做什么大事？我去瞧瞧也好，看他们在爹爹背后捣什么鬼？"当下从窗口跃出，掠到那僵立的汉子跟前，伸手一探，那人已气息全无。洗龙安回头朝身后一望，方才知道这里乃是一处死角，仅是与自己并列的三间房屋窗口能看见这边的情景，而另外两间房内至今无人掠出，想必是父亲担心与自己相商之言传入他人之耳，便命令此处不许住人。不然父亲的声音纵是再低，也不会无人听到。王洛三选择此处与人相会，多半也因如此。

洗龙安转身掠入拐角，远望二人出了镇子，一路向北掠去，立时也起身纵起，远远地跟着。约摸过了大半个时辰，王洛三两人竟到了哀牢山脚下。洗龙安心想："莫非他们两人要去那石洞不成？那里还有什么蹊跷？"脚下丝毫不敢停歇，跟着重上哀牢山。

他轻功平平，这大半个时辰疾掠下来，已耗力甚巨，落脚之时也不免沉重了许多。幸好哀牢山夜间风大雾多，将他的脚步声大半掩去，偶尔弄出一点声响，引得王洛三两人回头张望，也只见四处雾蒙蒙的一片，哪里还能见到半个人影？再经过半个时辰的疾驰，忽听一阵"哗哗"水响，洗龙安抬头一看，王洛三两人果然来到了龙泉小飞瀑旁，转眼间，一齐纵身自水潭上一掠而过，脚下只在水面上点了一点。

洗龙安自忖无此本事，便卷起裤角，淌水而过。一到洞口外面，就听王洛三在里面道："你肯定是这里么？昨日几百个傻瓜在此处找了四五天，也没找出什么名堂。"冼龙安扶着石壁，伸头望去，只见那人站着喘了几口气，才道："错不了，巩老怪亲口说的。你家伙带了么？"其时，洞内还有四只火炬未熄，火光映照在他脸上，冼龙安看得十分清晰，原来是个满脸大胡子的人，一双眼睛倒是精光熠熠。

王洛三伸手在裤筒一摸，亮出了一柄尺许来长的匕首，火光一照，顿时只见冷光吞吐闪烁，那大胡子赞道："好刀！也只有这把'如夫人'，才能打开石洞之门！"

王洛三手举匕首，得意道："这是自然。当年在下先祖用这玩意不知干下了多少轰轰烈烈的大事，今日也让你见识见识。"那大胡子冷冷一笑。

"如夫人"出自战国，当年荆坷刺秦，用的就是此物。可惜大事未成，反被斩成肉酱。冼龙安一听"如夫人"三个字，也暗自吃了一惊，这时脚下一股寒气直冲上来，他不禁打了一个寒颤。

王洛三放下匕首，望着那大胡子道："周兄，动手吧。"那大胡子喘息已定，说道："好。"转身朝洞内走去，那石洞越到里面，就越宽敞，最里面左右宽约十丈，石壁更是经过了凿磨一般，甚是平整。那人走到最里面的左角，才一转身，迈步向右走去。走出五步，停足在地上画了一条线，然后又自右角走起，走了五步，又画出一条线，两线相距至多不过半尺，那人站在中间，笑道："就在这里。"

冼龙安大吃一惊，他见那人从左、右两角跨出，每一步的距离都几近一丈之遥，如此量地，就如用尺子测量一般，他生平之中，还是首次见到。

王洛三道："好，你蹲着，让我来！"那人即屈身半蹲，状如扎马打桩。王洛三纵身掠过，双脚踩着他的双肩，再一伸手，就可触及洞顶，那大胡子在下面叫道："可曾瞧见一处凸出的洞口？"

王洛三仰起脸朝前一望，又转朝右一望，忽然喜道："瞧见了，瞧见了……"

那大胡子道："你将'如夫人'从洞口插入，左转一圈，右转一圈。"

王洛三道："是！"举起匕首，一插而入。

冼龙安心道："他们这是干什么？难道是在找《林海秘笈》吗？"突然间，脚下的潭水"哗"的一声打起了漩涡，流量陡然增快，瞬即就降低了十几寸。王洛三在里面叫道："怎么没有动静？"话刚说完，冼龙安身旁的一块石壁倏然拔起，露出一个洞口来，洞口之内依稀可见一条地道。此时潭水已降到洞口之下，是以不能涌入洞内。

王洛三两人正自怔忡间，忽听洞外石壁拔起的声响，立时欢喜地大叫道：

"在外面，在外面！"

"快去，快去！"

洗龙安暗道："我先进去再说！"一脚跨入，沿着地道走出几步，眼前就一片漆黑。原来这洞中无火，加上月光照射不进，因此目不睹物。这时，王洛三两人的脚步声已到洞口，洗龙安忙纵身跃起，双腿在空中一字劈开，顿时就稳住了身形。

只听王洛三喜道："原来在这里，老子做梦也想不到！"

那大胡子道："先点火把！"

王洛三道："是。"随即听得"嗒嗒"数响，火折子陡然亮起，在黑暗中显得特别明亮。洗龙安从上面望去，只见那大胡子转身在洞口附近查找了一会儿，认定一颗鹅蛋般大小的黑色石块，伸手将它向右一旋，那升起的石壁又落下，封闭了洞口。

洗龙安心中一紧："万一被他们发觉自己也在这里，那可是大大的不妙了！"想到这里，似乎有股寒气侵身似的，他不禁毛孔一缩，又打了个寒颤。王洛三嘻嘻一笑，道："这下可好，谁也不知道咱们兄弟俩躲在这里修习'五花剑法'，等到学成之日，只怕教主也不是对手。"

那大胡子拍拍手，笑笑道："那是自然，五花神剑可比五花神行高明得多了。哈哈哈，兄弟，这边请！"两人都笑得合不拢嘴，齐身从地道向里走去。

洗龙安心下大奇，暗道："怎么不是《林海秘笈》？却是什么'五花神剑''五花神行'？"眼见王洛三两人走到地道尽头，将身一转，就已不见。他忙跳掠下来，快步追去，刚到地道尽头，蓦地一道刀光劈面削来，势子快极，洗龙安来不及抵挡，百忙中头一低，俯身让过。那刀光再急劈三刀，洗龙安连退三步，这才看清出刀之人是王洛三，那大胡子只是站在旁边。

王洛三三刀不中，当下跳开一步，哈哈一笑，道："洗公子果然厉害，在下杀不了你。周兄，你来试试！"

那大胡子满脸堆笑地走了过来，望着洗龙安慢声道："洗公子这一路跟来，也是辛苦了，在下'五花神教'周奇，送你一程如何？"

洗龙安心想："原来这家伙是'五花教'的人，叫什么周奇。他方才刚进洞之时，直累得气喘吁吁，可见其功力也不怎么高明，那么发觉我的人自然就是王洛三了。"他料定了自己被发觉，是以在地道拐角处已然格外留心，结果果真避过了王洛三的杀着，当即哼了一声，不置一词。

王洛三冷冷地道："周兄何必跟这小子啰嗦？一刀杀了岂不爽快？"

周奇笑道："是，是。"说完从腰后抽出一只烟杆似的怪门兵刃。猛然回身一扫，向王洛三当头劈去，王洛三叫道："哎哟！"笑嘻嘻地飘身闪开，显然对此变故早有防备。周奇一招不中，猱身再上，烟杆似的怪门兵刃横扫竖劈，极是凌厉，王洛三一把单刀挥舞得滴水不漏，尽护周身要穴，却不敢与它相碰。

周奇道："你小子原来早有防备，老子还低估了你。"

王洛三道："武林称雄，天下第一的人自古以来都只有一个。难不成等到你我都习成了'五花……'话未说无，突然只听"当"的一声，王洛三手中的单刀一偏，险些脱手。原来周奇故意引他说话分神，乘机以手中兵刃碰击对方单刀。他内力深厚，以硬碰硬，自然大占便宜。王洛三险些中招，大怒喝道："你妈的王八蛋！"刀势一变，反劈向周奇，周奇回击三式，烟杆对单刀，顿时打得十分激烈。

洗龙安见他们从笑脸相迎到兵刃相向，只不过眨眼工夫，初时觉得很是奇怪，尔后就心中释然。暗道："他们定是在合作开始时，就打定了主意暗算对方，彼此笑脸相迎，只不过是麻痹对方而已，一旦打将起来就互不相让了。"双眼注视着王、周二人，过了片刻工夫，周奇已占尽上风，烟杆频频出击，招招指向王洛三致命要穴。王洛三纵跳腾掠，越来越是狼狈，那柄单刀在他手里变得沉重无比，再也抖不起方才的劲道。

周奇哈哈笑道："兄弟，没力气了吧？方才你上山时迅速赛过兔子，你道老子的轻功当真不如你吗？哈哈哈……"王洛三气得怒吼一声，拼尽力气劈出一刀，但见周奇朝左一闪，那刀就只沿着他的右肩削下，贴肉还差三分。洗龙安寻思："原来这姓周的在上山时故意装作脚力不行，省下了许多力气，而王洛三自以为轻功高明，尽力而奔，无形中就浪费了不少力气，此消彼长，相斗起来，自然这姓周的大占赢面，此法和独眼廖超昨日想的倒是一样。"

周奇乘势连攻四招，直欲立即了结王洛三，王洛三忽然往后一跳，扬声叫道："且慢……"

周奇道："慢什么？"攻势丝毫不缓，王洛三又退后一步，道："咱们先……"

周奇已欺身攻到他面门之前，王洛三不及退后，只得奋力朝他砍了一刀，接道："咱们先杀了那小子，好不好？"

周奇道："好！"烟杆迅疾一伸，"噗"地插入了王洛三咽喉，王洛三一声惨呼，捂着咽喉跳开一步，执着单刀指向周奇道："你……你……"

周奇仰脸一笑，得意道："你凭着一把'如夫人'，就想和老子平分这天下第一的宝物？老子若不杀了你，这笔买卖岂不太过吃亏？"

王洛三喉头鲜血狂涌，终于支撑不住，俯身栽倒。周奇走过去，从他裤筒内摸出那把"如夫人"插在自己腰后，然后站起身来，瞪着洗龙安道："小子，该你了！"

洗龙安见他杀了王洛三，心知自己不是敌手，但想已无后路可退，反倒坦然无惧，拔出长剑，说道："既然要打，在下自然奉陪，但有一事，要请教周大侠。"

周奇心想："王洛三已死，要杀这小子只不过是举手之劳，又何惧他多挨一时半刻？"当下哈哈一笑，说道："大侠可不敢当，五花神教内人人都是强盗，哈哈哈……小子，你有什么话，只管问吧。"语气托大至极。

洗龙安点点头，道："贵教之内可有一名女子叫冯心玉？"周奇连连点头，大笑道："有，有，她丈夫叫洗龙安，是洗老怪的宝贝儿子，嘿嘿嘿，是不是？"

洗龙安脸上一红，暗道："原来他早知道我是谁。"拱拱手道："周兄说笑了，在下只想知道她如今身在何处？"

周奇道："不知道，听说她近日躲在本教总坛生孩子去了。"

洗龙安大吃一惊，道："什么？"

周奇却忽地脸色一变，左手急捂胸口，脚下一个踉跄，险些栽到。

洗龙安皱皱眉头，寻思道："此人阴狠狡诈，说不准是诱我上当。"便不过去，只道："周兄，怎么啦？"

周奇猛地大叫一声，抛下兵器，双手竟死扼着自己咽喉，嗬嗬直叫道："我，我……"软软地瘫倒，口中直吐白沫。洗龙安骇了一大跳，惊问道："怎么……"才说出两个字，胸口就像陡然被人砍了一刀似的，剧痛无比，当即一头栽倒，随即咽喉就像有团火在燃烧似的，炙痛得令人忍不住想撕开它透透气，双手便情不自禁直扼着自己的脖子。

这一着变故谁也不曾料到，洗龙安嘴里虽然喊不出，心里却不断地叫道："怎么啦？怎么啦？"思前想后也不知为何如此。周奇呻吟几声，忽道："小子……你……你过来……"这时他语音极低，嗓音嘶哑，每一个字都说得含糊不清，似乎口中含物，又似乎舌头少了一截，声音从喉中发出。

洗龙安浑身痛楚难当，哪里还能爬得过去，周奇道："想……想不到……你我二人都……都要死在……这里，你……小子……运气真好，能……能和岳丈老儿……死……死在一起……"洗龙安心中气苦，暗骂道："这人死到临头还胡说八道，我哪里有什么岳丈老儿？"

周奇却似笑非笑地叫了两声，又道："你……你可知这……这是谁的洞……洞府……"说到这里，语音一顿，石洞内瞬即一片寂静。洗龙安正感奇怪，周奇陡然高声叫了起来"'雾！雾！原来咱们中了瘴气，小子，快，快，快……"他这一句话似乎是竭尽余力喊出，但声音却越来越低，终于只听"扑腾，扑腾"几声，就再也听不到声响。

洗龙安一听"瘴气"二字，立时想起在安顺客栈，胖掌柜送给他的那只鼻壶，忙从怀中取出，放在鼻孔前用力一吸，一股清香瞬即传入心脾，精神为之一爽，再吸第二次，咽喉处的痛感竟全部消除，端的是立竿见影。大喜之下，他全力挣爬到周奇跟前，叫道："周兄，周兄，快快……"周奇却动也不动，定睛一看，脸皮已赫然青中泛紫，嘴唇在白沫下已是一片乌黑，显然已经毙命。

洗龙安心中一凉，又黯然吸了一口鼻壶，胸口上就再无绞痛之感。心想："周奇临死前大叫'雾，雾'，由雾想到瘴气，莫不是哀牢山生出的雾就是瘴气？可这却有点说不通啊！"他寻思着，若哀牢山的雾气中有毒，那满山遍野的生灵岂不要被毒死得干干净净，哪有这种道理？想了片刻，终是想不明白。

原来，哀牢山的雾气真个有毒，只是毒性不大。山间的生灵夜间甚少出洞捕食，所以中毒亦少，万一中毒，它们自会静伏不动。等到第二日烈日普照之时，毒气蒸发而去，它们就会安然无恙。洗龙安三人不明其中诀窍，在山路中全力飞掠，早已中了雾气之毒。周奇与王洛三又出手剧斗，毒气自是侵入得更快，是以双双惨毙。洗龙安虽然也中毒很深，但他在潭水中浸泡良久，全身寒冷，毒气即暂不发作，然而他内力大不如周奇，终究不能将毒气镇住太久，于是毒气发作之时跟周奇只是前后之别。万幸他有那只鼻壶，否则势必也难逃大难。这其中之险，实是险到毫巅，但他自己哪里知道？

待到身上气力渐复之时，他站起身来，四面一望，只见此处仍是甬道。不过比刚进来的那条较为宽敞罢了。前面路口点着几盏油灯，昏灯如豆，一片阴沉沉的，洗龙安心想："周奇与王洛三的你死我活，就是为了在这里寻找什么五花神剑，我既然来了，何不到处瞧瞧？"不禁向前走去，又转过几个弯，眼前豁然开朗，露出天光，突然间闻到一阵花香，精神为之一振！

从暗道中出来，竟是置身于一个极为精致的小花园中，四处梅花摇曳，芬芳无限，当中有一个池塘，十几只莲花争艳开放，更添雅致，池塘周围摆放着数十盆昙花，倒显得有些不称。洗龙安万料不到会见到这等美景，心下暗暗称奇。绕过一座假山，便见到一个大花圃，花圃又尽是深红和粉红的玫瑰，争芳斗艳，娇丽无俦。

花圃之后，就是两间精舍。洗龙安推开右边一间，走了进去，却不禁大吃一惊。只见里面桌椅家什一应俱全，地上赫然平躺着一具骷髅，仔细一看，这具骷髅是俯倒在地的，背上并无凶器刺杀的痕迹，骨骼中也无发黑中毒的迹象。洗龙安素无验尸的经验，只可判定此人是无疾而终。暗道："此人老死其间，虽然没有江湖纷争，但必很孤独，连个收尸入殓的人也没有。稍时出洞时，我便送他入土为安吧，也算是一件功德无量之事。"跨过骷髅，沿着房内转了一圈，见再无岔眼之事，就关门而出，走入另一间精舍。

这间精舍显然是一书房，洗龙安推门而进，第一眼就见对面的墙上挂着一柄青钢剑，长约二尺。洗龙安本想过去取剑，忽然瞥见旁边桌案上平放着一封书笺，上面浓墨写着四字：嫔妹亲鉴。其中"嫔妹"两字乃是用楷体所书，字迹工整，转笔提钩时，更见圆均有致，端的是楷书极品。而"亲鉴"两字却是用草书写成，字迹龙飞凤舞，有形有色，洗龙安拿起来细看一眼，忍不住喝彩道："好字，好字！"心想："此人能将楷书、草书同时挥就，而且皆是极品之作，文采词情必然不凡。"急欲拆信一观，但想他人私信，自己观之不免失德，才放弃作罢。

他正想将信放回原处，下面却还有一本薄薄的书册，上面又是四个浓墨大字，洗龙安看了一眼，简直不敢相信，再看一眼，才看得十分真切。那四字霍然是《林海秘笈》。一时间，洗龙安几近凝滞了呼吸，怔怔地瞪着四字，连心跳都好似停止了下来。

足有半响，洗龙安才缓缓地吁出一口气，心想："爹爹说这世上绝无《林海秘笈》，原来不对，如今它就在自己面前。但那也没什么，学了里面的剑法也不一定是天下第一。"刹那间，冼龙安强自平复心境，慢慢地翻开第一页。只见上面写道："吾祖冯梦龙著《醒世恒言》，流于万世，千古扬名；吾父冯公天入翰林院，日议国事，夜侍国君，天下以为贤臣，君更倚为国之栋梁。然如此有为的父祖却遗下吾等不忠不义之子，上不能报效国家，下不能恩泽于民，碌碌无为，郁郁此生，只好以剑器武功为乐，实是有愧于九泉之下。虽编有《林海秘笈》以惠江湖，但其间诸般弊处恐有碍于高士法眼。是以不敢流传于世，若有缘得者，实为不幸……"后面还有两排密字，冼龙安细览一遍，便知大要。暗道："这人原来是冯梦龙的孙子，他见父辈著书立传，建功立业，自己却毫无作为，心中便颇觉有愧于先祖。这般脾性倒和我有些相近，只是不知他这本《林海秘笈》如何，若是真如他所言'有碍于高士法眼'，那可当真是有愧于九泉之下了。"

冯梦龙乃是明朝著名学者，文词评剧优美严谨，盛极一时。传世之作《醒世恒言》更是被奉为历代学者的必修之课，他第三代儿孙若毫无建树，碌碌无为，九泉之下，自然羞于相见。

冼龙安翻开第二页，上面写道："《林海秘笈》第一篇：五花神剑。"后面分为梅花剑、雪花剑、莲花剑、昙花剑以及玫瑰剑五大剑法。冼龙安只看一眼，顿时目瞪口呆，他向来对家传的"流光璀璨七藏十六式"还颇为自负，但与之一比，才知相差何异于天壤之别。接着往下看，更是越看越惊心动魄，越看越是难以释手。其中精妙之处非但举世罕见，更是闻所未闻。书中所说"有碍于高士法眼"，当真是大大地过谦了。

忽然灯光一黯，冼龙安转眼望去，才知火蜡将灭。这支火蜡插在一个酒杯大小的托盘之内，而托盘另一端又嵌于墙壁之中，火焰将熄之时，只见这对托盘竟自动一转，又从墙壁内转出一支蜡烛。这蜡烛绒蕊刚好对接着那将熄的火焰，于是略一接触，灯火复明。冼龙安怔怔地瞧着这一变化，只感佩服得五休投地。

其时门外已微见亮光，又一阵阵清香传来，冼龙安走到园中，稍事休息，才想到这园中何以只种植着梅花、昙花、莲花、玫瑰四种花类。五花神剑敢情就是以此蜕变而来，冼龙安想通后，方才明白剑法精义中的不懂之处，立时就融会贯通，恍然大悟。忍不住想回去再看几眼，无奈腹中"咕咕"作响，只得作罢。心道："这位前辈躲在这洞府里著书，足不出户，自然会备有干粮食物。"他见这人所著的剑法精妙无匹，那他自身的剑法自然也是高明至极，因此以同道前辈相称。

走进那间骷髅房内，翻开一只大箱，果然只见里面米粮食盐等物甚丰，洗龙安欢呼一声，拿出少许，找着灶堂之处，胡乱煮熟果腹，吃饱后就转那间精舍，继续参习五花剑法，直到第二日晚间，方才阅毕。

　　五花剑法果然是以梅花、雪花、昙花、莲花、玫瑰的特性，蜕变而出的至高无上之旷世剑法。书中言道天下招式任是如何繁复变化，都可归宗于五类，即至寒之式、至热之式、至快之式、至慢之式与至狠之式。至寒之式冷酷难当，触之生冰，但梅花生来傲寒，不畏寒冬，自然克之；至热之式是以内力推动，式发如火一般，但雪花一降，顿可泯熄火焰，消去对方内力；至快之式的精义一般在于"快"字，而招式一快，自身漏洞必然增多，昙花剑法正是先以不变应万变，严密防守，再以"昙花一现"的精髓剑法突然反击，致其大败；至慢之式则注重于防守，少于攻击，莲花乃是百花之中最为凝重且不可轻犯的一种，取其特性，就是先以盛夏之时的狂风暴雨式剑法迅猛攻击，迫使对方左支右绌，难以招架，从而取胜。对方若是内力极高，抱元守一，不为所动，莲花亦可立于不败之地，或再以雪花剑法、梅花剑法攻击，对方必败；至狠之式往往是无情无义之人所使，无情无义之人大凡被情所伤，方才能达到无情无义之境。但只要是人，心底深处就必然有一种难以言喻之情，玫瑰神剑一击，即可产生一种绵绵之力，唤起敌手隐于心底的隐蔽情感，于是无情无义之人立可变为有情有义之人，有情有义之人再使至狠之式，焉能不败？

　　这番道理平素人人皆知，但谁也不曾想到将之用于剑法之上，竟有如此多的妙处。洗龙安喜不自禁，当即拔出长剑试演梅花剑法，梅花剑法分为三十六路，他施展到二十六招之时，其中诸多关节还是有些难以明白，思来想去，终于沉沉睡去。

　　次日清晨，洗龙安一跃而起，草草地饱餐一顿，就对照着剑谱，修习梅花剑法。待到下午，才能一气使出。尔后紧接着就是雪花剑法。如此连续演练，只不过三日，他竟已能将五花剑法全部使出，而丝毫不见凝滞之状，得意之余，暗道："五花剑法几乎囊括了所有剑法的精义，再加以归类并行，最后施展克制之术，我若习成，普天之下还有谁人能敌？"忽又转念一想："不好，我这种贪多嚼不烂的练法，可不合五花剑法总义，凡是一门之学，非要练到炉火纯青的境地才成！"当即收起狂傲之心，循序渐进，慢慢地将五花剑法练至烂熟之时，已是半月过后。

　　五花剑法虽然看似繁复错杂，实则只要明白其中精义，再将五花特性融入其内，就不难练成。洗龙安穷尽半月时日方才练成，是因他内力不深之故，若换成内力深厚之人，只须按部就班，十日之内就可大功告成，施展起来威力更盛。

待到下半个月，洗龙安每日在花圃内练剑，以五花之气增进剑法灵气，更是一日千里，进展神速。练至玫瑰剑法最后一招"激情若渴"时，其中七式变化甚为奇诡，洗龙安竟只花了半天时间就摸得精通熟透，悟性之高，实属世所罕见。到了晚间，他将五花剑法交错颠倒演练几遍，也如行云流水一般，畅快无比，方才去休息。心想除著书的前辈外，只怕再也无人比自己更为熟稔五花剑法了。

次日清晨，洗龙安心痒难熬，再将《林海秘笈》第一篇"五花神剑"往后一翻，却只见素织薄纸上写道："《林海秘笈》第二篇：五花神兵；《林海秘笈》第三篇：五花神行。吾虽已著成，但思之二法太过邪异，后辈小人若学以致成，祸害江湖，吾则万死不能赎罪，是以特命嫔妹毁之，吾心少安。"洗龙安心中一紧，暗道："原来'五花神兵''五花神行'已被毁去，实谓可惜。"又见后面还有一行小篆体书道："恭喜汝等倏成五花剑法，自此茫茫江湖，鲜有敌手，但万不可为恶江湖，助纣为虐，违者吾虽化为鬼魅亦当追索汝命，以维吾志。冯祖不孝孙冯知命叩谢，慎之，慎之。"

看到这里，洗龙安才知《林海秘笈》的著者乃冯梦龙之孙冯知命，心想："这位前辈当真谦虚得紧，著成这等旷世绝作，还道羞于与父辈相见，那世上如许多的败家子、不孝儿可都要效仿川内人士，死时脸蒙着白布了！"

川人自蜀国丞相诸葛亮死后，感念其恩，都誓死护国，但终被魏国所破。因此，川人死后必要脸蒙白布，表示羞于与诸葛武侯相见之意。

突然间，洗龙安心中闪过一个念头："这位前辈姓冯？……与心玉一样姓冯，周奇还曾说我与岳丈老儿死在一起，难道……难道他是心玉的爹爹？"想到这里，迅疾冲入那间精舍。这大半个月来，他发现这位前辈字画珍藏极多，但一阵大搜索之下，却无一样提到"冯心玉"三个字。只是在几十首诗赋中尽皆提到"嫔妹"的字样，且在字里行间热情表白了爱慕之意，显然这嫔妹与之乃情侣或夫妻关系，与冯心玉扯不上纠葛。

想了想，终是不得其解，无奈之下，又到花圃中演练了一套五花剑法。此时，月光斜映，却是一个月圆之夜，心想："自己在这石洞待了许多天，爹爹与叶、何二老他们定是牵挂得很，明日就且先出洞吧，这位前辈与心玉到底有无关系，待出去以后找到心玉，问一下她娘亲便自然知晓。"

一想到冯心玉，洗龙安本是沮丧的心情立即激奋起来，一时间浮想联翩，想象出洞之后，如何与心玉携手联袂，快意恩仇，越想越难以入眠，这一夜洗龙安竟一直睁着眼睛等到天明。

待到微见天光，洗龙安一跃而起，将冯知命的尸骸打成一个包裹，背负在肩上，取了长剑，走出花圃，进入地道。周奇与王洛三的尸首还静静地躺在那里，洗龙安叹了一口气，将他们两具尸体扛在另一肩膀上，索性一同入葬便了。走至地道口后，找到那颗鹅蛋般大小的黑色石块，左右一旋，立时听到洞外一阵"哗哗"水响，石门随即而开。洗龙安走出洞外，双足一踏入潭水中，就感到潭水又在陡涨，只片刻工夫，洞门复闭。

洗龙安虽不懂五行之术，但见门开水降、门闭水涨，也想象得出这其中的机关多半与潭水有关，再往深处，他也不愿多想，只微微一笑，踏波而去。

清晨时分，洗龙安已将三具尸骸安葬完毕，冯知命前辈位于中间，周奇与王洛三葬在左右，意在护持，他心中默念："冯老前辈若泉下有知，自当保佑弟子找到冯姑娘，到时真相大白，弟子再给前辈刻碑立传，永世不朽！"又想："哎哟，不对，冯老前辈对自己有授艺之恩，纵然找不到冯姑娘，自己也当给他老人家刻碑立传，岂能以找不找得到冯姑娘为准？真是罪过罪过。"当下重重地在冯知命墓前磕了三个响头，随后起身下了哀牢山。

一路上，洗龙安心情畅快得无以复加，走到爹爹众人那夜打尖的客栈，掌柜的却说那满脸长须的好汉早在十日前就领着几十个五大三粗的好汉走了，洗龙安心中才微微一沉，当下买马向北追去。

一入鄂境，洗龙安顿时感到江湖上气氛不对，各条官道执枪挎刀的江湖人士来往极多，各处酒店喧闹之所纷纷传言：洗家堡洗老爷子死而复活，还被选为中原武林盟主。但他老人家第一件要做的大事却是攻打侠义八卦门，中原各门各派正在加紧调兵协助。另外，前开花圣教已正式通告天下，改弦易帜为"五花神教"，其教主刁小满欲图中原。三日前已拿"平板镇"开刀，双方在崂山山脚决一死战！

洗龙安闻听这些消息后大吃一惊，快马加鞭，直向河南境内赶去，侠义八卦门总舵正是在河南伏牛山顶。

这一日，洗龙安赶到河南许昌，已人马困乏，就在一处酒店打尖。长街中忽然蹄声如雷，有人高声叫道："让开，让开，洗家堡黑骑队奉命公干！"口气就如官府天人一般，冼龙安立时掠到街中，横身一拦，身后倏然传出一阵马嘶声，显然是骑者硬生生地勒住了飞驰的健马，喝道："什么人？拦在路间，想找死么？"一声锐风迅疾劈至脑后。

冼龙安习成了"五花神剑"剑法，功力已今非昔比，他看也不看，左臂一伸已将劈到的鞭尾绞在手中。那人道："咦，原来是个找碴的。九爷，这小子原来是找碴的！"随即一个粗哑的声音道："阁下何人？"冼龙安听这语气甚熟，想必是认识之人，就懒得兜圈子，回过身来，淡淡地道："是我。"

只听一声惊呼，紧接着那人落鞍下马，连连叩头道："原来是公子爷，小的该死！该死！"冼龙安很快就看清了他的相貌，只见他那颗秃头晃来晃去的，心中顿时明白，笑道："是秃九吗？请起！"走过去将他搀扶起来，后面的数十骑黑衣大汉齐齐下马拜倒，齐道："参见公子爷！"

冼龙安点点头，大声道："都起来吧！"众人方才起身。

秃九道："公子爷那夜忽然不见了踪影，大伙儿急着找了七八天，后来老爷子事急，才起身返程，如今公子爷平安归来，老爷子定会高兴万分，公子爷，请随小的去见盟主如何？"说完，抬手一揖。

冼龙安皱了皱眉头，道："我爹在伏牛山攻打侠义八卦门吗？"

秃九哼了一声，说道："苏老儿不识相，老爷子叫他去打五花邪教，他竟敢公然抗命，冼老爷子乃新任盟主，自然就要拿他开刀立威了！"顿了一顿，又接道："公子爷，我去给你找一匹马来代步。"转身喝道："马占山，你方才胆敢对公子爷无礼，就罚你将马腾出来给公子爷骑！"秃九见冼龙安听说老爷子要攻打侠义八卦门，脸露不悦之色，是以连忙岔开话题。

冼龙安心想："爹爹叫侠义八卦门去攻打五花教，自然是心存剪除之意，苏门主不服，就令人攻打侠义八卦门，这……这可不对。"正思忖间，一名獐头鼠目的汉子牵着一匹高头大马走了过来，惶惶恐恐地道："请公子爷恕罪，小的方才多有冒犯，委实该死，但小的上有老，下有小……"

秃九喝道："马占山，公子爷叫你让马，又不是砍你的脑袋，你啰哩啰嗦什么？"

那汉子连声道："是，是！"拱手递上缰绳，冼龙安心道："是啊，这些兄弟家中都有老孺姐妹，爹爹轻启战端，让他们命丧疆场，委实不该，我得去劝劝爹爹。"

便道："不必了，我自有马匹代步。"说完就从酒店的马厩中将马牵出，与众人一起飞身上路。

那汉子见洗龙安饶恕了他，不禁大喜过望，一路上尽情侍候左右，极尽礼敬，他这才知道洗龙安性情与其父截然不同。若换成是洗管非，先前对其如此无礼，只怕他这颗脑袋恐怕已经搬家了。

许昌至伏牛山只有二百余里路程，洗龙安随众人疾驰一天，就已赶到。远远地，只见伏牛山脚下路口密布着数十顶帐篷，到了近前，更见处处都站满了岗哨，洗家堡堡众身着黑衣，但其中也有白衣、红衣大汉不等，想必是白衣教与龙门镇的人已经赶到助战。

众岗哨见到秃九等人，立时抬手放行，有的认识洗龙安，脸上隐隐露出喜色。秃九引着洗龙安来到一座特大的牛皮帐篷外，低头恭声道："禀盟主，公子爷找到了，如今正在帐外候见！"

帐篷中有人应道："进来吧！"正是洗管非，却语气平淡，毫无什么惊喜之意。

洗龙安掀帐而入，抬眼一望，只见父亲在里面拒案而坐，脸露愁容，旁边依次站着叶、何二老，古大彪，白奉先等人。王雪瑶也在其内，眼见洗龙安，顿时目露喜光，古大彪却垂头丧气，好像苍老了十几岁似的。洗龙安俯身拜倒道："爹爹。"心道："爹爹满脸愁容，可是为了什么事而烦恼？"

洗管非点点头，叶有理忽然抢着道："臭小子快起来，今日你回来可真是妙得紧。"

何无言呵呵接道："不错，不错，古兄弟，还不快给咱哥俩磕三个响头，大叫祖宗！"

古大彪气呼呼地道："现在就要磕么？找个没人的地方成不成？"

叶有理叫道："不行，不行，说好了一见臭小子回来，你就给咱们兄弟俩磕三个响头，大叫'祖宗'，如今这小子回来了，你不许耍赖！"

何无言吹胡子瞪眼道："不许耍赖，快磕头，快叫祖宗！"

古大彪无奈，只得走到叶、何二老面前，"砰砰砰"，跪倒磕了三个响头，说道："叶祖宗、何祖宗，你们好！"

叶、何二老昂首拈须，大为得意，点头说道："嗯，不错，乖孙子请起！"话刚说完，古大彪一脚跳将起来，大叫道："气死我了！"转身冲出帐外，长啸不绝，叶、何二老各自哈哈大笑。

他们这么一胡闹，洗龙安虽觉好笑，但见父亲愁眉不展，他也欢喜不起来。

叶、何二老笑毕，洗管非方道："安儿，起来吧。"

洗龙安道："谢谢爹爹！"说完起身站起。

洗管非道："安儿，那一晚你去了何处？怎的数十日来不见人影？"他淡淡而问，洗龙安却大为犯难，若是向爹爹直言自己因机缘巧合习成了"五花神剑"剑法，爹爹固然大喜，但也必然会派自己与侠义八卦门诸人争斗；若是不说，日后爹爹终会知晓，这欺瞒之罪，可也不轻，不由犹豫道："孩儿……这几日……"

就在这时，外面有人朗声叫道："禀盟主，弟兄们捉拿到一名奸细，敢问是一刀宰了，还是带进来给盟主审问？"

洗管非一听，犹如旱地忽逢雨露似的，顿时神情一振，喜滋滋地道："带进来！"两名大汉随即押着一人进入，那人脸色苍白，眉目清秀。两名大汉施力在他肩上一压，竟压他不倒。白衣教教主白奉先喝道："见了盟主还敢不跪？!"走将过去，飞起一脚踢中他的环跳穴，那人方才"扑通"一声跪倒。

洗管非冷冷一笑，道："你叫什么名字？在侠义八卦门中供奉何职？从实招来，本盟主也许可以放你一条生路！"

那人昂起头，大声道："洗老爷子，你要杀就杀，啰哩啰嗦干什么？本派的虎跳崖你攻不上去，在这里就轮不到你耍威风！"洗龙安听他在受辱之下，仍没有破口漫骂，顿时心生好感，暗道："此人说什么'虎跳崖'攻不上去，难道爹爹就是为了此事而心生烦恼？"

洗管非笑道："虎跳崖迟早得破，今日你落入我手，生死就由不得你了。"

那人道："生便如何？死又如何？"说到这里，帐外忽然传来一声厉叫："有刺客！"紧接着一声惨呼，帐外众人跟着大喊道："拿下了，拿下了！"但听惨呼连连，半晌还没停止。洗管非脸色一变，朝白奉先使了个眼色，白衣教与侠义八卦门素来不和，此次洗家堡攻打侠义八卦门，他欲趁火打劫，第一发兵来援，极是卖力。这时身形一闪，就掠出了帐外，瞬息工夫不到，竟只听他急声叫道："是……是姓高的和姓廖的，洗老爷子，快……"

洗龙安心道："原来是独眼廖超与独脚高雄，难怪外面如此多的高手都奈何不了他们！我且看爹爹如何应付，再决定是否出手。"洗管非却微微一笑，转朝叶、何二老道："两位，姓高的和姓廖的两个狗贼，那日在哀牢山的石洞里就对两位颇为不敬，今日又来捣鬼，分明是暗存蔑视之心，只可惜洗某艺业低微，打他们不过。"

叶有理怪声怪气地道："天下第三打不过，自然要天下第一、天下第二出手。那两个臭残废瞧不起咱们，咱们自然就得给他们点苦头尝尝！"

何无言附和道："是，那我们快去，别让那两个臭残废跑了，免得洗老儿还说咱们没本事。"话刚说完，两人立时齐齐掠了出去，身法比白奉先更快了许多。

王雪瑶见洗管非只一句话，就将叶、何二老遣出对付强敌，心下暗暗佩服，此时帐内只剩下她与洗管非、洗龙安三人。洗管非略一沉忖，走过去面向那人道："朋友，明人不说暗话，我只要问你一句话：除了虎跳崖外，可是还有一条秘道可通往山顶？你若说了，本盟主方能保你性命；如若不说，哼！也不用我来动手，外面来的两个臭残废就可要了你的性命！"

洗龙安与王雪瑶都恍然大悟，心想："原来独眼廖超与独脚高雄潜来要杀的人不是洗老爷子，而是此人，免得这人泄密！"

那人低着头，想了半晌，忽然叹了口气，将头抬起道："好，我说！"洗管非大喜，身子往前倾了一点，笑道："好，我听着了。"

那人道："我只知道……"突然之间，他双手暴起，两腕一翻，手中赫然多出两柄明晃晃的柳叶刀，齐向洗管非的双肩砍去，速度之快，当真迅雷不及掩耳！

洗龙安大吃一惊，那人身上有四道束缚，常人根本动弹不得，但此人却一挣而断，瞬即双刀齐出，快得实是令人难以想象。王雪瑶不禁"啊"的一声惊呼出口，洗管非躲避不及，只听"当当"两声，饶是他有"玉佛金身"护体，双刀劈中，他也不由痛得失声一呼，暴退三尺。

那人一招得手，并不性急追击，只是冷冷笑道："'玉佛金身'？洗老爷子，你再尝尝我这二刀试试！"说完一跃上前，双刀疾出，一把刀疾刺洗管非咽喉，另一把劈向其右臂。洗管非欲退一步，再奋起反击，但那人刀势突然一变，一刀转朝他面门劈来，一刀劈向他的胸膛。洗管非大怒，仗着神功护体，竟全然不顾劈面而来的刀风，单掌反朝对方胸膛抓去，就在这时，那人刀势又瞬即一变，双刀一翻，变成了一对判官笔，疾朝洗老爷子双眼插至！

这二刀变势之快，实乃快如闪电霹雳，洗龙安若未习练五花剑法，定会被惊得目瞪口呆。即使现在他习成了五花剑法，也不禁微微一凛，心中惊道："此人刀法可算为至快之式，不知爹爹能否抵挡得住？"正待冲出，王雪瑶大叫一声"旋风无影刀？这人是王瑞明！"解牛刀脱手飞出，遥劈这人背心。

洗管非一招未尽，那人双刀竟已插至眼前，洗管非大惊失色，没料到此人刀法如此之快，而一旦看到，一切已是无可挽救。他"玉佛金身"虽然厉害，但刀枪刺眼，总是非瞎不可。眼看刀尖瞬即插至，王雪瑶蓦然一叫，那人哼了一声，右足反撩，将解牛刀一脚踢飞，手上双刀却因此一缓，洗管非立时如获大赦，闪身退开，脚一站定，即大声喝道："来人！"

十数名大汉立时持刀抢进，将那人团团围住，那人哈哈一笑，说道："洗老爷子，你叫这些酒囊饭桶前来送死么？"洗管非喘了两口气，显然仍是心有余悸，道："你……你是'旋风无影'王瑞明王总管？好，好，老夫差点看走了眼！"

王瑞明笑道："一个人眼瞎了，迟早总会看走眼的。"

洗管非怒极一笑，道："好，老夫就看你这小子如何再来剜我的双眼，将这小子剁成肉酱！"显然后一句话是对众属下说的。

十余名大汉齐声喝道："是！"一拥而上，十几柄单刀齐向王瑞明攻去！

王瑞明身子滴溜溜一转，两柄柳叶刀宛如银龙旋舞，直朝众人扫去。顿时只听一阵兵刃交击之声夹杂着几声惨呼，三名好手赫然已被横摔出去，落地气绝，另外几人更是奋勇合击，悍然不惧。王瑞明长笑一声，双刀挥起，又只听"当当"两声，两名好手兵刃落地，身躯栽倒。这些人都是洗家堡中百里挑一的好手，洗管非虽不指望他们能将对手杀了，但见瞬息之间，就有五人毙命，心中一紧，当下大吼一声，抢入了战团。

王瑞明大声道："来得好！"一刀逼开两名自侧旁攻上的好手，另一刀又变作判官笔，刺向洗管非咽喉。两刀速度不一，后者比前者快逾何止一倍，几乎只在一眨眼间，就到了洗管非咽喉。洗管非先前大意，差点失荆州。这次抖擞精神，左臂一格，护住咽喉，右手暴伸，欲夺王瑞明手中的柳叶刀。他方才看得分明，王瑞明能在瞬间连毙五人，就得益于他手中的双刀，每当有一人攻来，王瑞明一刀阻格，一刀攻击，速度固然快得无以复加，配合亦是天衣无缝。洗管非夺其一刀，正是要破解这种蟹钳之势。

只听"当"的一声，柳叶刀刺在洗管非手臂上，竟发出如金铁交鸣般的声响，王瑞明笑道："洗老爷子手好硬啊。"话一说完，人影倏然一闪，便即不见。洗管非右手去抢刀，顿觉扑了个空，惊惶之下，忙顺势反臂向后一抢。

洗龙安与王雪瑶忽然齐道：

"爹爹，在上面！"

"洗老爷子小心上面！"

洗管非反应敏捷，立时双臂齐举，朝上轰击。这一式虽未凝足气力，但也威力惊人。只听"轰"的一声，牛皮帐顶竟被一举击破，皮屑簌簌飘散中，两道刀光如匹练般直泄而下，却不是攻向洗管非，而是洗家堡的两名好手，两人突觉刀光及顶，却已太迟。被王瑞明一劈而下，竟将他们二人从头至尾切成了两半。刀势之凌厉，端的是匪夷所思。只是寒光一闪，两人就已变成四片。洗管非一怔，鲜红的血浆喷溅了他一脸！

众人见状，尽皆骇然。

王瑞明却刀势不停，转攻向王雪瑶。另一刀翻腕疾出，连洗龙安也带攻在内，他方才两番险些得手，都是被王雪瑶所扰。心下怒极，见洗龙安站在王雪瑶旁边，料想他两人都是一伙，恨乌及屋，就将洗龙安也置于刀下。王雪瑶见对方刀势凌厉，自己又无刀在手，不敢相斗，忙跳开一步，叫道："姓王的，吃柿子专拣软的捏吗？"

王瑞明跟着一刀迫近，笑道："先吃软的，再吃硬的，一个也逃不了！"说话间，向洗龙安轻轻地挥出一刀，刀势略缓，显然没把洗龙安当作劲敌看待。

洗管非本待过来相救，见状心知孩儿暂无危险，便道："快去请叶、何二位前辈过来！"声音极低，话一说完，一名好手顿时如飞掠去。

洗龙安避开王瑞明一刀，心中实是犯难：是施展五花剑法将此人制住呢，还是任由他去，等到叶、何二老与爹爹过来再行收拾？正踌躇难决之际，只见王雪瑶忽然尖叫一声，左臂已然中刀，洗管非与剩余的几名好手持刀站在一旁，并不过来相救。一刹那间，洗龙安再也不及细想，抢上一步，长剑一抖，"莲花神剑"第一式"莲花争霸"瞬即使出。

洗龙安观战良久，心知王瑞明刀法属于至快之类，破绽尽掩在运转如风的刀势中。而"莲花争霸"一剑化七式，正是攻向他隐蔽最深的七处破绽。

王瑞明从出手到至今，仗着奇快无比的"旋风无影"刀法，连洗管非也无法奈何，正自洋洋得意之时，斜刺里忽见洗龙安一剑刺来，势子虽然不快，但所攻之处竟全是自己必救之破绽。即使他躲得过其中一处，也逃不过第二处，躲得过第二处，却避不开第三、第四处，剑法之精妙，堪称举世罕见。当下不禁大吃一惊，连忙急退闪避，但只觉肩头一痛，已经中招。还算他久经战阵，闪避得快，否则只怕已被洗龙安一剑穿肩。

洗管非等人见洗龙安突然出手，一剑之下就将王瑞明刺伤，顿时如同见到奇形怪景一般，众皆"噫"了一声，个个脸露惊讶之色。王雪瑶一步闪将过来，将洗龙安从上到下看了一遍，而自己手臂上鲜血长流，犹自不觉。

洗龙安初展神功，想不到就大获全胜，惊喜之情自然难以掩饰，忍不住脸露微笑，道："承让了，在下一时失手，得……得罪了。"欢喜之下，还是不禁声音发颤。

王瑞明已将肩头鲜血止住，双目盯着洗龙安，心中又惊又疑。他不认识洗龙安，起先对这位青年也漠不在意，甚至有些轻视之心。万料不到他突然出手，剑法竟是如此精妙，好像恰是自己刀法的克星一般。但见他言行举止，分明就是个没经大事的无知小子，又岂会习成什么高妙精深的剑法？想了想，说道："这位兄台请了，在下侠义八卦门王瑞明，敢问兄台尊姓大名？"

洗龙安想起'血手'罗仲新曾说过侠义八卦门总管"旋风无影"王瑞明之名，今日一见，果然非同小可。当下不敢怠慢，抱拳一揖，道："在下洗龙安，洗家堡洗老爷子正是家父！"他这句话并无托大之意，王瑞明听来，暗道："这人原来是洗老儿的宝贝儿子。洗老儿的宝贝儿子有什么高妙剑法，老子可从来没听说过，他方才那一剑多半有鬼，老子可不能被他唬住了。"本来对洗龙安的剑法甚是猜疑，这一思忖，更是深疑不信。遂抱拳说道："原来是洗公子，久仰了。"语气甚是淡漠，压根儿就无一点"久仰"之意。

洗管非哼了一声，快步走到洗龙安身侧，大声道："我洗管非的儿子，要你来久仰什么？死到临头，才想到卖好么？"说话间，洗家堡剩余的几名好手也围在了洗龙安身侧，显然亦不信洗龙安已身怀绝技，担心王瑞明暴起反击，伤及洗龙安。

但王瑞明眼光是何等锐利，这一着不过是欲盖弥彰罢了，他冷冷一笑，缓缓说道："向你卖好？洗老爷子，你这一生都别想了。"

洗管非双眼凝视在王瑞明手上，不敢稍瞬，淡淡地道："王总管，老夫有个提议，今日你可生离此地，只须上复苏门主，叫他息岳罢战，就此投降如何？"

王瑞明却冷笑道："洗老爷子，你此话简直无稽之谈，是想等救兵么？告诉你，只有等到你死的时候，才会见到那两个老怪物前来救你！"

洗管非一凛，立时明白高、廖二人的刺杀只不过是虚晃一招，旨在将叶、何二老引开，好让王瑞明乘机下手。叶、何二老武功虽高，但心智却比常人差了一截。至今尚未回返，多半已经中了高、廖二人之计。这么一想，洗管非再无指望，反倒胆气顿生，心想："难不成老夫还怕了你不成？"顿了一顿，又冷冷地接道："很好，老夫放你一条生路，你偏不识好歹，就莫怪老夫无情了！"话刚落音，两掌齐拍，他知王瑞明的快刀难防，是以先发制人。

这两掌招式寻常，但掌到中途，忽然微微摇晃，登时两掌变四掌，四掌变八掌，八掌变十六掌。王瑞明脱口叫道："好，龙手拔云掌！"知道只须迟疑片刻，对方的十六掌就会变得三十二掌，进而幻化为自己周身都是对方的掌影。当即倏地掠出掌影笼罩范围，左手柳叶刀疾戮洗管非太阴穴。洗管非右腕一翻，手掌干脆向那刀尖抓去。

突然间，王瑞明身形一转，双刀闪电般猛劈向洗龙安，这一着突兀至极，兼且迅捷无比。众人齐声惊呼，但谁也救援不及，洗管非双手暴伸，终究还是差了两尺。眨眼工夫，双刀已及洗龙安胸膛！只见洗龙安剑尖一颤，那柄剑就不知怎的霍然插入了王瑞明咽喉，王瑞明身形一滞，双刀仍凝止于那里，脸上却露出了古怪至极的神情，对适才之事似乎不敢相信，可是身子却慢慢软倒了下去。

第十三章

这时，帐篷内一片静寂，众人眼望着洗龙安，张大着嘴巴，却说不出一句话来。

过了半晌，王雪瑶忽叫一声："《林海秘笈》！……"洗管非一震，忙冲到洗龙安跟前，颤声道："安儿，你……这……可是《林海秘笈》上的功夫？……"他先前不信，但见儿子亲手一剑将强敌刺死，焉能不信？

洗龙安料必难以隐瞒，遂抛下长剑，跪倒于地，拜了几拜，道："是，孩儿施展出来的正是《林海秘笈》上的功夫，乃是一位前辈高人所创的'五花神剑'……"接着洗龙安就将自己无意中习就了"五花神剑"的经过简叙了一遍。只是隐瞒了'毒手'王洛三之名。王洛三勾结外人，私自寻宝，自然犯有背门叛主的滔天之罪。但此人已死，一切罪孽便应抵消，如再在其后，侮辱其名，是谓不义。

洗管非听完，哪里还在意洗龙安话语中的这处小小漏洞？直欢喜得合不拢嘴，连连说道："好，好……安儿洪福齐天，老夫大事必成……"王雪瑶站在一旁，也高兴得心花怒放。她当年离家出走，就是为了《林海秘笈》之事，曾发誓若有人寻到《林海秘笈》，自己就以身相许，终生不渝。如今果然被洗龙安找到，而洗龙安又是她暗自心慕的男子，欢喜之情自然无以复加。

众人围在四周，亦纷纷相贺。欢闹声中，洗管非大笑道："安儿请起，此事于我洗家堡大大有益，爹爹恕你不请自行之罪！"

洗龙安磕了个头，道："谢谢爹爹，孩儿还有一事相求。"

洗管非笑道："什么事？"

洗龙安道："孩儿请爹爹息兵罢战，暂不攻打侠义八卦门，移兵解救平板镇之危！"这一句话甚为响亮，且显然是悖逆洗管非之言。众人一听，笑声顿止，脸上都已变色。

洗管非笑声倏止，瞪着洗龙安道："为什么？你瞧上苏老儿的宝贝女儿，怕爹攻破了侠义八卦门后，她一怒之下，不嫁给你做老婆吗？"语气严厉，与适才已截然不同。当真是一代枭雄，脸色说变就变。洗龙安忙磕头道："孩儿不敢，孩儿心想，侠义八卦门既然已经归服，何必再劳师攻打？五花教已开始围攻平板镇，一旦攻破，势必危及中原武林。孩儿才以为……以为救援平板镇，才是当务之急。"

洗管非更是不悦，冷冷地道："如此说来，为父的才智反倒不如你了……"

洗龙安大惊，慌忙以头碰地，直击得地面"砰砰"作响，说道："孩儿决无此意，孩儿决无此意，恳请爹爹见谅……"

洗管非哼了一声，道："无知小子，岂知兵法上云：'攘外必先安内'？五花邪教围攻平板镇，中原武林各派该当同心协力，共赴大难，而侠义八卦门却拒不驰援，龟缩不出。哼，本盟主不将之铲除，他日又怎可号令其他武林各派？"

洗龙安不敢再违拗下去，恭声道："是，爹爹所言极是。"他口头服软，洗管非也不再喝斥，扶起他道："如今你已学成了《林海秘笈》，连为父也不是你的对手，苏老儿自是更不在话下。明日抢攻虎跳崖，你须奋勇当先，杀得侠义八卦门一败涂地，方不愧为爹爹的好孩儿！"

洗龙安心中一沉，他最怕的就是父亲命他攻打侠义八卦门。如今父亲果然提出，心底虽然大大地不愿，但却不敢抗拒，低声道："是！"

洗管非怒道："你还不愿意吗？声音怎的这般小法？"

洗龙安即大声道："是，孩儿谨遵爹爹号令！"

洗管非这才一笑，轻抚他的肩头，温言道："这就是了。今日你也累了，且先下去歇息吧。"转脸喝道："来人！"

那光头秃九立时急奔进来，向洗龙安作了个请式，然后道："公子爷请！"洗龙安心中难过，垂头丧气而去。

到了晚上，秃九又送来饭菜，洗龙安闷头吃过，心中着实烦不胜烦。就命秃九带他前去巡营，秃九恭声答应。两人走出帐外，秃九在前，洗龙安在后，洗龙安道："先去虎跳崖看看！"秃九知道他已习成了《林海秘笈》，天下无敌，虎跳崖虽属对头地盘，料也不会有事。便道："是，公子爷到了那里，可要小心那些狗崽子们的暗箭！"洗龙安淡淡地应了一声，于是两人直向虎跳崖行去。

一路上，只见牛皮帐篷排布得越来越密，每个帐篷入口处还站着一名执刀大汉，四处篝火熊熊，映照着这些大汉脸上，尽显出一股刚毅之气。众大汉见到洗龙安行至，也不苟言笑，只微微躬了一下身。洗龙安心想："爹爹一手创立的洗家堡，能在江湖上屹立数十年不倒，当真是所非幸致。"走了几步，却又想："这些都是爹爹数十年来创下的基业，如果虎跳崖累攻不下，爹爹就不免基业受损，看来明日真须奋勇当先，一举攻破虎跳崖才是！"想起"奋勇当先"四字，他又想起父亲说过的话——"如今你已学成了《林海秘笈》，连为父也不是你的对手，苏老儿自是更不在话下"——洗龙安一怔，心道："这话是什么意思？"随即心中又是一阵气苦。

原来这句话之意隐然是说："如今你已学成了《林海秘笈》，知道连爹爹也不是你的对手，就敢目无尊长、出言顶撞了，是不是？"其实，不明白还好，明白了反倒徒增烦恼，洗龙安气恼更甚，放开双腿猛然一阵疾驰。秃九轻功极高，跟在后面自是一步不离，忽道："公子爷，前面就是虎跳崖！"

洗龙安抬头一望，只见前面道路陡然变窄，只宽约七八尺许，道路两边也各耸立着一座山峰，人若站在一峰顶上，跳往另一座峰顶，若非轻功极佳，决计跳不过去。但对猛虎而言，在这七八尺宽的峰顶上跳来跃去，那可是极为平常之事，于是就称之为"虎跳崖"。洗龙安仔细看了片刻，点了点头，暗忖道："难怪爹爹愁眉不展，侠义八卦门只须在前面和两边峰顶各埋伏下一支人马，爹爹就算有千军万马也冲不过去！"

这时，秃九在身侧道："虎跳崖乃是伏牛山的必经之路，大伙儿攻了五六天也没有攻破，老爷子这几天搞得焦头烂额就是为了此事！"

洗龙安问道："还有其他秘道么？"

秃九道："有是有的，但就是不知道秘道入口在何处，前几日抓到两名侠义八卦门的属众，可这两个狗崽子的骨头倒硬朗得很，死活不说。老爷子一怒之下就将他们宰了……"洗龙安想起先前洗家堡属众抓住王瑞明时，有人问是一刀宰了还是拿来审问，敢情就是以为侠义八卦门门众全是死硬把子，干脆审也不审，一刀宰了了事。秃九接道："王瑞明那狗头今日假冒奸细，幸亏公子爷神剑无敌，否则这场乱子可就闹大了。但也没什么要紧，老爷子浑身刀枪不入，王瑞明他奶奶的两把破刀就是断成七八截，也伤不到老爷子一根汗毛，哈哈哈，是不是，公子爷？"他这一句话提气说出，声音虽不响亮，却借着内力远远传送出去，似是想让对面的侠义八卦门属众听到，以寒其胆。岂知过了半晌，虎跳崖周围竟毫无动静。

洗龙安道："其实虎跳崖是否能够攻破，都不要紧。侠义八卦门迟早必破！"

秃九道："公子爷，这怎么说？"

洗龙安道："苏门主的千金已经中了家父的'七海定心针'，半年时光一到，侠义八卦门若不投降，那苏大小姐必然……必然会……"他有心想将侠义八卦门的人激将出来，但想到"苏大小姐必然会惨死"，却是如何也说不下去。秃九即接道："是极，是极，'七海定心针'一旦发作，必然生不如死、苦不堪言，苏老儿到那时再磕头求饶，可就晚矣！"

两人说话时，四只眼睛不断地向四处巡视，只盼敌人沉不住气，跳出来大战一场才好。但虎跳崖始终不见人影，忽然一阵脚步声从后面传至，洗龙安与秃九立时一齐回头，皆喝道："什么人？……"刚说了这三个字，就觉是多此一问。只见月光之下，王雪瑶微笑而至，两眼竟似蕴含着款款风情，却只望着洗龙安一人。

洗龙安脸上一红，拱拱手道："王姑娘。"他知道秃九明了王雪瑶与古大彪假扮夫妻之事，是以在称呼上直言不讳。

王雪瑶走到跟前，秃九忽地身影一闪，绕到洗龙安面前，笑嘻嘻地道："王姑娘，你来干什么？"

王雪瑶笑道："你们在这里叫破喉咙也没用，苏门主已经传下号令，擅自出战者，格杀勿论！何况今日侠义八卦门王总管死于洗公子剑下，试问侠义八卦门中又有几个武功高出王总管的人？又怎么敢出来送死？"

秃九哈哈笑道："不错，公子爷的五花神剑，无人能敌，侠义八卦门的跳梁小丑出来，自是送死，也累不着苏老儿格杀勿论了，哈哈哈……"王雪瑶也跟着咯咯娇笑不已，笑了片刻，秃九忽道："王姑娘，除了此事，你还有其他事么？"脸上已无笑意，王雪瑶也随即笑声倏敛，说道："还有一事，却不能让你知道……"话未说完，两指疾出，在秃九身上连点三指，秃九浑身一震，便即动弹不得，脸上张口结舌的，满是惊讶之色，却连一句话也说不出来，敢情是连哑穴也一并封了。

洗龙安见他们开始时相顾大笑，欢愉之至，哪料到王雪瑶会突然出手，当下惊道："王姑娘，你……"

王雪瑶笑着走到他面前，面对面地道："你爹爹逼你明日攻破虎跳崖，你不愿意是不是？"她其时与洗龙安相处之近，几乎是鼻尖对着鼻尖，这一开口说话，更是吐气如兰，扑面可闻。洗龙安不禁心神一漾，不由自主地点了点头，王雪瑶道：

"那我们一起远走高飞，好不好？"她每一句话都说得柔情似水，令洗龙安不可抗拒，但每一句话实是关系重大。洗龙安虽在浑浑噩噩中，却犹自一震，摇摇头道："不可，我们两人……在一起，那成什么样子？"

王雪瑶幽幽地道："那有什么关系？我喜欢你喜欢得很，你也有时候想我是不是？我们一起行走江湖，爱干什么就干什么，想到哪里就到哪里，江湖上人人只会羡慕我们快活似神仙，又有谁会说我们不好？"说话间，伸出小手握住了洗龙安的双手，双眼凝视，目光中尽是深情无限，洗龙安怔怔地望着她，也不由痴了。

他与冯心玉虽好，但却从来没有互相如此赤裸裸地表白过，何况他自小到大都是规规矩矩，受尽束缚。一生最大的愿望就是爱干什么就干什么，想到哪里就到哪里，自由自在，无所拘束。王雪瑶这么一说，他顿时怦然心动，忖道："王姑娘如此表白，可见已爱我至深，我也确实有时对她心存爱恋，两人若一起共游江湖，生死不离，终生不渝，那当真是连天上的神仙，也是不如了。"心念至此，不知不觉中双手慢慢翻转，也将王雪瑶的手握住了。只感一生之中，实是这一刻光阴最是难得，洗龙安全身都暖烘烘的，一颗心却又如在云端飘浮。

王雪瑶眼光中闪出喜悦的光芒，将脸庞轻轻地靠在洗龙安胸膛上，低声道："我们今夜就走，好不好？"

洗龙安正想答允，突然间"呱"的一声，不远处一只寒鸦飞过，紧接着一阵冷风扑面吹来，洗龙安灵台一清，立时放开王雪瑶的手，后退一步，惶然道："不行，不……不行，我们……"王雪瑶怔了怔，怒极叫道："为什么不行？"

洗龙安只顾摇头，喃喃自语道："不行……我们在一起……我们此时一走，日后还有何面目再见爹娘。"说到后面一句时，他双目直视着王雪瑶，脑中已清醒如镜，心念急转中，已经想："自己有心玉，而王雪瑶也有古大彪，抛下古大彪是自己的属下，自己决不可擅夺人妻不说，单论自己这么一走，将爹爹置身在这进退维谷的困境中，那就是大大的不孝！"心念至此，洗龙安背上登时出了一身冷汗，望着王雪瑶的目光中，也有了一丝惧意。

王雪瑶瞪着他，怒气冲冲地道："我们这一走，为什么再无面目见你爹娘？难道我们在一起，你爹娘就不认你这个儿子吗？"说完莲足一跺，"嘤嘤"地哭了起来。

洗龙安叹了口气，说道："王姑娘，在下决无此意，只是……只是爹爹此时正处危急关头，我身为人子，若不鼎力相助，那还算作人么？"

王雪瑶呜咽道："你爹爹此时的确正处危急关头……但这种危急……却是他自找的。"

洗龙安心头顿时有些不快，本待过去安抚几句，听到这话也就罢了。

王雪瑶哭道："你爹爹设计陷害天下英雄，想要天下英雄都听他的号令，侠义八卦门不服，他就去攻打，这乃不义之举，你若帮他，就是助纣为虐，也是不义。洗公子，你……你是想做不义之人，还是想做不孝之人呢？"

洗龙安大吃一惊，这番话他早已想到，只是一直埋在心里不敢说出，其中抉择之难，正是他今夜食不香、睡不着的症结，王雪瑶一语道出，就像戳穿了他一道不愿被人揭起的伤疤。他瞬即脸上变色道："你……你说这话干什么？我说不能和你一起走，就是不能和你一起走，你扯上我爹爹也没用！"

王雪瑶哼了一声，气愤地道："你不和我走，我好稀罕么？你愿助纣为虐，帮你爹爹大行不义之事，跟我又有什么相干？"洗龙安自知方才言语略重，便默不作声。王雪瑶接着道："你留在这里不走，虽然能帮你爹爹攻破侠义八卦门，逞得一时之威，可五花邪教也必会乘机攻破平板镇，到时祸及整个中原武林，你爹爹的武林盟主之位难免不保，你也落个不义之名。"

洗龙安淡淡地道："那有什么法子？自古孝、义难以两全，我选'孝'字为先，又有什么不对？"

王雪瑶大声道："但此时此地，孝、义也可两全，你为什么不干？"

洗龙安摇了摇头，叹道："若有两全其美的方法，我又岂会不干？但我思虑再三，也找不出一个……"

王雪瑶上前一步，道："好，我们一起去平板镇，帮那姓沈的守住崂山总坛，这就是能使你孝、义两全的好办法！"

洗龙安怔了怔，思之不解，王雪瑶朝他展颜一笑，道："你想不明白是不是？我早就知道你这人笨得很。"

洗龙安心道："好在笨人有笨福，你待会儿不要给我出个歪点子才好。"口中说道："愿闻其详！"语气甚是恭敬。

王雪瑶得意地道："唯今之计，只有你我速去崂山，解了平板镇之围后，再回头帮你爹爹攻打侠义八卦门，才是最为周全的上上之策，你明不明白？"

洗龙安道："不明白。"

王雪瑶一瞪眼，气忿地道："怎的还不明白？"

洗龙安苦笑道："你我若去崂山驰援，少则七八天，多则半月，成不成功尚且不说，家父在虎跳崖若又遭到败绩，岂不要责怪在下身为人子，却不能替他老人家排忧解难？这乃不孝之罪，我今生今世宁可舍生断义，也决不做不孝之子。王姑娘，这法子，嘿嘿，不说也罢！"王雪瑶瞪着他，忽然也"嘿嘿"一笑，却是皮笑肉不笑，说道："原来你这人不是笨得很，而是笨得要命，我们去崂山驰援，你爹爹就会在虎跳崖吃败仗么？"

洗龙安暗道："你这话问得才笨得要命，虎跳崖易守难攻，你难道不知？爹爹若无我臂助，非吃败仗不可。"

王雪瑶继续道："洗老爷子乃一代枭雄，才智极高。虎跳崖他曾攻过三次，都未成功，如今必然知道若无秘道里通外合，或无绝世高手领先开路，此关极难攻破。今日你展露神功，诛了王瑞明，你爹爹自然就将破关重任交付在你身上。但你若一走，你爹爹一无所恃，二没找到秘道入口。对破关之事又如以前那般毫无把握，岂会轻举妄动，驱策属下的悍勇之士前去送死呢？"这话说得甚是有理，洗龙安心中一动，暗忖道："这倒也是，爹爹向来精打细算，对毫无把握之事，决计不做。他属下人马更是洗家堡的根本，轻易不会擅动，以免重创难复。"当下不禁点了点头。

王雪瑶见他点头赞许，得意一笑，道："何况你我此去驰援平板镇，大可打着你爹爹的旗号，就说'奉命驰援，共抗五花邪教'，那时天下英雄必会赞你爹爹大仁大义，言行如一。你爹爹的声威定然大振，到时只怕他欢喜还来不及了！"

洗龙安却不欢喜，心中忖道："你这话就是说我爹爹本来不仁不义，言行不一？"本待反问，又想起父亲此次行事当真是有点"不仁不义，言行不一"，就即忍住了。

王雪瑶说到兴处，全没看到洗龙安的脸色，得意地道："而洗公子你呢，既已习成了五花神剑，普天之下，谁人能敌？此去驰援平板镇，五花邪教若是望风而逃，那是再好不过；若要硬拼死战，你一剑一个，杀得他们干干净净，也不是什么难事。往返两趟，再加上这一战，至多也不过耗费十几日光景，再来助你爹爹一举攻破侠义八卦门，岂不是两不相误、两全其美？"

话一说完，洗龙安就忍不住叫好，但想若公然叫好，岂不是等于承认自己的"五花神剑"天下无敌？这未免有些自吹自擂之嫌，便佯装沉吟片刻，道："好是好，不过五花教自古至今，一直兴盛不衰，教中高手如云，只怕不易对付。"

王雪瑶哼了一声，道："高手如云算得了什么？五花神剑，谁人能敌？洗公子，此事非但关系到中原武林的前途命运，还与令尊大人的威名大有干系，何去何从，你自己打定主意吧。"说完转过脸去，双眼故作漠不关心地望向远处，却不时偷偷瞥了过来，关注着洗龙安的脸色。

洗龙安实则早已思忖妥当，深感此计可行，这时再细想一遍，才点了点头，又朝秃九一指，说道："他意下如何，你也须问个明白，多一人思虑便多一份周全。"王雪瑶见他答允，欢喜之情溢于颜表，笑道："这个自然。"闪身掠到秃九面前，眉开眼笑道："秃兄请了，方才我与洗公子商议之事，你都听到了吗？是不是也很赞同？"

秃九双眼圆睁，不知如何回答，王雪瑶嘻嘻一笑，道："是就眨眨眼，不是便转一下眼珠子，本姑娘绝不强求。"

说是"绝不强求"，洗龙安心里明白王雪瑶是要逼迫秃九非赞同不可。秃九一直站在旁边，方才之议他自然听得清清楚楚，但赞不赞同却不一定。王雪瑶将这两个问题连在一起问出，使他难以分别表达意见，且将"听没听见"问在前面，秃九就只有眨眨眼，以示听见。这样一来，也就表示赞同了。

王雪瑶拍拍手，喜道："好，好，秃兄已赞同本姑娘高见，答应和我们一起驰援崂山平板镇。秃兄乃光明磊落之人，决不会食言的，是不是？"

洗龙安心中一笑，暗道："这王姑娘当真会得寸进尺，乘机将秃九也拖了进来。不过这样也好，免得我和王姑娘一对孤男寡女上路，惹人闲话。"但转念一想，就明白了她的心思。原来王雪瑶怕将秃九就此放回，父亲知晓此事后，未必赞同方才之议，再阻拦可就反为不妙了。

只见秃九又眨眨眼，王雪瑶骈指在他身上连击两指，低声笑道："你既已答应，我就不怕你后悔了。"方才她封住秃九三处穴道，这时却只点两指，分明是还有一处穴道未解。秃九身躯一震，张口便骂："臭婆娘，你敢……"扬起右掌就欲劈下，王雪瑶迎着掌势将身一挺，厉喝道："想反悔？"秃九这一掌顿时凝在空中，转眼朝洗龙安望去，洗龙安摇了摇头。

秃九怒气难消，喝道："好，瞧着公子爷的面子，今日就放你一马！"掌势一变，转劈向一块大石，那块大石相距在五丈开外，他一掌劈出，立时只听"轰"的一声，石屑迸射，那块大石已被劈成四分五裂，掌势力道，也堪称一流。王雪瑶脸无异色，冷冷笑道："好稀罕么？"说完，双手互击三下，"啪啪啪"三响后，前面的树林中蓦然传出一阵马蹄声，只见一人骑在马上，后面还牵着三匹健马，奔驰而出。借着月光，众人看得一清二楚，那人正是古大彪，洗龙安不觉脸上一红，暗自惴惴，秃九却心道："原来是这个坏货，老子还以为这臭婆娘请出什么厉害人物。"不由自鼻孔中哼了一声。

古大彪策骑甚急，转眼就到眼前，马一停蹄，他立时跳将下来，瞪着秃九怒道："臭秃子，你干吗骂王姑娘？你功夫厉害，就在她面前耍威风么？"洗龙安浑身一震，暗自叫道："他为什么叫'王姑娘'？而该叫'我老婆'才对……"立时感到一阵奇窘，目光低垂，看也不敢朝古大彪看上一眼。

秃九道："正是，你待怎的？"语气充满蔑视之意。古大彪道："很好，你有种。"这句话说完，转身便走。秃九大奇，他见古大彪气势汹汹而来，还道要大打一架，哪知古大彪说不了两句就走，正自惑然不解。古大彪身形不动，突然飞起左脚，向他胸口踢来，这一脚迅猛、快捷无比，加上秃九正在疑虑之中全无防备，当真就如雷轰电闪一般，眨眼就到他胸前。

但秃九临敌应变的经验极为丰富，眼看着那一脚堪堪踢到，他竟能匪夷所思地倏然一闪，飘开一尺。右手在腰间一摸，闪电般拔出单刀，急劈古大彪足踝，古大彪飞腿既出，哪还能及时收回？秃九单刀挥劈，势如电光石火，但刚劈出一半，脖间忽然一凉，他目光瞥及，竟是一柄牛耳尖刀。

洗龙安抬头一望，只见王雪瑶不知何时已站到了秃九身后，手中的牛耳尖刀正贴在他脖子上，秃九单刀挥起，欲劈古大彪足踝，古大彪慌忙收腿，已然不及。情景可谓是凶险万分，洗龙安忙喝道："住手！"

秃九单刀一顿，王雪瑶冷冷地道："我封的是你'景台穴'，但想不到你身法还是快得很，佩服佩服。"手腕一翻，牛耳尖刀便瞬即不见。"景台穴"乃是人肚脐左七寸的一处要穴，一经点中，施展轻功之时，就会大打折扣。王雪瑶点击秃九此穴，正是想减慢秃九的身法，以便制服。但秃九中指后竟毫不受损，可见其轻功之术已练至了世所罕见的地步。他哈哈一笑，道："在下身法再快，也难逃王姑娘

· 261 ·

的一尺三寸刀，哈哈哈……岭南解牛刀法，在下也佩服得紧！"王雪瑶脸上一红，拱拱手道："承让，承让。"心里暗道："方才若非他急欲避开古大彪一腿，我那一刀也未必能够得手，这秃子如此说，是顾全我的面子了。"

洗龙安见局势缓解，暗暗吁了一口气，走到三人中间，说道："大家都是在下的好朋友，有什么过不去的地方，还望看在洗某几分薄面上，相互谅解，切莫动刀枪伤了彼此和气！"

秃九笑道："正是。王姑娘，在下方才多有得罪之处，如今给你赔不是了。"双手向王雪瑶略作一揖，却看也不看古大彪一眼，王雪瑶还了一礼，道："九爷过谦了，方才是小妹的不是，何敢让九爷先赔不是？小妹与古大彪给九爷请安恕罪。"秃九点点头，还没答话，古大彪便接道："臭秃子，你功夫好，所以老子给你赔罪。若论道理，你欺侮王姑娘，该当先赔不是才对。"秃九哂笑不语。

洗龙安道："好了，还是古兄想得周全，连马儿都已配齐，大家现在就起程吧。"众人一怔，王雪瑶与秃九随即明白对方话中之意，应了一声，齐身上马。洗龙安跟着也掠上了马背，古大彪想了片刻，忽然爆出一声长笑，跃上马来，扬手一鞭，抢先如飞般急驰而去。

四人纵马疾驰，至开封时才歇息一日。龙门镇在此处设有分舵，洗龙安以帮主之名，召集了近百名好手，再绣制了三面大旗，一面上写道："奉命驰援，共抗五花邪教"九字，另二面则只书一个"洗"字。如此锦旗飘展，人欢马腾，果然是声威大涨。不到崂山，江湖上已传扬得沸沸腾腾，待到崂山，山脚各处竟无人迎候，秃九四下一望，低声道："公子爷，只怕五花邪教已经动上手了，咱们可能来迟了一步。"

洗龙安心中一紧，拔剑一挥，大声喊道："大伙儿下马上山，沿路见到五花邪教贼子，格杀勿论！"

近百名好手早知他习就了五花神剑，功力通玄，哪敢不从？齐声应道："谨遵帮主号令！"当即纷纷下马，分派两人看守马匹，余众各执兵刃，纵身直向山上奔去，沿途却不见一人跃出阻拦。众人全力奔掠，只过大半个时辰，便即赶到平板镇总坛大门外，但只见大门紧闭，里面竟然寂无人声，众人暗暗吃惊，齐望向洗龙安。

洗龙安剑法虽高，但处事却无阅历，更无遇变出策的智谋，碰到这等大出意外之事，一时只有怔立当场的份儿，不知如何是好。

古大彪忽道："平板镇的人定是被五花邪教的狗贼杀完了，咱们进去瞧瞧又有什么要紧？"这句话说出，众人齐皆称是，否则他们一路前来驰援，江湖上无人不知，平板镇若还幸存，岂有不派人前来迎接之理？洗龙安心中一震，暗自惭愧："是极，我还不如古大彪反应灵敏。"

众人鼓噪大叫，正待涌向大门，秃九却说道："如果五花邪教的狗崽子在里面设下了埋伏，大伙儿进得去，出不来，那可怎么办？"众人脚步一顿，深感此言有理，几名大汉已掠到门前，又退了回来，面面相觑，不知所措。洗龙安本待仗剑冲出，闻言也不禁凝身止步，心想："还是秃九想得周全，我们大张旗鼓而来，五花邪教的人定然也已知道，如果在里面设下极为厉害的埋伏，我生死是小，可不能带累大家一起丧命。"想来想去，甚是踌躇，便抬头望向秃九，秃九点点头，大声道："谨遵公子爷号令，请王姑娘速带十人入内一探，若有异动，立即回报。"

王雪瑶一听是洗龙安号令，立时应道："是！"转身挑出十人，撞开大门，一涌而入。

洗龙安心中大为诧异："我何时发过此令？不过此法也甚好。"转眼只见众人望着自己，目光中尽是尊崇之色，又听古大彪满是不服地哼了一声，方才醒悟："原来秃九早已有了应对之策，却要等到大家委实不知如何是好的时候才说出来，并且假借我的名义，大家便以为这主意是我所出，自然对我备感尊崇了。"想到自己初掌龙门镇，虽有五花神剑，但未必能够服众。秃九此举，无疑对自己巩固帮主之位大有好处。由此终于明白秃九用心之良苦，不由心生感激。便在这时，王雪瑶忽然叫道："洗公子快来，他们……他们全在里面……"声音有些发颤，但却无惊恐之意。

洗龙安喝道："全都进去！"自己当即仗剑蹿出，跃到前面，进入门内。两名大汉刚好迎上，恭声道："禀帮主，平板镇的人全死在里面，只是死状甚是惨怖！"

洗龙安道："快带我去看看。"两人立时转身引路，快步走到一间大竹舍门外，道："就在这里，王姑姑正在里面查验尸首。"

洗龙安抬头一望，此处正是平板镇总堂问心堂，当日平板镇先任帮主熊小风熊老前辈就死于此地，想不到今日此地又有一幕惨剧上演，心中不禁一阵凄然。秃九抢先一步上前，道："公子爷请！"洗龙安心知他意在护卫自己安全，以防不测，便点点头，两人一齐并肩而入。

突然之间，秃九惊呼一声，目光瞥处，只见眼前呈现的惨象竟是一具具白森森的骷髅悬在空中，而骷髅面目却尚还完好，清晰可辨他们的身份。随即又是几声惊呼，却是随身而进的龙门镇众人所发，洗龙安面色苍白，呼吸急促，这副惨景他在连环十二岛时就已见过，想不到竟在此处又会重演，震骇之下，他只感到分外诡秘。

先前进来的十名好手已分守四周，王雪瑶走了过来，低声道："洗公子，尸首有三十四具之多，平板镇新任沈帮主也在其内……"说到这里，她禁不住浑身发颤，弯腰呕吐。洗龙安心中一紧，暗道："大哥？大哥也在其内？"忙大声道："先把他们放下来。"

身后立即有两人应了一声，执刀跃起，劈向那悬挂骷髅所用的细链，一人劈之不断，震得骷髅"簌簌"摇晃，掉下了两根肋骨；另一人刀刃锋利，只见刀光一闪，"啪"的一声，一具骷髅应声而落，头颅却被折断，骨碌碌地滚到一边，洗龙安立时认出义兄沈威的面目，扑将过去，捧起其头颅，颤声道："大哥……大哥……"想起数月之前，自己还与大哥在空心岛面对如此惨景，没想到今日他却落得与此同样的下场，心酸至极，眼泪忍不住盈眶而出，但碍着众人的面，连哽咽也不敢发出。

秃九久经阵仗，方才失声而呼，只是对如此惨酷的情景始料不及，这时轻咳一声，道："王姑娘，平板镇上下数百之众，怎的只见这三十四具尸首？"

王雪瑶也直起腰来，淡淡地道："我已派人四处查找了，但连姓沈的都落得这般下场，旁人也决不会好到哪里去。"洗龙安暗地里打了个冷战，心道："只见这三十四具尸首，那日在空心岛密室里的尸首不也是三十四具么？两地相差千里，死法与死者数目又何以一样？"这一想起，他心中顿时一阵紧缩，寻思道："空心岛秘室里的惨景据罗仲新所言，是爹爹下的手，难道这场惨剧也是爹爹所为？"转念一想，又不太可能，一则爹爹正在伏牛山下围攻侠义八卦门，岂能分身到此？二则沈大哥已中了爹爹的"七海定心针"，凡事皆听爹爹调度，爹爹又何苦下此毒手？三则……三则……

正思忖间，秃九忽道："公子爷，平板镇下上既已惨死，咱们这一趟可就白来了，稍时叫弟兄们将他们妥为安葬，咱们先回盟主那里禀报便是。"他这么一说，登时让洗龙安从胡思乱想中醒觉过来。一转眼，只见周遭数十双眼睛都凝望着自己，于是忙道："是……大家先下山再说，此地万不可久留。"说完，与秃九对望了一眼，两人都已明白：此处诡异中隐含着无数危机，多留一刻就多一份危险。

龙门镇众人齐应一声，大部分人当即转身退出门外，只留下几人收拾尸骸。那名执刀汉子手执利刃已劈落了二十多具骷髅，额头上却沁出了细汗，秃九道："这位兄弟请暂歇息片刻如何？余下的活计让我来就是。"那人抹了一把汗，笑道："那就多谢九爷了。"双手递上单刀，秃九接过，倏地掠身飞起，刀光迅疾无伦地沿着周身一旋，三具骷髅立时一齐跌落，众人大叫：

"好，好刀法！"

"九爷好俊的身手！"

秃九一刀劈断悬挂骷髅的三根细链，自是先后有别，但三具骷髅却一齐落地，便是刀势太快的缘故。

就在这时，忽听有人嘻嘻一笑，说道："原来这人是个秃子。"随即又有人"嘘"了一声，道："小声点。"先前那人立即叫道："怎么？他不不知道自己是秃子？"

众人一听，忍不住哈哈大笑起来，但瞬即想到这声音绝不是本门兄弟所发，脸色又各自一变，秃九本已双脚沾地，当即喝道："谁？滚出来！"身形再度蹿起，疾扑向发声之处。洗龙安听得分明，那发声之处正是左边的屋顶上，只见秃九一蹿即至，正待举刀挥劈，房顶突然"轰"的一声，破开一个大洞，两条人影跳将出来，一人迎着刀锋，将头一偏，左手五指成爪直抓向秃九胸膛。秃九自知这一刀还没砍到，必会被此人之爪洞穿心肺，忙双脚飞出，踏空掠后一尺，险险避过。

另一人飘身落地，拂了拂身上的尘土，旁若无人地咕哝道："这秃子好生无礼，各位又没杀他，他怎么就和咱们过不去？"众人对此人漠然不识，洗龙安只看一眼，就叫了起来："熊无恙熊公子？"话刚落音，那名满头白发的老者已落到熊无恙身侧，自然正是疯疯癫癫的包复雄。

秃九脚一沾地，立时喝道："保护公子爷！"他不知洗龙安与熊无恙、包复雄两人的关系，只见包复雄那一爪极为凌厉，还道是强敌临近。王雪瑶闻言第一个抢先冲到洗龙安身前，凝式待发，古大彪与七八名龙门镇好手同时呼喝，拔出兵刃，守在洗龙安四周。外面的人尚未散去，听到里面的异响，也纷纷大叫：

"什么事？"

"帮主遇到危险吗？咱们冲进去！"

数十人就待一涌而进，洗龙安却摇摇头道："都不要进来，熊公子和包老前辈是我的好……"

"朋友"两字尚未说出，门外蓦然传来一阵密如狂风暴雨般的马蹄声，再细听之下，这马蹄声仿佛是从山上直奔而下的，少说也有七八百匹，紧接着有人奋力大叫道："帮主，不好了，五花邪教的……啊哟……"声音中断，显然是自己属下的一名好手发声示警，却被敌人一击毙命。洗龙安自见到那一具具骷髅时起，就格外留神四处的动静，唯恐落入"五花邪教"的陷阱中。这时一听"五花邪教"四字，心底立时一沉，转眼朝秃九一望，秃九即道："是，属下到外面去瞧瞧！"身形一晃，已从人丛中的缝隙蹿了出去。

包复雄道："这秃子溜得好快，他一听'五花邪教'的名字干吗就溜得这么快？难道他也怕了'五花邪教'的威名？要赶出去迎接？"

熊无恙道："不知道，这秃子方才要杀咱们，你干吗不一爪将他抓死？"

包复雄道："我还有一事须向这秃子请教，若抓死了他，此事就无人可问了！"

熊无恙问道："什么事？"

包复雄挠挠头皮，道："我想问这秃子，怎的他长这么大了，还不知道自己是个秃子？"

龙门镇众人本来与他们凝神相对，闻言顿时有几人忍不住"哈哈"一笑，包复雄双眼一瞪，喝道："笑什么？此事你们知道吗？"众人不敢应答，洗龙安双手一拱，沉声道："包前辈、熊公子，方才得罪之处还请见谅，在下多日不见两位大驾，两位可还好吧？"他口中说着话，耳朵却倾听着外面的动静。只听那马蹄声已渐渐停止，似乎是在外面摆开了阵势，心中不禁暗暗焦急。包复雄又道："你是谁？五花邪教教主大驾已经到了，你怎的还不出去迎接？站在这里啰哩啰唆的，敢情是不要命了么？"

龙门镇众人顿时大怒，齐喝道："谁不要命了？你这老儿胡说八道，当心咱们帮主一剑刺你八个透明窟窿！"

洗龙安却大吃一惊，心想："五花邪教教主既然亲临，看来我也只有亲自出去应付了。熊公子、包前辈两人与心玉一起失踪，定然知道心玉的下落，但这只能稍时再问了。"正欲交待几句，便出去应敌，熊无恙却道："这人是冯姑娘的好朋友，自然不用出去迎接教主大驾了，臭老不死的，你方才骂他，也须给他赔个不是才对。"

洗龙安心中一奇："我是心玉的好朋友，怎的就不用迎接五花邪教教主了？……"而包复雄却气呼呼地向他道了一声歉，洗龙安也没听在耳中。

这时，外面的人高声叫道："五花圣教教主在此，你们快叫什么中原武林盟主出来磕头。"话刚落音，就听又有人道："呸，什么五花圣教，分明是五花邪教的狗屁教主……啊……"一声惨呼，跟着兵刃相交，铮铮之声大作。

洗龙安着实挂念外面属下兄弟的安危，便道："熊公子、包前辈，今日事急，恕在下不能奉陪了。"略一抱拳，立时转身走出门外，王雪瑶等人跟着紧步而出。一到门外，只见问心堂外的空旷地上，黑压压的，满是骑着高头大马的黑衣大汉，果然至少有七八百骑之众。众黑衣骑士中间却又停落着两顶青藤小轿，轿帘低垂，看不出里面坐的到底是谁，轿后两名大汉各举着一面旗帜，一面上绣着"五花圣教"四字，另一面上竟绣着一朵叫不出名的大白花，花有五瓣，每瓣颜色各异，敢情这就是五花邪教的独门招牌。大风吹起，这两面旗帜与洗龙安绣制的三面锦旗遥遥相对，猎猎飞舞，都很显得威武不凡。

在众黑衣骑士与龙门镇众人中间，四人正各执兵刃，斗得难解难分，另有一人俯伏在地，僵直不动，显然已经毙命。洗龙安认出这五人中，除一人外，其余皆是自己所属。但此时情景，自己这边以三对一，仍没占到丝毫上风。只见五花邪教的那黑衣大汉手握一只镔铁双环杖，恐怕至少也有上百来斤，挥舞起来，虎虎生风，威势骇人，自己属下三人却各执着一柄单刀，与之轻轻一磕，即被荡开，更遑论近身砍杀。秃九眉头紧皱，似是一筹莫展，而对面的众黑衣骑士却面露微笑，就似胜算在握一般。

突然间，五花邪教那黑衣大汉哈哈一笑，左腿微蹲，铁杖呼地扫出，打在一名对手腰间，那人"啊"的一声大叫，右手刀背反撞过来，打中自己头顶，顿时脑浆迸裂。另两人胆气一寒，就待转身逃走，那黑衣大汉喝道："辱骂五花圣教的人，一个都别想逃！"铁杖朝着一人后背猛然击出，但尚未及身，便只听"当"的一声，铁杖击在一柄长剑上，剑身竟颤也不颤，反向他左肋刺出一剑，那大汉吃了一惊，再以杖尾横扫剑身，那剑尖却忽地一抖，一剑变六式，疾刺向他胸膛。那大汉兵器沉重，运转不灵，只得向后跃退。但只听"锵啷"一声，那铁杖竟不知怎的掉在了地上。黑衣大汉一怔，刹时间一阵钻心剧痛从他手腕处传来，他忙低头一看，才知一双手腕已被齐齐削断，双掌还紧握着铁杖，尚未脱离。他瞬即惨叫一声，犹如遇见了鬼一般瞪着洗龙安，惊惧地道："你……你……"

又有两名黑衣人自马背上一掠而起，疾落到他身侧，伸手将他扶住。其中一人道："大哥，伤得如何？"

另一人昂然道："不怕，兄弟替你宰了这小子！"

那大汉浑身一震，颤声道："不，不，这人……人会使五花神剑……"

"五花神剑"四字一说出口，全场众人不由为之一凛，洗龙安"唰"的一声倒转剑柄，剑尖指地，朗声说道："在下洗龙安，拜见五花圣教教主，但有一事，还请出来见面相商！"声音清越飘浮，显是内力不足，但他方才剑法之精妙，场内众人有目共睹，由此谁也不敢对他稍起小觑之心。

只听左侧那顶青藤小轿内传出一个苍老的声音道："什么事？"

洗龙安心知这两顶小轿中，必有一人是五花教教主，只是另一顶小轿中是谁，就不得而知了。说道："在下奉家父之命，此来驰援平板镇，如今却见平板镇上下俱遭屠戳，致人死命的手段酷烈已极，敢问可是贵教所为？"

那苍老的声音淡淡地道："不错，平板镇姓沈的小子背信弃义，谋权夺位，连我等左道之士都不屑为之。老身欲吞并中原，一统江湖，先拿此人开刀，又有什么要紧？"

洗龙安心道："这五花邪教教主也不失为一位光明磊落之人，'吞并中原，一统江湖'，他不需人指出，自己倒先说了出来。只是他杀了沈大哥，此事决计不与他善罢甘休！"刹时气血上涌，大声道："那在下两名属下兄弟又有何罪，蒙受教主赐死之恩？"

那苍老声音哼了一声，道："老身自七日前就已通令江湖，改弦易帜为'五花神教'，那两个混蛋小子竟然张口闭口地叫咱们'五花邪教'，嘿嘿，这等出口不逊、不识进退之人，你说该不该死？"

洗龙安哈哈大笑，笑声中尽是悲愤之意，笑了一会儿，方道："这么说来，凡人叫出'五花邪教'四字，就该领死了？"

那苍老声音道："这是自然！"

洗龙安道："好！那我就偏要叫上几声，你待如何？"顿了一顿，便张口叫道："五花……"

"邪"字尚未出口，一阵疯风立时迎面扑到，洗龙安已将五花神剑修习至随心所欲之境，当即运剑一挥，梅花剑之"梅开两度"便已使出。

五花神剑中梅花剑共分为六式，其中"梅开两度"乃是最为精妙的一式。此式分为两节，第一节以天罗地网般剑势罩住自己周身，以防对方至寒之式侵入；第二节再以暴风骤雨般剑势突起反击，致敌于死命。两节连环甚紧，使将起来就如一张铺天盖地的大网陡然展开，大网中又有无数奇招怪式层出不穷。擅使至寒之式的人见对方寒气不侵，往往有些心慌意乱，再见这许多招式猛攻而至，焉能抵挡？是以纵不落败，也必定会被逼迫得手忙脚乱不可。

洗龙安见这道疾风出自于右侧那顶青藤小轿内，才猝使出此招。霎时只见剑势漫天，已将自己周身封得滴水不侵，但听"叮"的一声，剑势忽消，霍然便见一枚'纹心针'震落于地。洗龙安一怔："怎的这枚'纹心针'毫无力道？"那顶青藤小轿与五花教教主所乘的藤桥并列而处，轿内之人的地位显是极为尊崇。但他这一针发出，看似迅疾，实则毫无力道。洗龙安只用一招寻常剑式，便可将之击落。用上"梅开两度"这等精妙招式，倒真是大材小用了。

正自惊疑间，那藤轿之内传出一个声音道："洗公子的五花神剑果然不凡，很好，很好！"

这声音就像普通女子的声音一样，但洗龙安听来却浑身一震，心中立时大叫道："是心玉！是心玉！原来，这轿中之人是心玉！"一颗心抑制不住地狂跳不已，忍不住道："阁下是谁？敢问是不是冯姑娘？"

那藤轿内竟默然无声，洗龙安越发心急，踏前一步，大声道："敢问轿内是不是冯姑娘？如再不出声，在下可要得罪了！"剑尖随即前指，意欲冲上藤轿看个究竟。身后立时有人叫道："五花圣教的狗崽子们在此，公子爷稍安勿躁！"正是秃九，他不敢呼叫"五花邪教"四字，但叫五花教的人为"狗崽子"，还是大含辱意。五花教众人朝他瞪了一眼，却未发难。洗龙安一怔，随即灵台一清，暗道："是了，我若冲上去破轿，必被五花邪教所不容。到时两边一场厮杀下来，众寡悬殊，我纵是剑法通神，属下近百弟兄也难逃一个，还是稍安勿躁，待探明真相再说！"当下将剑尖引向地下，双眼却仍盯着那青藤小轿，目露激动之色。

实则洗龙安在上场之初，就知今日处境险恶万分。五花教不发动则已，一旦发动，自己这边近百人决无幸存之理。因此他步步小心，丝毫不敢托大。否则以五花神剑的精妙招式，只须一招就可取那使铁杖汉子的性命，而只削其双手，乃是大大便宜他了。但少年人终究好胜，听到五花教教主言语张狂，终于渐渐按捺不住，幸得秃九及时提醒，才趋于平静。

过了片刻，五花教教主忽道："洗公子勾结本教叛徒周奇，学成了五花剑法，就敢在老身面前大呼小叫、为所欲为么？"

洗龙安一惊，暗道："原来他知道我这五花剑法是从周奇身上得来。"更不敢怠慢，沉声道："在下这点微末之技乃是偶然所得，岂敢在教主面前大呼小叫、为所欲为？只不过贵教此次所犯的血案之残忍，天下罕见，在下身负父命重托，若不讨个公道，势难回去覆命。"

五花教教主冷冷一笑，道："不错，老身此次的确将平板镇三百六十三人杀得干干净净，洗公子若想讨回公道，尽可将老身的黑衣战队也杀掉三百六十三人抵数！"

洗龙安道："不敢，在下只想与教主单打独斗一场，就已心满意足，不管胜败，在下在家父面前都交待得过去。"

此言一出，身后秃九等人暗暗点头，均想："只有公子爷与对方单打独斗，方有胜望。若是混战一团，今日此处冤死的可就不仅是三百六十三人了！"心中都极盼五花教主答允下来。

只听五花教主冷笑道："要单打独斗亦无不可，不过以老身教主之尊，和你这后辈小子动手，嘿嘿嘿，天下英雄岂不要笑话老身胜之不武？"本来这"胜之不武"后面还有"败则颜面扫地"之类言词，但他只提"胜之不胜"四字，分明就是说单打独斗，自己必胜无疑。洗龙安大怒，脸上却佯装平淡地道："那以教主之意如何？"

五花教主蓦然放高声音道："熊主使请先下场与这小子较量如何？"

洗龙安大吃一惊，他先前听熊无恙与包复雄将"五花邪教"四字随口说来说去，还道他们与五花教毫无瓜葛，想不到他们竟然已在五花邪教中担任要职。进而可知，那青藤轿内十有八九必是冯心玉了。

熊无恙与包复雄不知何时已站在龙门镇众人队中，闻言慢吞吞地走了出来。龙门镇众人见他们方才还与自己站在一列,这时却要与洗龙安交战,无不诧异莫名。只见熊无恙走到洗龙安面前,包复雄跟着站在他身后,熊无恙满脸通红,嗫嚅道:"洗……洗公子,老教主叫……叫我和你打架,我可没法子,只有打了。"

洗龙安淡淡笑道:"还望熊兄手下留情。"心里却不明白:"怎么他在教主前面还加一个'老'字?"

包复雄本来满脸茫然,忽然笑逐颜开道:"要打架吗?妙啊,妙啊,臭小子和这兔崽子打,臭老不死的和这秃子打。哈哈哈,秃子,秃子,快来呀!"

熊无恙从怀内抽出那对小红缨枪,向洗龙安略一点头,道:"洗公子,得罪了!"说完左枪横挥,嗤的一声轻响,众人眼前便见一道长长的红光疾闪而过,跟着右枪点出,刺向洗龙安右肩。

洗龙安右手执剑,这一枪刺中必令他长剑脱手不可。龙门镇众好手见熊无恙开门见山第一式就如此狠毒,洗龙安还曾将他以朋友相待,纷纷低声咒骂。但洗龙安却见识过熊无恙的枪法,心知他枪法凌厉,端的是处处杀着,而第一式竟只刺他的右肩,显然是有意谦让了。当即微微一笑,后退一步,熊无恙右枪连点,连刺四式,洗龙安便又退四步。

这五式一过,枪势突然一变,分作两边猛攻洗龙安咽喉、胸口等要穴,洗龙安一时摸不清他的枪势路数,暂以雪花剑与之周旋。雪花剑招式繁多,变化无常,顿时只见两人你来我往,战成了一团。待到十二招过后,熊无恙枪势路数便显露无遗。原来他手中两枪,皆以快字为要,一枪疾攻,一枪护身。左手枪攻敌时右手枪守御,右手枪攻敌时左手枪守御。双枪连使,每一招均在攻击,同时也是每一招均在防御。守是守得牢固严密,攻亦攻得淋漓酣畅。洗龙安明白其要,立时将剑势一变,改以莲花剑迅疾使出。

莲花剑以自保为主,在御敌于身外之时,再置敌于死命。转眼间,只见洗龙安长剑护身,就如一条钢铁银龙在他周身盘绕似的。熊无恙抢攻三招不入,肋下便露出了三个老大破绽。洗龙安心想:"唯今之计,只有先将熊公子打倒,才可与五花教主一决高下,否则今日之事,岂能善了?"当下低声道:"熊公子,得罪了!"说完一式"莲开雾散"瞬即使出。

其时熊无恙左枪护身,右枪自左向右急扫。洗龙安的剑锋距他手腕尚有二尺六七寸左右,但熊无恙这一掠之势,正好将自己的手腕送到对方剑锋上。这一扫劲道太急，其势已无法收转，五花教黑衣骑队中几人不约而同地道："小心！"

突然，包复雄怪吼一声，双爪挥舞而上，他爪势凶猛，第一招就劈面直抓洗龙安咽喉，洗龙安斜掠一步，反臂刺出一式玫瑰剑，包复雄跟掠急攻，只觉眼前的剑势忽地一变，变成了一只修长的柔荑。他张大着嘴巴呆了呆，熊无恙抢上前去，朝洗龙安连刺七枪，大叫道："臭老不死的，有架要打，干吗不打？"包复雄一震，恍然惊觉般说道："是了，我还要打架，尽待在这里想以前的老情人干吗？"双爪挥起，复向洗龙安攻去，洗龙安以莲花剑逼退熊无恙，回身过来，又朝他挥出一剑，包复雄半招未出，又呆了呆。如此三次，众人见他这般情状，竟然临战发呆，无不震异，心想："若非洗龙安剑下留情，这包老儿十条百条老命也就没了！"

五花教主哼了一声，喝道："五花七绝，你们上！"

七名黑衣汉子齐应一声，自马背上一跃而起，扑向洗龙安！两人执铜锤砸向他胸腹；两人手执五行棍扫击他胫骨；两人握着铁牌向他脸面击到；另一人落地一滚，手中的钩镰剑疾削他双足。刹那之间，四面八方，无处不是杀招。洗龙安大喝一声，梅花剑、雪花剑、莲花剑、玫瑰剑，交叠互使，活如八臂哪吒似的，挥剑猛击，顿时兵刃交响之声大作。

王雪瑶叫道："倚多为胜，好不要脸！"身形一闪，冲入战团，一手执铁牌的与一手握五行棍的黑衣大汉立时将她围住，厮杀起来。古大彪大声道："众男欺女，更不要脸！我这天下第一、第二的唯一孙子看不顺眼，只好出手啦！"说完拔出单刀，跳上前去。五花七绝听他叫嚷乃是"天下第一、第二的唯一孙子"，还道他有什么惊人艺业，当即又分出两人拦截。包复雄反应迟钝，听不明白他为什么自称是"天下第一、第二的唯一孙子"，而不是"天下第一、第二的唯一传人"，便也跳将过来，合力围攻。古大彪身手本来只可配做江湖上第二、第三流角色，岂能应付这三大高手的合击？一招之下，额头上就被五行棍敲中一记，肿起了一个大包。一名使铜锤的汉子正待赶上前去，砸他个脑袋开花。包复雄却忙叫道："慢来，慢来，老夫还有一事向他请教！"

那使铜锤的汉子侧过脸道："包前辈还有什么请教的，这人大吹法螺，胡说八道，干脆杀了了事！"

包复雄摇摇头，问道："喂，兔崽子，你怎的是天下第一、第二的唯一孙子？难道你爷爷既是天下第一，又是天下第二？"

古大彪道："正是！"说完转身就走，包复雄一怔，追上几步，叫道："喂……"

古大彪身形不转，突然一脚向他胸口踢去。这一招他曾在应付秃九时施展过。这时猝然而出，包复雄照样措手不及，幸得五花七绝那两人对他颇为厌憎，一直想杀之甘心，因此，四只眼睛总是盯在古大彪身上不离，一见他左脚微动，立即合力扑上。使铜锤的汉子喝道："去你妈的！"一锤砸向他顶门，使五行棍的扫击他下腹。古大彪腿出难收，哪里还能逃避得开？忽然间，这两人一齐跃开，狂呼怒叫着回身反攻，古大彪大大地吁了一口气，睁眼一看，只见洗龙安独自与五花七绝、熊无恙、包复雄九人战在一团，王雪瑶躺倒在一边，左肩上血如泉涌。

洗龙安一听古大彪吹牛说自己乃是"天下第一、第二的唯一孙子"，便知要糟，五花七绝乃是一流高手，你自诩越高，他们就越是不服，越是不服，便越要找你较量。果然片刻，古大彪就已遭险。此时，王雪瑶已被熊无恙一枪刺倒，熊无恙见战不过洗龙安，心中气愤，是以下手极重。洗龙安救援不及，只有飞身去救古大彪。五花七绝中四人挺刃阻拦，他以雪花剑中的"飞雪无痕"刺出八剑，才得以逾越而过，抢到那五花两绝身后。先出一记"点金指"逼退包复雄，再施以"梅开两度"分刺而出，一剑刺向敌手肋下，一剑刺向敌手腰间。那两人视除去古大彪为大快人心之事，眼见得手，不料背后又有人冷风袭到，气愤之下，立即调头反攻，恰好另外五花五绝与熊无恙、包复雄七人赶到。这样一来，九大高手围着洗龙安就如走马灯似的大战起来。

实则王雪瑶与古大彪助战，对洗龙安来说，乃是有害无益。洗龙安一面恶斗，一面挂念他们的安危，他们这一败退，洗龙安集中精神，全力使出五花神剑，一时间剑气森森，群花灿烂。九大高手竟取之不下。转眼三十招已过，一名使五行棍的高手突然大叫一声，五行棍脱手飞出，两只手腕鲜血淋漓。又斗几招，一名使铜锤的汉子右肩"肩井穴"中剑，手中的铜锤再也把持不住，使劲向洗龙安掷去。洗龙安将身一矮，那铜锤擦着他的头皮飞过，竟撞中另一名拿铜锤的高手，两人齐道："啊！"讶异之色显于脸上，尽皆回掠，无力再战。

在这片刻，洗龙安竟已击倒三人，余人暗自吃惊，更各自催运平生之力，猛攻洗龙安。那手执钩镰剑的高手在两名铜牌手的遮掩下，展开地堂刀法，滚近洗龙安足边，以剑钩削他下盘。洗龙安在铜牌上接连狠刺两剑，都伤他不到。铜牌下的钩剑陡伸陡缩，招数狠辣。

洗龙安心想："这人以铜牌护身，我伤他不易，应该先刺倒那两个铜牌手再说。"忽然瞥见那两顶青藤小轿停落在七丈开外，两边的五花教众齐将目光投聚到这里，对这两顶小轿倒不甚在意。洗龙安脑中灵光一闪，寻思道："我纵是将这九人全部打倒，只怕五花教主又会派出九人与我相斗，到时无休无止地打斗下去，自己终究力气耗尽，束手就擒，不如给他来个擒贼先擒王……"在这间不容发之际，哪里还能多想？长剑一转，五花神剑中的昙花剑唯一一式"昙花一现"随手而出。

第十四章

昙花剑是快极之式制极慢之式的剑法，虽只一招，但其中变幻惊人，威力无穷。这一使出，只见长剑旋舞，撞得一些兵刃叮叮当当直响。忽听得两声"当当"大响，两块铜牌已被洗龙安长剑挑飞了出去，落地之声震耳欲聋。洗龙安更不去瞧余下几人的来招，猛提一口气，左腿微蹲，倏地蹿飞三丈，脚尖略一点地，又飞身而起，在空中长剑抖得笔直，疾刺向五花教主所乘的小轿。

洗龙安轻功虽不算高明，但他在施出精妙无比的剑式后，再以奇兵突出。众人骇然大惊之下，哪里还顾及得到，总算有两名五花教众反应甚快，惊觉过来立时齐喝："教主小心！"洗龙安长剑已刺到轿前，暗道："这一剑即使伤不了五花教主，也非得逼他出来应战不可！"剑势更如长虹贯日，飞穿轿帘。

但就在这时，那顶青藤小轿蓦然莫名其妙地向后平移了半尺，洗龙安剑势用老，竟与那轿帘尚距几寸。心中不禁大吃一惊，若是有人躲过这一剑，那还罢了。但竟是连人带轿地在他剑下逃生，这可真是自他习成五花神剑后，第一件思之不透的奇事。情急之下，洗龙安不及多想，梅花剑第一剑、第二剑瞬即刺出，那青藤上轿却如鬼驱神使一般忽东忽西，堪堪避过，端的比一等一的轻功高手还来得灵活快捷。洗龙安三剑刺罢，倒抽了一口凉气，凝剑不发。

数百五花教众与五花七绝等人自后迅疾扑攻过来，纷纷大叫：

"教主小心！"

"臭小子，竟敢伤我教主，非将你碎尸万段不可！"

"偷袭取胜，算不得本事，有种的再战三百回合！"

龙门镇众人见洗龙安身陷重围，也跟着狂呼大喊：

"帮主，咱们跟他们拼了！"

"倚多为胜，又算得什么本事？"

"五花邪教，真不是东西！"

吵嚷着，双方各自挺着兵刃掩杀起来。一时之间，呼叱声、兵刃交击声，响彻山谷。

五花教主忽道："住手！姓洗的小儿既然已学成了五花神剑，老身就亲自看看他到底有多厉害！"这声音平平淡淡，却似隐藏着无边的魔力，五花教众顿时偃旗息鼓，不敢攻近，秃九即将左臂一扬，龙门镇众好手也立即闭嘴停手，不敢吵嚷。不到片刻，场内又静寂无声。

只听五花教主道："洗龙安，你可以再试试，今日你若能逼得老身走出轿一步，老身从此归隐山林，五花神教教主之位拱手相让！"

洗龙安淡淡地道："你让，我也不要！"

五花教主怒道："那你要如何？"

洗龙安道："我要见冯姑娘！"

这句话还没说完，洗龙安的身形已如闪电般向左边藤轿掠去，长剑一变三式，疾排轿帘。

这一着大出众人意料，场内不少人"啊"的一声惊呼。洗龙安话一说完，剑尖距轿帘已只不过几寸，心想，这一招若再失手，五花神剑当可弃之不用。谁知突然之间，两边的轿杆内竟各弹出一柄短剑，疾削他下腹，青光一闪，眨眼即刺到他肌肤。

这一猝变，可谓意外中的意外，洗龙安一剑变三式，以防五花教主从中援手，哪料到轿内还另有机括。他立即全力腾起，剑身一转，疾削向轿顶。那两柄短剑在他下腹一闪即没，划出了两道血口。他竟丝毫不顾，剑势不滞，一心只想削去轿顶，以窥轿中之人是谁。但剑及轿顶，赫然又有两只倒钩自轿檐突出，砸在洗龙安剑上，洗龙安手臂一麻，就欲放手撤剑，但想兵器一失，便成废人。是以拼命抓住剑柄，倒拖而回，跟着气力一尽，跌落于地。

龙门镇众好手惊呼一声，想要冲入抢救，却碍于五花教众阻隔。五花教众则各吁了一口气，神情欢愉。那两顶青藤小轿也稳稳停立，并不乘机发难。洗龙安手拄长剑，站起身来，目注着那两顶藤轿冷冷地道："五花教主果然不凡，在下败在尊轿之下，实感佩服！"他这次遭败，心中着实不甘。因此只说"败在尊轿之下"，言下之意就是我只败在这鬼轿之下，你若出来跟我比剑，未必就能胜我。

左侧那顶小轿内人淡淡地道："洗公子的五花神剑虽然天下无敌，只可惜没学成'五花神行'与'五花神兵'，否则今日之战，公子必然会大获全胜。"

洗龙安一怔，随即大吃一惊，"五花神行"与"五花神兵"是《林海秘笈》中的另外两项绝世神功，他怎知道？难道刚才轿中之人施展出来的就是"五花神行"与"五花神兵"？转念一想，却不太可能，冯老前辈声称已叫嫔妹将"五花神行"与"五花神兵"尽数毁去，又怎会流传于世？猛然间，他脑中闪出一个念头，当即拜倒，恭声道："敢问两位中哪位是巩嫔，巩老前辈？在下身受冯老前辈授艺大恩，特此代他向您老人家请安。冯老前辈至死不忘二老之间的情义，曾在洞府之内留有一封亲笔书信，请巩老前辈择日前往一观，以慰冯老前辈在天之灵！"说完，"砰砰砰"，磕了三个响头，神态极是恭谨。

众人见他突然如此，尽皆诧异。

五花教主哈哈一笑，道："好，洗管非这老笨驴的儿子总算聪明，你起来吧。"

洗龙安暗道："她怎的骂我爹？五花教主听说叫刁小满，难道她就是冯老前辈的爱妻巩老前辈？"心里嘀咕，口中却不敢相问，站了起来。五花教主道："今日之事，就暂且作罢。你回去告诉洗管非那老笨驴，就说五花教主已练成了'五花神行'和'五花神兵'，他就是把中原武林的数千高手全派过来，又奈我何？"洗龙安嘴角一动，想说什么，但还是忍住了，只低声道："是。"

五花教主冷笑几声，道："你口中称是，心里却不服气，是不是？"

洗龙安本就大不服气，暗道："中原武林高手众多，若是与五花教众决一死战，纵不能大获全胜，也绝对不至于落败，你这般说法也太托大了。"但想五花教主可能是冯老前辈之妻，当面之与顶撞，未免对冯老前辈不敬，便按下没说。不料她又这么一问，顿时激起了洗龙安的好胜之心，说道："晚辈不敢对前辈稍存蔑视之心，只是中原武林奇人异士颇多，实是不能小觑！"他先时自称"在下"，如今称起"晚辈"，恭敬之心显然又进了一层。

五花教主哼了一声，缓缓地道："洗龙安，你虽然已练成了五花神剑，但老身若要杀你，只须百招之内，就可办到，你信也不信？"

洗龙安恭声道："是，前辈神功无敌，普天之下料无敌手！"

五花教主道："但今日老身宁可放你们一条生路，你可知为何？"

洗龙安心中一惊，忖道："是了，他乃五花邪教之主，我是中原武林所属，两边向来势不两立，她为何又手下留情？"思之不解，便摇摇头，道："晚辈不知。"

五花教主道："我不杀你，只是不想让范无边那老狐狸奸计得逞。你回去跟洗管非那老笨驴说，范无边就当他是条狗，一旦中原各派与我五花神教势力消退，他必死得惨不堪言！"

洗龙安心头一震，范无边就是范老前辈，曾对他有救命之恩。又与父亲是世交好友，此刻听得五花教主如此肆言侮辱父亲与范老前辈，不禁怒喝道："住嘴！范……"后面的话将到口边，立即忍住，想到五花教与中原各派积怨颇深，五花教主气愤之下，口不择言也是在情理之中。

五花教主自是知道他话中之意，却冷冷地道："范无边那老狐狸就会故作好人，实则心计之毒，手段之狠，连老身也自叹不如。洗龙安，你年纪轻轻，就曾上了他一次当是不是？"

洗龙安越听越怒，却又不知如何分辩，一时之间只得闷不吭声。

忽然间，身后一个阴沉沉的声音道："刁教主想我现身，也不必在这小子面前这般骂我。你练成了'五花神行'与'五花神兵'，又能如何？当真就能天下无敌么？"这声音不知是由什么内力传送而出，众人听在耳里只觉就像灌了一把沙似的，分外难受，不禁一齐回头望去，只见十丈开外的一间屋顶上，一人长身而立，胸前白须飘飘，正是"反通神"范无边。

洗龙安大喜，叫道："范……范伯伯，你也来了……你是何时到的？……"自几个月前的尘环谷一别后，他还是第一次与范无边相遇，欢喜之情实是无以复加。五花教主"嘿嘿"一笑，道："他自是早已到了，否则怎能听到老身说的话？"洗龙安一怔，随即醒悟："原来范伯伯早就来了。五花教主内力深厚，听得他的声息，便以言语激他现身。"

范无边道："老夫早到晚到又有什么区别？洗龙安这小子虽然练成了五花神剑，却对你丝毫无损！"这句话直呼洗龙安其名，甚是见外。洗龙安呆了呆，说道："范伯伯，我……"范无边朝他望了一眼，冷淡地道："我原以为你练成了五花神剑，纵是杀不了这贼婆子，好歹也能耗去她一半的功力，却想不到你连她的一顶破轿子都奈何不了，哼！枉费老夫一番苦心！"

洗龙安心中大震，方才五花教主辱骂范无边的种种不是，他还以为是胡说八道，大感气愤。如今心里隐隐感到五花教主之言似非完全谬论。欢喜之情也随着荡然无存，不由得默然无语。五花教主听他半晌不发一声，猜到了他的心意，笑道："老身曾说这范老儿心计之毒，手段之狠，江湖上无人能及，你小子还说什么也不信，如今可是心寒了么？"

洗龙安不答，范无边哼了一声，说道："刁教主时到如今才来挑拨离间，又有何用？老夫既然亲身至此，你五花邪教今日若能有一人骑马走下崂山，老夫自此以后就算是四脚着地之物！"这话说得铿锵有力，掷地有声，洗龙安暗吃一惊："难道范伯伯能敌得住五花教主的'五花神行'与'五花神兵'？"

五花教主又"嘿嘿"一笑，笑声中却无半点笑意，缓缓道："恭喜范门主练成了逆天八法！"

范无边仰脸哈哈一笑，得意道："你知道就好。老夫与刁教主三十年来未分高下，今日你练成了《林海秘笈》上的功夫，老夫习成了逆天八法，两大绝世神功在此来场惊天地、泣鬼神的大比拼，那也有趣得紧，哈哈哈哈……是不是？哈哈哈……"

洗龙安暗道："逆天八法？原来范伯伯还会施展逆天八法？这门功夫我可没听说过。"心想必然厉害无比。

五花教主道："你虽然已习成了逆天八法，但量你单人独骑也决不会出此狂言，你那些虾兵蟹将既然也来了，何不站了出来让老身开开眼界？"

范无边笑道："正是，神义无相门的正派之士既然来了，又何必在你这旁门左道面前藏头露尾？都出来吧。"随着最后一声轻喝，只见四面八方的屋顶上，一批批身着黄衣的汉子依次站了起来。他们无声无息地潜到此地，又这么无声无息地现身而出，当真就如鬼魅一般。龙门镇与五花教诸人不禁暗暗吃惊，已知对方有近千余人，而且人人身着黄衣，想必尽是神义无相门内的精干人马，别无他派掺杂其中。

洗龙安更是暗自吃惊，只见范琳也自范无边身后站起身来，目光平淡，看也没看他一眼。范琳与范无边左右两侧，便是血手罗仲新、黑手路有桥、屠手罗大佑等人，各自脸露冷笑，显得对今日一战，信心十足。

片刻沉寂之后，五花教主笑道："不错，不错，神义无相门内果然个个都是豺狼虎豹，不知是单吃我五花神教呢，还是大小通吃？"

范无边淡淡地道："大小通吃又有何妨？不过只要洗大公子……"

突然之间，两个声音同时叱喝道："动手！"一个是范无边的声音，他乘说话之时动手，是出其不意，攻敌不备；另一个是五花教主的声音，她以为范无边说话时，必会分神，乘机动手，必令他猝不及防。两人心思一致，出口喝令竟也一致。喝令既出，两边人马立时厉呼大叫，相对冲去。五花教众驰马狂奔，转眼即到神义无相门众人所站的屋顶下，挥刀乱劈。神义无相门众人纷纷跃扑而下，身在半空，兵刃已出。或斩马头，或劈对手，果然俱非庸手。随即兵刃相交，呼叱之声大作。龙门镇一干人马未得洗龙安号令，不知相帮哪边才好，只得暂且退到一旁。

人喊马嘶，处处可闻。范无边长啸一声，扑向五花教主所乘的小轿，他掌势如此凌厉逼人，以致洗龙安与那小轿相距七八丈远，都感心神不定，呼吸不畅。只听"嘭"的一声，那顶青藤小轿终于迸碎，碎屑横飞之中，一条人影冲天而起，大声喝道："好，逆天八法第一绝技'轰天掌'！"掌力直向上面冲去，但那人影下坠极快，掌力尚未及身，人已落在地上。瞬即自袖中拔出两柄剑，抢上疾削范无边双足，范无边身形急坠，眼看双足就要送到剑锋上，身形却又蓦然一翻，避过剑锋，反向那人攻出两爪，那人退后一步，阴恻恻地道："这乃逆天八法第二绝技'魔魂爪'，是不是？"

范无边道："正是。"双爪在胸前交错一挥，再度攻上。

洗龙安见他一掌之下便攻破那青藤小轿，心中实感佩服。尔后又见接连使出逆天八法中的第一、第二绝技"轰天掌"与"魔魂爪"，皆以极快且狠之式为主，不由更为惊佩。心想："幸亏与范伯伯相斗之人是五花教主，否则范伯伯这变化繁复的招式，我便不知如何应付才好。五花神剑中的莲花剑与玫瑰剑虽能克制极快之式与极狠之式，但要交叠使用方能奏效，若与范伯伯这等绝世高手对敌，交叠互使之间难免会出现间隙，到时被范伯伯所乘，自己可就万劫不复了。"心念至此，两眼更是一眨不眨地盯着场内恶斗，不敢错过一招一式。

实则洗龙安不知自己对五花神剑太低估了。五花神剑乃是天下所有武学招式的克星大敌，天下武者，不论你出何种招式，都可以至寒、至热、至快、至慢、至狠五类划分，一旦划分开来，五花神剑中的梅花剑、雪花剑、昙花剑、莲花剑、玫瑰剑便如对症下药一般，无往不利，无坚不摧。洗龙安疾出三剑都攻不破那青藤小轿，只因五花教主仗着"五花神行"的奇妙身法罢了。而范无边的轰天掌威力浩大，辐射极广。五花教主轻功再高，也绝不可一下子移出七尺，因此才被一掌攻破。若是洗龙安与范无边对敌，洗龙安以莲花剑与玫瑰剑交叠互使，范无边定感压力倍增，处处受制，绝不会像如今这般肆意狂攻，无所顾忌。那时他岂有闲暇搜寻洗龙安剑法交叠互使间的间隙？不过他若是为人机敏，便会在受制之时想到洗龙安内力平平，立以强大无比的内力震得洗龙安招不成招，那时洗龙安才可谓万劫不复。

　　洗龙安目注着范无边与五花教主两人，眼见堪堪斗到了四十余招，五花教主竟未还攻一招，但其身形忽东忽西，忽上忽下，倏出倏没，当真就如鬼魅幽灵一般。洗龙安明知此人就是五花教主，但直到此时，却还未看清她的相貌，心下不禁骇然。过了一会儿，只见范无边突然两指一骈，指风立时透指而出，纵横四溢。洗龙安心知这是点金指，不过在范无边手中施展出来，其威力却不可同日而语。五花教主身形一闪，避开了范无边两指的左右夹击，匪夷所思地绕到范无边身后，冷冷笑道："第三大绝技'点金指'，嘿嘿，也只不过……"

　　笑声未绝，她蓦地浑身一颤，大叫一声："好，吸血蛊也来了！"这一声大有痛楚之意，洗龙安一惊，暗叫道："不好，五花教主受伤了。"瞬即便见五花教主纵身掠起，左手一扬，射出一蓬纹心针，范无边避过，五花教主跟着乘机抢进，右掌向他面门，范无边叫道："来得好！"双掌向她右掌击去，意欲比拼内力，五花教主却又一闪即没，掠身到范无边右侧，身法依然快逾闪电。洗龙安心道："还好！还好！"

　　他轻吁一口气，忽然忖道："为什么我见五花教主受伤，便即心惊？见她扳回劣势，则觉宽慰？是了，五花教主大有可能是冯老前辈爱妻，她若有何不测，我于心难安。"转念又想："可是范伯伯若败，五花教主必然更加难以铲除，这岂是我心中所愿？"一时之间，连他自己也不明白到底盼望谁胜谁败，内心隐隐觉得，自己此次若不出手帮助范无边铲除五花邪教，回去后父亲必然不喜，但心中又想："我为什么要事事顺应着爹爹？爹爹所做之事难道都是对的么？"

　　他目光慢慢转过，只见五花邪教与神义无相门双方人马已斗得甚急，五花邪教众人高踞马上，来往冲刺，长刀挥劈，本来极具威势，但神义无相门竟似早有准备，千余人分成十几条长队，反将五花教人马分割成几块，团团围住，大加屠戮。幸而五花教内高手甚多，熊无恙、包复雄两人更是所向无敌，大开杀戒，才不至于损失太过惨重。但就在这片刻之间，地上已横七竖八地躺倒了上百具尸首。洗龙安双目向战场扫了一圈，见范琳和毒手罗大佑背靠着背，正和五花七绝中的三人相斗，血手罗仲新、黑手路有桥也在左近，显然有随时相护之意。那五花七绝中的三人，洗龙安认得，正是那执铜牌的两人与使钩镰剑的汉子，那两面铜牌虽被洗龙安挑飞，但又被他们拾回。三人联袂攻敌，连洗龙安都颇感头痛，范琳与罗大佑自然更是渐渐不支，罗大佑一不留神，立被钩镰剑钩中左腿，跌倒在地。范琳抢近欲救，两面铜牌乘机一面击向她头顶，一面击向她左肩，范琳只得跃退两步，那边罗大佑惨呼一声，已被钩镰剑一剑击中。罗仲新立时纵掠过来，只身护在范琳面前，大声道："他奶奶的，五花邪教的王八羔子想倚多欺少吗？"五花教众最忌的就是这个"邪"字，一听此言，三人一齐目露凶光，向前逼近一步，罗仲新将单刀横在胸前，哈哈一笑，道："好，老子就让你们以多欺少欺上一次，你且退到一边！"范琳应了一声，忽然转眼向洗龙安望了一眼，洗龙安亦正注视着她，四目相投，范琳脸上微微一红，立时纵身掠向别处，耳边只听"当"的一声，罗仲新正一刀砍在攻过来的一面铜牌上。

洗龙安心中一震，暗道："她为什么瞧我一眼？是怪我不去帮她吗？她曾不远千里，只身下山前来找我，显然对我已暗生情义，只是碍着范伯伯的面，不敢明示而已。而我却在她危难之时，弃而不顾，这可是大大的不该！"不由得心生惭愧，但今日情景，洗龙安早已想得明白："若想助神义无相门，致使五花教一败涂地，那便枉负了冯老前辈授艺之恩；若助五花教，反致神义无相门受损，回去后必难以向父亲交代。是以他只得两不相帮，静观其变。待战至最后关头，再设法加以调解。眼前之计，只是设法保护那顶青藤小轿，轿内之人定是冯心玉无疑。如她受到鱼池之殃，那此生此世自己绝不会好过。

秃九慢慢地走到近前，双眼望着正杀得难解难分的战场，低声对洗龙安道："公子爷，今日之事你看……"

洗龙安心知他早有计较，故意相问，便道："你看怎么好就怎么办，我决无异议。"

秃九低声一笑，领悟道："好，公子爷此计甚妙，这次洗家堡也该露露脸了！"洗龙安暗暗地朝那青藤小轿指了指，秃九点点头，低声笑道："公子爷放心，小的理会。"随即左臂轻轻一挥，龙门镇众人便齐聚过来，秃九低声吩咐几声，四名大汉立时悄然掠到轿子四周，暗暗护住轿中之人。

洗龙安望去，只见此刻那里还是一片平静。

忽然间，五花教主大叫道："逆天八法第五大绝技……啊，怎会是飞龙石？"语声大含惊骇之意，洗龙安立时转眼望去，只见范无边霍然已满脸铁青，双掌迅疾提至胸前，再一齐推出，面前的三块巨石顿时如受人操控的兵器一般飞舞起来，击向五花教主。

五花教主身形急闪，避开当先的一块，紧接着另一块巨石飞来，她身躯往后一仰，双掌举起，在那巨石上轻轻一旋一推，那巨石便飞向了一边。洗龙安心知这是"四两拨千斤"的掌法，此时使出当真是妙到毫巅，忍不住正要喝彩，岂料五花教主身躯站直后，突然晃了一晃。瞬即第三块巨石飞来，她竟像连举手投足都无力气一般，眼睁睁地看着巨石击至胸口。"嘭"的一声，那块巨石何止四五百斤，五花教主整个身躯立如纸鸢般倒飞出七丈开外，犹还收身不住，哇地喷了一口鲜血，一跤坐倒。洗龙安大吃一惊，连忙抢身过去，三名神义无相门高手乘机准备将五花教主乱刀砍死，但都被他挺剑击退。

范无边一招得手，轻轻吁了口气，哈哈一笑道："刁教主，滋味如何？逆天八法第五大绝技是'噬心蛇'，但老夫偏要使出第七大绝技'飞龙石'，你待怎的？"

洗龙安暗道："原来五花教主方才以为范伯伯使完了'逆天八法'第四大绝技吸血盅后，接着便会施展出第五大绝技，哪知范伯伯突然使出第七大绝技飞龙石，五花教主始料不及，才致遭败。"但想五花教主既已避开了第一、第二块巨石，又怎会避不开第三块巨石？要说是猝不及防，那可是毫无道理的。他走去将五花教主扶了起来，只见她脸色苍白，双眼深陷，额上的皱纹也极多极深，年龄至少在六七十岁以上。洗龙安见五花教主方才身手矫健有如少年，还道她不过四五十岁上下，如今一见才知是个行将就木的老人，不禁微微一怔。

范无边喝道："臭老婆子，你死了没有？如果死了，那五花邪教一干人就快投降，老夫大发慈悲，不杀他们就是。"这一句话声音极大，五花教众正舍命拼斗，闻言纷纷撒下对手，跃开几步，一齐转过头来，凝望着这边，脸上俱是诧异惊愕之色。

洗龙安翻手一搭五花教主脉搏，但觉脉搏虽弱，却连续不断，料无大碍，便低声道："巩老前辈，巩老前辈，你感觉如何？"他猜五花教主既然会使出"五花神行"与"五花神兵"，那多半便是冯老前辈的爱妻巩嫔无疑，因此才如此称呼。旁人不知其中关系，听了皆感莫名其妙，范无边哼了一声，却没说什么。

只见五花教主缓缓睁开眼睛，蓦地又喷出一口鲜血，才颤声道："好，好，姓范的老匹夫，你……你竟然使诈，你既使出飞龙石，又暗使喷血虬，老身……"说到这里，竟张口又喷出一口鲜血。洗龙安见她喷血过多，忙疾出两指点中她胸前七处大穴，以护住心脉，恍然大悟："原来范伯伯在施展出飞龙石的时候，又使出了'喷血虬'的绝技，一明一暗，五花教主防不胜防，才着了道儿。范伯伯乃是神义无相门的一代宗主，这般做法，可有些不对。"又想："不知那'喷血虬'是逆生八法中的第几大绝技。"

他自然不知，范无边的逆天八法分为八大绝技，即轰天掌、魔魂爪、点金指、吸血蛊、噬心蛇、喷血虬、飞龙石与暴风眼。皆是以人类自身能力，加上天地间无处不有的自然物事所创的独门秘技，起始几项倒不怎么惊人，但使到吸血蛊、噬心蛇等几项绝技时，天地间随处可见的蛊、蛇、虬、石、风，无不为其所用，群起攻敌，威力奇大。范无边年少时逆天八法尚未练成，便已名满江湖，创下了神义无相门。近十年内，更是深出简居，静心苦炼，其时修为之高岂可同日而语？五花教主深知其中厉害，是以与他对敌时，尽量以"五花神行"的奇妙步法闪避为主，但还是不慎中了蛊、虬之毒，致使被飞龙石一击而中。那块巨石少说也有七百余斤，击在寻常人身上，大可将人撞得皮开骨碎，五花教主身受一击，非但没死，而且不到片刻工夫，竟还可开口说话，范无边脸上虽不露声色，但心里却大为吃惊，说道："那便如何？刁教主身中老夫的吸血蛊与喷血虬两大神功，若要归降，自是有救；若是顽抗，五花邪教乃是旁门左道，江湖正义之士必将赶尽杀绝，也不为过！"他先时誓将五花教众杀得干干净净，这时言语之中又有招降之意，洗龙安听来，眉头微微一皱。

五花教主"嘿嘿"一声冷笑，笑声未尽，又喷了一口鲜血。身中"吸血蛊"之人，三日之内，鲜血会被吸干而死，死时惨不堪言；身中"喷血虬"之人，死时虽无痛苦，却定会在半个时辰内，自行将血喷尽而亡。洗龙安纵是护住她心脉，也起不到丝毫作用。五花教主伸手抹了一把嘴边的血渍，笑嘻嘻地道："范老匹夫，你干吗叫老身投降？"这话问得奇怪至极，洗龙安一怔，还道她被击石击昏了头脑，忙低声问道："巩老前辈……"

范无边哈哈一笑，道："你不投降，老夫也没办法，五花邪教还有几百个人，只好跟着你一起殉葬了！"

五花教主脸色一变，冷冷地道："我不投降，便定会死吗？"

范无边一怔，道："怎么？"这次轮到五花教主哈哈一笑，说道："范无边，你道这区区吸血蛊与喷血虱之毒就奈何得了老身吗？"话声中满是威慑之意，范无边反应极快，瞬即叫道："《林海秘笈》……《林海秘笈》难道可解老夫的蛊、虱之毒？"这一声说出，才发现五花教主在这片刻间已没喷出一口鲜血了。脸色不禁微微变色，五花教主得意道："《林海秘笈》包罗万象，无所不容，你这吸血蛊与喷血虱本是至阴之毒，但被你内力传导，就变成了至阳之毒，是也不是？"范无边听她道出了内秘，便默不作声，只是目光冷冷地盯着五花教主。

洗龙安心道："五花教主极有把握解开蛊、虱之毒，自然是因修习了'五花神兵'的缘故，冯老前辈说'五花神行'与'五花神兵'太过于诡异，习之易误入歧途，由此看来，也并非全对……"这时，他左手搭着五花教主的脉搏，居然发觉其脉搏越跳越强，同时一阵火热之气开始慢慢地自指尖钻入了他体内。洗龙安一怔，立时醒悟五花教主是借他的躯体暗暗地散发热毒。他乃阳刚之身，若是阴寒之毒，便会自生抵触。这火热之毒自五花教主手上散发而出的本来甚是微少，又与洗龙安的阳刚之气生性相融，是以对他毫无影响。洗龙安起先担心五花教主将热毒传入自己体内，自己岂非要中蛊、虱之毒？但随后见自己体内并无异状，这种担心便即尽去，也站立不动，暗助五花教主消除毒气。

一时间，场内众人鸦雀无声，目光齐聚在他两人身上，谁也不知他们在弄些什么古怪。

过了片刻，范无边瞧出情形不对，厉声喝道："洗龙安，你还站在那里干什么？如今杀这臭婆子，难道还要老夫亲自动手？"

洗龙安吃了一惊，道："范……范伯伯……不能……晚辈……不……能……"他语声颤抖，众人还道他因害怕之故。实则洗龙安担心说话分神，影响五花教主散发毒气，便故将话语断断续续地说出，以加快毒气散发。

范无边哼了一声，冷淡地道："你今日不杀此人，异日五花邪教必会滋扰中原武林，到时祸害皆是由你一人而起，哼！令尊大人乃中原武林盟主，却生了你这样一个好儿子，当真是可喜可贺！"说到最后"可喜可贺"四字，脸上竟已是一片森然。

洗龙安一听范无边提到爹爹，心下不禁大为踌躇："爹爹是中原武林盟主，巩老前辈乃五花教的教主，两人向来势不两立。我若帮巩老前辈散尽毒气，巩老前辈又反过来与爹爹相斗，我可大大对不住爹爹了！"心念至此，左手不由微微放脱了五花教主的手臂，五花教主浑身一震，蓦然阴恻恻地尖笑一声，道："范老狐狸，你说滋扰中原武林，祸害皆由一人而起，老身倒要……倒要问问，到底谁在滋扰中原武林？谁是祸害？"

洗龙安听她最后几字说得甚是艰涩，心中不忍，忙又将她的手臂握住，运功吸毒。

范无边道："刁教主多此一问是想拖延时间吗？今日老夫杀你，谁敢阻拦？"

五花教主道："好，洗公子，此人的种种恶行，老身就不一一叙述，但有一样，你当记住！"不待洗龙安相问，她又接着道："令尊大人与中原各大门派掌门帮主身中的'七海定心针'，只有此人有解救之……"

五花教主说到这里，范无边突然叱喝道："还不动手？连这小子带来的人马也一并宰了！"身形暴起，当头一掌便向五花教主头顶拍去。

神义无相门弟子跟着瞬即而动，分扑向五花教众，有几人猝不及防，立即被砍翻在地，余下五花教众奋起还击，兵刃交击声在刹那间又响了起来。

范无边这声叱喝虽将五花教主的话语打断，但其中意思却显然易见。洗龙安心中一震："爹爹难道也中了'七海定心针'？'七海定心针'的解救之法难道在范伯伯身上？"范无边一掌劈向五花教主，更增他的疑心，当即以莲花剑斜刺而出，幸好他是左手替五花教主散毒，此时他右手持剑便丝毫无碍。

范无边劈出的一掌正是轰天掌，当真是迅如惊雷。但洗龙安的莲花剑乃是天下一切至快之式的克星，剑势一出，掌势登时受挫。范无边"咦"了一声，单臂曲伸，又使出了一记魔魂爪，洗龙安乘机大声问道："范伯伯，我爹爹可是也中了你的'七海定心针'？"范无边一爪劈向他面门，爪至中途，却又转而抓向他右肩。洗龙安若右肩中爪，长剑必然无法把持，他若手中无剑，也就不足为虑了。这其中之意甚是明显，但眼看就要得手，范无边眼前霍然绽出了六朵剑花，两朵刺向他的双眼，两朵刺向他左右双肋，另两朵分刺他咽喉、胸口，皆是他所不得不救的致命要穴，范无边也大吃一惊，撤招后退，说道："五花神剑，果然了得！"

洗龙安要帮五花教主驱毒，追击不得，只能凝身不动，问道："范伯伯，你为什么害我爹爹？你们乃多年的好朋友，一向是过命的交情，是不是？"

范无边仰脸哈哈一笑，笑声中却满是苍凉之意，说道："好朋友？过命的交情？哈哈，我若与你那狗贼有过命交情，那这世上还有什么叫血海深仇？"洗龙安一怔，脱口道："你们……"

范无边脸含凄笑道："小子，你可还记得老夫在尘环谷跟你讲的那段故事？"

洗龙安点点头，低声道："晚辈自是记得！"

范无边道："那你如今知不知道老夫当年那个大仇人是谁？"洗龙安身子微微发颤，他心里隐隐知道那个人是谁，但却无论如何也说不出口，他不敢将心目中一直崇敬的人与那个十恶不赦、形同禽兽的人连在一起。

过了片刻，范无边缓缓地接道："你定然知道，曾害得老夫家破人亡的狗贼就是你爹！是不是？"

洗龙安如被一掌击中似的，倒退一步，怔了半晌才叹了口气，道："是！"

范琳蓦然在不远处哭叫起来，喊道："爷爷，爷爷……"她想冲过来投入范无边的怀抱，但两柄单刀在她面前虚空一劈，阻断了她的去路。那执刀的两名汉子是五花教众，洗龙安也无可奈何。

范无边似仍沉浸在往日的悲痛之中，喃喃自语道："那时我神功未成，明知是你爹爹所为，也只有装聋作哑，隐忍不发，但如今我功力可胜你爹爹十倍，你知道我为何还不杀你爹爹报仇吗？"

洗龙安摇摇头，道："不知道。"

范无边眼中突然绽放出一种异彩，他哈哈笑了两声，瞬即又满脸杀气，恨恨地道："我要你爹爹先铲除中原各派，再灭五花邪教，等到他自以为登峰造极之时，老夫再来一刀一刀地割他的肉！削他的骨！让他明白，他不过是老夫的一条狗、一头猪！哈哈哈，这种滋味是不是比一刀杀了他更有趣百倍？嘿嘿嘿……"

洗龙安顿感毛骨悚然，他仿佛看到父亲正登上武林至尊的宝座，却又突然坠入了万丈深渊。在深渊下凄厉惨号，不由气血上涌，大声道："范老前辈，晚辈不许你这样待我爹，你要报仇，就先杀了我！"

范无边只顾"嘿嘿"冷笑，笑声越来越高，越来越得意，洗龙安不知何意，五花教主忽道："快使梅花剑，他要施展吸血蛊！"洗龙安恍然大悟，他方才见识过吸血盅的厉害之处，忙以梅花剑提剑自舞，剑势迅疾无伦。范无边笑声倏止，冷冷地道："杀你又有何用？今日此处，顺我者生，逆我者亡！"

五花教主突然挣出洗龙安手掌，斜蹿出四丈，说道："不见得！"随后一扬，一团白色粉末飘散而出，众人顿时闻到一股刺鼻的辛辣气味，范无边惊叫道："五花僵尸粉！"

话刚落音，五花教主周围的二三十具尸首竟皆直挺挺地跳将起来，笔直而立，双臂前指，就如诈尸一般。五花教主身如鬼魅，在他们身后各点三指，这一具具尸首便双膝并曲，一蹦一跳，齐向范无边跃去。

洗龙安从小到大，如此情景只是听过，却从没见过。这次乍一遇上，顿时汗毛倒竖，只见那一具具僵尸面色惨白，双目圆瞪，每跳出一步，身上的白粉便抖落一层，就如刚从棺材中爬出来一样。所过之处，众人纷纷鼓噪大叫，躲避不迭。哪里还敢挺刃抵挡？范无边却坦然不惧，二三十具僵尸倾刻间跳到他面前，他双掌齐发，当先的两具僵尸应掌而倒。但背后刚一沾地，瞬即又弹身跳起，范无边哈哈一笑，双手变掌为爪，将那两具僵尸抓起掷飞，随后又是两具僵尸齐上，他照旧抓起掷飞而出。四具僵尸背后沾地，浑无所觉，又并膝弹跳，扑向范无边。

众人见状，倒吸了一口凉气，神义无相门众弟子更是亡魂皆冒，浑身发颤。

只见五花教主身形连续闪掠，那白色粉末随手抛散，地上躺倒的数百具尸首尽皆直立而起，幻化成僵尸，皆朝神义无相门众弟子跃扑而去。一时间，场内僵尸横行，凄厉惨叫声不绝于耳，秃九与洗龙安相对望了一眼，心中均想："五花邪教，果然名不虚传！"

便在这时，陡然一阵狂风刮起，随即天色一暗，众人还道是天气骤变，都仰起头来望去，五花教主厉喝道："是范老匹夫的逆天八法'暴风眼'，大家快躲！"

一句话尚未说完，呼呼狂风更是刮得猛烈，刹那间飞沙走石，天昏地暗，洗龙安站在风口，几乎睁不开眼睛，忙摸索着走到一块巨石后面，心想："范伯伯的这式绝技叫'暴风眼'，依次数来该是逆天八法的第八大绝技了。这风吹得如此吓人，心玉的那顶青藤小轿该不会有事吧？"他想瞧瞧那顶青藤小轿怎样了，但略一睁眼，只见四周已飞沙漫天，苍茫一片，连七丈之内都看不到人影，哪里还能看到那青藤小轿的影子？

稍过片刻，风力又明显加强，石磨般大小的大石竟被狂风带起四处乱飞，紧接着便只听"嘭嘭嘭"的肉击声,夹杂着惨叫声响成一片。洗龙安心下大骇:"这般大石击在僵尸身上,尚无大碍,若是击在人身上,有谁能承受得住?"倾耳一听,被巨石带起的"呼呼"风响,竟有十几道之多,不由得更是担心冯心玉的安全。

又过了片刻,狂风发出尖锐的呼啸声,洗龙安背后所倚的巨石晃了儿晃,"呼"的腾空而起,穿飞几丈,又"砰"的一声落下,震得地动山摇。这块巨石实则就是方才击伤五花教主的那块巨石,所不同的是,前者是由范无边的内力驱动,后者是由范无边内力所逼发的风力驱动。内力终究还是有踪可寻,而风却无影无踪,无处不在,带起巨石伤人自比内力驱动巨石伤人,威力更甚百倍。

狂风之中,只听得有人大声呼喊,有人放声大哭,有人惨叫连连。其中自然也有神义无相门的弟子在内。洗龙安暗叹道:"范伯伯使出'暴风眼'的绝技,原来是两败俱伤的打法……"突然,只听范无边大声叫道:"臭老婆子,姓洗的小贼,你们敢出来吗?你们敢出来吗……"连叫几声,接着便放声大笑道:"哈哈哈,你们不敢出来了吧?自是怕了老夫,姓洗的小贼你自夸'五花神剑'天下无敌,难道也怕了老夫吗?"

洗龙安心想:"我何曾在范伯伯面前自夸过'五花神剑'天下无敌?范伯伯这自是激我现身之意。"想到此处,他偏偏趴在地上,一动也不动。

范无边又大叫道:"臭老婆子,你想做缩头乌龟吗?有胆量的就出来跟老夫决一死战,决一死战……"喊到最后,声音竟似有些疯狂。

一个声音哭叫道:"爷爷,爷爷……你在哪里……琳儿害怕……"正是范琳。

范无边声音一变,急切地道:"琳儿?琳儿……"

刚叫出两声,又一个阴恻恻的声音道:"姓范的老匹夫,你想要你的宝贝孙女活命,就赶快收了'暴风眼'!"这声音洗龙安一听,就知是五花教主。范无边自然也听得出来,他立时破口大骂道:"臭老婆子,你若敢伤琳儿一根毫毛,老夫……老夫……定要你今生今世不得好死!"

五花教主道:"范老匹夫,你吓唬老身吗?老身自不会伤你孙女一根毫毛,但这许多飞来飞去的石块可就没长眼睛了。"

范无边方才那句话就已气馁,闻言连忙叫道:"好,好,老夫收了'暴风眼',你放了琳儿!"他发难快,收得也快。顷刻之间,狂风便渐渐止息。洗龙安睁开双眼,透过风沙望去,只见五花教主一手按在范琳背心,只须轻轻发掌,范琳必定会被震断心脉而死。在他们对面相隔不到七尺之处，范无边正左顾右盼，一见范琳，立即喜呼道："琳儿，琳儿，喂，臭老婆子，你干吗还不放人？"

五花教主冷冷地道："老身何时答应，你收了'暴风眼'，就放了你的孙女？"

范无边一滞，怒声道："你待如何？"

五花教主微微一笑，道："也没怎的，只要范门主发个誓，从此以后见了五花神教的人退避三舍，决计不许以逆天八法加害就是！"

范无边怔了怔，随即哈哈一笑，道："好，不使'逆天八法'就不使'逆天八法'，那又有什么关系……"说到这里，身形突如飞矢一般向右掠去，洗龙安顺着他的身形望去，不禁大吃一惊，那里停驻着一顶青藤小轿。这时他想要飞身阻拦，已来不及了，只见范无边一掠即至，顺手一劈，跟着只身抢进，一条人影飞蹿欲出，范无边喝道："哪里逃？"左臂暴伸，顿时抓住那人后颈，那人急叫道："放开我！"

范无边笑道："放了你？又有谁放了老夫的琳儿？"

洗龙安一听"放开我"三字，正是自己日思夜盼的声音，当下不再犹豫，跳出来大声道："范伯伯，请不要伤了冯姑娘！"

范无边道："冯姑娘？还有什么冯姑娘？冯心玉如今是五花邪教的副教主，臭小子，你还不知道吗？"

洗龙安一呆，道："什么？"

范无边喝道："转过身来，让这臭小子瞧瞧清楚！"

冯心玉慢慢地转过身来，洗龙安看到的依然是那张熟悉的面孔，但脸孔却冷冰冰的，毫无表情。洗龙安叫道："冯……心玉？"

冯心玉只朝他点点头，淡淡地道："洗公子，久违了！"洗龙安顿时倒退了两步，胸口如被人捣了一拳似的难受。

范无边不理洗龙安，径直朝五花教主道："刁教主，咱们一个换一个，你放了老夫的琳儿，老夫便放了五花邪教的副教主，如何？"

五花教主道："老身不换，你又能怎样？"这句话大出范无边意料，他吃了一惊，说道："你不换……哎哟……"猛然觉得双掌有股痛彻心骨的炽炙之感，忙提掌一看，只见掌心已变成了乌黑一片，这片乌黑蔓延极快，转眼间竟蔓延至手腕，范无边骇然叫道："这……这……"

冯心玉已从他手掌下飘然而出，冷冷地道："范门主，我叫你放，你却不放，现在该知道后果了吧？"

范无边大怒，叫道："你这妖女，老夫……"提掌就往冯心玉头顶拍去，但掌至半途，却又捧着手腕，大声呼痛。洗龙安本待出手相救，见状暗吁了一口气。

冯心玉道："范门主，此乃五花神教的水樱花之毒，若不及时施救，只须一盏茶的工夫，就会烂掉你整只手臂，再过一盏茶工夫，便可毒发攻心……"

范无边听着脸色疾变，大声道："你待如何？"

冯心玉道："很简单，只要范门主答应，我冯心玉活在世上一日，范门主就不可在江湖露面，神义无相门暂由五花神教统辖。范门主当面立个重誓，本教主就解救！"

范无边道："那琳儿呢？"

范琳眨眨眼，道："爷爷，我很好呀。"

范无边一怔，他乃天下第一枭雄，略一思忖，便即决断，说道："好！我范无边今日立誓：皇天在上，五花教副教主冯心玉还在世上存活一日，我范无边就决不会在江湖上露面，若违此誓，天诛地灭，人神共愤，教老夫死得如同牛马！"

冯心玉点点头，道："好，范门主一言既出，驷马难追，又当着众兄弟的面，料也不会反悔！"说着，手中已多了一只青瓷小瓶，说道："此中药物一粒便可解毒！"抛向范无边。范无边接过，倒出一粒火红的药丸，看也不看，便纳入口中。过了一会儿，只觉药力发作，手上好过了一些，才吁了口气，望着范琳道："琳儿，你是想跟爷爷，还是想留在刁教主这里？"

范琳尚未回答，范无边又道："好，你留在刁教主这里，免得跟爷爷受飘泊之苦，刁教主乃菩萨心肠，料也不会反对吧？"

五花教主微微一笑，道："这小姑娘乖巧得很，想必不会在五花神教内瞎捣乱，老身留下她也无妨。"

范无边哈哈一笑，道："如此最好，有琳儿照顾两位，但愿两位多福多寿，无病无灾。老夫就此告辞！"双手一拱，就待离去，洗龙安急道："范……范前辈请留步！"

范无边转过身来，冷冷地道："什么事？"

洗龙安道："请范前辈留下'七海定心针'的解救之法，以解家父之危！"

范无边道："方才老夫的毒誓中可有交出解救秘方这一款?"

洗龙安心中一急,大声道："请范前辈成全!"

范无边冷冷一笑,道："你小子连老夫孙女的魂儿都能勾去,这小小的解救秘方岂能难倒你? 告辞了。"身形掠起,转眼便掠出七丈,洗龙安心料无法追上,只得大声呼道："范前辈,范前辈……"范无边身影却越去越远,渐渐隐没于崂山顶上。

洗龙安跺跺脚,正感气恼,五花教主却笑道："洗公子何必烦恼? '七海定心针'的解救之法范老匹夫有,难道范小姑娘就没有吗?"

洗龙安脑中灵光一闪,不禁喜道："是极,是极。"立即抢上几步,掠到范琳面前,双手握着她的双肩道："琳儿,你知道……"这时,竟发现范琳脸上一红,羞怯怯地垂下了头,洗龙安立即醒悟,放下双手,讪讪无言。范琳低声道："'七海定心针'的解救之法,我自然知道。"

洗龙安轻轻吁了一口气,斜眼瞥了冯心玉一眼,冯心玉却脸色冰冷,丝毫不为所动。

五花教主忽道："洗公子若是有事,还请及早下山为妙,令尊大人久候佳音不至,说不定已擅自攻打侠义八卦门,也未可知。"洗龙安叹了口气,双手抱拳道："如此晚辈就告辞了,望经此一战,五花神教与中原武林各派永世修好,和平相安。"

五花教主笑道："能否与中原武林各派相安可不取决于老身,老身回去后便即闭关,按五花神教的先祖遗训,教中事务当由副教主执掌!"

洗龙安一怔,道："冯姑娘执掌五花神教?"

冯心玉淡淡地道："洗公子的五花神剑天下无敌,还望日后多多关照!"

洗龙安摇摇头,苦笑道："见笑,见笑,武学一途,在下岂敢自居天下无敌?"冯心玉默不作声。

沉寂片刻,五花教主道："山路崎岖难行,冯副教主可送洗公子一程!"

冯心玉恭声道："是,心玉谨遵教主法令!"转脸朝洗龙安道："洗公子,请!"

洗龙安左右一望,眼见只有秃九与十数名龙门镇好手从灰沙中站起身来,心知其他诸人多半生还无望,不由一声长叹,只身朝山下走去。

行出一段路,洗龙安与冯心玉始终不发一言,秃九等人也远远在后面跟着,不便接近。忽然间，两只小白兔一前一后，从他们面前一蹦一跳而过。洗龙安道："我最讨厌不过的便是兔子！"

冯心玉道："兔子又有什么不好？"

洗龙安道："兔子不是不好，只是我自感连兔子都不如，因此讨厌兔子！"

冯心玉奇道："洗公子自感连兔子都不如？"

洗龙安道："公兔天天可以和母兔在一起，而我却不能，你说，我是不是连兔子都不如？"

冯心玉微微一笑，但随即又沉下脸来，说道："请洗公子不要说这种话，我既已遵从娘亲遗命继掌五花神教，今生今世就……就不可有丝毫歪念。"

洗龙安点点头，道："那岂不比当尼姑还惨？"

冯心玉脸色勃然一变，正待喝叱，却变成了一声叹息，道："我娘亲才叫巩嫔，你却称刁教主为'巩老前辈'，那可不对。"

洗龙安这才一惊，道："什么？你娘亲便是巩老前辈？那冯老前辈岂不是你爹爹？"

冯心玉道："是的，但爹爹向来不喜欢我，所以我没长几岁，就被爹爹抱出去托人抚养，后来娘亲想我想得紧了，出来才在五花神教找到我。娘亲将《林海秘笈》的后面两部'五花神行'与'五花神兵'都送给了刁教主，其条件是，要刁教主选定我当五花神教的继任教主。我是她老人家唯一的女儿，又岂可违抗母命，令她老人家失望？"洗龙安闭上眼睛，长长吁了一口气，终于恍然大悟。他那时还奇怪冯老前辈的洞府内怎会没有关于爱女的诗文，原来冯前辈不喜欢冯姑娘，不禁问道："你爹爹为……为什么不喜欢你呢？"

冯心玉羞愧地道："娘亲说，爹爹一生壮志难酬，只想生个儿子以继承家业，却不料我是女儿身，所以招致爹爹不喜。但爹爹没怪娘亲，一直对娘亲很好，娘亲找到我后，便叫我一定要当上五花神教教主，做一番大事给爹爹瞧瞧，以慰他在天之灵，所以……所以洗公子，我只能送到此了。"

洗龙安心想：原来冯姑娘和我一样是个忠诚孝女，很好，很好。当下强颜一笑，拱手道："好，由冯姑娘执掌五花神教，料也不会对中原武林各派动武吧？"

冯心玉思忖了一会，说道："平板镇的新任帮主沈威待你不义，我已帮你除去，日后有谁对不起你，我便将他在江湖中除名如何？还有，将来也许我虽不能嫁你，却可为你生儿育女……"

洗龙安暗吃了一惊，却又不好追问，只得岔开话题，叹道："沈大哥的死法与连环十二岛的苟教主一模一样，我想来想去，也只有你冯教主才能做到了。"

冯心玉默然不言。忽然，只见洗龙安背后有一人如飞般追赶上来，一面还大声呼叫："洗帮主，洗公鸡，洗帮主，洗公鸡，等等我……"洗龙安转身一望，正是古大彪。

古大彪气喘吁吁地跑到近前，双手递上一封书信道："洗公鸡，哦，不，洗帮主，这封书信是刁教主叫我亲手转交给你的，再由你亲手转交给你爹，然后由你爹亲手转交给侠义八卦门苏门主。"

洗龙安将信纳入怀内，说道："好，王姑娘呢？"

古大彪抹了一把汗，垂头丧气地道："她走了……她说叫你……"

洗龙安扬手止住古大彪欲说之言，道："冯教主，告辞！"转身拉起古大彪，就向山下掠去，古大彪犹自叫道："洗公鸡，刁教主叫你千万不可忘记，那封信你要亲手交给你爹，再由你爹亲手交给苏老儿……"

下山后，汇聚秃九等人，骑马归返，再也无波折。到了伏牛山，幸亏爹爹也未攻打虎跳崖，洗龙安入帐相见，递上刁教主的书信，便不再多说什么，告辞而出。

七日后，忽然只听帐外鞭炮齐响，洗龙安还昏睡未起，叶、何二老"呼"地闯了进来，齐声道："快，快，快！"

洗龙安懒洋洋地道："两位天下第一、第二的绝世高手，快什么呀？"

叶、何二老又齐道："快，快，快穿衣服！"随后一名伶俐的丫头端进一套鲜红光艳的衣饰，洗龙安问道："干吗要穿这个？"

叶、何二老齐道："快，快，快！废话少说。"洗龙安推脱不了，不知他们在搞什么花样，只得穿上。

叶、何二老四只牛眼圆瞪，只等他一穿好，立即一人抓住他一只手臂，唯恐他跑了似的，将他硬架到帐外。帐外众人早已列队相候，一见他们出来，立即欢声大叫，洗龙安笑道："这是干什么？娶媳妇么？"

叶、何二老却又齐道："快，快，快上马！"两人一齐将洗龙安抬上马背，也随即各自飞身上马，一左一右夹着洗龙安并驰，身后众人跟着缓缓而行，一路上更是大吹大擂，热闹非常。

洗龙安暗自好笑："这两个老儿今日怎的老是叫'快'？这般排场当真是叫我娶媳妇么？哎哟……不好……"抬头一望，竟已到了虎跳崖，忙摸摸腰间，却连剑也未带上，不由暗暗叫苦不迭。心想："爹爹怎的选在这个时候攻打虎跳崖？这般大吹大擂而来，敌人岂有不备之理？"谁知虎跳崖上竟无一人阻拦，任其大摇大摆而过，洗龙安心下更奇。

穿过虎跳崖，再过伏牛山的伏牛岭，就到了伏牛山山顶，远远地，只见山顶上人头攒动，黑压压的一片，洗龙安轻咳一声，道："两位师叔，快，快，快取一柄剑来！"

叶、何二老齐道："快，快，快取一柄剑干吗？"

洗龙安道："快，快，快给我……我去打架。"

何无言瞪大眼睛，奇道："臭小子和谁打架？要和苏大小姐打架么？"

洗龙安一怔，道："我和苏大小姐打架干什么？"

叶有理忽然大声道："师弟，你为什么要告诉臭小子他要娶苏大小姐之事？洗老儿吩咐的，咱们只可叫他'快快快'。"

何无言老脸一红，连忙道："是极，是极，小弟一时失言，大哥莫怪，幸好侠义八卦门总堂快要到了，臭小子想赖也不行。"

他两人这么一说，洗龙安顿时明白其中大概，说道："两位师叔，我们这一去是不是迎娶苏大小姐？娶苏大小姐为妻？我可没答应呀。"

何无言道："你怎的没答应？那封书信可是你亲手交给洗老儿的，洗老儿如今打不过你，你的话他岂敢不听？"

洗龙安恍然大悟：原来是五花教主从中撮合此事，她想"洗家堡"一旦与侠义八卦门联姻，一切棘手麻烦便可迎刃而解了。

洗龙安明白此意，寻思：此法倒也不错，但……但有何不妥，他一时却说不出来，便道："且慢，此事还须从长计议。"

谁知叶、何二老闻言差点没跳下马来，叫道："不好，臭小子想赖，快快快！"两手疾出，同时点了洗龙安的"哑穴"与两边"肩井穴"。洗龙安动弹不得，心里说道：稍过片刻，见了众多客人，我总不能一句话也不说吧？

何无言这次却像未卜先知似的，搔搔头皮道："师哥，这……这办法好是好，但一会臭小子过去见过天下英雄，总不能连屁都不放一个吧？"

叶有理挺起胸膛，大声道："不怕，一会咱们佯装搂着臭小子的肩膀进去，不论那些英雄说什么，咱们只须偷偷地按一下臭小子的脑袋，表示答允就行了。"

何无言忙道："好！此法甚妙！"

洗龙安暗叹：这可糟糕了！

果然，只片刻工夫，众人吹吹打打便到了山顶，洗龙安习成五花神剑之事早已江湖人尽皆知，一众宾客纷纷出来迎接。叶、何二老相互使了个眼色，三人下马，叶、何二老佯装搂着洗龙安的肩膀，左手却按在洗龙安脑后，逢人见礼便点一下头。众宾客无非都是一些祝贺之词，洗龙安点头示意，也是在情理之中，如此过了一柱香工夫，竟然无人怀疑。

突然，外面有人高声叫道："五花神教熊主使带礼拜见！"五花神教近年声势浩大，众宾客不禁一齐转身注目望去，只见熊无恙与包复雄快步走近，身后跟着四名小厮，他们抬着一顶秀轿也健步如飞，走到近前，熊无恙笑嘻嘻地道："洗公子，恭喜恭喜！"

洗龙安被迫点了一下头。

熊无恙道："今日在下奉冯教主之令，将范琳范姑娘送至，日后可与苏大小姐以姐妹相称，还请洗公子笑纳！"

洗龙安点了点头，众人不禁暗自吃惊。男子汉大丈夫招妻纳妾虽属寻常，但在同一天里，既娶妻，又纳妾，却甚是少见。然则众人吃惊归吃惊，谁也不敢相问。只有包复雄坦然不惧，大咧咧地道："喂，臭小子，你干吗只点头不说话？难道犯了疯病吗？"

洗龙安将头连点三下。

众人皆大惊，包复雄大笑一声，道："这小子得了疯病，老子抓他去见大夫。"说完走上前来，劈胸一爪就待抓去，古大彪却忽然从门外跳了出来，大声道："洗公鸡，我想起来啦，王姑娘叫你拿着《林海秘笈》去岭南栖霞岭找她，她在那里日日夜夜地念着你。"

众人暗道："不好，又来了一个，洗大侠纵然风流，这一下可得要推脱了。"岂料洗龙安又重重地将头连点三下。

——全书完——